中华传世藏书

【图文珍藏版】

李渔全集

[明]李渔⊙原著

王艳军⊙整理

第二册

线装书局

目　录

十二楼

1

中华传世藏书

李渔全集

全学藏库

目录

无声戏

· 李渔全集 ·

十二楼

[明]李渔 ⊙ 原著

王艳军 ⊙ 整理

十二楼

合影楼

第一回　防奸盗刻意藏形
　　　　　起情氛无心露影

词云：

　　世间欲断钟情路，男女分开住。掘条深堑在中间，使他终身不度是非关。

堑深又怕能生事，水满情偏炽。绿波惯会做红娘，不见御沟流出墨痕香？

右调《虞美人》

【眉批】只此一词，便足千古。

这首词，是说天地间越礼犯分之事，件件可以消除，独有男女相慕之情、枕席交欢之谊，只除非禁于未发之先。若到那男子妇人动了念头之后，莫道家法无所施，官威不能摄，就使玉皇大帝下了诛夷之诏，阎罗天子出了缉获的牌，山川草木尽作刀兵，日月星辰皆为矢石，他总是拚了一死，定要去遂心了愿。觉得此愿不了，就活上几千岁然后

飞升，究竟是个鳏寡神仙；此心一遂，就死上一万年不得转世，也还是个风流鬼魅。到了这怨生慕死的地步，你说还有什么法则可以防御得他？所以惩奸遏欲之事，定要行在未发之先。未发之先又没有别样禁法，只是严分内外，重别嫌疑，使男女不相亲近而已。

儒书云"男女授受不亲"，道书云"不见可欲，使心不乱"，这两句话极讲得周密。男子与妇人亲手递一件东西，或是相见一面，他自他，我自我，有何关碍，这等防得森严？要晓得古圣贤也是有情有欲的人，都曾经历过来，知道一见了面，一沾了手，就要把无意之事认作有心，不容你自家做主，要颠倒错乱起来。譬如妇人取一件东西递与男子，过手的时节，或高或下，或重或轻，总是出于无意。当不得那接手的人常要画蛇添足，轻的说她故示温柔，重的说她有心戏谑，高的说她提心在手、何异举案齐眉，下的说她借物丢情、不啻抛球掷果。想到此处，就不好辜其来意，也要弄些手势答她。焉知那位妇人不肯将错就错？这本风流戏文，就从这件东西上做起了。至于男女相见，那种眉眼招灾、声音起祸的利害，也是如此，所以只是不见不亲的妙。不信，但引两对古人做个证验。李药师所得的红拂妓，当初关在杨越公府中，何曾知道男子面黄面白？崔千牛所盗的红绡女，立在郭令公身畔，何曾对着男子说短说长？只为家主公要卖弄豪华，把两个得意侍儿与男子见得一面，不想他五个指头一双眼孔就会说起话来。及至机心一动，任你铜墙铁壁，也禁她不住，私奔的私奔出去，窃负的窃负将来。若还守了这两句格言，使她"授受不亲"，"不见可欲"，哪有这般不幸之事！

【眉批】这一句虚文，演出如许利害，令阅者毛骨竦然。

【眉批】羽翼六经，扶持名教，厥功伟矣。

【眉批】二语是一篇主脑。

我今日这回小说，总是要使齐家之人知道防微杜渐，非但不可露形，亦且不可露影，不是阐风情，又替才子佳人辟出一条相思路也。

元朝至正年间，广东韶州府曲江县有两个闲住的缙绅，一姓屠，一姓管。姓屠的由黄甲起家，官至观察之职；姓管的由乡贡起家，官至提举之职。他两个是一门之婿，只因内族无子，先后赘在家中。才情学术，都是一般，只有心性各别。管提举古板执拘，是个道学先生；屠观察跌荡豪华，是个风流才子。两位夫人的性格起

先原是一般，只因各适所天，受了刑于之化，也渐渐地相背起来。听过道学的，就怕讲风情；说惯风情的，又厌闻道学。这一对连襟、两个姊妹，虽是嫡亲瓜葛，只因好尚不同，互相贬驳，日复一日，就弄做仇家敌国一般。起先还是同居，到了岳丈岳母死后，就把一宅分为两院，凡是界限之处，都筑了高墙，使彼此不能相见。独是后园之中有两座水阁，一座面西的，是屠观察所得，一座面东的，是管提举所得，中间隔着池水，正合着唐诗二句：

> 遥知杨柳是门处，似隔芙蓉无路通。

陆地上的界限都好设立墙垣，独有这深水之中下不得石脚，还是上连下隔的。论起理来，盈盈一水，也当得过黄河天堑，当不得管提举多心，还怕这位姨夫要在隔水间花之处窥视他的姬妾，就不惜工费，在水底下立了石柱，水面上架了石板，也砌起一带墙垣，分了彼此，使他眼光不能相射。从此以后，这两份人家，莫说男子与妇人终年不得谋面，就是男子与男子，一年之内也会不上一两遭。

却说屠观察生有一子，名曰珍生；管提举生有一女，名曰玉娟。玉娟长珍生半岁，两个的面貌竟像一副印板印下来的。只因两位母亲原是同胞姊妹，面容骨格相去不远，又且娇媚异常。这两个孩子又能各肖其母，在襁褓的时节还是同居，辩不出谁珍谁玉。有时屠夫人把玉娟认做儿子，抱在怀中饲奶，有时管夫人把珍生认做女儿，搂在身边睡觉。后来竟习以为常，两母两儿，互相乳育。有《诗经》二句道得好：

> 螟蛉有子，式谷似之。

从来孩子的面貌多肖乳娘，总是血脉相荫的缘故。同居之际，两个都是孩子，没有知识，面貌像与不像，他也不得而知。直到分居析产之后，垂髫总角之时，听见人说，才有些疑心，要把两副面容合来印证一印证，以验人言之确否。却又咫尺之间分了天南地北，这两副面貌印证不成了。

再过几年，他两人的心事就不谋而合，时常对着镜子赏鉴自家的面容，只管啧啧赞羡道："我这样人物，只说是天下无双、人间少二的了，难道还有第二个人赶得我上不成？"他们这番念头还是一片相忌之心，并不曾有相怜之意。只说九分相合，毕竟有一分相歧，好不到这般地步，要让他独擅其美。哪里知道相忌之中就埋伏了相怜之隙，想到后面，做出一本风流戏来。

【眉批】从相怨说到相怜，不但出人意表，又能养局，不致有启扉见榻之病。慧业文人，自能解此。

玉娟是个女儿，虽有其心，不好过门求见。珍生是个男子，心上思量道："大人不相合，与我们孩子无干，便时常过去走走，也不失亲亲之义。姨娘可见，表姐独不可见乎？"就忽然破起格来，竟走过去拜谒。哪里知道，那位姨翁预先立了禁约，却像知道的一般，竟写几行大字贴在厅后，道：

　　"凡系内亲，勿进内室。本衙只别男妇，不问亲疏，各宜体谅。"

珍生见了，就立住脚跟，不敢进去，只好对了管公，请姨娘表姐出来拜见。管公单请夫人，见了一面，连"小姐"二字绝不提起。及至珍生再请，他又假示龙钟，茫然不答。珍生默喻其意，就不敢固请，坐了一会，即便告辞。

既去之后，管夫人问道："两姨姐妹，分属表亲，原有可见之理，为什么该拒绝他？"管公道："夫人有所不知，'男女授受不亲'这句话头，单为至亲而设。若还是陌路之人，他何由进我的门，何由入我的室？既不进门入室，又何须分别嫌疑？单为碍了亲情，不便拒绝，所以有穿房入户之事。这分别嫌疑的礼数，就由此而起。别样的瓜葛，亲者自亲，疏者自疏，皆有一定之理。独是两姨之子，姑舅之儿，这种亲情，最难分别。说他不是兄妹，又系一人所出，似有共体之情；说他竟是兄妹，又属两姓之人，并无同胞之义。因在似亲似疏之间，古人委决不下，不曾

注有定仪，所以泾渭难分，彼此互见，以致有不清不白之事做将出来。历观野史传奇，儿女私情大半出于中表。皆因做父母的没有真知灼见，竟把他当了兄妹，穿房入户，难以提防，所以混乱至此。我乃主持风教的人，岂可不加辨别，仍蹈世俗之陋规乎？"夫人听了，点头不已，说他讲得极是。

【眉批】畅周孔所欲言，补传注之未逮。此从来绝大文章，奈何名以小说？冤哉！

【眉批】制礼作乐之才，移风易俗之手。读此而不下拜者，必非留心世道之人。

从此以后，珍生断了痴想，玉娟绝了妄念，知道家人的言语印证不来，随他像也得，不像也得，丑似我也得，好似我也得，一总不去计论他。

偶然有一日，也是机缘凑巧，该当遇合，岸上不能相会，竟把两个影子放在碧波里面印证起来。有一道现成绝句，就是当年的情景。其诗云：

> 绿树阴浓夏日长，楼台倒影入池塘。
>
> 水晶帘动微风起，并作南来一味凉。

时当仲夏，暑气困人，这一男一女不谋而合，都到水阁上纳凉。只见清风徐来，水波不兴，把两座楼台的影子，明明白白倒竖在水中。玉娟小姐定睛一看，忽然惊讶起来，道："为什么我的影子倒去在他家？形影相离，大是不祥之兆。"疑惑一会，方才转了念头，知道这个影子就是平时想念的人。"只因科头而坐，头上没有方巾，与我辈妇人一样，又且面貌相同，故此疑他作我。"想到此处，方才要印证起来，果然一线不差，竟是自己的模样。既不能够独擅其美，就未免要同病相怜，渐渐有个怨怅爷娘不该拒绝亲人之意。

【眉批】一转即入，笔力岂止千钧！

却说珍生倚栏而坐，忽然看见对岸的影子，不觉惊喜跳跃，凝眸细认一番，才知道人言不谬。风流才子的公郎比不得道学先生的令爱，意气多而涵养少，那些童而习之的学问，等不到第二次就要试验出来。对着影子轻轻地唤道："你就是玉娟姐姐么？好一副面容！果然怀我一样，为什么不合在一处做了夫妻？"说话的时节，又把一双玉臂对着水中，却像要捞起影子拿来受用的一般。玉娟听了此言，看了此状，那点亲爱之心，就愈加歆动起来，也想要答他一句，回他一手。当不得家法森严，逾规越检的话，从来不曾讲过；背礼犯分之事，从来不曾做过。未免有些碍手碍口，只好把满腹衷情付之一笑而已。

【眉批】无字不寓劝惩，念兹在兹，释兹在兹。作者救世之心，亦良苦矣。

屠珍生的风流诀窍，原是有传受的：但凡调戏妇人，不问他肯不肯，但看他笑不笑；只消朱唇一裂，就是好音，这副同心带儿已结在影子里面了。

从此以后，这一男一女，日日思想纳凉，时时要来避暑。又不许丫鬟伏侍，伴当追随，总是孤凭画阁，独倚雕栏，好对着影子说话。大约珍生的话多，玉娟的话少——只把手语传情，使他不言而喻；恐怕说出口来被爷娘听见，不但受鞭笞之苦，亦且有性命之忧。

这是第一回，单说他两个影子相会之初，虚空摹拟的情节。但不知见形之后实事何如，且看下回分解。

第二回 受骂翁代图好事 被弃女错害相思

却说珍生与玉娟自从相遇之后，终日在影里盘桓，只可恨隔了危墙，不能够见面。偶然有一日，玉娟因睡魔缠扰，起得稍迟，盥栉起来，已是已牌时候。走到水阁上面，不见珍生的影子，只说他等我不来，又到别处去了。谁想回头一看，那个影子忽然变了真形，立在她玉体之后，张开两手竟要来搂抱她。——这是什么缘故？只为珍生蓄了偷香之念，乘她未至，预先赴水过来，藏在隐僻之处，等她一到，就钻出来下手。

玉娟是个胆小的人，要说句私情话儿，尚且怕人听见；岂有青天白日对了男子做那不尴不尬的事，没有人捉奸之理？就大叫一声"哎呀"，如飞避了进去。一连三五日不敢到水阁上来。——看官，要晓得这番举动，还是提举公家法森严，闺门谨饬的效验；不然，就有真赃实犯的事做将出来，这段奸情不但在影似之间而已了。——珍生见她喊避，也吃了一大惊，翻身跳入水中，踉跄而去。

【眉批】情态逼真。

【眉批】清夜钟声，无此激烈。当头棒喝。如此承转，真佛书，真道书，真儒者讲学之书。三教九流，皆不可不读。

玉娟那番光景，一来出于仓皇，二来迫于畏惧，原不是有心拒绝他。过了几时，未免有些懊悔，就草下一幅诗笺，藏在花瓣之内，又取一张荷叶，做了邮筒，使它入水不濡；张见珍生的影子，就丢下水去，道："那边的人儿好生接了花瓣！"珍生听见，惊喜欲狂，连忙走下楼去，拾起来一看，却是一首七言绝句。其诗云：

> 绿波摇漾最关情，何事虚无变有形？

非是避花偏就影，只愁花动动金铃。

珍生见了，喜出望外，也和她一首，放在碧筒之上寄过去，道：

惜春虽爱影横斜，到底如看梦里花。

但得冰肌亲玉骨，莫将修短问韶华。

玉娟看了此诗，知道他色胆如天，不顾生死，少不得还要过来，终有一场奇祸。又取一幅花笺，写了几行小字去禁止他，道：

"初到止于惊避，再来未卜存亡。吾翁不类若翁，我死同于汝死。戒之慎之！"

珍生见她回得决裂，不敢再为佻达之词，但写几句恳切话儿，以订婚姻之约。其字云：

"家范固严，杞忧亦甚。既杜桑间之约，当从冰上之言。所虑吴越相衔，朱陈难合，尚俟徐觇动静，巧觅机缘。但求一字之贞，便矢终身之义。"

玉娟得此，不但放了愁肠，又且合她本念，就把婚姻之事一口应承，复他几句道：

"既删《郑》《卫》，当续《周南》。愿深寤寐之求，勿惜参差之采。此身有属，之死靡他。倘背厥天，有如皎日。"

【眉批】 提举家范之严，玉娟守身之决，两语足以尽之。文章遒劲乃尔。

珍生览毕，欣慰异常。

从此以后，终日在影中问答，形外追随，没有一日不做几首情诗。做诗的题目总不离一个"影"字。未及半年，珍生竟把唱和的诗稿汇成一帙，题曰《合影

编》，放在案头。被父母看见，知道这位公郎是个肖子，不惟善读父书，亦且能成母志，倒欢喜不过，要替他成就姻缘，只是逆料那个迂儒断不肯成人之美。

【眉批】题目新异，那得没有好诗？所恨止窥一斑，未见全豹。

管提举有个乡贡同年，姓路，字子由，做了几任有司，此时亦在林下。他的心体，绝无一毫沾滞，既不喜风流，又不讲道学，听了迂腐的话也不见攒眉，闻了鄙亵之言也未尝洗耳，正合着古语一句："在不夷不惠之间"。故此与屠管二人都相契厚。屠观察与夫人商议，只有此老可以做得冰人。就亲自上门求他作伐，说："敝连襟与小弟素不相能，望仁兄以和羹妙手调剂其间，使冰炭化为水乳，方能有济。"路公道："既属至亲，原该缔好，当效犬马之力。"

【眉批】不喜风流，倒是真风流；不讲道学，才是真道学。当今之世，只少一位路公，使道学、风流合而为一，不致有门户之忧耳。

一日，会了提举，问他："令爱芳年？曾否许配？"等他回了几句，就把观察所托的话，婉婉转转说去说他。管提举笑而不答，因有笔在手头，就写几行大字在几案之上，道：

"素性不谐，矛盾已久。方著绝交之论，难遵缔好之言。欲求亲上加亲，何啻梦中说梦！"

路公见了，知道也不可再强，从此以后，就绝口不提。走去回复观察，只说他坚执不允，把书台回复的狠话，隐而不传。

【眉批】这是善讲道学处。以恕为忠，非老管所能及也。

观察夫妇就断了念头，要替儿子别娶。又闻得人说，路公有个螟蛉之女，小字锦云，才貌不在玉娟之下。另央一位冰人，走去说合。路公道："婚姻大事，不好单凭己意，也要把两个八字合一合婚，没有刑伤损克，方才好许。"观察就把儿子的年庚封与媒人送去。路公拆开一看，惊诧不已：原来珍生的年庚就是锦云的八字，这一男一女，竟是同年同月同日同时的。路公道："这等看来，分明是天作之合，不由人不许了，还有什么狐疑。"媒人照他的话过来回复。观察夫妇欢喜不了，就瞒了儿子，定下这头亲事。

【眉批】水穷云起。

【眉批】四柱相同，又是文章去路。

珍生是个伶俐之人，岂有父母定下婚姻全不知道的理？要晓得这位郎君，自从遇了玉娟，把三魂七魄倒附在影子上去，影子便活泼不过，那副形骸肢体竟象个死人一般。有时叫他也不应，问他也不答。除了水阁不坐，除了画栏不倚，只在那几尺地方走来走去，又不许一人近身。所以家务事情无由入耳，连自己的婚姻定了多时还不知道。倒是玉娟听得人说，只道他背却前盟，切齿不已，写字过来怨恨他，他才有些知觉。走去盘问爷娘，知道委曲，就号啕痛哭起来，竟象小孩子撒赖一般，倒在爷娘怀里要死要活，硬逼他去退亲。又且痛恨路公，呼其名而辱骂，说："姨丈不肯许亲，都是他的鬼话！明明要我做女婿，不肯让与别人，所以借端推托。若央别个做媒，此时成了好事也未见得。"千乌龟，万老贼，骂个不了。

观察要把大义责他，只因骄纵在前，整顿不起。又知道："儿子的风流原是看我的样子，我不能自断情欲，如何禁止得他？"所以一味优容，只劝他："暂缓愁肠，待我替你画策。"珍生限了时日，要他一面退亲，一面图谋好事，不然，就要自寻短计，关系他的宗祧。

【眉批】宽于守身，不得不恕于教子。为父者可不慎哉。

【眉批】画出一幅骄子图。

观察无可奈何，只得负荆上门，预先请过了罪，然后把儿子不愿的话，直告路公。路公变起色来，道："我与你是何等人家，岂有结定婚姻又行反复之理？亲友闻之，岂不唾骂！令郎的意思，既不肯与舍下联姻，毕竟心有所属，请问要聘那一家？"观察道："他的意思，注定在管门，知其必不可得，决要希图万一，以俟将来。"路公听了，不觉掩口而笑，方才把那日说亲，书台回复的狠话直念出来。观察听了，不觉泪如雨下，叹口气道："这等说来，豚儿的性命，决不能留，小弟他日必为若敖之鬼矣！"路公道："为何至此？莫非令公郎与管小姐有了什么勾当，故

此分拆不开么？"观察道："虽无实事，颇有虚情，两副形骸虽然不曾会合，那一对影子已做了半载夫妻。如今情真意切，实是分拆不开。老亲翁何以救我？"说过之后，又把《合影编》的诗稿递送与他，说是一本风流孽账。路公看过之后，怒了一回，又笑起来，道："这桩事情虽然可恼，却是一种佳话。对影钟情，从来未有其事，将来必传。只是为父母的不该使他至此；既已至此，那得不成就他？也罢，在我身上替他生出法来，成就这桩好事。宁可做小女不着，冒了被弃之名，替他别寻配偶罢。"观察道："若得如此，感恩不尽！"

【眉批】同一句话，起先不说，固妙；此时说出，更妙。行文妙诀，非深于《史》《汉》者不知。

观察别了路公，把这番说话报与儿子知道。珍生转忧作喜，不但不骂，又且歌功颂德起来，终日催促爷娘去求他早筹良计，又亲自上门哀告不已。路公道："这桩好事，不是一年半载做得来的。且去准备寒窗，再守几年孤寡。"

路公从此以后，一面替女儿别寻佳婿，一面替珍生巧觅机缘，把悔亲的来历在家人面前绝不提起。一来虑人笑耻，二来恐怕女儿知道，学了人家的样子，也要不尴不尬起

来，倒说："女婿不中意，恐怕误了终身，自家要悔亲别许。"哪里知道儿女心多，倒从假话里面弄出真事故来。

却说锦云小姐未经悔议之先，知道才郎的八字与自己相同，又闻得那副面容俊俏不过，方且自庆得人，巴不得早完亲事。忽然听见悔亲，不觉手忙脚乱。那些丫鬟侍妾又替她埋怨主人，说："好好一头亲事，已结成了，又替他拆开！使女婿上门哀告，只是不许。既然不许，就该断绝了他，为什么又应承作伐，把个如花似玉的女婿送与别人？"锦云听见，痛恨不已，说："我是他螟蛉之女，自然痛痒不关。若还是亲生自养，岂有这等不情之事！"恨了几日，不觉生起病来。俗语讲得好：

　　说不出的，才是真苦。

　　挠不着的，才是真痛。

她这番心事，说又说不出，只好郁在胸中，所以结成大块，攻治不好。

　　【眉批】从来臧获口中最多风影之事。"上门哀告"一语，讹得入情。

　　男子要离绝妇人，妇人反思念男子，这种相思，自开辟以来，不曾有人害过。看官们看到此处，也要略停慧眼，稍掬愁眉，替他存想存想。且看这番孽障，后来如何结果。

第三回　堕巧计爱女嫁媒人
凑奇缘媒人赔爱女

却说管提举的家范原自严谨，又因路公来说亲，增了许多疑虑，就把墙垣之下、池水之中，填以瓦砾，覆以泥土，筑起一带长堤；又时常着人伴守，不容女儿独坐。从此以后，不但形骸隔绝，连一对虚空影子也分为两处，不得相亲。珍生与玉娟又不约而同做了几首别影诗，附在原稿之后。

玉娟只晓得珍生别娶，却不知道他悔亲，深恨男儿薄幸，背了盟言，误得自己不上不下；又恨路公怀了私念，把别人的女婿攘为己有，媒人不做倒反做起岳丈来，可见说亲的话并非忠言，不过是勉强塞责，所以父亲不许。一连恨了几日，也渐渐地不茶不饭，生起病来。路小姐的相思叫做"错害"，管小姐的相思叫做"错怪"，"害"与"怪"虽然不同，其"错"一也。

【眉批】笔飞墨舞，文章化境。

更有一种奇怪的相思，害在屠珍生身上，一半象路，一半象管，恰好在"错害""错怪"之间。这是什么缘故？他见水中墙下筑了长堤，心上思量道："他父亲若要如此，何不行在砌墙立柱之先？还省许多工料。为什么到了此际，忽然多起事来？毕竟是她自己的意思，知道我聘了别家，竟要断恩绝义，倒在爷娘面前讨好，假装个贞节妇人，故此叫他筑堤，以示诀绝之意，也未见得。我为她做了义夫，把说成的亲事都回绝了，依旧要想娶她，万一此念果真，我这段痴情向何处着落？闻得路小姐娇艳异常，她的年庚又与我相合，也不叫做无缘。如今年庚相合的既回了去，面貌相似的又娶不来，竟做了一事无成，两相耽误，好没来由！"只因这两条错念横在胸中，所以他的相思更比二位佳人害得诧异。想到玉娟身上，就把锦云当了仇人，说她是起祸的根由，时常在梦中咒骂；想到锦云身上，又把玉娟当了仇人，说她是误人的种子，不住在暗里唠叨。弄得父母说张不是，说李不是，只好听其自然。

【眉批】刻入非非想。

【眉批】不得不想及此。可谓曲尽人情。

【眉批】传神妙笔，非身履其境者不能道。作者固多奇遇，岂所谓现身说法者耶？

却说锦云小姐的病体越重，路公择婿之念愈坚；路公择婿之念愈坚，锦云小姐的病体越重。路公不解其意，只说她年大当婚，恐有失时之叹，故此忧郁成病；只要选中才郎，成了亲事，她自然勿药有喜。所以吩咐媒婆，引了男子上门，终朝选择。谁想引来的男子，都是些魑魅魍魉，丫鬟见了一个，走进去形容体态，定要惊个半死。惊上几十次，哪里还有魂灵？只剩得几茎残骨、一副枯骸，倒在床褥之间，恹恹待毙。

路公见了，方才有些着忙，细问丫鬟，知道她得病的来历，就翻然自悔道："妇人从一而终，原不该悔亲别议。她这场大病倒害得不差，都是我做爷的不是，当初屠家来退亲，原不该就许；如今既许出口，又不好再去强她。况且那桩好事，我已任在身上，大丈夫千金一诺，岂可自食其言？只除非把两头亲事合做一头，三个病人串通一路，只瞒着老管一个，等他自做恶人。直等好事做成，方才使他知道。到那时节，生米煮成熟饭，要强也强不去了。只是大小之间有些难处。"仔细

想了一回，又悟转来想："当初娥皇女英同是帝尧之女，难道配了大舜，也分个妻妾不成？不过是姊妹相称而已。"

主意定了，一面叫丫鬟安慰女儿，一面请屠观察过来商议，说："有个两便之方：既不令小女二夫，又不使管门失节；只是令郎有福，忒煞讨了便宜，也是他命该如此。"观察喜之不胜，问他："计将安出？"路公道："贵连襟心性执拗，不便强之以情，只好欺之以理。小弟中年无子，他时常劝我立嗣，我如今只说立了一人，要聘他女儿为媳，他念相与之情，自然应许。等他许定之后，我又说小女尚未定人，要招令郎为婿，屈他做个四门亲家，以终夙昔之好。他就要断绝你，也却不得我的情面，许出了口，料想不好再许别人。待我选了吉日，只说一面娶亲，一面赘婿，把二女一男并在一处，使他各畅怀抱，岂不是桩美事？"屠观察听了，笑得一声，不觉拜倒在地，说他"不但有回天之力，亦且有再造之恩"。感颂不了，就把异常的喜信报与儿子知道。

珍生正在两忧之际，得了双喜之音，如何跳跃得住！他那种诧异相思，不是这种诧异的方术也医他不好。锦云听了丫鬟的话，知道改邪归正，不消医治，早已拔去病根，只等那一男一女过来就她，好做女英之姊，大舜之妻。此时三个病人好了两位，只苦得玉娟一个，有了喜信，究竟不得而知。

路公会着提举，就把做成的圈套去笼络他。管提举见女儿病危，原有早定婚姻之意，又因他是契厚同年，巴不得联姻缔好，就满口应承，不作一毫难色。路公怕他套言，隔不上一两日就送聘礼过门。纳聘之后，又把招赘珍生的话吐露出来。管提举口虽不言，心上未免不快，笑他明于求婚，暗于择婿，前门进人，后门入鬼，所得不偿所失，只因成事不说，也不去规谏他。

【眉批】密于防奸，疏于择配，从来善笑人者，皆笑于人者也。管公之治家，所谓缌小功之察。

玉娟小姐见说自己的情郎赘了路公之女，自己又要嫁入路门，与他同在一处，真是羞上加羞，辱中添辱，如何气愤得了！要写一封密札寄与珍生，说明自家的心事，然后去赴水悬梁，寻个自尽。当不得丫鬟厮守，父母提防，不但没有寄书之人，亦且没有写书之地。

一日，丫鬟进来传话，说："路家小姐闻得嫂嫂有病，要亲自过来问安。"玉娟闻此言，一发焦躁不已，只说："她占了我的情人，夺了我的好事，一味心高气傲，故意把喜事骄人，等不得我到她家，预先上门来羞辱。这番歹意，如何依允得她！"就催逼母亲叫人过去回复。哪里知道这位姑娘并无歹意，要做个瞒人的喜鹊，飞入耳朵来报信的。只因路公要完好事，知道这位小姐是道学先生的女儿，决不肯做失节之妇，听见许了别人，不知就里，一定要寻短计；若央别个寄信，当不得他门禁森严，三姑六婆无由而入，只得把女儿权做红娘，过去传消递息。玉娟见说回复不住，只得随她上门。未到之先，打点一副吃亏的面孔，先忍一顿羞惭，等她得志过了，然后把报仇雪耻的话去回复她。不想走到面前，见过了礼，就伸出一双嫩手在她玉臂之上捏了一把，却象别有衷情不好对人说得，两下心照地一般。

【眉批】只消"捏臂"二字，省却多少□文。言得人详我略之法。

玉娟惊诧不已，一茶之后，就引入房中，问她捏臂之故。锦云道："小妹今日之来，不是问安，实来报喜。《合影编》的诗稿，已做了一部传奇，目下就要团圆快了。只是正旦之外又添了一脚小旦，你却不要多心。"玉娟惊问其故，锦云把父亲作合的始末细述一番，玉娟喜个不了。——只消一剂妙药，医好了三个病人。大家设定机关，单骗着提举一个。

【眉批】趣人！妙！

路公选了好日，一面抬珍生进门，一面娶玉娟入室，再把女儿请出洞房，凑成三美，一齐拜起堂来，真个好看。只见：

男同叔宝，女类夷光。评品姿容，却似两朵琼花，倚着一根玉树；形容态度，又象一轮皎日，分开两片轻云。那一边，年庚相合，牵来比并，辨不清孰妹孰兄；这一对，面貌相同，卸去冠裳，认不出谁男谁女。把男子推班出色，遇红遇绿，到处成牌；用妇人接羽移宫，鼓瑟鼓琴，皆能合调。允矣无双乐事，诚哉对半神仙！

成亲过了三日，路公就准备筵席，请屠管二人会亲。又怕管提举不来，另写一幅单笺夹在请帖之内，道：

"亲上加亲，昔闻戒矣；梦中说梦，姑妄听之。今为说梦主人，屈作加亲创举；勿以小嫌介意，致令大礼不成。再订。"

管提举看了前面几句，还不介怀，直到末后一联有"大礼"二字，就未免为礼法所拘，不好借端推托。

到了那一日，只得过去会亲。走到的时节，屠观察早已在座。路公铺下毡单，把二位亲翁请在上首，自己立在下首，一同拜了四拜。又把屠观察请过一边，自家对了提举深深叩过四首，道："起先四拜是会亲，如今四拜是请罪。从前以后，凡有不是之处，俱望老亲翁海涵。"管提举道："老亲翁是个简略的人，为何到了今日忽然多起礼数来？莫非因人而施，因小弟是个拘儒，故此也作拘儒之套么？"路公道："怎敢如此。小弟自议亲以来，负罪多端，擢发莫数。只求念"至亲"二字，多方原宥。俗语道得好：儿子得罪父亲，也不过是负荆而已。何况儿女亲家？小弟拜过之后，大事已完，老亲翁要施责备也责备不成了。"管提举不解其意，还只说是谦逊之词。只见说过之后，阶下两班鼓乐一齐吹打起来，竟象轰雷震耳，莫说两人对语绝不闻声，就是自己说话也听不出一字。

正在喧闹之际，又有许多侍妾拥了对半新人，早已步出画堂，立在毡单之上，俯首躬身，只等下拜。管提举定睛细看，只见女儿一个人立在左首，其余都是外人，并不见自家的女婿，就对着女儿高声大喊道："你是何人，竟立在姑夫左首！不惟礼数欠周，亦且浑乱不雅，还不快走开去！"他便喊叫得慌，并没有一人听见。这一男二女低头竟拜。管提举掉转身来，正要回避，不想二位亲翁走到，每人拉住一边，不但不放他走，亦且不容回拜，竟象两块夹板夹住身子的一般，端端正正受了一十二拜。直到拜完之后，两位新人一齐走了进去，方才吩咐乐工住了吹打。听管提举变色而道："说小女拜堂，令郎为何不见？令婿与令爱与小弟并非至亲，岂有受拜之礼！这番仪节，小弟不解，老亲翁请道其故。"路公道："不瞒老亲翁说，这位令姨侄，就是小弟的螟蛉，小弟的螟蛉，就是亲翁的令婿，亲翁的令婿，又是小弟的东床，他一身充了三役，所以方才行礼拜了三四一十二拜。老亲翁是个至明至聪的人，难道还懂不着？"

【眉批】和尚父亲乃妇人父亲的女婿，妇人父亲是和尚父亲的丈人。与此语同一诀窍。坡公能悟，而老管不能悟，可谓蒙懂太甚，那得不受人欺。

管提举想了一会，再辩不清，又对路公道："这些说话，小弟一字不解，缠来缠去，不得明白。难道今日之来，不是会亲，竟在这边做梦不成？"路公道："小柬上面已曾讲过'今为说梦主人'，就是为此。要晓得'说梦'二字原不是小弟创起，当初替他说亲，蒙老亲翁书台回覆，那个时节早已种下梦根了。人生一梦耳，何必十分认真？劝你将错就错，完了这场春梦罢！"提举听了这些话，方才醒悟，就问

他道："老亲翁是个正人，为何行此暧昧之事！就要做媒，也只该明讲，怎么设定

圈套，弄起我来？"路公道："何尝不来明讲？老亲翁并不回言，只把两句话儿示之以意，却象要我说梦的一般，所以不复明言，只得便宜行事。若还自家弄巧，单骗令爱一位，使亲翁做了愚人，这重罪案就逃不去了。如今舍得自己，赢得他人，方才拜堂的时节，还把令爱立在左首，小女甘就下风，这样公道拐子，折本媒人，世间没有第二个。求你把责人之念稍宽一分，全了忠恕之道罢。"

提举听到此处，颜色稍和，想了一会，又问他道："敝连襟舍了小女，怕没有别处求亲？老亲翁除了此子，也另有高门纳采。为什么把二女配了一夫，定要陷人以不义？"路公道："其中就里，只好付之不言。若还根究起来，只怕方才那四拜，老亲翁该赔还小弟，倒要认起不是来。"提举听到此处，又重新变起色来道；"小弟有何不是？快请说来！"路公道："只因府上的家范过于严谨，使男子妇人不得见面，所以郁出病来。别样的病，只害得自己一个；不想令爱的尊恙，与时灾疫症一般，一家过到一家，蔓延不已。起先过与他，后来又过与小女，几乎把三条性命断送在一时。小弟要救小女，只得预先救他。既要救他，又只得先救令爱。所以把三个病人合来住在一处，才好用药调理，这就是联姻缔好的缘故。老亲翁不问，也不好直说出来。"

提举听了，一发惊诧不已，就把自家坐的交椅一步一步挪近前来，就着路公，好等他说明就里。路公怕他不服，索性说个尽情，就把对影钟情、不肯别就的始末，一缘二故，诉说出来。气得他面如土色，不住地咒骂女儿。路公道："姻缘所在，非人力之所能为。究竟令爱守贞，不肯失节，也还是家教使然。如今业已成亲，也算做既往不咎了，

还要怪她做什么！"提举道；"这等看来，都是小弟治家不严，以致如此。空讲一生道学，不曾做得个完人，快取酒来，先罚我三杯，然后上席。"路公道："这也怪不得亲翁。从来的家法，只能痼形，不能痼影。这是两个影子做出事来，与身体无涉，哪里防得许多？从今以后，也使治家的人知道这番公案，连影子也要提防，决没有露形之事了。"又对观察道："你两个的是非曲直，毕竟要归重一边。若还府上的家教，也与贵连襟一般，使令公郎有所畏惮，不敢胡行，这桩诧事就断然没有了。究竟是你害他，非是他累你。不可因令郎得了便宜，倒说风流的是，道学的不是，把是非曲直颠倒过来，使人喜风流而恶道学，坏先辈之典型。取酒过来，罚你三巨觥，以服贵连襟之心，然后坐席。"观察道："讲得有理，受罚无辞。"一连饮了三杯，就作揖赔个不是，方才就席饮酒，尽欢而散。

【眉批】 形影皆说话语，不独女子为然，观者会意。

【眉批】 仍归正义，不失为名教功臣。不□□□。

从此以后，两家释了芥蒂，相好如初。过到后来，依旧把两院并为一宅，就将两座水阁做了金屋，以贮两位阿娇，题曰："合影楼"，以成其志。不但拆去墙垣，掘开泥土，等两位佳人互相盼望，又架起一座飞桥，以便珍生之来往，使牛郎织女无天河银汉之隔。后来珍生联登二榜，入了词林，位到侍讲之职。

这段逸事出在胡氏《笔谈》，但系抄本，不曾刊版行世，所以见者甚少。如今编做小说，还不能取信于人，只说这一十二座亭台都是空中楼阁也。

【评】

影儿里情郎，画中爱宠，此传奇野史中两个绝好题目。作画中爱宠者，不止十部传奇，百回野史，迤来递成恶套，观者厌之。独有影儿里情郎，自关汉卿出题之后，几五百年，并无一人交卷。不期今日始读异书，但恨出题者不得一见；若得一见，必于《西厢》之外又增一部填词，不但相思害得稀奇、团圆做得热闹，即"捏臂"之关目，比传书递柬者更好看十倍也。

杜于皇曰：读此终篇，叹文章之妙，复叹造化之妙。大抵有缘人，头头相遇，

费尽造化苦心；无缘人，头头相左，也费尽造化苦心。孰为有缘？合影楼中人是也；孰为无缘？变雅堂（吾堂名）中人是也。造化之笔既与笠翁，则有缘无缘两股文字阙一不可，杜陵野老吞声望之。

夺锦楼

第一回　生二女连吃四家茶
　　　　婆双妻反合孤鸾命

词云：

一马一鞍有例，半子难招双婿。失口便伤伦，不俟他年改配。成对，成对，此愿也难轻遂。

右调《如梦令》

这首词，单为乱许婚姻、不顾儿女终身者作。常有一个女儿，以前许了张三，到后来算计不通，又许了李四，以致争论不休，经官动府，把跨凤乘鸾的美事，反做了鼠牙雀角的讼端。那些官断私评，都说他后来改许的不是。据我看来，此等人的过失，倒在第一番轻许，不在第二番改诺，只因不能慎之于始，所以不得不变之于终。

做父母的，那一个不愿儿女荣华，女婿显贵？他改许之意，原是为爱女不过，所以如此，并没有什么歹心。只因前面所许者或贱或贫，后面所许者非富即贵，这点势利心肠，凡是择婿之人，个个都有。但要用在未许之先，不可行在既许之后。未许之先，若能够真正势利，做一个趋炎附势的人，遇了贫贱之家，决不肯轻许，宁可迟些日子，要等个富贵之人，这位女儿就不致轻易失身，倒受他势利之福了。当不得他预先盛德，一味要做古人，置贫贱富贵于不论，及至到既许之后，忽然势利起来，改弦易辙，毁裂前盟，这位女儿就不能够自安其身，反要受他盛德之累了。这番议论，无人敢道，须让我辈胆大者言之，虽系末世之言，即使闻于古人，亦不以为无功而有罪也。

如今说件轻许婚姻之事，兼表一位善理词讼之官，又与世上嫁错的女儿伸一口怨气。

明朝正德初年，湖广武昌府江夏县有个鱼行经纪，姓钱，号小江，娶妻边氏。夫妻两口，最不和睦，一向艰于子息。到四十岁上，同胞生下二女，止差得半刻时辰。世上的人都说儿子象爷，女儿象娘，独有这两个女儿不肯蹈袭成规，另创一种面目，竟象别人家儿女抱来抚养的一般。不但面貌不同，连心性也各别。父母极丑陋、极愚蠢，女儿极标致、极聪明。长到十岁之外，就象海棠着露，菡萏经风，一日娇媚似一日。到了十四岁上，一发使人见面不得，莫说少年子弟看了无不销魂，就是六七十岁的老人家瞥面遇见，也要说几声"爱死，爱死"。资性极好，只可惜不曾读书，但能记账打算而已。至于女工针指，一见就会，不用人教。穿的是缟衣布裙，戴的是铜簪锡珥，与富贵人家女儿立在一处，偏要把她比并下来。旁边议论的人，都说缟布不换绮罗，铜锡不输金玉。只因她抢眼不过，就使有财有力的人家，多算多谋的子弟，都群起而图之。

小江与边氏虽是夫妻两口，却与仇敌一般。小江要许人家，又不容边氏做主；边氏要招女婿，又不使小江与闻。两个我瞒着你，你瞒着我，都央人在背后做事。小江的性子，在家里虽然倔强，见了外面的朋友也还蔼然可亲，不象边氏来得泼悍，动不动要打上街坊，骂断邻里。那些做媒的人都说："丈夫可欺，妻子难惹，求男不如求女，瞒妻不若瞒夫。"所以边氏议就的人家，倒在小江议就的前面。两个女儿各选一个女婿，都叫他拣了吉日，竟送聘礼上门，不怕他做爷的不受。"省得他预先知道，又要嫌张嫌李，不容我自做主张。"

有几个晓事的人说："女儿许人家，全要父亲做主。父亲许了，就使做娘的不

依，也还有状词可告，没有做官的人也为悍妇所制，倒丢了男子汉凭内眷施为之理！"就要别央媒人对小江说合。当不得做媒的人都有些欺善怕恶，叫他瞒了边氏，就个个头疼，不敢招架，都说："得罪于小江，等他发作的时节还好出头分理，就受些凌辱，也好走去禀官；得罪了边氏，使她发起泼来，'男不与妇敌'，莫说被她咒骂不好应声，就是挥上几拳、打上几掌，也只好忍疼受苦，做个'唾面自干'，难道好打她一顿，告她一状不成？"所以到处央媒，并无一人肯做，只得自己对着小江说起求亲之事。

小江看见做媒的人只问妻子，不来问他，大有不平之意。如今听见"求亲"二字，就是空谷足音，得意不过，自然满口应承，哪里还去论好歹？那求亲的人又说："众人都怕令正，不肯做媒，却怎么处？"小江道："两家没人通好，所以用着媒人，我如今亲口许了，还要什么媒妁。"求亲的人得了这句话，就不胜之喜，当面选了吉日，要送盘盒过门。小江的主意也与妻子一般，预先并不通知，直待临时发觉。

不想好日多同，四姓人家的聘礼都在一时一刻送上门来，鼓乐喧天，金珠罗列，辨不出谁张谁李，还只说："送聘的人家知道我夫妻不睦，惟恐得罪了一边，所以一姓人家备了两副礼贴，一副送与男子，一副送与妇人，所谓宁可多礼，不可少礼。"及至取贴一看，谁想"眷侍教生"之下，一字也不肯雷同，倒写得错综有致，头上四个字合念起来，正合着《百家姓》一句，叫做"赵钱孙李"。

夫妻二口就不觉四目交睁，两声齐发。一边说："我至戚之外，哪里来这两门野亲?"一边道:"我喜盒之旁,何故增这许多牢食?"小江对着边氏说:"我家主公不发回书,谁敢收他一盘一盒?"边氏指着小江说:"我家主婆不许动手,谁敢接他一线一丝?"丈夫又问妻子说:"在家从父,出嫁从夫。若论在家的女儿,也该是我父亲为政。若论出嫁的妻子,也该是我丈夫为政。你有什么道理,辄敢胡行?"妻子又问丈夫说"娶媳由父,嫁女由母。若还是娶媳妇,就该由你做主。如今是嫁女儿,自然由我做主。你是何人,敢来僭越?"两边争竞不已,竟要厮打起来。亏得送礼之人一齐隔住,使他近不得身,交不得手。边氏不由分说,竟把自己所许的,照着礼单,件件都替他收下,央人代写回帖,打发来人去了;把丈夫所许的,都叫人推出门外,一件不许收。小江气愤不过,偏要扯进门来,连盘连盒都替他倒下,自己写了回帖,也打发出门。

小江知道这两头亲事都要经官,且把告状做了末着,先以早下手为强,就吩咐亲翁,叫他快选吉日,多备灯笼火把,雇些有力之人前来抢夺,且待抢夺不去,然后告状也未迟。那两姓人家,果然依了此计,不上一两日,就选定婚期,雇了许多打手,随着轿子前来,指望做个万人之敌。不想男兵易斗,女帅难降,只消一个边氏捏了闩门的杠子,横驱直扫,竟把过去的人役杀得片甲不留,一个个都抱头鼠窜,连花灯彩轿、灯笼火把都丢了一半下来,叫做"借寇兵而赍盗粮",被边氏留在家中,备将来遣嫁之用。

小江一发气不过,就催两位亲家速速告状。亲家知道状词难写,没有把亲母告做被犯、亲家填做干证之理,只得做对头不着,把打坏家人的事都归并在他身上,做个"师出有名"。不由县断,竟往府堂告理。准出之后,小江就递诉词一纸,以作应兵,好替他当官说话。

那两姓人家少不得也具诉词,恐怕有夫之妇不便出头,把他写做头名干证,说是媳妇的亲母,好待官府问他。

彼时太守缺员,乃本府刑尊署印。刑尊到任未几,最有贤声,是个青年进士。准了这张状词,不上三日就悬牌挂审。先唤小江上去。盘验了一番,然后审问四姓

之大与状上有名的媒妁。只除边氏不叫，因他有丈夫在前，只说丈夫的话与她所说的一般，没有夫妻各别之理。哪里知道，被告的干证就是原告干证的对头，女儿的母亲就是女婿丈人的仇敌。只见人说"会打官司同笔砚"，不曾见说"会打官司共枕头"。

边氏见官府不叫，就高声喊起屈来。刑尊只得唤她上去。边氏指定了丈夫说："他虽是男人，一些主意也没有，随人哄骗，不顾儿女终身。他所许之人都是地方的光棍，所以小妇人便宜行事，不肯容他做主。求老爷俯鉴下情。"刑尊听了，只说她情有可原，又去盘驳小江。小江说："妻子悍泼非常，只会欺凌丈夫，并无一长可取。别事欺凌还可容恕，婚姻是桩大典，岂有丈夫退位，让妻子专权之理？"刑尊见他也说得是，难以解纷，就对他二人道："论起理来，还该由丈夫做主。只是家庭之事尽有出于常理之外者，不可执一而论。待本厅唤你女儿到来，且看她意思何如，——还是说爷讲的是，娘讲的是？"二人磕头道："正该如此。"

刑尊就出一枝火签，差人去唤女儿。唤便去唤，只说他父母生得丑陋，料想茅茨里面开不出好花，还怕一代不如一代，不知丑到什么地步方才底止，就办一副吃惊见怪的面孔在堂上等她。谁想二人走到，竟使满堂书吏与皂快人等都不避官法，一齐挨挤拢来，个个伸头，人人着眼，竟象九天之上掉下个异宝来的一般。至于堂上之官，一发神摇目定，竟不知这两位神女从何处飞来。还亏得签差禀了一声，说"某人的女儿拿到"，方才晓得是茅茨里面开出来的异花，不但后代好似前代，竟好到没影的去处方才底止。惊骇了一会儿，就问他道："你父母二人不相知会，竟把你们两个许了四姓人家，及至审问起来，父亲又说母亲不是，母亲又说父亲不是，古语道得好：'清官难断家务事。'所以叫你来问：平昔之间，还是父亲做人好，母亲做人好？"

这两个女儿平日最是害羞，看见一个男子尚且思量躲避，何况满堂之人把几百双眼睛盯在她二人身上，恨不得掀开官府的桌围钻进去权躲一刻。谁想官府的法眼又比众人看得分明，看之不足，又且问起话来，叫她满面娇羞，如何答应得出？所以刑尊问了几次，她并不则声，只把面上的神色做了口供，竟象她父母做人都有些不是、为女儿者不好说得的一般。刑尊默喻其意，思想这样绝色女子，也不是将就男人可以配得来的，如今也不论父许的是，母许的是，只把那四个男子一齐拘拢来，替她比并比并，只要配得过的，就断与他成亲罢了。

【眉批】以神色为口供是诉讼之良法，不独此处为然。察言不如观色，当事者不可不知。

算计已定，正要出签去唤男子，不想四个犯人一齐跪上来，禀道："不消老爷出签，小的们的儿子都现在二门之外，防备老爷断亲与他，故此先来等候。待小的们自己出去，各人唤进来就是了。"刑尊道："既然如此，快出去唤来。"

只见四人去不多时，各人扯着一个走进来，禀道："这就是儿子，求老爷判亲与他。"刑尊抬起头来，把四个后生一看，竟象一对父母所生，个个都是奇形怪状，莫说标致的没有，就要选个四体周全、五官不缺的，也不能够。心上思量道："二女之夫少不得出在这四个里面，'矮子队里选将军'，叫我如何选得出？不意红颜薄命，一至于此！"叹息了一声，就把小江所许的叫他跪

在东首，边氏所许的叫他跪在西首；然后把两个女儿唤来跪在中间，对她吩咐道："你父母所许的人都唤来了，起先问你，你既不肯直说，想是一来害羞，二来难说父母的不是。如今不要你开口，只把头儿略转一转，分个向背出来。——要嫁父亲所许的就向了东边，要嫁母亲所许的就向了西边。这一转之间，关系终身大事，你两个的主意，须是要定得好。"说了这一句，连满堂之人都定睛不动，要看她转头。

【眉批】好安排。

【眉批】好指点。

【眉批】好提拔。

谁想这两位佳人，起先看见男子进来，倒还左顾右盼，要看四个人的面容，及至见了奇形怪状，都低头合眼，暗暗地坠起泪来。听见官府问她，也不向东，也不向西，正正地对了官府，就放声大哭起来。越问得勤，她越哭得急，竟把满堂人的眼泪都哭出来，个个替她称冤叫苦。刑尊道："这等看起来，两边所许的各有些不是，你都不愿嫁他的了！我老爷心上也正替你踌躇，没有这等两个人都配了村夫俗子之理。你且跪在一边，我自有处。——叫她父母上来！"

【眉批】东西都不向，只向官府，分明有嫁官之意。

小江与边氏一齐跪到案桌之前，听官吩咐。刑尊把棋子一拍，大怒起来道："你夫妻两口全没有一毫正经，把儿女终身视为儿戏！既要许亲，也大家商议商议，看女儿女婿可配得来。为什么把这样的女儿都配了这样的女婿？你看方才那种哭法，就知道配成之后得所不得所了！还亏得告在我这边，除常律之外，另有一个断法。若把别位官儿，定要拘牵成格，判与所许之人，这两条性命就要在他笔底勾销了！如今两边所许的都不作准，待我另差官媒与她作伐，定要嫁个相配的人。我今日这个断法，也不是曲体私情，不循公道，原有一番至理。待我做出审单与众人看了，你们自然心服。说完之后，就提起笔来写出一篇谳词道：

"审得钱小江与妻边氏，一胞生女二人，均有姿容，人人欲得以为妇。某、某、某、某，希冀联姻，非一日矣。因其夫妇异心，各为婚主，媚灶出奇者，既以结妇欺男为得志；盗铃取胜者，又以掩中袭外为多功。遂致两不相闻，多生阒误。二其女而四其夫，既少分身之法；东家食兮西家宿，亦非训俗之方。相女配夫，怪妍媸之太别；审音察貌，怜痛楚之难胜。是用以情逆理，破格行仁。然亦不敢枉法以行私，仍效引经而折狱。六礼同行，三茶共设，四婚何以并行？父母之命，媒妁之言，二者均不可少。兹审边氏所许者，虽有媒言，实无父命，断之使

就，虑开无父之门；小江所许者，虽有父命，实少媒言，判之使从，是辟无媒之径。均有妨于古礼，且无裨于今人。四男别缔丝萝，二女非其伉俪。宁使噬脐于今日，无令反目于他年。此虽救女之婆心，抑亦筹男之善策也。各犯免供，仅存此案。"

做完之后，付与值堂书吏，叫他对了众人高声朗诵一遍，然后把众人逐出，一概免供。又差人传谕官媒，替二女别寻佳婿。如得其人，定要领至公堂面相一过，做得她的配偶，方许完姻。

【眉批】好戒谕。

【眉批】好夸张。

【眉批】好决断。

【眉批】好躲闪。

官媒寻了几日，领了许多少年，私下说好，当官都相不中。刑尊就别生一法，要在文字之中替她择婿，方能够才貌两全。恰好山间的百姓拿着一对活鹿，解送与他，正合刑尊之意。就出一张告示：限于某月某日季考生童，叫生童于卷面之上把"已冠""未冠"四个字改做"已娶""未娶"，说："本年乡试不远，要识英才于未遇之先，特悬两位淑女，两头瑞鹿做了锦标，与众人争夺。已娶者以得鹿为标，未娶者以得女为标。夺到手者，即是本年魁解。"考场之内原有一所空楼，刑尊唤边氏领着二女住在楼上，把二鹿养在楼下。暂悬一匾，名曰"夺锦楼"。

告示一出，竟把十县的生童引得人人兴发，个个心痴。已娶之人还只从功名起见，抢得活鹿到手，只不过得些彩头。那些未娶的少年，一发踊跃不过，未曾折桂，先有了月里嫦娥，纵不能够大富贵，且先落个小登科。到了考试之日，恨不得把心肝五脏都呕唾出来，去换这两名绝色。考过之后，个个不想回家，都挤在府前等案。

只见到三日之后，发出一张榜来，每县只取十名，听候复试。那些取着的，知道此番复考不在看文字，单为选人材。生得标致的，就有几分机括了。到复试之

日，要做新郎的倒反先做新娘，一个个都去涂脂抹粉，走到刑尊面前，还要扭扭捏捏装些身段出来，好等他相中规模，取作案首。

谁想这位刑尊不但善别人才，又且长于风鉴，既要看他妍媸好歹，又要决他富贵穷通。所以在唱名的时节，逐个细看一番，把朱点做了记号，高低轻重之间，就有尊卑前后之别。考完之后，又吩咐礼房，叫到次日清晨唤齐鼓乐，"待我未曾出堂的时节，先到夺锦楼上迎了那两个女子、两头活鹿出来，把活鹿放在府堂之左，那两个女子坐着碧纱彩轿，停在府堂之右。再备花灯鼓乐，好送她出去成亲。"吩咐已毕，就回衙阅卷。

及至到次日清晨，挂出榜来，只取特等四名。两名"已娶"，两名"未娶"，以充夺标之选。其余一等二等，都在给赏花红之列。"已娶"得鹿之人，不过是两名陪客，无什关系，不必道其姓名。那"未娶"二名，一个是已进的生员，姓袁，名士骏；一个是未进的童生，姓郎，名志远。凡是案上有名的，都齐入府堂，听候发落。闻得东边是鹿，西边是人，大家都舍东就西，去看那两名国色，把半个府堂挤做人山人海。府堂东首，只得一个生员，立在两鹿之旁，徘徊叹息，再不去看妇人。满堂书吏都说他是"已娶"之人，考在特等里面，知道女子没份，少不得这两头活鹿有一头到他，所以预为之计，要把轻重肥瘦估量在胸中，好待临时牵取。谁想那边的秀才走过来一看，都对他拱拱手道："袁兄，恭喜！这两位佳人定有一位是尊嫂了。"那秀才摇摇手道："与我无干。"众人道："你考在特等第一，又是'未娶'的人，怎么说出'无干'二字？"那秀才道：

"少刻见了刑尊，自知分晓。"众人不解其故，都说他是廉逊之词。

只见三梆已毕，刑尊出堂，案上有名之人一齐过去拜谢。刑尊就问："特等诸兄是那几位？请立过一边，待本厅预先发落。"礼房听了这一句，就高声唱起名来。袁士骏之下还该有三名特等，谁想止得两名，都是"已娶"。临了一名不到，就是"未娶"的童生。刑尊道："今日有此盛举，他为什么不来？"袁士骏打一躬，道："这是生员的密友，住在乡间，不知太宗师今日发落，所以不曾赶到。"刑尊道："兄就是袁士骏么？好一分天才，好一管秀笔！今科决中无疑了。这两位佳人实是当今的国色，今日得配才子，可谓天付良缘了。"袁士骏打一躬道："太宗师虽有盛典，生员系薄命之人，不能享此奇福，求另选一名挨补，不要误了此女的终身。"刑尊道："这是何事，也要谦让起来？"叫礼房："去问那两个女子，是哪一个居长，请她上来，与袁相公同拜花烛。"袁士骏又打一躬，止住礼房，叫他不要去唤。刑尊道："这是什么缘故？"袁士骏道："生员命犯孤鸾，凡是聘过的女子，都等不到过门，一有成议，就得暴病而死。生员才满二旬，已曾误死六个女子。凡是推算的星家，都说命中没有妻室，该做个僧道之流。如今虽列衣冠，不久就要逃儒归墨，所以不敢再误佳人，以重生前的罪孽。"刑尊道；"哪有此事！命之理微岂是寻常星士推算得出的！就是几番虚聘，也是偶然，哪有见噎废食之理？兄虽见却，学生断不肯依。只是一件，那第四名郎志远为什么不到？一来选了良时吉日，要等他来做亲，二来复试的笔踪与原卷不合，还要面试一番。他今日不到，却怎么处？"

袁士骏听了这句话，又深深打一躬，道："生员有一句隐情，论理不该说破，因太宗师见论及此，若不说明，将来就成过失了。这个朋友与生员有八拜之交，因他贫不能娶，有心要成就他，前日两番的文字，都生员代作的。初次是他自誉，第二次因他不来，就是生员代写。还只说两卷之内或者取得一卷，就是生员的名字也要把亲事让他，不想都蒙特拔，极是侥幸的了。如今太宗师明察秋毫，看出这种情弊，万一查验出来，倒把为友之心变做累人之具了，所以不敢不说，求太宗师原情恕罪，与他一体同仁。"刑尊道："原来如此！若不亏兄说出，几乎误了一位佳人。

既然如此，两名特等都是兄考的，这两位佳人都该是兄得了。富贵功名倒可以冒认得去，这等国色天香不是人间所有，非真正才人不能消受，断然是假借不得的。"叫礼房快请那两位女子过来，一齐成了好事。

袁士骏又再三推却，说："命犯孤鸾的人，一个女子尚且压她不住，何况两位佳人？"刑尊笑起来道："今日之事，倒合着吾兄的尊造了。所谓命犯孤鸾者，乃是'单了一人、不使成双'之意。若还是一男一女做了夫妻，倒是双而不单，恐于尊造有碍。如今两女一男，除起一双，就要单了一个，岂不是命犯孤鸾？这等看起来，信乎有命。

从今以后，再没有兰摧玉折之事了。"他说话的时节，下面立了无数的诸生，见他说到此处，就一齐赞颂起来，说："从来帝王卿相，都可以为人造命，今日这段姻缘，出自太宗师的特典，就是替兄造命了。何况有这个解法，又是至当不易之理。袁兄不消执意，意与两位尊嫂一同拜谢就是了。"

袁士骏无可奈何，只得勉遵上意，曲徇舆情，与两位佳人立做一处，对着大恩人深深拜了四拜，然后当堂上马，与两乘彩轿一同迎了回去。

出去之后，方才分赐瑞鹿，给赏花红。众人看了袁士骏，都说："上界神仙之乐不能有此，总亏了一位刑尊，实实地怜才好士，才有这番盛举。"

当年乡试，这四名特等之中，恰好中了三位。所遗的一个，原不是真才，代笔的中了，也只当他中一般。后来三个之中只联捷得一个，就是夺着女标的人。

刑尊为此一事，贤名大噪于都中。后来钦取入京，做了兵科给事。袁士骏由翰休散馆，也做了台中，与他同在两衙门，意气相投，不啻家人父子。古语云"惟英雄能识英雄"，此言真不谬也。

【评】

刑尊之判姻事，人皆颂其至公无私，以予论之，全是一团私意。其唤四婿上堂，分列左右，而令二女居中，使之自分向背，此是一段公心。及观二女不向左右，止以娇面向己，号啕痛哭，分明是不嫁四人愿嫁老爷之意；盖因女子无知，不谙大义，谬谓做官之人亦可娶民间妇也。刑尊默识其意，而辞亲话头不便出之于口，是以屏绝四人，而于多士之中择一才貌类己不日为官者以自代，此与鄑侯举曹参同意。谓之"曲体民情"则可，谓之"善秉公道"则不可。然推此一念以临民，又自不为无济。如民欲父我，我即举一人子之；民欲师我，我即择一人弟之；民欲神明尸祝我，我即分任数人以维持保佑之：为仁之方莫善于此，又不得以一事之隐衷而塞千万人受福之路也。

三与楼

第一回 造园亭未成先卖 图产业欲取姑子

诗云：

> 茅庵改姓属朱门，抱取琴书过别村。
>
> 自起危楼还自卖，不将荡产累儿孙。

又云：

> 百年难免属他人，卖旧何如自卖新。
>
> 松竹梅花都入券，琴书鸡犬尚随身。
>
> 壁间诗句休言值，槛外云衣不算缮。
>
> 他是或来闲眺望，好呼旧主作嘉宾。

这首绝名与这首律诗，乃明朝一位高人为卖楼别产而作。卖楼是桩苦事，正该嗟叹不已，有什么快乐倒反形诸歌咏？要晓得世间的产业都是此传舍蓬庐，没有千年不变的江山，没有百年不卖有楼屋。与其到儿孙手里烂贱的送与别人，不若自寻售主，还不十分亏折。即使卖不得价，也还落个慷慨之名，说他明知费重，故意卖轻，与施恩仗义一般，不是被人欺骗。若使儿孙贱卖，就有许多议论出来，说他废祖父之遗业——不孝，割前人之所爱——不仁，昧创业之艰难——不智。这三个恶名都是创家立业的祖父挈他受的。倒不如片瓦不留、卓锥无地之人，反使后代儿孙白手创起家来，还得个"不阶尺士"的美号。所以为人祖父者，到了桑榆暮景之时，也要回转头来，把后面之人看一看，若还规模举动不像个守成之子，倒不如预先出脱，省得做败子封翁，受人讥诮。

【眉批】为穷祖父解嘲，又令好儿孙自勉。

从古及今，最著名的达者只有两位。一个叫做唐尧，一个叫做虞舜。他见儿子生得不肖，将来这份大产业少不得要白送与人，不如送在自家手里，还合着古语二句，叫做：

　　　　宝剑赠与烈士，红粉送与佳人。

若叫儿孙代送，决寻不出这两个受主，少不得你争我夺，勾起干戈。莫说儿子媳妇没有住场，连自己两座坟山，也保不得不来侵扰。有天下者尚且如此，何况庶人！

【眉批】至理出之以趣，那得不娓娓动人。

我如今才说一位达者、一个愚人，与庶民之家做个榜样。这两份

人家的产业，还抵不得唐尧屋上一片瓦，虞舜墙头几块砖，为什么要说两份小人家，竟用着这样的高比？只因这两个庶民一家姓唐，一家姓虞，都说是唐尧虞舜之后，就以国号为姓，一脉相传下来的，所以借祖形孙，不失本源之义。只是这位达者，便有乃祖之风；那个愚人，绝少家传之秘。肖与不肖，相去天渊，亦可为同源异派之鉴耳。

【眉批】无语不带诙谐，可谓今之曼倩。

明朝嘉靖年间，四川成都府成都县有个骤发的富翁，姓唐，号玉川。此人素有田土之癖，得了钱财，只喜买田置地，再不起造楼房，连动用的家伙，也不肯轻置一件。至于衣服饮食，一发与他无缘了。他的本心，只为要图生息，说："良田美产，一进了户，就有花利出来，可以日生月大。楼房什物，不但无利，还怕有回禄之灾，一旦归之乌有。至于衣服一好，就有不情之辈走来借穿；饮食一丰，就有托

熟之人坐来讨吃，不若自安粗粝，使人无可推求。"他拿定这个主意，所以除了置产之外，不肯破费分文。心上如此，却又不肯安于鄙啬，偏要窃个至美之名，说他是唐尧天子之后，祖上原有家风，住的是茅茨土阶，吃的是太羹玄酒，用的是土硎土簋，穿的是布衣鹿裘，祖宗俭朴如此，为后裔者，不可不遵家训。

【眉批】富翁个个如此，不止玉川。

【眉批】喜窃美名，犹是好事；尚有不顾声名，随人笑骂者，乃是最下一流。

众人见他悭吝太过，都在背后料他，说："古语有云：'鄙啬之极，必生奢男。'少不得有个后代出来，替他变古为今，使唐风俭不到底。"谁想生出来的儿子，又能酷肖其父，自小夤缘入学，是个白丁秀才，饮食也不求丰，衣服也不求侈，器玩也不求精。独有房产一事，却与诸愿不同，不肯安于俭朴。看见所住之屋与富贵人家的坑厕一般，自己深以为耻。要想做肯堂肯构之事，又怕兴工动作所费不赀，闻得人说"起新不如买旧"，就与父亲商议道："若置得一所美屋做了住居，再寻一座花园做了书室，生平之愿足矣。"玉川思想做封君，只得要奉承儿子，不知不觉就变起常性来，回复他道："不消性急。有一座连园带屋的门面，就在这里巷之中，还不曾起造得完，少不得造完之日就是变卖之期，我和你略等一等就是了。"儿子道："要卖就不起，要起就不卖，哪有起造得完就想变卖之理？"玉川道："这种诀窍，你哪里得知？有万金田产的人家，才起得千金的屋宇；若还田屋相半，就叫做'树大于根'，少不得被风吹倒。何况这份人家，没有百亩田庄，忽起千间楼屋，这叫做'无根之树'，不待风吹，自然会倒的了。何须问得！"

【眉批】可谓善观成败。画策行兵，都该用着财主。

【眉批】虽是小人之言，为君子者个个乐听。

儿子听了这句话，说他是不朽名言，依旧学了父亲，只去求田，不来问舍。巴不得他早完一日，等自己过去替他落成。原来财主的算计再不会差，到后来果应其言，合着《诗经》二句：

维鹊有巢，维鸠居之。

那个造屋之人乃重华后裔，姓虞，名灏，字素臣，是个喜读诗书不求闻达的高士。只因疏懒成性，最怕应酬，不是做官的材料，所以绝意功名，寄情诗酒，要做个不衫不履之人。他一生一世没有别的嗜好，只喜欢构造园亭，一年到头，没有一日不兴工作。所造之屋定要穷精极雅，不类寻常。他说人生一世，任你良田万顷，厚禄千钟，坚金百镒，都是他人之物，与自己无干；只有三件器皿，是实在受用的东西，不可不求精美。哪三件？

　　日间所住之屋。

　　夜间所睡之床。

　　死后所贮之棺。

他有这个见解列在胸中，所以好兴土木之工，终年为之而不倦。

　　【眉批】亦是不朽名言，但少"量力"二字。

　　唐玉川的儿子等了数载，只不见他完工，心上有些焦躁，又对父亲道："为什么等了许久，他家的房子再造不完，他家的银子再用不尽？这等看起来，是个有积蓄的人家，将来变卖之事有些不稳了。"玉川道："迟一日稳一日，又且便宜一日，你再不要虑他。房子起不完者，只因造成之后看不中意，又要拆了重起，精而益求其精，所以耽搁了日子。只当替我改造，何等便宜！银子用不尽者，只因借贷之家与工匠之辈，见他起得高兴，情愿把货物赊他，工食欠而不取，多做一日多趁他一日的钱财。若还取逼得紧，他就要停工歇作，没有生意做了。所以他的银子还用不完。这叫做'挖肉补疮'，不是真有积蓄。到了扯拽不来的时节，那些放帐的人少不得一齐逼讨，念起紧箍咒来，不怕他不寻头路。田产卖了不够还人，自然想到屋上。若还收拾得早，所欠不多，还好待价而沽，就卖也不肯贱卖。正等他迟些日子，多欠些债负下来，卖得着慌，才肯减价。这都是我们的造化，为什么反去愁他！"儿子听了，愈加赞服。

　　【眉批】此书一出，唤醒多少迷人！但不利于借贷之家与工匠辈耳。

　　【眉批】造屋者见此，个个不寒而栗！

果然到数年之后，虞素臣的逋欠渐渐积累起来，终日上门取讨，有些回复不去，所造的房产竟不能够落成，就要寻人货卖。

但凡卖楼卖屋，与卖田地不同，定要在就近之处寻觅受主，因他或有基址相连，或有门窗相对。就是别人要买，也要访问邻居，邻居口里若有一字不干净，那要买的人也不肯买了。比不得田地山塘，落在空野之中，是人都可以管业。所以卖楼卖屋，定要从近处卖起。唐玉川是个财主，没人赛得他过，不少得房产中人先去寻他。

玉川父子心上极贪，口里只回不要，等他说得紧急，方才走去借观。又故意憎嫌，说他"起得小巧，不像个大门大面。回廊曲折，走路的耽搁工夫；绣户玲珑，防贼时全无把柄。明堂大似厅屋，地气太泄，无怪乎不聚钱财；花竹多似桑麻，游玩者来，少不得常赔酒食。这样房子只好改做庵堂寺院，若要做内宅住家小，其实用他不着"。虞素臣一生心血费在其中，方且得意不过，竟被他嫌出屁来，心上十分不服。只因除了此人别无售主，不好与他争论。那些居间之人劝他"不必憎嫌，总是价钱不贵，就拆了重起，那些工食之费也还有在里边"。

玉川父子二人少不得做好做歹，还一个极少的价钱，不上五分之一。虞素臣无可奈何，只得忍痛卖了。一应厅房台榭、亭阁池沼，都随契交卸；只有一座书楼，是他起造一生最得意的结构，不肯写在契上，要另设墙垣，别开门户，好待他自己栖身。玉川之子定要强他尽卖，好凑方圆。玉川背着众人努一努嘴道："卖不卖由

他，何须强得。但原他留此一线，以作恢复之基，后面发起财来，依旧还归原主，也是一桩好事。"众人听了，都说是长者之言。哪里知道并不长者，全是轻薄之词，料他不能回赎，就留此一线也是枉然，少不得并做一家，只争迟早。所以听他吩咐，极口依从，竟把一宅分为两院，新主得其九，旧人得其一。

原来这几间书楼，竟抵了半座宝塔，上下共有三屋，每屋有匾式一个，都是自己命名、高人写就的。最下一层有雕栏曲槛，竹座花裀，是他待人接物之处，匾额上有四个字云：

> 与人为徒。

中间一层有净几明窗，牙签玉轴，是他读书临帖之所，匾额上有四个字云：

> 与古为徒。

最上一层极是空旷，除名香一炉、《黄庭》一卷之外，并无长物，是他避俗离嚣、绝人屏迹的所在，匾额上有四个字云：

> 与天为徒。

既把一座楼台分了三样用处，又合来总题一匾，名曰："三与楼"。未曾弃产之先，这三种名目虽取得好，还是虚设之词，不曾实在受用。只有下面一屋，因他好客不过，或有远人相访，就下榻于其中，还合着"与人为徒"四个字。至于上面两层，自来不曾走到。如今园亭既去，舍了"与古为徒"的去处，就没有读书临帖之所，除了"与天为徒"的所在，就没有离嚣避俗之场，终日坐在其中，正合着命名之意。才晓得舍少务多，反不如弃名就实。俗语四句果然说得不差：

　　良田万顷，日食一升。

　　大厦千间，夜眠七尺。

以前那些物力都是虚费了的！从此以后，把求多务广精神，合来用在一处，就使这座楼阁分外齐整起来。

　　虞素臣住在其中，不但不知卖园之苦，反觉得赘瘤既去，竟松爽了许多。但不知强邻在侧，这一座楼阁可住得牢？说在下回，自有着落。

第二回　不窝不盗忽致奇赃
　　　　　连产连人愿归旧主

玉川父子买园之后，少不得财主的心性与别个不同，定要更改一番，不必移梁换柱才与前面不同，就像一幅好山水，只消增上一草，减去一木，就不成个画意了。经他一番做造，自然失去本来，指望点铁成金，不想变金成铁。走来的人都说："这座园亭大而无当，倒不若那座书楼紧凑得好。怪不得他取少弃多，坚执不卖，原来有寸金丈铁之分。"玉川父子听了这些说话，就不觉懊悔起来。才知道做财主的，一着也放松不得，就央了原中过去撺掇，叫他写张卖契并了过来。

【眉批】财主做别样事都能点铁成金，独有造楼房、种花木二事，偏要点金成铁。

【眉批】玉川肯放松一着，还是积德的财主。

虞素臣卖园之后，永不兴工，自然没有浪费。既不欠私债，又不少官钱，哪里还肯卖产？就回复他道："此房再去，叫我何处栖身？即使少吃无穿，也还要死守，何况支撑得去，叫他不要思量。"

中人过来说了，玉川的儿子未免讥诮父亲，说他："终日料人，如今料不着了。"玉川道："他强过生前，也强不过死后。如今已是半老之人，又无子嗣，少不得一口气断，连妻妾家人都要归与别个，何况这几间住房！到那时节，连人带土一齐并他过来，不怕走上天去。"儿子听了，道他"虽说得是，其如大限未终，等他不得，还是早些归并的好"。

从此以后，时时刻刻把虞素臣放在心头，不是咒他早死，就是望他速穷；到那没穿少吃的时节，自然不能死守。谁想人有善愿，天不肯从，不但望他不穷，亦且

咒他不死。过到后面，倒越老越健起来。衣不愁穿，饭不少吃，没有卖楼的机会。

【眉批】素臣不死不穷，全亏财主咒望。凡咒人死、望人穷者，皆系颂祷之词，替人增福延寿者也。

玉川父子懊恼不过，又想个计较出来，倒去央了原中，逼他取赎，说："一所花园，住不得两家的宅眷，立在三与楼上，哪一间厅屋不在眼前？他看见我的家小，我不见他的妇人，这样失志的事没人肯做。"虞素臣听了这些话，知道退还是假，贪买是真，依旧照了前言斩钉截铁地回复。

玉川父子气不过，只得把官势压他，写了一张状词，当堂告退，指望通些贿赂，买嘱了官府，替他归并过来。谁想那位县尊也曾做过贫士，被财主欺凌过的，说："他是个穷人，如何取赎得起？分明是吞并之法。你做财主的便要为富不仁，我做官长的偏要为仁不富！"当堂辱骂一顿，扯碎状子，赶了出来。

虞素臣有个结义的朋友，是远方人氏，拥了巨万家资，最喜轻财任侠。一日，偶来相访，见他卖去园亭，甚为叹息。又听得被人谋占，连这一线窠巢也住不稳，将来必有尽弃之事，就要捐出重资替虞素臣取赎。当不得他为人狷介，莫说论千论百不肯累人，就送他一两五钱，若是出之无名，他也决然推却。听了朋友的话，反说他："空有热肠，所见不达。世间的产业，哪有千年不卖的？保得生前，也保不得身后。你如今替我不忿，损了重资，万一赎将过来，住不上三年五载，一旦身亡，并无后嗣，连这一椽片瓦少不得归与他人，你就肯仗义轻财，只怕这般盛举也行不得两次。难道如今替人赎了，等到后面又替鬼赎不成？"那位朋友见他回得决烈，也就不好相强，在他三与楼下宿了几夜，就要告别而归。临行之际，对了虞素臣道："我夜间睡在楼下，看见有个白老鼠走来走去，忽然钻入地中，一定是财星出现。你这所房子千万不可卖与人，或者住到后面，倒得些横财也未见得。"虞素臣听了这句话，不过冷笑一声，说一句"多谢"，就与他分手。古语道得好："横财不发命穷人。"只有买屋的财主时常掘着银藏，不曾见有卖产的人在自家土上拾到半个低钱。虞素臣是个达人，哪里肯作痴想。所以听他说话，不过冷笑一声，决不去翻砖掘土。

唐玉川父子自从受了县官的气，悔恨之后，继以羞惭，一发住不得手。只望他早死一日，早做一日的孤魂，好看自家进屋。谁想财主料事件件料得着，只有"生死"二字不肯由他做主。虞素臣不但不死，过到六十岁上，忽然老兴发作，生个儿子出来。一时贺客纷纷，齐集在三与楼上，都说："恢复之机，端在是矣。"玉川父子听见，甚是彷徨。起先惟恐不得，如今反虑失之，哪里焦躁得过！

不想到一月之后，有几个买屋的原中，忽然走到，说："虞素臣生子之后，倒被贺客弄穷了，吃得他盐干醋尽。如今别无生法，只得想到住居，断根出卖的招贴都贴在门上了。机会不可错过，快些下手！"玉川父子听见，惊喜欲狂。还只怕他记恨前情，宁可卖与别人，不屑同他交易。谁想虞素臣的见识与他绝不相同，说："唐虞二族比不得别姓人家，他始祖帝尧曾以天下见惠，我家始祖并无一物相酬。如今到儿孙手里，就把这些产业白送与他，也不为过，何况得了价钱。决不以今日之小嫌，抹煞了先世的大德。叫他不须芥蒂，任凭找些微价，归并过去就是了。"玉川父子听见，欣幸不已，说："我平日好说祖宗，毕竟受了祖宗之庇，若不是遥遥华胄，怎得这奕奕高居？故人乐有贤祖宗。"也就随着原中过去，成了交易。他一向爱讨便宜，如今叙起旧来，自然要叨惠到底。虞素臣并不较量，也学他的祖宗，竟做推位让国之事，另寻几间茅屋搬去栖身，使他成了一统之势。

有几个公直朋友替虞素臣不服，说："有了楼房，哪一家不好卖得？偏要卖与贪谋之人，使他遂了好谋，到人面前说嘴！你未有子嗣之先倒不肯折气，如今得了子嗣，正在恢复之基，不赎他的转来也够得紧了，为什么把留下的产业又送与他？"

虞素臣听见，冷笑了一声，方才回复道："诸公的意思极好，只是单顾眼前，不曾虑到日后。我就他的意思，原是为着自己，就要恢复，也须等儿子大来，挣起人家，方才取赎得转。我是个老年之人，料想等不得儿子长大。焉知我死之后，儿子不卖与他？与其等儿子弃产，使他笑骂父亲，不如父亲卖楼，还使人怜惜儿子。这还是桩小事。万一我死得早，儿子又不得大，妻子要争饿气，不肯把产业与人，他见新的图不到手，旧的又怕回赎，少不得要生毒计，斩绝我的宗祧，只怕产业赎不来，连儿子都送了去，这才叫做折本。我如今贱卖与他，只当施舍一半，放些欠帐与人。到儿孙手里，他就不还，也有人代出。古语云'吃亏人常在'，此一定之理也。"众人听到此处，虽然警醒，究竟说他迂阔。

【眉批】常有此事。

【眉批】因他好说祖宗，故以祖宗相戏，若当实话，是痴人说梦矣。

不想虞素臣卖楼之后，过不上几年，果然死了。留下三尺之童与未亡人抚育，绝无生产，只靠着几两楼价生些微利出来，以做糊口之计。唐玉川的家资一日富似一日。他会创业，儿子又会守成，只有进气，没有出气，所置的产业竟成了千年不拔之基。众人都说："天道无知，慷慨仗义者，子孙个个式微，刻薄成家者，后代偏能发迹！"谁想古人的言语再说不差：

　　　善恶到头终有报，只争来早与来迟。

这两句说话，虽在人口头，却不曾留心玩味。若还报得迟的也与报得早的一样，岂不难为了等待之人？要晓得报应的迟早，就与放债取利一般，早取一日，少取一日的子钱；多放一年，多生一年的利息。你望报之心愈急，他偏不与你销缴，竟像没有报应的一般。等你望得心灰意懒，丢在肚皮外面，他倒忽然报应起来，犹如多年的冷债，主人都忘记了，平空白地送上门来，又有非常的利息，岂不比那现讨现得的更加爽快！

虞素臣的儿子长到十七八岁，忽然得了科名，叫做虞嗣臣，字继武。做了一任县官，考选进京，升授掌科之职，为人敢言善诤，世宗皇帝极眷注他。

一日，因母亲年老，告准了终养，驰驿还家。竟在数里之外看见一个妇人，年纪不过二十多岁，手持文券，跪在道旁，口中叫喊："只求虞老爷收用。"继武唤她上船，取文契一看，原来是她丈夫的名字，要连人带产投靠进来为仆的。继武问她道："看你这个模样，有些大家举止，为什么要想投靠？丈夫又不见面，叫你这妇人出头，赶到路上来叫喊？"那妇人道："小妇人原是旧家，只因祖公在日好置田产，凡有地亩相连、屋宇相接的，定要谋来凑锦。那些失业之人，不是出于情愿，个个都怀恨在心。起先祖公未死，一来有些小小时运，不该破财，二来公公是个生员，就有些官符口舌，只要费些银子，也还抵挡得住。不想时运该倒，未及半载，祖公相继而亡，丈夫年小，又是个平民，那些欺孤虐寡的人就

一齐发作，就往府县告起状来。一年之内，打了几十场官司，家产费去一大半。如今还有一桩奇祸，未曾销缴。丈夫现在狱中，不是钱财救得出、分上讲得来的，须是一位显宦替他出头分理，当做己事去做，方才救得出来。如今本处的显宦只有老爷，况且这桩事情又与老爷有些干涉，虽是丈夫的事，却与老爷的事一般。所以备下文书，叫小妇人前来投靠。凡是家中的产业。连人带土都送与老爷，只求老爷不弃轻微，早些收纳。"

继武听了此言，不胜错愕，问她："未曾一缴的是桩什么事？为何干涉于我？莫非我不在家，奴仆借端生事，与你丈夫两个一齐惹出祸来，故此引你投靠，要我把外面的人都认做管家，覆庇你们做那行势作恶的事么？"那妇人道："并无此事。只因家中有一座高阁，名为三与楼，原是老爷府上卖出来的。管业多年，并无异说。谁想到了近日，不知什么仇人递了一张匿名状子，说丈夫是强盗窝家，祖孙三

代俱做不良之事，现有二十锭元宝藏在三与楼下，起出真赃，便知分晓。县官见了此状，就密差几个应捕前来起赃。谁想在地板之下，果然起出二十锭元宝。就把丈夫带入县堂，指为窝盗，严刑夹打，要他招出同伙之人与别处劫来的赃物。丈夫极力分拆，再辩不清。这宗银子不但不是己物，又不知从何处飞来。只因来历不明，以致官司难结。还喜得没有失主，问官作了疑狱，不曾定下罪名。丈夫终日思想：这些产业原是府上出来的，或者是老爷的祖宗预先埋在地下，先太老爷不知，不曾取得，所以倒把有利之事贻害于人。如今不论是不是，只求老爷认了过来，这宗银子就有着落。银子一有着落，小妇人的丈夫就从死中得活了。性命既是老爷救，家产该是老爷得。何况这座园亭、这些楼屋，原是先太老爷千辛万苦创造出来的，物各有主，自然该归与府上，并没有半点嫌疑，求老爷不要推却。"

【眉批】问至此□，却是一位贤绅。他人处此，方且欣幸不遑，要回去犒赏家人，以开生财之路矣。

【眉批】奇绝，怪绝！

【眉批】更奇。更绝！

【眉批】妙在仇家代说。

继武听了这些话，甚是狐疑，就回复她道："我家有禁约在先，不受平民的投献，这'靠身'二字不必提起。就是那座园亭、那些楼屋，俱系我家旧物，也是明中正契出卖与人，不是你家占去的，就使我要，也要把原价还你，方才管得过来，没有白白退还之理。至于那些元宝，一发与我无干，不好冒认。你如今且去，待我会过县官，再叫他仔细推详，定要审个明白。若无实据，少不得救你丈夫出来，决

不冤死他就是。"妇人得了此言，欢喜不尽，千称万谢而去。

但不知这场祸患从何而起，后来脱与不脱？只剩一回，略观便晓。

【眉批】乡宦圣人，圣人乡宦。能使代代为官，不止身荣而己。

第三回　老侠士设计处贪人
　　　　　　　贤令君留心折疑狱

　　虞继武听了妇人的话，回到家中，就把自己当做问官，再三替他推测道："莫说这些财物不是祖上所遗，就是祖上所遗，为什么子孙不识，宗族不争，倒是旁人知道，走去递起状来？状上不写名字，分明是仇害无疑了。只是那递状之人就使与他有隙，哪一桩歹事不好加他，定要指为窝盗？起赃的时节又能果应其言，却好不多不少，合着状上的数目；难道那递状之人为报私仇，倒肯破费千金，预先埋在它地上，去做这桩呆事不成？"想了几日，并无决断，就把这桩疑事刻刻放在心头，睡里梦里定要噫呀几声，哝聒几句。

　　太夫人听见，问他为着何事。继武就把妇人的话细细述了一番。太夫人初听之际也甚是狐疑，及至想了一会，就忽然大悟道："是了，是了！这主银子果然是我家的，他疑得不错。你父亲在日，曾有一个朋友，是远方之人，他在三与楼下宿过几夜，看见有个白老鼠走来走去，钻入地板之中。他临去的时节，曾对你父亲说过，叫他不可卖楼，将来必有横财可得。这等看起来，就是财神出现。你父亲不曾取得，所以嫁祸于人。竟去认了出来，救他一命就是了。"虞继武道："这些说话，还有些费解，仕宦口中说不得荒唐之事。何况对了县父母讲出'白老鼠'三个字来，焉知不疑我羡慕千金不好白得，故意创为此说，好欺骗愚人？况且连这个白老鼠也不是先人亲眼见的，连这句荒唐话也不是先人亲口讲的，玄而又虚，真所谓痴人说梦。既是我家的财物，先人就该看见，为什么自己不见露形，反现在别人眼里？这是必无之事，不要信他。毕竟要与县父母商量，审出这桩疑事，救了无罪之民，才算个仁人君子。"

正在讲话之际，忽有家人传禀，说："县官上门参谒。"继武道："正要相会，快请进来！"

【眉批】能持大体，善避小嫌，他日名宦簿中少此公不得。

知县谒见之后，说了几句闲话，不等虞继武开口，先把这桩疑事请教主人，说："唐某那主赃物，再三研审，不得其实。昨日又亲口招称说：'起赃之处，乃府上的原产，一定是令祖所遗。故此卑职一来奉谒，二来请问老大人，求一个示下，不知果否？'"继武道："寒家累代清贫，先祖并无积蓄，这主赃物，学生不敢冒认，以来不洁之名。其间必有他故，也未必是窝盗之赃，还求老父母明访暗察，审出这桩事来，出了唐犯之罪才好。"知县道："太翁仙逝之日，老大人尚在髫龄，以前的事或者未必尽晓。何不请问太夫人，未经弃产

之时，可略略有些见闻否？"继武道："已曾问过家母，家母说来的话颇近荒唐，又不出于先人之口，如今对了老父母不便妄谈，只好存而不论罢了。"

知县听见这句话，毕竟要求说明。继武断不肯说。亏了太夫人立在屏后，一心要积阴功，就吩咐管家出来，把以前的说话细述一篇，以代主人之口。知县听罢，默默无言，想了好一会，方才对管家道："烦你进去再问一声，说：'那看见白鼠的人住在哪里，如今在也不在，他家贫富如何，太老爷在日与他是何等的交情，曾有缓急相通之事否？'求太夫人说个明白。今日这番问答就当做审事一般，或者无意之中倒决了一桩疑狱，也未见得。"

【眉批】好一位贤母！不但要做太夫人，还想做太太夫人者也。

管家进去一会，又出来禀复道："太夫人说，那看见白鼠的，乃远方人氏，住在某府某县，如今还不曾死。他的家资极厚，为人仗义疏财，与太老爷有金石之契。看见太老爷卖去园亭，将来还有卖楼之事，就要捐金取赎。太老爷自己不愿，方才中止。起先那句话，是他临行之际说出来的。"知县又想一会，吩咐管家，叫他进去问道："既然如此，太老爷去世之后，他可曾来赴吊？相见太夫人，问些什么说话？一发讲来。"

管家进去一会，又出来禀复道："太夫人说，太老爷殁了十余年，他方才知道，特地赶来祭奠。看见楼也卖去，十分惊骇，又问：'我去之后，可曾得些横财？'太夫人说：'并不曾有。'他就连声叹息，说：'便宜了受业之人！欺心谋产，又得了不义之财，将来必有横祸。'他去之后，不多几日，就有人出首唐家，弄出这桩事。太夫人常常赞服，说他有先见之明。"知县听到此处，就大笑起来，对了屏风后深深打一躬道："多谢太夫人教导，使我这愚蒙县令审出一桩奇事来。如今不消说得，竟烦尊使递张领状，把那二十锭元宝送到府上来就是了。"

继武道："何所见而然？还求老父母明白赐教。"知县道："这二十锭元宝，也不是令祖所遗，也不是唐犯所劫，就是那位高人要替先太翁赎产。因先太翁素性廉介，坚执不从，故此埋下这主财物，赠与先太翁，为将来赎产之费的。只因不好明讲，所以假托鬼神，好等他去之后，太翁掘取的意思。及至赴吊之时，看见不赎园亭，又把住楼卖去，就知道这主财物反为仇家所有。心上气愤不过，到临去之际丢下一张匿名状词，好等他破家荡产的意思。如今真情既白，原物当还，竟送过来就是了。还有什么讲得！"虞继武听了，心上虽然赞服，究竟碍了嫌疑，不好遽然称谢，也对知县打了一躬，说他："善察迩言，复多奇智，虽龙图复出，当不至此。只是这主财物虽说是侠士所遗，究竟没人证见，不好冒领，求老父母存在库中，以备赈饥之费罢了。"

【眉批】好个神明县令。只以胸中度出。故语云：公生明。欲学断□事者必先学其存心。

正在推让之际，又有一个家人，手持红帖，对了主人轻轻地禀道："当初讲话的人现在门首，说从千里之外赶来问候太夫人的。如今太爷在此，本不该传，只因当日的事情是他知道，恰好来在这边，所以传报老爷，可好请进来质问？"虞继武大喜，就对知县说知。知县更加踊跃，叫快请进来。

只见走到面前，是个童颜鹤发的高士，藐视新贵，重待故人，对知县作了一揖，往后面竟走，说："我今日之来，乃问候亡友之妻，不是趋炎附热。贵介临门，不干野叟之事，难以奉陪。引我到内室之中，去见嫂夫人罢了。"虞继武道："老伯远来，不该屈你陪客，只因

县父母有桩疑事要访问三老，难得高人到此，就屈坐片刻也无妨。"

【眉批】有藐视新贵之心，始有重待故人之义；有挥金仗义之朋，斯有不拾遗金之友。读此可得论事论人之法。

此老听见这句话，方才拱手而坐。知县陪了一茶，就打躬问道："老先生二十年前曾做一桩盛德之事，起先没人知觉，如今遇了下官，替你表白出来了。那藏金赠友、不露端倪、只以神道设教的事，可是老先生做的么？"此老听见这句话，不觉心头跳动，半晌不言。踌躇了一会，方才答应他道："山野之人，哪有什么盛德之事？这句说话，贤使君问错了。"虞继武道："白鼠出现的话，闻得出于老伯之口。如今为这一桩疑事，要把窝盗之罪加与一个良民，小侄不忍，求县父母宽释他。方才说到其间，略略有些头绪，只是白鼠之言究竟不知是真是假，求老伯一言以决。"

此老还故意推辞，不肯直说。直到太夫人传出话来，求他吐露真情，好释良民之罪，此老方才大笑一场，把二十余年不曾泄露的心事，一齐倾倒出来，与知县所

言，不爽一字。连元宝上面凿的什么字眼，做的什么记号，叫人取来质验，都历历不差。

知县与继武称道此老的盛德。此老与继武夸颂知县的神明。知县与此老又交口赞叹，说继武"不修宿怨，反沛新恩，做了这番长厚之事，将来前程远大，不卜可知"。你赞我，我赞你，大家讲个不住。只是两班皂快立在旁边，个个掩口而笑，说："本官出了告示，访拿匿名递状之人，如今审问出来，不行夹打，反同他坐了讲话，岂不是件新闻！"

【眉批】毕竟以太夫人为重，才不首鼠两端，见作者针线之密。

【眉批】好收拾法。

知县回到县中，就取那二十锭元宝，差人送上门来，要取家人的领状。继武不收，写书回复知县，求他把这项银两给与唐姓之人，以为赎产之费。一来成先人之志，二来遂侠客之心，三来好等唐姓之人别买楼房居住，庶使与者受者两不相亏，均颂仁侯之异政。

【眉批】仁人也，孝子也，廉士也。三代以下，不再复有完人，读此为之下泪。

知县依了书中的话，把唐犯提出狱来，给还原价，取出两张卖契，差人押送上门，把楼阁园亭交还原主管业。当日在三与楼上举酒谢天，说："前人为善之报，丰厚至此；唐姓为恶之报，惨酷至此。人亦何惮而不为善，何乐而为不善哉！"

唐姓夫妇依旧写了身契，连当官所领之价，一并送上门来，抵死求他收用。继武坚辞不纳，还把好言安慰他。唐姓夫妇刻了长生牌位，领回家去供养。虽然不蒙收录，仍以家主事之，不但报答前恩，也要使旁人知道，说他是虞府家人，不敢欺负的意思。

众人有诗一首，单记此事，要劝富厚之家不可谋人田产。其诗云：

> 割地予人去，连人带产来。
>
> 存仁终有益，图利必生灾。

【评】

　　县令之神明，老友之任侠，与继武之廉静居乡、不修宿怨，三者均堪不朽。仕宦居官者，当以县令为法；居乡者，当以继武为法。独是庶民之有财力者，不当以老叟为法，因其匿名递状一节不可训耳。然从来侠客所行之事，可训者绝少；如其可训，则是义士，非侠客也。义与侠之分，在可训不可训之间而已矣。

夏宜楼

第一回　浴荷池女伴肆顽皮
　　　　　慕花容仙郎驰远目

诗云：

　　两村姐妹一般娇，同住溪边隔小桥。

　　相约采莲期早至，来迟罚取荡轻桡。

又云：

　　采莲欲去又逡巡，无语低头各祷神。

　　折得并头应嫁早，不知佳兆属何人。

又云：

　　不识谁家女少年，半途来搭采莲船。

　　荡舟懒用些须力，才到攀花却占先。

又云：

　　采莲只唱采莲词，莫向同侪浪语私。

　　岸上有人闲处立，看花更看采花儿。

又云：

　　人在花中不觉香，离花香气远相将。

　　从中悟得勾郎法，只许郎看不近郎。

又云：

　　姊妹朝来唤采蘘，新汝草草欠舒徐。

　　云鬟摇动浑松却，归去重教阿母梳。

这六首绝句，名为《采莲歌》，乃不肖儿时所作。共得十首，今去其四。凡作采莲诗者，都是借花以咏闺情，再没有一首说着男子。又是借题以咏美人，并没有一句说着丑妇。可见荷花不比别样，只该是妇人采，不该有男子摘；只该入美人之手，不该近丑妇之身。

世间可爱的花卉不知几千百种，独有荷花一件更比诸卉不同：不但多色，又且多姿；不但有香，又且有韵；不但娱神悦目，到后来变作莲藕，又能解渴充饥。古人说她是"花之君子"，我又替她别取一号，叫做"花之美人"。这一种美人，不但在偎红倚翠、握雨携云的时节方才用得她着，竟是个荆钗裙布之妻，箕帚賤鬺之妇，既可生男育女，又能宜室宜家。自少至老，没有一日空闲、一时懒惰。开花放蕊的时

节，是她当令之秋，那些好处都不消说得，只说她前乎此者与后乎此者。自从出水之际，就能点缀绿波，雅称荷钱之号。未经发蕊之先，便可饮漱清香，无愧碧筒之誉。花瓣一落，早露莲房。荷叶虽枯，犹能适用。这些妙处，虽是她的绪余，却也可矜可贵。比不得寻常花卉，不到开放之际，毫不觉其可亲；一到花残絮舞之后，就把她当了弃物。古人云："弄花一年，看花十日。"想到此处，都有些打算不来。独有种荷栽藕，是桩极讨便宜之事，所以将她比做美人。

我往时讲一句笑话，人人都道可传，如今说来请教看官，且看是与不是：但凡戏耍褻狎之事，都要带些正经，方才可久。尽有戏耍褻狎之中，做出正经事业来者。就如男子与妇人交媾，原不叫做正经，为什么千古相传，做了一件不朽之事？只因在戏耍褻狎里面，生得儿子出来，绵百世之宗祧，存两人之血脉，岂不是戏耍

而有益于正，亵狎而无叛于经者乎！因说荷花，偶然及此，幸勿怪其饶舌。

如今叙说一篇奇话，因为从采莲而起，所以就把采莲一事做了引头，省得在树外寻根，到这移花接木的去处，两边合不着榫也。

元朝至正年间，浙江婺州府金华县，有一位致仕的乡绅，姓詹，号笔峰，官至徐州路总管之职。因早年得子二人，先后皆登仕路，故此急流勇退，把未尽之事付与两位贤郎，终日饮酒赋诗为追陶仿谢之计。中年生得一女，小字娴娴，自幼丧母，俱是养娘抚育。詹公不肯轻易许配，因有儿子在朝，要他在仕籍里面选一个青年未娶的，好等女儿受现成封诰。

这位小姐既有秾桃艳李之姿，又有璞玉浑金之度，虽生在富贵之家，再不喜娇妆艳饰，在人前卖弄娉婷。终日淡扫蛾眉，坐在兰房，除女工绣作之外，只以读书为事。詹公家范极严，内外男妇之间最有分别。家人所生之子，自十岁以上者就屏出二门之外，即有呼唤，亦不许擅入中堂，只立在阶沿之下听候使令。因女儿年近二八，未曾赘有东床，恐怕她身子空闲，又苦于寂寞，未免要动怀春之念，就生个法子出来扰动她：把家人所生之女，有资性可教面目可观者，选出十数名来，把女儿做了先生，每日教她写字一张，识字几个，使任事者既不寂寞，又不空闲，自然不生他想。哪里知道，这位小姐原是端庄不过的，不消父母防闲，她自己也会防闲。自己知道年已及笄，芳心易动，刻刻以惩邪遏欲为心。见父亲要她授徒，正合着自家的意思，就将这些女伴认真教诲起来。

一日，时当盛夏，到处皆苦炎蒸。她家亭榭虽多，都有日光晒到，难于避暑。独有高楼一所，甚是空旷，三面皆水，水里皆种芙蕖，上有绿槐遮蔽，垂柳相遭，自清早以至黄昏，不漏一丝日色。古语云"夏不登楼"，独有他这一楼偏宜于夏，所以詹公自题一匾，名曰"夏宜楼"。娴娴相中这一处，就对父亲讲了，搬进里面去住。把两间做书室，一间做卧房，寝食俱在其中，足迹不至楼下。

偶有一日，觉得身体困倦，走到房内去就寝。那些家人之女都是顽皮不过的，张得小姐去睡，就大家高兴起来，要到池内采荷花，又无舟楫可渡。内中有一个道："总则没有男人，怕什么出身露体？何不脱了衣服，大家跳下水去，为采荷花，又带便洗个凉澡，省得身子烦热，何等不妙！"这些女伴都是喜凉畏暑，连这一衫一裤都是勉强穿着的，巴不得脱去一刻，好受一刻的风凉。况有绿水红莲与她相映，只当是女伴里面又增出许多女伴来，有什么不好。就大家约定，要在脱衫的时节一齐脱衫，解裤的时节一齐解裤，省得先解先脱之人露出惹看的东西，为后解后脱之人所笑。果然不先不后，一齐解带宽裳，做了个临潼胜会，叫做"七国诸侯一同赛宝"。你看我，我看你，大家笑个不住。脱完之后，又一同下水，倒把采莲做了末着，大家玩耍起来。也有摸鱼赌胜的，也有没水争奇的，也有在叶上弄珠的，也有在花间吸露的，也有搭手并肩交相摩弄的，也有抱胸搂背互讨便宜的，又有三三两两打做一团、假做吃醋拈酸之事的。

正在吵闹之际，不想把娴娴惊醒，偏寻女使不见，只听得一片笑声，就悄悄爬下床来。步出绣房一看，只见许多狡婢，无数顽徒，一个个赤身露体都浸在水中。看见小姐出来，哪一个不惊慌失色？上又上不来，下又下不去，都弄得进退无门。娴娴恐怕呵叱得早，不免要激出事来，倒把身子缩进房去，佯为不知，好待她们上岸。直等衣服

着完之后，方才唤上楼来，罚她一齐跪倒，说："做妇女的人，全以廉耻为重，此事可做，将来何事不可为！"众人都说："老爷家法森严，并无男子敢进内室。恃得没有男人，才敢如此。求小姐饶个初犯！"娴娴不肯轻恕，只分个首从出来。为从者一般吃打，只保得身有完肤；为首倡乱之人，直打得皮破血流才住。詹公听见啼哭之声，叫人问其所以，知道这番情节，也说打得极是，赞女儿教诲有方。

谁想不多几日，就有男媒女妁上门来议亲。所说之人，是个旧家子弟，姓瞿，名佶，字吉人，乃婺郡知名之士。一向原考得起，科举新案又是他的领批。一面央人说亲，一面备了盛礼，要拜在门下。娴娴左右之人，都说他俊俏不过，真是风流才子。詹公只许收入门墙，把联姻缔好之事且模糊答应，说："两个小儿在京，恐怕别有所许，故此不敢遽诺，且待秋闱放榜之后，再看机缘。"他这句话明明说世宦之家不肯招白衣女婿，要他中过之后才好联姻的意思。瞿吉人自恃才高，常以一甲自许，见他如此回复，就说："这头亲事，拿定是我的，只迟得几个日子。但叫媒婆致意小姐，求她安心乐意，打点做夫人。"娴娴听见这句话，不胜之喜，说："他没有必售之才，如何拿得这样稳？但愿果然中得来，应了这句说话也好。"

及至秋闱放榜，买张小录一看，果然中了经魁。娴娴得意不过，知道自家的身子必归此人，可谓终身有靠，巴不得他早些定局，好放下这条肚肠。怎奈新中的孝廉住在省城，定有几时耽搁。娴娴望了许久，并无音耗，就有许多疑虑出来。又不知是他来议婚父亲不许，又不知是发达之后另娶豪门。从来女子的芳心，再使她动掸不得，一动之后，就不能复静，少不得到愁攻病出而后止。一连疑了几日，就不觉生起病来。怕人猜忌她，又不好说得，只是自疼自苦，连丫鬟面前也不敢嗟叹一句。

不想过了几日，那个说亲的媒婆又来致意她道："瞿相公回来了，知道小姐有恙，特地叫我来问安。叫你保重身子，好做夫人，不要心烦意乱。"娴娴听见这句话，就吃了一大惊，心上思量道："我自己生病，只有我自己得知，连贴身服事的人都不晓得。他从远处回家，何由知道，竟着人问起安来？"踌躇了一会，就在媒婆面前再三掩饰，说："我好好一个人，并没有半毫灾晦，为什么没缘没故咒人生起病来？"媒婆道："小姐不要推调，他起先说你有病，我还不信。如今走进门来，看你这个模样，果然瘦了许多，才说他讲得不错。"娴娴道："就使果然有病，他何由得知？"媒婆道："不知什么缘故，你心上的事体他件件晓得，就象同肠合肺的一般。不但心上如此，连你所行之事，没有一件瞒得他。他的面颜你虽不曾见过，你的容貌他却记得分明，对我说来，一毫不错。想是你们两个前生前世原是一对夫妻，故此不曾会面就预先晓得。"娴娴道："我做的事他既然知道，何不说出几件来？"媒婆道："只消说一件就够你吃惊了。他说自己有神眼，远近之事无一毫不见。某月某日，你曾睡在房中，竟有许多女伴都脱光了身子，下水去采莲，被你走出来看见，每人打了几板，末后那一个更打得凶，这一件事可是真的么？"娴娴道："这等讲来，都是我家内之人口嘴不好，把没要紧的说话都传将出去，所以他得知。哪里是什么凤缘，哪里有什么神眼！"媒婆道："别样的话传得出去，你如今自家生病，又不曾告诉别人，难道也是传出去的？况且那些女伴洗澡，他都亲眼见过，说十个之中有几个生得白，有几个生得黑，又有几个在黑白之间。还说有个披发女子，面貌肌肤尽生得好，只可惜背脊上面有个碗大的疮疤。这句说话是真是假，合得着合不着？你去想就是了。"

娴娴听了这几句，就不觉口呆目定，慌做一团，心上思量道："若说我家门户不谨，被人闪匿进来，他为什么只看丫鬟，不来调戏小姐？何所闻而来，何所见而去？况且我家门禁最严，十岁之童都走进二门不得。他是何人，能够到此？若说他是巧语花言，要骗我家的亲事，为什么信口讲来，不见有一字差错？

这等看起来，定是有些凤缘。就未必亲眼看见，也定有梦魂到此，所谓精灵不隔、神气相通的缘故了。"想到此处，就愈加亲热起来，对着媒婆道："既然如此，为什么亲事不说，反叫你来见我？"媒婆道："一来为小姐有恙，他放心不下，恐怕耽搁迟了，你要加出病来，故此叫我安慰一声，省得小姐烦躁。二来说老爷的意思定要选个富贵东床，他如今虽做孝廉，还怕不满老爷之意，说来未必就允，求小姐自做主张，念他有夙世姻缘，一点精灵终日不离左右，也觉得可怜。万一老爷不允，倒许了别家，他少不得为你而死。说他这条魂灵，在生的时节尚且一刻不离，你做的事情他件件知道；既死之后，岂肯把这条魂灵倒收了转去？少不得死，跟着你，只怕你与那一位也过不出好日子来。不如死心塌地只是嫁他的好。"

娴娴的意思原要嫁他，又听了那些怪异之事，得了这番激切之言，一发牢上加牢，固上加固，绝无一毫转念了。就回复媒婆道："叫他放心，速速央人来说。老爷许了就罢，万一不许，叫他进京之后，见我们大爷二爷，他两个是怜才的人，自然肯许。"媒婆得了这句话，就去回复吉人。吉人大喜，即便央人说合，但不知可能就允。

看官们看到此处，别样的事都且丢开，单想詹家的事情，吉人如何知道？是人是鬼？是梦是真？大家请猜一猜。且等猜不着时再取下回来看。

第二回 冒神仙才郎不测 断诗句造物留情

　　吉人知道事情的缘故，料想列位看官都猜不着。如今听我说来。这个情节，也不是人，也不是鬼，也不全假，也不全真，都亏了一件东西替他做了眼目。所以把个肉身男子假充了蜕骨神仙，不怕世人不信。

　　这件东西的出处，虽然不在中国，却是好奇访异的人家都收藏得有，不是什么荒唐之物。但可惜世上的人都拿来做了戏具，所以不觉其可宝。独有此人善藏其用，别处不敢劳他，直到遴娇选艳的时节，方才筑起坛来，拜为上将；求他建立肤功，能使深闺艳质不出户而罗列于前，别院奇葩才着想而烂然于目。你道是件什么东西？有《西江月》一词为证：

　　　　非独公输炫巧，离娄画策相资。微光一隙仅如丝，能使瞳人生翅。制体初无远近，全凭用法参差。休嫌独目把人嗤，眇者从来善视。

这件东西名为千里镜，出在西洋，与显微、焚香、端容、取火诸镜同是一种聪明，生出许多奇巧。附录诸镜之式于后：

　　显微镜

大似金钱，下有二足。以极微极细之物置于二足之中，从上视之，即变为极宏极巨。虮虱之属，几类犬羊；蚊虻之形，有同鹳鹤。并虮虱身上之毛，蚊虻翼边之彩，都觉得根根可数，历历可观。所以叫做"显微"，以其能显至微之物而使之光明较著也。

焚香镜

其大亦似金钱，有活架，架之可以运动。下有银盘。用香饼香片之属置于镜之下、盘之上，一遇日光，无火自掌。随日之东西，以镜相逆，使之运动，正为此耳。最可爱者，但有香气而无烟，一饼龙涎，可以竟日。此诸镜中之最适用者也。

端容镜

此镜较焚香、显微更小，取以鉴形，须眉毕备。更与游女相宜。悬之扇头或系之帕上，可以沿途掠物，到处修容，不致有飞蓬不戢之虑。

取火镜

此镜无甚奇特，仅可于日中取火，用以待燧。然迩来烟酒甚行，时时索醉，乞火之仆，不胜其烦。以此伴身，随取随得，又似于诸镜之中更为适用。此世运使然，即西洋国创造之时，亦不料其当令至此也。

千里镜

此镜用大小数管，粗细不一。细者纳于粗者之中，欲使其可放可收，随伸随缩。所谓千里镜者，即嵌于管之两头，取以视远，无遐不到。"千里"二字虽属过称，未必果能由吴视越，坐秦观楚，然试千百里之内，便自不觉其诬。至于十数里之中，千百步之外，取以观人鉴物，不但不觉其远，较对面相视者更觉分明。真可宝也。

以上诸镜皆西洋国所产，二百年以前不过贡使携来，偶尔一见，不易得也。自明朝至今，彼国之中有出类拔萃之士，不为员幅所限，偶来设教于中土，自能制造，取以赠人。故凡探奇好事者，皆得而有之。诸公欲广其传，常授人以制造之法。然而此种聪明，中国不如外国，得其传者甚少。数年以来，独有武林诸曦庵讳

某者，系笔墨中知名之士，果能得其真传。所作显微、焚香、端容、取火及千里诸镜，皆不类寻常，与西洋土著者无异，而近视、远视诸眼镜更佳，得者皆珍为异宝。

这些都是闲话，讲他何用？只因说千里镜一节，推类至此，以见此事并不荒唐。看官们不信，请向现在之人购而试之可也。

吉人的天资最多奇慧，比之闻一知十则不足，较之闻一知二则有余。同是一事，别人所见在此，他之所见独在彼，人都说他矫情示异，及至做到后来，才知道众人所见之浅，不若他所见之深也。一日，同了几个朋友到街上购买书籍，从古玩铺前经过，看见一种异样东西摆在架上，不识何所用之。及至取来观看，见着一条金笺，写者五个小字贴在上面，道：

"西洋千里镜"。

众人问说："要他何用？"店主道："登高之时取以眺远，数十里外的山川，可以一览而尽。"众人不信，都说："哪有这般奇事？"店主道："诸公不信，不妨小试其端。"就取一张废纸，乃是选落的时文，对了众人道："这一篇文字，贴在对面人家的门首，诸公立在此处可念得出么？"众人道："字细而路远，哪里念得出？"店主人道："既然如此，就把他试验一试验。"叫人取了过去，贴在对门，然后将此镜悬起。众人一看，甚是惊骇，都说："不但字字碧清可以朗诵得出，连纸上的笔画都粗壮了许多，一个竟有几个大。"店主道："若还再远几步，他还要粗壮起来。到了百步之外、一里之内，这件异物才得尽其所长。只怕八咏楼上的牌匾、宝婺观前的诗对，还没有这些字大哩。"

众人见说，都一齐高兴起来，人人要买。吉人道："这件东西，诸公买了只怕不得其用，不如让了小弟罢。"众人道："不过是登高凭远、望望景致罢了，还有什么用处？"吉人道："恐怕不止于此。等小弟买了回去，不上一年半载，就叫他建立奇功，替我做一件终身大事。一到建功之后，就用他不着了，然后送与诸兄，做了一件公器，何等不好。"众人不解其故，都说："既然如此，就让兄买去。我们要用的时节，过来奉借就是了。"

吉人问过店主，酌中还价，兑足了银子，竟袖之而归。心上思量道："这件东西既可以登高望远，又能使远处的人物比近处更觉分明，竟是一双千里眼，不是千里镜了。我如今年已弱冠，姻事未偕，要选个人间的绝色，只是仕宦人家的女子都没得与人见面，低门小户又不便联姻。近日做媒的人开了许多名字，都说是宦家之女，所居的宅子又都不出数里之外。我如今有了千里眼，何不寻一块最高之地去登眺起来。料想大户人家的房屋决不是在瓦上开窗、墙角之中立门户的，定有雕栏曲榭，虚户明窗。近处虽有遮拦，远观料无障蔽。待我携了这件东西，到高山寺浮屠之上去眺望几番，未必不有所见。看是哪一位小姐生得出类拔萃，把她看得明明白白，然后央人去说，就没有错配姻缘之事了。"

定下这个主意，就到高山寺租了一间僧房，以读书登眺为名，终日去试千里眼。望见许多院落，看过无数佳人，再没有一个中意的。不想到了那一日，也是他的姻缘凑巧，詹家小姐该当遇着假神仙。又有那些顽皮女伴一齐脱去衣裳，露出光光的身体，惹人动起兴来。到了高兴勃然的时节，忽然走出一位女子，月貌花容，又在诸姬之上，

分明是牡丹独立，不问而知为花王。况又端方镇静，起初不露威严，过后才施夏楚。即此一事，就知道她宽严得体，御下有方，娶进门来，自然是个绝好的内助。所以查着根蒂，知道姓名，就急急央人说亲。又怕詹公不许，预先拜在门下，做了南容、公冶之流，使岳翁鉴貌怜才，知其可妻。

及至到中后回家的时节，丢这小姐不下，行装未解，又去登高而望。只见她倚

栏枯坐，大有病容，两靥之上的香肌竟减去了三分之一，就知道她为着自己，未免有怨望之心，所以央人去问候。问候还是小事，知道吃紧的关头全在窥见底里。这一着，初次说亲不好轻易露出，此时不讲，更待何时？故此假口于媒人，说出这种神奇不测之事，预先摄住芳魂，使她疑鬼疑神，将来转动不得。

【眉批】单为弄巧，岂肯藏拙？等到此时才露，还是第一等涵养。

及至媒人转来回复，便知道这段奇功果然出在千里镜上，就一面央人作伐，一面携了这位功臣，又去登高而望。只见她倚了危栏，不住作点头之状；又有一副笔砚、一幅诗笺摆在桌上，是个做诗的光景。料想在顷刻之间就要写出来了。"待我把这位神仙索性假充到底，等她一面落稿，我一面和将出来，即刻央人送去，不怕此女见了不惊断香魂，吐翻绛舌。这头亲事就是真正神仙也争夺不去了，何况世人的凡人！"想到此处，又怕媒婆脚散，卒急寻她不着，——迟了一时三刻，然后送去，虽则稀奇，还不见十分可骇。——就预先叫人呼唤，使她在书房坐等。自己仍上宝塔去，去偷和新诗。起先眺望，还在第四五层，只要平平望去，看得分明就罢了。此番道："她写来的字不过放在桌上，使云笺一幅仰面朝天，决不肯悬在壁间，使人得以窥觑，非置身天半，不能俯眺人间，窥见赤文绿字。"就上了一层又一层，直到无可再上的去处，方才立定脚跟，摆定千里眼，对着夏宜楼，把娴娴小姐仔细一看。只见五条玉笋捏着一管霜毫，正在那边誊写。其诗云：

"重门深锁觉春迟，盼得花开蝶便知。

不使花魂沾蝶影，何来蝶梦到花枝？"

誊写到此，不知为什么缘故，忽地张惶起来，把诗笺团做一把，塞入袖中，却象知道半空之中有人偷觑的模样。倒把这位假神仙惊个半死，说："我在这边偷觑，她何由知道，就忽然收拾起来？"

【眉批】落想之妙，无处不出人意外，又无处不在人意中。我辈设身处地，能不作此幻想否？

正在那边疑虑，只见一人步上危楼，葛巾野服，道貌森然，——就是娴娴小姐

之父；才知道她惊慌失色把诗稿藏入袖中，就是为此。起先未到面前，听见父亲的脚步，所以预先收拾，省得败露于临时。半天所立之人，相去甚远，只能见貌，不得闻声，所以错认至此，也是心虚胆怯的缘故。心上思量道："看这光景，还是一首未了之诗，不象四句就歇的口气。我起先原要和韵，不想机缘凑巧，恰好有个人走来，打断她的诗兴。我何不代她之劳，就续成一首，把订婚的意思寓在其中。往常是夫唱妇随，如今倒翻一局，做个夫随妇唱。只说见她吃了虚惊，把诗魂隔断，所以题完送去，替她联续起来，何等自然，何等诧异！不象次韵和去，虽然可骇，还觉得出于有心。"想到此处，就手舞足蹈起来，如飞转到书房，拈起兔毫，一挥而就。其诗云：

"只因蝶欠花前债，引得花生蝶后思。

好向东风酬凤愿，免教花蝶两参差！"

写入花笺，就交付媒婆，叫她急急地送去，一步也不可迟缓。

【眉批】观者至此，也不胜舞蹈，何况当局之人！

怎奈走路之人倒急，做小说者偏要故意迟迟，分做一回另说。犹如詹小姐做诗，被人隔了一隔，然后联续起来，比一口气做成的又好看多少。

第三回　赚奇缘新诗半首　圆妙谎密疏一篇

　　媒婆走到夏宜楼，只见詹公与小姐二人还坐在一处讲话。媒婆等了一会，直待詹公下楼，没人听见的时节，方才对着小姐道："瞿相公多多致意，说小姐方才做诗，只写得一半，被老爷闯上楼来，吃了一个虚惊。小姐是抱恙的人，未免有伤贵体，叫我再来看看，不知今日的身子比昨日略好些么？"娴娴听见，吓得毛骨悚然。心上虽然服他，口里只是不认，说："我并不曾做诗。这几间楼上是老爷不时走动的，有什么虚惊吃得！"媒婆道："做诗不做诗，吃惊不吃惊，我都不知道。他叫这等讲，我就是这等讲。又说你后面半首不曾做得完，恐怕你才吃虚惊，又要劳神思索，特地续了半首叫我送来，但不知好与不好，还求你自家改正。"

　　娴娴听到此处，一发惊上加惊，九分说是神仙，只有一分不信了。就叫取出来看，及至见了四句新诗，惊出一身冷汗。果然不出吉人所料，竟把绛舌一条吐在朱唇之外，香魂半缕直飞到碧汉之间，呆了半个时辰不曾说话。直到收魂定魄之后，方才对着媒婆讲出几句奇话，道："这等看起来，竟是个真仙无疑了！丢了仙人不

73

嫁，还嫁谁来！只是一件：恐怕他这个身子还是偶然现出来的，未必是真形实像，不要等我许亲之后他又飞上天去，叫人没处寻他，这就使不得了。"媒婆道："决无此事。他原说是神仙转世，不曾说竟是神仙。或者替你做了夫妻，到百年以后一同化了原身飞上天去，也未可知。"娴娴道："既然如此，把我这半幅诗笺寄去与他，留下他的半幅，各人做个符验。叫他及早说亲，不可迟延时日。我这一生一世若有二心到他，叫他自做阎罗王，勾摄我的魂灵，任凭处治就是了。"

媒婆得了这些言语，就转身过去回复，又多了半幅诗笺。吉人得了，比前更加跳跃，只等同偕连理。

怎奈好事多磨，虽是"吉人"，不蒙"天相"。议亲的过来回复，说："詹公推托如初，要待京中信来，方才定议。"分明是不嫁举人要嫁进士的声口。吉人要往都门会试，恐怕事有变更，又叫媒婆过去与小姐商量，只道是媒婆自家的主意，说："瞿相公一到京师，自然去拜二位老爷，就一面央人作伐。只是一件：万一二位老爷也象这般势利，要等春闱放榜，倘或榜上无名，竟许了别个新贵，却怎么处？须要想个诀窍，预先传授他才好。"娴娴道："不消虑得。一来他有必售之才，举人拿得定，进士也拿得定；二来又是神仙转世，凭着这样法术，有什么事体做不来？况且二位老爷又是极信仙佛的，叫他显些小小神通，使二位老爷知道。他要趋吉避凶，自然肯许。我之所以倾心服他，肯把终身相托者，也就是为此。难道做神仙的人，婚姻一事都不能自保，倒被凡人夺了去不成？"媒婆道："也说得是。"就把这些说话回复了吉人。连媒婆也不知就里，只说他果是真仙，回复之后他自有神通会显，不消忧虑。

吉人怕露马脚，也只得糊涂应她。心上思量道："这桩亲事有些不稳了。我与她两位令兄都是一样的人，有什么神通显得？只好凭着人力央人去说亲，他若许得更好，他若不许，我再凭着自己的力量去挣他一名进士来，料想这件东西是他乔梓三人所好之物，见了纱帽，自然应允。若还时运不利，偶落孙山，这头婚姻只索丢手了。难道还好充做假神仙，去赖人家亲事不成？"

立定主意，走到京中，拜过二詹之后，即便央人议婚。果然不出所料，只以"榜后定议"为词。吉人就去奋志青云，到了场屋之中，竭尽生平之力。真个是文章有用，天地无私，挂出榜来，巍然中在二甲。此番再去说亲，料想是满口应承，万无一失的了。不想他还有回复，说："这一榜之上，同乡未娶者共有三人，都在求亲之列。因有家严在堂，不敢擅定去取。已曾把三位的姓字都写在家报之中，请命家严，待他自己枚卜。"

吉人听了这句话，又重新害怕起来，说："这三个之中，万一卜着了别个，却怎么处？我在家中还好与小姐商议，设些机谋，以图万一之幸。如今隔在两处，如何照应得来？"就不等选馆，竟自告假还乡。《西厢记》上有两句曲子，正合着他的事情，求看官代唱一遍：

> 只为着翠眉红粉一佳人，误了他玉堂金马三学士。丢了翰林不做，赶回家去求亲，不过是为情所使；这头亲事，自然该上手了。不想到了家中，又合着古语二句：

莫道君行早，更有早行人。

原来那两名新贵，都在未曾挂榜之先，就束装归里。因他临行之际曾央人转达二詹，说："此番下第就罢，万一侥幸，望在宅报之中代为缓颊，求订朱陈之好。"所以吉人未到，他已先在家中，个个都央人死订。把娴娴小姐惊得手忙脚乱。闻得吉人一到，就叫媒婆再四叮咛："求他速显神通，遂了初议。若被凡人占了去，使我莫知死所，然后来摄魄勾魂，也是不中用的事了！"吉人听在耳中，茫无主意。也只得央人力恳。知道此翁势利，即以势利动之，说："我现中二甲，即日补官。那两位不曾殿试，如飞做起官来，也要迟我三年。若还同选京职，我比他多做一

任。万一中在三甲，补了外官，只怕他做到白头，还赶我不上。"那两个新贵也有一番夸诞之词，说："殿试过了的人，虽未授官，品级已定。况又未曾选馆，极高也不过部属。我们不曾殿试，将来中了鼎甲，也未可知。况且有三年读书，不怕不是馆职，好歹要上他一乘。"

【眉批】以同年为敌国，色欲之误人者。

詹公听了，都不回言。只因家报之中曾有"枚卜"二字，此老势利别人，又不如势利儿子，就拿来奉为号令，定了某时某日，把三个姓名都写做纸阄，叫女儿自家拈取，省得议论纷纷，难于决断。娴娴闻得此信，欢笑不已，说："他是个仙人，我这边一举一动、一步一趋，他都有神眼照瞭，何况枚卜新郎是他切己的大事，不来显些法术，使我拈着他人之理？"就一面使人知会，叫他快显神通，一面抖擞精神，好待临时阄取。

【眉批】当道之子，辄先号令归田之父，甚矣在位之荣，而去官之不足重也。

到了那一日，詹公把三个名字上了纸阄，放在金瓶之内，就如朝廷卜相一般。对了天地祖宗，自己拜了四拜，又叫女儿也拜四拜，然后取一双玉箸交付与她，叫她向瓶内揭取。娴娴是胆壮的人，到手就揭，绝无畏缩之形。谁知事不凑巧，神仙拈不着，倒拈着一个凡人。就把这位小姐惊得柳眉直竖，星眼频瞪，说他"往日的神通，都到哪里去了"！正在那边愁闷，詹公又道："阄取已定。"叫她去拜谢神明。娴娴方怪神道无灵，怨恨不了，哪里还肯拜谢。亏得她自己聪明，有随机应变之略，就跪在詹公面前，正颜厉色地禀道："孩儿有句说话，要奉告爹爹，又不敢启齿，欲待不说，又怕误了终身。"詹公道："父母面前有什么难说的话，快些讲来。"娴娴就立起道："孩儿昨夜得一梦，梦见亡过的母亲对孩儿说道：'闻得有三个贵人来说亲事，内中只有一个该是你的姻缘，其余并无干涉。'孩儿问是哪一个，母亲只道其姓，不道其名，说出一个'瞿'字，叫孩儿紧记在心，以待后验。不想到了如今反阄着别个，不是此人，故此犹豫未决，不敢拜谢神明。"——有个"期期不奉诏"之意。

【眉批】一个冒仙，一个冒鬼，真是天生绝对，那得不做夫妻。

詹公想了一会道："岂有此理！既是母亲有灵，为什么不托梦与我，倒对你说起来？既有此说，到了这枚卜之时，就该显些神力前来护佑他了，为何又拈着别人？这句邪话我断然不信！"娴娴道："信与不信，但凭爹爹。只是孩儿以母命为重，除了姓瞿的，断然不嫁。"詹公听了这一句，就大怒起来，道："在生的父命倒不依从，反把亡过的母命来抵制我！况你这句说话甚是荒唐，焉知不是另有私情，故意造为此说？既然如此，待我对着她的神座祷祝一番，问她果有此说否。若果有些说，速来托梦与我。倘若三夜无梦，就可见是捏造之词，不但不许瞿家，还要查访根由，究你那不端之罪！"说了这几句，头也不回，竟走开去了。

娴娴满肚惊疑，又受了这番凌辱，哪里愤激得了！就写一封密札，叫媒婆送与吉人，前半段是怨恨之词，后半段是永诀之意。吉人拆开一看，就大笑起来，道："这种情节我早已知道了。烦你去回复小姐说，包他三日这内，老爷必定回心，这头亲事断然归我。我也有密札在此，烦你带去，叫小姐依计而行，决然不错就是了。"媒婆道："你既有这样神通，为什么不早些显应，成就姻缘，又等他许着别个？"吉人道："那是我的妙用。一来要试小姐之心，看她许着别人，改节不改节；二来气她的父亲不过，故意用些巧术，要愚弄他一番；三来神仙做事全要变幻不测，若还一拈就着，又觉得过于平常，一些奇趣都没有了。"

媒婆只说是真，就揣了这封密札，去回复娴娴。娴娴正在痛哭之际，忽然得了此书，拆开一看，不但破涕为笑，竟拜天谢地起来，说："有了此法，何愁亲事不

成！"媒婆问她什么法子，她只是笑而不答。

到了三日之后，詹公把她叫到面前，厉言厉色的问道："我已祷告母亲，问其来历，叫她托梦与我，如今已是三日，并无一毫影响，可见你的说话都是诳言！既然捏此虚情，其中必有缘故，快些说来我听！"娴娴道："爹爹所祈之梦，又是孩儿替做过了。母亲对孩儿说，爹爹与姬妾同眠，她不屑走来亲近。只是跟着孩儿说：'你爹爹既然不信，我有个凭据到他，只怕你说出口来，竟要把他吓倒。'故此孩儿不敢轻说，恐怕惊坏了爹爹。"詹公道："什么情由，就说得这等利害？既然如此，你就讲来。"娴娴道："母亲说：爹爹祷告之时，不但口中问他，还有一道疏文烧去，可是真的么？"詹公点点头道："这是真的。"娴娴道："要问亲事的话确与不确，但看疏上的字差与不差。她说这篇疏文是爹爹瞒着孩儿做的，旋做旋烧，不曾有人看见。她亲口说与孩儿，叫孩儿记在心头，若还爹爹问及，也好念将出来做个凭据。"詹公道："不信有这等奇事！难道疏上的话你竟念得出来？"娴娴道："不但念得出，还可以一字不差，若差了一字，依旧是捏造之言，爹爹不信就是了。"说过这一句，就轻启朱唇，慢开玉齿，试梁间之燕语，学柳外之莺声，背将出来，果然不差一字。

【眉批】奇绝！出人意表。

【眉批】夺以先声，是兵家良法。

詹公听了，不怕他不毛骨悚然。惊诧了一番，就对娴娴道："这等看来，鬼神之事并不荒唐，百世姻缘果由前定，这头亲事竟许瞿家就是了。"当日就吩咐媒婆，叫他不必行礼，择了吉日，竟过来赘亲。恰好成亲的时节，又遇着夏天，就把授徒的去处做了洞房，与才子佳人同偕伉俪。

娴娴初近新郎，还是一团畏敬之意，说他是个神仙，不敢十分亵狎。及至睡到半夜，见他欲心太重，道气全无，枕边所说的言语都是些尤云殢雨之情，并没有餐霞吸露之意，就知道不是仙人，把以前那些事情，件件要查问到底。吉人骗了亲事上手，知道这位假神仙也做到功成行满的时候了，若不把直言告禀，等她试出破绽来，倒是桩没趣的事，就把从前的底里和盘托出。

原来那一道疏文，是他得了枚卜之信，日夜忧煎，并无计策，终日对着千里镜长吁短叹，再四哀求，说："这个媒人原是你做起的，如今弄得不上不下，如何是好？还求你再显威灵，做完了这桩奇事，庶不致半途而废，埋没了这段奇功，使人不知爱重你。"说了这几句，就拿来悬在中堂，志志诚诚拜了几拜。拜完之后，又携到浮屠之上，注目而观。只见詹老坐在中堂研起墨来，正在那边写字。吉人只说也是做诗，要把骗小姐的法则又拿去哄骗丈人。也等他疑鬼疑神，好许这头亲事。及至仔细一看，才晓得是篇疏文。聪明之人不消传说，看见这篇文字，就知道那种情由。所以急急誊写出来，加上一封密札，正要央人转送，不想遇着便雁，就托她将去。谁料机缘凑巧，果然收了这段奇功。

娴娴待他说完之后，诧异了一番，就说："这些情节虽是人谋，也原有几分天意，不要十分说假了。"明日起来，就把这件法宝供在夏宜楼，做了家堂香火，夫妻二人不时礼拜。后来凡有疑事，就去卜问他，取来一照，就觉得眼目之前定有些奇奇怪怪，所见这物就当了一首签诗，做出事来无不奇验。可见精神所聚之处，泥土草木皆能效灵。从来拜神拜佛都是自拜其心，不是真有神仙、真有菩萨也。

【眉批】补出千里镜，又补出夏宜楼。

他这一家之人，只有娴娴小姐的尊躯，直到做亲之后才能畅览；其余那些女伴，都是当年现体之人，不须解带宽裳，尽可穷其底里，吉人瞒着小姐与她背后调情，说着下身的事，一毫不错。那些女伴都替他上个徽号，叫做"贼眼官人"。既已出乖露丑，少不得把"灵犀一点"托付与他。吉人既占花王，又收尽了群芳众艳，当初刻意求亲也就为此，不是单羡牡丹，置水面荷花于不问也。

【眉批】补出众女伴，又补出采莲。

【眉批】补出荷花。

可见做妇人的，不但有人之处露不得身体，就是空房冷室之中、邃阁幽居之内，那"袒裼裸裎"四个字，也断然是用不着的。古语云："漫藏诲盗，冶容诲

淫。"露了标致的面容，还可以完名全节，露了雪白的身体，就保不住玉洁冰清，终久要被人点污也。

【评】

同一镜也，他人用以眺远，吉人用以选艳，此等聪明，昔人有行之者矣。留木屑以铺地，储竹头以造船，此物此志，无二理也。吉人具此作用，其居官之事业，必有可观。但见从来好色之人止有此一长可取，除却偷香窃玉，便少奇才；犹之做贼之人，止有贼智而无他智也。奈何！

归正楼

第一回　发利市财食兼收　恃精详金银两失

诗云：

为人有志学山丘，莫作卑污水下流。

山到尽头犹返顾，水甘浊死不回头。

砥澜须用山为柱，载石难凭水作舟。

画幅单条悬壁上，好将山水助潜修。

这首新诗要劝世上的人个个自求上达，不可安于下流。上达之人，就如登山陟岭一般，步步求高，时时怕坠，这片勇往之心自不可少。至于下流之人，当初偶然失足，堕在罪孽坑中，也要及早回头，想个自新之计。切不可以流水为心，高山作戒，说："我的身子业已做了不肖之人，就像三峡的流泉，匡庐的瀑布，流出洞来，料想回不转去，索性等他流入深渊，卑污到底。"这点念头，作恶之人虽未必个个都有，只是不想

回头，少不得到这般地步，要晓得水流不返，还有沧海可归；人恶不悛，只怕没有桃源可避。到了水穷山尽之处，恶又恶不去，善又善不来，才知道绿水误人，黄泉招客，悔不曾遇得正人君子，做个中流砥柱，早早激我回头也。

《四书》上有两句云："虽有恶人，斋戒沐浴，亦可以事上帝。""斋戒沐浴"四个字，就是说的回头。为什么恶人回头就可以事上帝？我有个绝妙的比方：为善好似天晴，作恶就如下雨。譬如终日晴明，见了明星朗月，不见一毫可喜。及至苦雨连朝，落得人心厌倦，忽然见了日色，就与祥云瑞霭一般，人人快乐，个个欢欣，何曾怪他出得稍迟、把太阳推下海去？所以善人为善，倒不觉得稀奇，因他一向如此，只当是久晴的日色，虽然可喜，也还喜得平常。恶人为善，分外觉得奇特，因他一向不然，忽地如此，竟是积阴之后，陡遇太阳，不但可亲，又还亲得炎热。故此恶人回头，更为上帝所宠，得福最易。就像投诚纳款的盗贼，见面就要授官，比不得无罪之人，要求上进，不到选举之年，不能够飞黄腾达也。

【眉批】如此说法，尚有不点头之顽石否？

近日有个杀猪屠狗的人，住在持斋念佛的隔壁。忽然一日遇了回禄之灾，把持斋念佛的房产烧得罄尽，单留下几间破屋，倒是杀猪屠狗的住房。众人都说："天道无知，报应相反！"及至走去一看，那破屋里面有几行小字，贴在家堂面前。其字云：

"屠宰半生，罪孽深重。今特昭告神明，以某月某日为始，改从别业，誓不杀生。违戒者天诛地灭。"

众人替他算一算，那立誓的日子比失火这期只早得三日，就一齐惊异道："难道你一念回头，就有这般显应？既然如此，为什么持斋念佛的修行了半世，反不如你？"那杀猪屠狗的应道："也有些缘故。闻得此老近日得了个生财的妙方，三分银子可以倾做一钱，竟与真纹无异。用惯了手，终日闭户倾煎，所以失起火来，把房产烧得罄尽。"众人听了，愈加警省。

古语云："一善可以盖百恶。"这等看来，一恶也可以掩百善了。可见"回头"二字，为善者切不可有，为恶者断不可无。善人回头就是恶，恶人回头就是善。东西南北，各是一方，走路的人不必定要自东至西、由南抵北，方才叫做回头，只须掉过脸来，就不是从前之路了。这回野史说一个拐子回头，后来登了道岸，与世间

不肖的人做个样子，省得他错了主意，只说罪深孽重、忏悔不来，索性往错处走也。

明朝永乐年间，出了个神奇不测的拐子，访不出他姓名，查不着他乡里，认不出他面貌。只见四方之人，东家又说被拐，西家又道着骗，才说这个神棍近日去在南方，不想那个奸人早已来到北路。百姓受了害，告张缉批拿他，搜不出一件真赃，就对面也不敢动手。官府吃了亏，差些捕快捉他，审不出一毫实据，就拿住也不好加刑。他又有个改头换面之法，今日被他骗了，明日相逢，就认他不出。都说是个搅世的魔王！把一座清平世界，弄得鬼怕神愁，刻刻防奸，人人虑诈。越防得紧，他越要去打搅；偏虑得慌，他偏要来照顾。被他搅了三十余年，天下的人都没法处治。直到他贼星退命，驿马离宫，安心住在一处，改邪归正起来，自己说出姓名，叙出乡里，露出本来面目；又把生平所做之事

时常叙说一番，叫人以此为戒，不可学他。所以远近之人把他无穷的恶迹倒做了美谈，传到如今，方才知道来历。不然叫编野史的人从何处说起。

这个拐子是广东肇庆府高安县人，姓贝，名喜，并无表字，只有一个别号，叫做贝去戎。为什么有这个别号？只因此人之父原以偷摸治生，是穿窬中的名手，人见他来，就说个暗号，道："贝戎来了，大家谨慎！""贝""戎"二字合起来是个"贼"字，又与他姓氏相待，故此做了暗号。及至到他手里，忽然要改弦易辙，做起跨灶的事来，说："大丈夫要弄银子，须是明取民财，想个光明正大的法子弄些用用。为什么背明趋暗，夜起昼眠，做那鼠窃狗偷之事？"所以把"人俞"改做

"马扁"，"才莫"翻为"才另"，暗施谲诈，明肆诙谐，做了这桩营业。人见他别创家声，不仍故辙，也算个亢宗之子，所以加他这个美称。其实也是褒中寓刺，上下两个字眼究竟不曾离了"贝戎"。但与乃父较之，则有异耳。

做孩子的时节，父母劝他道："拐子这碗饭不是容易吃的，须有孙庞之智，贲育之勇，苏张之辩，又要随机应变，料事如神，方才骗得钱财到手。一着不到，就要弄出事来。比不得我传家的勾当是背着人做的，夜去明来，还可以藏拙。劝你不要更张，还是守旧的好。"他拿定主意，只是不肯，说："我乃天授之才，不假人力。随他什么好汉，少不得要堕入计中。还你不错就是。"父母道："既然如此，就试你一试。我如今立在楼上，你若骗得下来，就见手段。"贝去戎摇摇头道："若在楼下，还骗得上去。立在上面，如何骗得下来？"父母道："既然如此，我就下来，且看用什么骗法。"及至走到楼下，叫他骗上去。贝去戎道："业已骗下来了，何须再骗。"——这句旧话传流至今，人人识得，但不辨是谁人所做的事，如今才揭出姓名。——父母大喜，说他果然胜祖强宗，将来毕竟要恢宏旧业，就选一个吉日叫他出门，要发个小小利市，只不要落空就好。

谁想他走出门去，不及两三个时辰，竟领着两名脚夫，抬了一桌酒席，又有几两席仪，连台盏杯箸，色色俱全，都是金镶银造的。抬进大门，秤了几分脚钱。打发来人转去。父母大惊，问他得来的缘故。贝去戎道："今日乃开市吉期，不比寻常日子。若但是腰里撒撒，口里不见嗒嗒，也还不为稀罕。连一家所吃的喜酒，都出在别人身上，这个拐子才做得神奇。如今都请坐下，待我一面吃，一面说，让你们听了都大笑一场就是。"父母欢喜不过，就坐下席来，捏着酒杯，听他细说。

原来这桌酒席是两门至戚初次会亲，吃到半席的时节，女家叫人撤了送到男家去的。未经撤席之际，贝去戎随了众人立在旁边看戏，见他吃桌之外另有看桌，料想终席之后定要撤去送他，不少得是家人引领，就想个计较出来。知道戏文闹热，两处的管家都立在旁边看戏，决不提防。又知道只会男亲，不会女眷，连新妇也不曾回来。就装做男家的小厮，闯进女家的内室。丫鬟看见，问他是谁家孩子。他

说："我是某姓家僮，跟老爷来赴席的。新娘有句说话，叫我瞒了众人说与老安人知道。故此悄悄进来，烦你引我一见。"

丫鬟只说是真，果然引见主母。贝去戎道："新娘致意老安人，叫你自家保重，不要想念他。有一句说话，虽然没要紧，也关系府上的体面，料想母子之间决不见笑，所以叫我来传言。她说："我家的伴当，个个生得嘴馋，惯要偷酒偷食，少刻送桌面过去，路上决要抽分，每碗取出几块，虽然所值不多，我家老安人看见，只说酒席不齐整，要讥诮她。求你到换桌的时节，差两个得当用人把食箩封好，瞒了我家伴当，预先挑送过门，少得他弄手脚。至于抬酒之人，不必太多，只消两个就有了。连帖子也交付与他，省得嘈嘈杂杂，不好款待。"

那位家主婆见他说得近情，就一一依从，瞒了家人，把酒席送去。临送的时节，贝去戎又立在旁边，与家主婆唧唧哝哝说了几句私话，使抬酒的看见，知道是男家得用之人。

等酒席抬了出门，约去半里之地，就如飞赶上去道："你们且立住。老安人说：还有好些菜蔬，装满一屉食箩，方才遗落了，不曾加在担上，叫我赶来看守，唤你们速速转去抬了出来。"家人听见，只说是真，一齐赶了回去。贝去戎张得不见，另雇两名脚夫，抬了竟走。所以抬到家中，不但没人追赶，亦且永不败露。——这是他初出茅庐第一桩燥脾之事。

父母听见，称赞不了，说他是个神人。从此以后，今日拐东，明日骗西，开门七件事，样样不须钱买，都是些偷来之物。把那位穿窬老子，竟封了太上皇，不许他出门偷摸，只靠一双快手，养活了八口之家，还终朝饮酒食肉，不但是无饥而已。做上几年，声名大著，就有许多后辈慕他手段高强，都来及门受业。他有了帮手，又分外做得事来，远近数百里，没有一处的人不被他拐到骗到。家家门首贴了一行字云：

"知会地方，协拿骗贼。"

有个徽州当铺开在府前，那管当的人是个积年的老手，再不曾被人骗过。邻舍对他道："近来出个拐子，变幻异常，家家防备。以后所当之物，须要看仔细些，不要着他的手。"那管当的道："若还骗得我动，就算他是个神仙。只怕遇了区区，把机关识破，以后的拐子就做不成了。"说话的时节，恰好贝去戎有个徒弟立在面前，回来对他说了。贝去戎道："既然如此，就与他试试手段！"

偶然一日，那个管当的人立在柜台之内，有人拿一锭金子，重十余两，要当五换。管当的仔细一看，知有十成，就兑银五十两，连当票交付与他，此人竟自去了。旁边立着一人，也拿了几件首饰要当银子，管当的看了又看，磨了又磨。那人见他仔细不过，就对他笑道："老朝奉！这几件首饰，所值不多，就当错了也有限。方才那锭金子倒求你仔细看看，只怕有些蹊跷。"管当的道："那是一锭赤金，并无低假，何须看得？"那人道："低假不低假我虽不知道，只是来当的人我却有些认得，是个有名的拐子，从来不做好事的。"

管当的听了，就疑心起来，取出那锭金子，重新看了一遍，就递与他道："你看，这样金子，有什么疑心？"那人接了，走到明亮之处替他仔细一看，就大笑起来，道："好一锭赤金，准准值八两银子！你拿去递与众人，大家验一验，且看我的眼力比你的何如。"那店内之人接了进去，磨的磨，看的看，果然试出破绽来。原来外面是真，里面是假，只有一膜金皮，约有八钱多重，里面的骨子都是精铜。

管当的着起忙来，要想追赶，又不知去向。那人道："他的踪迹瞒不得区区，若肯许我相酬，包你一寻就见。"管当的听了，连忙许他谢仪，就带了原金同去追赶。

赶到一处，恰好那当金之人同着几个朋友在茶馆内吃茶。那人指了，叫他："上前扭住，喊叫地方，自然有人来接应。只是一件：你是一个，他是几人，双拳不敌四手，万一这锭金子被他抢夺过去，把什么赃证弄他？"管当的道："极说得是。"就把金子递与此人，叫他立在门外，"待我喊叫地方，有了见证之后，你拿进来质对。"此人收了。管当的直闯进去，一把扭住当金之人，高声大叫起来。果然有许多地方走来接应，问他何故。管当的说出情由，众人就讨赃物来看。管当的连声呼唤，叫取赃物进来，并不见有人答应。及至出去抓寻，那典守赃物之人又不知走到何方去了。当金的道："我好好一锭赤金，你倒遇了拐子被他拐去，反要弄起我来！如今没得说，当票现存，原银也未动，速速还我原物，省得经官动府！"倒把他交与地方，讨个下落。地方之人都说他"自不小心，被人骗去，少不得要赔还。不然，他岂有干休之理？"管当的听了，气得眼睛直竖，想了半日，无计脱身，

只得认了赔还。同到店中，兑了一百两真纹，方才打发得去。

【眉批】 从来说嘴之人没有不出丑者，此是常事，不是怪事。

这个拐法，又什么情由？只因他要显手段，一模一样做成两锭赤金，一真一假。起先所当原是真的，预先叫个徒弟带着那一锭立在旁边，等他去后，故意说些巧话，好动他的疑心。及至取出原金，徒弟接上了手，就将假的换去，仍递与他。众人试验出来，自然央他追赶。后来那些关窍，一发是容易做的，不愁他不入局了。你说这些智谋，奇也不奇，巧也不巧？

起先还在近处掏摸，声名虽著，还不出东西两粤之间。及至父母俱亡，无有挂碍，就领了徒弟，往各处横行。做来的事，一桩奇似一桩，一件巧似一件。索性把恶事讲尽，才好说他回头。做小说的本意，原在下面几回，以前所叙之事，示戒非示劝也。

第二回　敛众怨恶贯将盈
　　　　　散多金善心陡发

　　贝去戎领了徒弟周流四方，遇物即拐，逢人就骗。知道不义之财岂能久聚，料想做不起人家，落得将来撒漫。凡是有名的妓妇，知趣的龙阳，没有一个不与他相处。赠人财物，动以百计，再没有论十的嫖钱，论两的表记。所以风月场中要数他第一个大老。只是到了一处就改换一次姓名，那些嫖过的婊子枉害相思，再没有寻访之处。

　　贝去戎游了几年，十三个省城差不多被他走遍。所未到者只有南北两京，心上思量道："若使辇毂之下没有一位神出鬼没的拐子，也不成个京师地面，毕竟要去走走，替朝廷长些气概。况且拐百姓的方法都做厌了，只有官府不曾骗过，也不要便宜了他。就使京官没钱，出手不大，荐书也拐他几封，往各处走走，做个'马扁游客'，也使人耳目一新。"就收拾行李，雇了极大的浪船，先入燕都，后往白下。

　　有个湖州笔客要搭船进京，徒弟见他背着空囊，并无可骗之物，不肯承揽。贝去戎道："世上没穷人，天下无弃物，就在叫化子身上骗得一件衲头，也好备逃难之用。只要招得下船，骗得上手，终有用着的去处。"就请笔客下舱，把好酒好食不时款待。

　　【眉批】泰山不辞土壤，川泽不择细流，做拐子者不可无此容纳。

　　笔客问他进京何事，寓在哪里。贝去戎假借一位当道认做父亲，说："一到就进衙斋，不在外面停泊。"笔客道："原来是某公子。令尊大人是我定门主顾，他一向所用之笔都是我的，少不得要进衙卖笔，就带便相访。"贝去戎道："这等极好。既然如此，你的主顾决不止家父一人，想是五府六部翰林科道诸官，都用你的宝货。此番进去，一定要送遍的了。"笔客道："那不待言。"贝去戎道："是哪些人？你说来我听。"笔客就向夹袋之中取出一个经折，凡是买笔的主顾，都开列姓名。又有一篇帐目，写了某人定做某笔几贴，议定价银若干，一项一项开得清清楚楚，好待进京分送。贝去戎看在肚里。

过了一两日，又问他道："我看你进京一次也费好些盘缠，有心置货，索性多置几箱，为什么不尴不尬，只带这些？"笔客道："限于资本，故此不能多置。"贝去戎道："可惜你会我迟了。若还在家，我有的是银子，就借你几百两，多置些货物，带到京师，卖出来还我，也不是什么难事。"

笔客听了此言，不觉利心大动，翻来覆去想了一晚。第二日起来，道："公子昨日之言，甚是有理。在下想来，此间去府上也还不远。公子若有盛意，何不写封书信，待我赶到贵乡，领了资本，再做几箱好笔，赶进来也未迟。这些货物，先烦公子带进去，借重一位尊使，分与各家，待我来取帐，有何不可。"贝去戎见他说到此处，知道已入计中，就慨然应许。写下一张谕帖，着管事家人速付元宝若干锭与某客置货进京，不得违误。笔客领了，千称万谢而去。

贝去戎得了这些货，一到京师就扮做笔客，照他单上的姓名竟往各家分送，说："某人是嫡亲舍弟，因卧病在家，不能远出，恐怕老爷等笔用，特着我赍送前来，任凭作价。所该的帐目，若在便中，就付些带去，以为养病之资。万一不便，等他自家来领。只有一句话要禀上各位老爷：舍弟说，连年生意淡薄，靠不得北京一处，要往南京走走。凡是由南至北经过的地方，或是贵门人，或是贵同年，或是

令亲盛友，求赐几封书札。荐人卖笔是桩雅事，没有什么嫌疑，料想各位老爷不惜齿颊之芬，自然应许。"

【眉批】大凡动手，止为一个贪字，此贪致贫者也。

那些当道见他说得近情，料想没有他意，就一面写荐书，一面兑银子，当下交付与他。书中的话不过首叙寒温，次谈衷曲，把卖笔之事倒做了余文，随他买也得，不买也得。哪里知道，醉翁之意原不在酒，单要看他束贴上面该用什么称呼，书启之中当叙什么情节，知道这番委曲，就可以另写荐书。至于图书笔迹，都可以摹仿得来，不是什么难事。

出京数十里，就做游客起头，自北而南，没有一处的抽丰不被他打到。只因书札上面所叙的寒温，所谈的衷曲，一字不差，自然信煞无疑，用情惟恐不到，甚至有送事之外，又复捐囊，捐囊之外，又托他携带礼物，转致此公。所得的钱财，不止一项。至于经过的地方，凡有可做之事、可得之财，他又不肯放过一件，不单为抽丰而已。

【眉批】游客拐官还不甚奇异，近有装游客之拐游客，乃更奇耳。

一日，看见许多船只都贴了纸条，写着向行大字，道：

"某司某道衙门吏书皂快人等迎接

新任老爷某上任。"

他见了此字，就缩回数十里，即用本官的职衔，刻起封条印板，印上许多，把船舱外面及扶手拜匣之类各贴一张，对着来船，扬帆带纤而走。那些衙役见了，都说就是本官，走上船来一齐谒见。贝去戎受之有辞，把属官赍到的文书都拆开封筒，打了到日。少不得各有天仪，接到就送。预先上手，做了他的见面钱。

过上一两日，就把书吏唤起官舱，轻轻地吩咐道："我老爷有句私话对你们讲，你们须要体心，不可负我相托之意。"书吏一齐跪倒，问："有什么吩咐？"贝去戎道："我老爷出京之日，借一主急债用了，原说到任三日就要凑还他。如今跟在身边，不离一刻。我想到任之初，哪里就有？况且此人跟到地方，一定要招摇生事，不如在未到之先设处起来，打发他转去，才是一个长策。自古道：'众擎易举，独力难成。'烦你们众人大家攒凑攒凑，替我担上一肩。我到任之后，就设处出来还你。"那些书吏巴不得要奉承新官，哪一个肯说没有？就如飞赶上前去，不上三日都取了回来。个个争多，人人虑少，竟收上一主横财。到了夜深人静之后，把银子并做一箱，轻轻丢下水去，自己逃避上岸，不露踪影。躲上一两日，看见接官的船只都去远了，就叫徒弟下水，把银子掏摸起来，又是一桩生意。

【眉批】□也为一贪。贪之为害，甚矣哉！

到了南京，将所得的财物估算起来，竟以万计。心上思量道："财物到盈千满万之后，若不散些出去，就要作祸生灾。不若寻些好事做做，一来免他作祟，二来借此盖愆，三来也等世上的人受我些拐骗之福。俗语道得好：'趁我十年运，有病早来医。'焉知我得意一生，没有个倒运的日子？万一贼星退命，拐骗不来，要做打劫修行之事，也不

能够了。"就立定主意，停了歹事不做，终日在大街小巷走来走去，做个没事寻事的人。

【眉批】宁使作祸生灾，决不肯行善事，看来都是贝戎，不是贝去戎也。

一日清晨起来，吃了些早饭，独自一个往街上闲走。忽然走到一处，遇着四五个大汉，一齐拦住了他，都说："往常寻你不着，如今从哪里出来？今日相逢，料想不肯放过，一定要下顾下顾的了。"说完之后，扯了竟走。问他什么缘故，又不肯讲，都说："你见了冤家，自然明白。"贝去戎甚是惊慌，心上思量道："看这光景，一定是些捕快。所谓冤家者，就是受害之人，被他缉访出来，如今拿去送官的

了。难道我一向作恶，反没有半毫灾晦，方才起了善念，倒把从前之事败露出来，拿我去了命不成？"

正在疑惑之际，只见扯到一处，把他关在空屋之中，一齐去号召冤家，好来与他作对。贝去戎坐了一会儿，想出个不遁自遁之法，好拐骗脱身。只见门环一响，拥进许多人来，不是爱害之人，反是受恩之辈。原来都是嫖过的姐妹，从各处搬到南京，做了歌院中的名妓。终日思念他，各人吩咐苍头，叫在路上遇着之时，千万不可放过。故此一见了面，就拉他回来。所谓"冤家"者，乃是"俏冤家"，并不是取命索债的冤家；"作对"的"对"字，乃是"配对"之对，不是"抵对"、"质对"之"对"也。

只见进门之际，大家堆着笑容，走近身来相见。及至一见之后，又惊疑错愕起来，大家走了开去，却像认不得地一般。三三两两立在一处，说上许多私话，绝不见有好意到他。这是什么缘故？只因贝去戎身边有的是奇方妙药，只消一时半刻，就可以改变容颜。起先被众人扯到，关在空房之中，只说是祸事到了，乘众人不在，正好变形。就把脸上眉间略加点缀，却像个杂脚戏子，在外、末、丑、净之间，不觉体态依然，容颜迥别。那些姊妹看见，自然疑惑起来。这个才说"有些相似"，那个又道"什么相干"，有的说："他面上无疤，为什么忽生紫印？"有的道："他眉边没痣，为什么陡到黑星？当日的面皮却像嫩中带老，此时的颜色又在媸里生妍。"大家唧唧哝哝，猜不住口。

贝去戎口中不说，心上思量说："我这桩生意，与为商做客的不同。为商做客最怕人欺生，越要认得的多，方才立得脚住。我这桩生意不怕欺生，倒怕欺熟。妓妇认得出，就要传播开来，岂是一桩好事？虽比受害的不同，也只是不认的好。"就别换一样声口，倒把她盘问起来，说："扯进来者何心，避转去者何意？"那些妓妇道："有一个故人与你面貌相似，多年不见，甚是想念他，故此吩咐家人，不时寻觅。方才扯你进来，只说与故人相会，不想又是初交，所以惊疑未定，不好遽然近身。"贝去戎道："那人有什么好处，这等思念他？"妓妇道："不但慷慨，又且温存，赠我们的东西，不一而足。如今看了一件，就想念他一番，故此丢撇不下。"说话的时节，竟有个少年姊妹掉下泪来。知道不是情人，与他闲讲也无益，就掩着啼痕，别了众人先走。管教这数行情泪，哭出千载的奇闻！有诗为据：

从来妓女善装愁，不必伤心泪始流。

独有苏娘怀客泪，行行滴出自心头！

第三回　显神机字添一画
　　　　施妙术殿起双层

贝去戒嫖过的婊子盈千累百，哪里记得许多？见了那少年姐妹，虽觉得有些面善，究竟不知姓名。见她掩着啼痕，别了众人先走，必非无故而然，就把她姓名居址与失身为妓的来历，细细问了一遍，才知道那些眼泪是流得不错的。这个姐妹叫做苏一娘，原是苏州城内一个隐名接客的私窠子。只因丈夫不肖，习于下流，把家产荡尽，要硬逼她接人。头一次接着的，就是贝去戒。贝去戒见她体态端庄，不像私窠的举止，又且羞涩太甚，就问其来历，才知道为贫所使，不是出于本心。只嫖得一夜，竟以数

百金赠之，叫她依旧关门，不可接客。谁想丈夫得了银子，未及两月，又赌得精光，竟把她卖入娼门，光明较著地接客，求为私窠子而不能。故此想念旧恩，不时流涕。起先见说是他，欢喜不了，故此踊跃而来。如今看见不是，又觉得面貌相同，有个睹物伤情之意，故此掉下泪来。又怕立在面前愈加难忍，故此含泪而别。

　　贝去戒见了这些光景，不胜凄恻，就把几句巧话骗脱了身子，备下许多礼物，竟去拜访苏一娘。

　　苏一娘才见了面，又重新哭起。贝去戒佯作不知，问其端的。苏一娘就把从前

的话细述一番，述完之后，依旧啼哭起来，再也劝她不住。贝去戎道："你如今定要见他，是个什么意思？不妨对我讲一讲。难道普天下的好事，只许一个人做，就没有第二个畅汉赶得他上不成？"苏一娘道："我要见他，有两个意思。一来因他嫖得一夜，破费了许多银子，所得不偿所失，要与他尽情欢乐一番，以补从前之缺。二来因我堕落烟花，原非得已，因他是个仗义之人，或者替我赎出身来，早作从良之计，也未见得。故此终日想念，再丢他不开。"贝去戎道："你若要单补前情，倒未必能够；若要赎身从良，这是什么难事？在下薄有钱财，尽可以担当得起。只是一件：区区是个东西南北之人，今日在此，明日在彼，没有一定的住居，不便娶妻买妾，只好替你赎身出来，送还原主，做个昆仑押衙之辈，倒还使得。"苏一娘道："若是交还原主，少不得重落火坑，倒多了一番进退。若得随你终身，固所愿也。万一不能，倒寻个僻静的庵堂，使我祝发为尼，皈依三宝，倒是一桩美事。"贝去戎道："只怕你这些说话还是托词，若果有急流勇退之心，要做这撒手登崖之事，还你今朝作妓，明日从良，后日就好剃度。不但你的衣食之费、香火之资出在区区身上，连那如来打坐之室、伽蓝入定之乡、四大金刚护法之门、一十八尊罗汉参禅之地，也都是区区建造。只要你守得到头，不使他日还俗之心背了今日从良之志，就是个好尼僧、真菩萨，不枉我一番救度也。你可能够如此么？"苏一娘道："你果能践得此言，我就从今日立誓，倘有为善不终，到出家之后再起凡心者，叫我身遭惨祸而死，堕落最深的地狱！"说了这一句，就走进房中，半晌不出。

【眉批】说得淋漓痛快。

贝去戎只说她去小解，等了一会，不想走出房来，将一位血性佳人已变做肉身菩萨，竟把一头黑发、两鬓乌云剪得根根到底。又在桃腮香颊上刺了几刀，以示破釜焚舟、决不回头之意。贝去戎见了，惊得毛骨悚然。正要与她说话，不想乌龟鸨母一齐喧嚷进来，说他诱人出家，希图拐骗，闭他生意之门，绝人糊口之计，揪住贝去戎，竟要与他拚命。贝去戎道："你那生意之门、糊口之计，不过为'钱财'二字罢了。不是我夸嘴说，世上的财钱都聚在区区家里，随你论百论千，都取得

出。若要结起讼来，只怕我处得你死，你弄我不穷。不如做桩好事，放她出家，待我取些银子，还你当日买身之费，倒是个本等。"

【眉批】贝去戎态度若似从前伎俩，则此妓之剪乌云，与戏场之剃胡须者无异矣。

乌龟鸨母听了，就问他索取身钱，还要偿还使费。贝去戎并不短少，一一算还。领了苏一娘，权到寓中住下。当晚就分别嫌疑，并不同床宿歇，竟有"秉烛待旦"之风。

【眉批】财色两忘，进乎道矣。

到了次日，央些房产中人，俗名叫做"白蚂蚁"，惯替人卖房买屋，趁些居间钱过活的，叫他各处抓寻，要买所极大的房子，改造庵堂，其价不拘多少。又要于一宅之中，可以分为两院，使彼此不相混杂的。

过了三朝五日，就有几个中人走来回话，说："一位世宦人家，有两座园亭，中分外合，极是幽雅。又有许多余地，可以建造庵堂。要五千金现物，方可成交，少一两也不卖。"

贝去戎随了中人走去一看，果然好一座园亭。就照数兑了五千，做成这主交易。把右边一所改了庵堂，塑上几尊佛像，叫苏一娘在里面修行。又替她取个法号，叫做"净莲"。因她由青楼出家，有出污泥而不染之意，故此把莲花相比。左边一所依旧做了园亭，好等自己往来，当个歇脚之地。里面有三间大楼，极深极邃，四面俱有夹墙，以后拐来的赃物都好贮在其中，省得人来搜取，要做个聚宝盆的意思。楼上有个旧匾，题着"归止楼"三字。因原主是个仕宦，当日解组归来，不想复出，故此题匾示意，见得他归止于此，永不出山。谁想到了这一日，那件四方家伙竟会作起怪来，"止"字头上忽然添了一画。变做"归正楼"。

【眉批】出题新异，迥别各回。

贝去戎看屋的时节，还是"归止"，及至选了吉日，搬进楼房，抬起头来一看，觉得毫厘之差，竟有霄壤之别，与当日命名之意大不相同。心上思量道："'正'字与'邪'字相反，邪念不改，正路难归。莫非是神道有灵，见我做了一桩善事，要索性劝我回头，故此加上一画，要我改邪归正的意思么？"仔细看了一会，只见所添的笔迹又与原字不同。原字是凹下去的，这一画是凸起来的，黑又不黑，青又不青，另是一种颜色。贝去戎取了梯子，爬上去仔细一看，原来是些湿土，乃燕子衔泥簌新垒上去的。贝去戎道："禽鸟无知，哪里会增添笔画？不消说，是天地神明假手于他的了。"就从此断了邪念，也学苏一娘厌弃红尘，竟要逃之方外。因自己所行之事绝类神仙，凡人不能测识，知道学仙容易，作佛艰难，要从他性之所近。就把左边的房子改了道院，与净莲同修各业，要做个仙佛同归。就把"归正"二字做了道号，只当神道替他命名，也好顾名思义，省得又起邪心。

一日，对净莲道："我们这座房子，有心改做道场，索性起他两层大殿，一边奉事三清，一边供养三宝，方才像个局面。不然，你那一边只有观音阁、罗汉堂，没有如来释迦的坐位，成个什么体统？我这边坛场狭窄，院宇萧条，又在改创之初，略而未备，一发不消说了。"净莲道："造殿之费，动以千计。你既然出家，就断了生财之路，纵有些须积蓄，也还要防备将来，岂有仍前浪用之理？"归正道："不妨。待我用些法术感动世人，还你一年半载，定有人来捐造。不但不要我费钱，又且不要我费力，才见得法术高强。"净莲道："你方才学仙起头，并不曾得道，有什么法术就能感动世人，使他捐得这般容易？"归正道："你不要管。我如今回去葬亲，将有一年之别，来岁此时方能聚首。包你回来之日，大殿已成，连三清三宝的法像，都塑得齐齐整整，只等我袖手而来，做个现成法主就是。"净莲不解其故，还说是诞妄之词。

过了几日，又说十八尊罗汉之中有一尊塑得不好，要乘他在家另唤名手塑过，才好出门。净莲劝他将就，他只是不肯，果然换了法身，方才出去。临去之际，只留一位高徒看守道院，其余弟子都带了随身。

净莲独守禅关，将近半载，忽然有一位仕客、一位富商，两下不约而同，一齐来做善事。那位仕客说从湖广来的，带了一二千金，要替她起造大殿，安置三清。那位富商说从山西来的，也带了一二千金，要替她建造佛堂，供养三宝。这两位檀越不知何所见闻，忽有此举？归正的法术为什么这等高强？看到下回，自然了悟。

第四回　侥天幸拐子成功
　　　　　堕人谋檀那得福

　　仕客富商走到，净莲惊诧不已，问他什么来由忽然举此善念；况且湖广山西相距甚远，为什么不曾相约，恰好同日光临？其中必有缘故。那位仕客道："有一桩极奇的事，说来也觉得耳目一新。下官平日极好神仙，终日讲究的都是延年益寿之事，不想精诚之念感格上清，竟有一位真仙下降，亲口对我讲道："某处地方新建一所道院，规模已具，只少大殿一层。那位观主乃是真仙谪降，不久就要飞升。你既有慕道之心，速去做了这桩善事。后来使你长生者，未必不

是此人之力。'下官敬信不过，就求他限了日期，要在今月某日起工，次月某日竖造，某月某日告成。告成之日，观主方来。与他见得一面，就是姻缘，不怕后来不成正果。故此应期而来，不敢违了仙限。"

　　那位富商虽然与他齐到，却是萍水相逢，不曾见面过的。听他说毕，甚是疑心，就盘问他道："神仙乃是虚无之事，毕竟有些征验才信得他，怎见得是真仙下降？焉知不是本观之人要你替他造殿，假作这番诳语，也未可知。"仕客道："若没有征验，如何肯信服他？只因所见所闻都是神奇不测之事，明明是个真仙，所以不敢不信。"富商道："何所见闻，可好略说一说？"仕客道："他头一日来拜，说是

天上的真人。小价不信，说他言语怪诞，不肯代传。他就在大门之上写了四个字云：

> '回道人拜。'

临行之际，又对小价道：'我是他的故人，他见了拜帖，自然知道。我明日此时依旧来拜访，你们就不传，他也会出来的了，不劳如此相拒。'小价等他去后，舀一盆热水洗刷大门，谁想费尽气力，只是洗刷不去，方才说与下官知道。下官不信，及至看他洗刷，果如其言。只得唤个木匠，叫他用推刨刨去。谁想刨去一层也是如此，刨去两层也是如此，把两扇大门都刨穿了，那向个字迹依然还在。下官心上才有一二分信他，晓得'回道人'三字是吕纯阳的别号。就吩咐小价道：'明日再来，不可拒绝，我定要见他。'及至第二日果来，下官连忙出接。见他脊背之上负了一口宝剑，锋芒耀日，快不可当；腰间系个小小葫芦，约有三寸多长、一寸多大。下官隔了一段路先对他道：'你既是真仙，求把宝剑脱下，暂放在一边，才好相会。如今有利器在身，焉知不是刺客？就要接见也不敢接见了。'他听了这句话，就不慌不忙把宝剑脱下，也不放在桌上，也不付与别人，竟拿来对着葫芦缓缓地插将进去，不消半刻，竟把三尺龙泉归之乌有，止剩得一个剑把塞在葫芦口内，却像个壶顶盒盖一般。你说，这种光景叫我如何不信？况且所说的话又没有一毫私心，钱财并不经手，叫下官自来起造，无非要安置三清。这是眼见的功德，为什么不肯依他？"说完之后，又问那位富商："你是何所见而来？也有什么征验否？"

富商道："在下并无征验，是本庵一个长老募缘募到敝乡，对着舍下的门终日参禅打坐，不言不语，只有一块粉板倒放在面前，写着几行字道：

> '募起大殿三间，不烦二位施主。钱粮并不经手，即
>
> 求檀越亲往监临。功德自在眼前，果报不须身后。'

在下见他坐了许久，声色不动，知道是个禅僧，就问他宝山何处，他方才说出地方。在下颇有家资，并无子息，原有好善之名，又见他不化钱财，单求造殿，也知道是眼见的功德，故此写了缘簿，打发他先来，他临行的时节，也限一个日期，要

在某日起工，某日建造，某日落成，与方才所说的不差一日。难道这个长老与神仙约会的不成？叫他出来一问，就明白了。"

净莲道："本庵并无僧人在外面抄化，或者他说的地方不是这一处，老善人记错了。这一位宰官既然遇了真仙，要他来做善事，此番盛意，自当乐从。至于老善人所带之物，原不是本庵募化来的，如何辄敢冒认？况且尼姑造殿，还该是尼姑募缘，岂有假手僧人之理？清净法门，不当有此嫌疑之事。尊意决不敢当，请善人赍了原金往别处去访问。"

富商听了，甚是狐疑，道："他所说的话与本处印证起来，一毫不错，如何又说无干？"只得请教于仕客。仕客道："既发善心，不当中止。即使募化之事不出于他，就勉强做个檀那，也不叫做烧香拗佛。"富商道："也说得是。"

两个宿了一晚，到第二日起来，同往前后左右蹀了一会儿，要替他选择基址，估算材料，好兴土木之工。不想走到一个去处，见了一座法身，又取出一件东西仔细看了一会，就惊天动地起来，把那位富商吓得毛发俱竖，口中不住地念道：

"奉劝世人休碌碌，举头三尺有神明！"

你说走到哪一处，看见哪一座法身，取出一件什么东西，就这等骇异？原来罗汉堂中，十八尊法像里面有一尊的面貌，竟与募化的僧人纤毫无异。富商远远望见，就吃了一惊；及走到近处又越看越像起来。怀中抱了一本簿子，与当日募缘之疏又有些相同。取下来一看，虽然是泥做的，却有一条红纸，写了一行大字，夹在其中，就是富商所题的亲笔。你说，看到此处，叫他惊也不惊，骇也不骇，信服不信服！就对了仕客道："这等看起来，仙也是真仙，佛也是真佛！我们两个喜得与仙佛有

缘，只要造得殿成，将来的果报竟不问可知了。"仕客见其所见，闻其所闻，一发敬信起来。

两个刻日兴工，昼夜催督，果然不越限期，到了某月某日同时告竣，连一应法像都装塑起来。

正在落成，忽有一位方士走到。富商仕客见他飘飘欲仙，不像凡人的举动，就问是哪一位道友。净莲道："就是本观的观主，道号归正；回去葬了二亲，好来死心塌地做修真悟道之事的。"仕客见说是他，低倒头来就是四拜，竟把他当了真仙。说话之间，一字也不敢亵狎。求他取个法名，收为第子，好回去遥相顶戴。归正一一依从。富商也把净莲当做活佛顶礼，也求她取个法名，备而不用；万一佛天保佑，生个儿子出来，就以此名相唤，只当是莲花座下之人，好使他增福延寿。净莲也一一依从。两下备了素斋，把仕客富商款待了几日，方才送他回去。

这一尼一道，从此以后就认真修炼起来。不上十年，都成了气候。俗语道得好："浪子回头金不换。"但凡走过邪路的人，归到正经路上，更比自幼学好的不同，叫做"大悟之后，永不再迷"，哪里还肯回头做那不端不正的事！

净莲与归正隔了一墙，修行十载，还不知这位道友是个拐子出身。直等他悟道之后，不肯把诳语欺人，说出以前的丑态，才知道他素行不端，比青楼出身更加污秽。所幸回头得早，不曾犯出事来。改邪归正的去处，就是变祸为祥的去处。

净莲问归正道："你以前所做的事都曾讲过，十件之中我已知道八九。只是造殿一事，我至今不解。为什么半年之前就拿定有人捐助，到后来果应其言？难道你学仙未成，就有这般的妙术？"

归正道："不瞒贤弟讲，那些勾当依然是拐子营生。只因贼星将退，还不曾离却命宫，正在交运接运之时，所以不知不觉又做出两件事来，去拐骗施主。还喜得所拐所骗之人都还拐骗得起，叫他做的又都是作福之事，还不十分罪过。不然，竟做了个出乖露丑的冯妇，打虎不死，枉被人笑骂一生。"

净莲道："那是什么骗法？难道一痕的字迹写穿了两扇大门，寸许的葫芦摄回了三尺宝剑，与那役鬼驱神、使罗汉带缘簿出门替人募化的事，也是拐子做得来的？"

【眉批】——还他清楚，如画沙印泥。此文章大结构处，看官着眼。

归正道："都有缘故。那些事情做来觉得奇异，说破不值半文。总是做贼的人都有一番贼智，使人测度不来，又觉得我的聪明比别人更胜几倍。只因要起大殿，舍不得破费己资，故此想出法来，去赚人作福。知道那位仕客平日极信神仙，又知道那位富商生来极肯施舍，所以做定圈套，带两个徒弟出门。一个乔扮神仙，一个假装罗汉，遣他往湖广、山西，各行其道。自己回家葬亲，完了身背之事。不想神明呵护，到我转来之日，果应奇谋。这叫做'人有善愿，天必从之'。天也助一半，人也助一半，不必尽是诓骗之功。"就把从前秘密之事一齐吐露出来，不觉使人绝倒。

原来门上所题之字，是龟溺写的。龟尿入木，直钻到底，随你水洗刀削，再弄它不去。背上所负之剑，是铅锡造的，又是空心之物。葫芦里面预先贮了水银，水银遇着铅锡，能使立刻的销融，所以插入葫芦，登时不见。至于罗汉的法身，就是徒弟的小像，临行之际，定要改塑一尊，说是为此。写了缘簿就寄转来，叫守院之人裹上些泥土，塞在胸前。所以富商一见，信煞无疑，做了这桩善事。

净莲听到此处，就张眼吐舌，惊羡不已。说他有如此聪明，为什么不做正事。若把这些妙计用在兵机将略之中，分明是陈平再出，诸葛复生，怕不替朝廷建功立业，为什么将来误用了。可见国家用人，不可拘限资格，穿窬草窃之内尽有英雄，

鸡鸣狗盗之中不无义士。恶人回头，不但是恶人之福，也是朝廷当世之福也。

后来归正净莲一齐成了正果，飞升的飞升，坐化的坐化。但不知东西二天把他安插何处，做了第几等的神仙，第几尊的菩萨？想来也在不上不下之间。

最可怪者：山西那位富商，自从造殿之后，回到家中，就连生三子；湖广那位仕客，果然得了养生之术，直活到九十余岁，才终天年。穷究起来，竟不知是什么缘故。可见做善事的只要自尽其心，终须得福，不必问他是真是假，果有果无。不但受欺受骗原有装聋做哑的阴功，就是被劫被偷也有失财得福的好处。世间没有温饱之家，何处养活饥寒之辈？失盗与施舍总是一般，不过有心无心之别耳！

【眉批】以失盗为施舍，无论得福不得福，省却现在烦恼，先讨无限便宜。

【评】

贝去戎一生事迹，乃本传之正文，从前数段，不过一冒头耳。正文之妙自不待言，即冒头中无限烟波，已令人心醉目饱。山水之喻奇矣，又复继以阴晴；阴晴之譬妙矣，又复继以投诚纳款；以投诚纳款喻回头，可谓穷幽极奥，无复遗蕴矣。乃又行路一段，取譬更精。无想不造峰巅，无语不臻堂奥，我不知笠翁一副心胸，何故玲珑至此！然尽有玲珑其心而不能玲珑其口、玲珑其口而不能玲珑其手者，即有妙论奇思，无由落于纸上。所以天地间快人易得，快书难得，天实有以限之也。今之作者，无论少此心胸，即有此心胸，亦不能有此口与手，读《十二楼》以后，都请搁笔可也。如必欲效颦，须令五丁入腹，遍凿心窍，使之彻底玲珑，再出而镂其手口，庶可作稗官后劲耳。

萃雅楼

第一回　卖花郎不卖后庭花
　　　　买货人惯买无钱货

诗云：

　　岂是河阳县，还疑碎锦坊。

　　贩来常带蕊，卖去尚余香。

　　价逐蜂丛踊，人随蝶翅忙。

　　王孙休惜费，难买是春光。

　　这首诗，乃觉世稗官二十年前所作。因到虎丘山下卖花市中，看见五采陆离，众香芬馥，低徊留之不能去。有个不居奇货、喜得名言的老叟，取出笔砚来索诗，所以就他粉壁之上题此一律。市廛乃极俗之地，花卉有至雅之名，"雅俗"二字从来不得相兼，不想被卖花之人趁了这主肥钱，又享了这段清福，所以诗中的意思极赞美他。生意之可羡者不止这一桩，还有两件贸易与他相似。哪两件？

　　书铺，香铺。

　　这几种贸易合而言之，叫做"俗中三雅"。开这些铺面的人，前世都有些因果。

只因是些飞虫走兽托生，所以如此，不是偶然学就的营业。是那些飞虫走兽？

　　开花铺者，乃蜜蜂化身；

　　开书铺者，乃蠹鱼转世；

　　开香铺者，乃香麝投胎。

　　还有一件生意最雅，为什么不列在其中？开古董铺的，叫做"市廛清客"，冒了文人，岂不在三种之上？只因古董铺中也有古书，也有名花，也有沉檀速降，说此三件，古董就在其中，不肯以高文典册、异卉名香作时物观也。

　　说便这等说，生意之雅俗也要存乎其人。尽有生意最雅，其人极俗，在书史花香里面过了一生，不但不得其趣，倒厌花香之触鼻、书史之闷人者，岂不为书史花香之累哉！这样人的前身，一般也是飞虫走兽，只因他止变形骸，不变性格，所以如此。蜜蜂但知采花，不识花中之趣，劳碌一生，徒为他人辛苦；蠹鱼但知蚀书，不得书中之解，老死其中，止为残编殉葬；香麝满身是香，自己闻来不觉，虽有芬脐馥卵可以媚人，究竟是他累身之具。这样的人不是"俗中三雅"，还该叫他做"雅中三俗"。

　　如今说几个变得完全能得此中之趣的，只当替斯文交易挂个招牌，好等人去下顾。只是一件：另有个美色招牌，切不可挂；若还一挂，就要惹出事来。奉劝世间标致店官，全要以谨慎为主。

　　明朝嘉靖年间，北京顺天府宛平县有两个少年：一姓金，字仲雨；一姓刘，字敏叔。两人同学攻书，最相契厚。只因把杂技分心，不肯专心举业，所以读不成功，到二十岁外，都出了学门，要做贸易之事。又有个少而更少的朋友，是扬州人，姓权，字汝修；生得面似何郎，腰同沈约，虽是男子，还赛过美貌的妇人，与金、刘二君都有后庭之好。金、刘二君只以交情为重，略去一切嫌疑，两个朋友合着一个龙阳，不但醋念不生，反借他为联络形骸之具。人只说他两个增为三个，却不知道三人并作一人。

　　【眉批】或有兄弟同宿一娼，父子共偷一婢者，岂尽联络形骸之故耶？

大家商议道："我们都是读书朋友，虽然弃了举业，也还要择术而行，寻些斯文交易做做，才不失文人之体。"就把三十六行的生意件件都想到，没有几样中意的。只有书铺、香铺、花铺、古董铺四种，个个说通，人人道好，就要兼并而为之。竟到西河沿上赁了三间店面，打通了并做一间。中间开书铺，是金仲雨掌管；左边开香铺，是权汝修掌管；右边开花铺，又搭着古董，是刘敏叔掌管。后面有进大楼，题上一个匾额，叫做"萃雅楼"。结构之精，铺设之雅，自不待说。每到风清月朗之夜，一同聚啸其中，弹的弹，吹的吹，唱的唱，都是绝顶的技艺，闻者无不销魂。没有一部奇书不是他看起，没有一种异香不是他烧起，没有一本奇花异卉不是他赏玩起。手中摩弄的没有秦汉以下之物，壁间悬挂的尽是宋唐以上之人。受用过了，又还卖出钱来，越用得旧，越卖得多，只当普天下人出了银子，买他这三位清客在那边受享。

【眉批】如此受享，焉得不为造物所忌？

金、刘二人各有家小，都另在一处。独有权汝修未娶，常宿店中，当了两人的家小，各人轮伴一夜，名为守店，实是赏玩后庭花。日间趁钱，夜间行乐。你说普天之下哪有这两位神仙？合京师的少年，没有一个不慕，没有一个不妒。慕者慕其清福，妒者妒其奇欢。

他做生意之法，又与别个不同：虽然为着钱财，却处处存些雅道。收贩的时节有三不买，出脱的时节有三不卖。哪三不买？

低货不买；

假货不买；

来历不明之货不买。

他说："这几桩生意都是雅事，若还收了低假之货，不但卖坏名头，还使人退上门来，有多少没趣。至于来历不明之货，或是盗贼劫来，或是家人窃出，贪贱收了，所趁之利不多，弄出官府口舌，不但折本，还把体面丧尽。麻绳套颈之事，岂是雅人清客所为？"所以把这"三不买"塞了忍气受辱之源。哪三不卖？

太贱不卖；

太贵不卖；

买主信不过不卖。

"货真价实"四个字，原是开店的虚文，他竟当了实事做。所讲的数目，虽不是一口价，十分之内也只虚得一二分，莫说还到七分他断然不肯，就有托熟的主顾，见他说这些，就还这些，他接到手内，也称出一二分还他，以见自家的信行。或有不曾交易过的，认货不确，疑真作假，就兑足了银子，他也不肯发货，说："将钱买疑惑，有什么要紧？不如别家去看！"他立定这些规矩，始终不变。

【眉批】毕竟如此，才可谓之店官。官者，有荣无辱之称也。

初开店的时节，也觉得生意寥寥，及至做到后来，三间铺面的人都挨挤不去。由平民以至仕宦，由仕宦以至宫僚，没有一种人不来下顾。就是皇帝身边的宫女要买名花异香，都吩咐太监叫到萃雅楼上去。其驰名一至于此。凡有宫僚仕宦往来，都请他楼上坐了，待茶已毕，然后取货上去，待他评选。

那些宫僚仕宦见他楼房精雅，店主是文人，都肯破格相待。也有叫他立谈的，也有与他对坐的，大约金、刘二人立谈得多，对坐得少；独有权汝修一个，虽是平民，却像有职分的一般，次次与贵人同坐。这是什么缘故？只因他年纪幼小，面庞生得可爱，上门买货的仕宦料想没有迂腐之人，个个有龙阳之好。见他走到面前，恨不得把膝头做了交椅，搂在怀中说话，岂忍叫他侧身而立，与自己漠不相关？所以对坐得多，立谈得少。

彼时有严嵩相国之子严世蕃，别号东楼者，官居太史，威权赫奕。偶然坐在朝房，与同僚之人说起书画古董的事，那些同僚之人，都说萃雅楼上的货物件件都精，不但货好，卖货之人也不俗。又有几个道："最可爱者是那小店官，生得冰清玉润，只消他坐在面前，就是名香，就是异卉，就是古董书籍了，何须看什么货！"东楼道："莲子胡同里面少了标致龙阳，要到柜台里面去取？不信市井之中竟有这般的尤物。"讲话的道："口说无凭，你若有兴，同去看就是了。"东楼道："既然如此，等退朝之后，大家同去走一遭。"

只因东楼口中说了这一句，那些讲话的人一来要趋奉要津，使自己说好的，他也说好，才见得气味相投；二来要在铺面上讨好，使他知道权贵上门，预先料理，若还奉承得到，这一位主顾就抵得几十个贵人，将来的生意不小，自己再去买货，不怕不让些价钱。所以都吩咐家人，预先走去知会，说："严老爷要来看货，你可预先料理。这位仕宦不比别个，是轻慢不得的。莫说茶汤要好，就是送茶陪坐的人，也要收拾收拾，把身材面貌打扮齐整些。他若肯说个'好'字，就是你的时运到了。难道一个严府抵不得半个朝廷？莫说趁钱，就要做官做吏也容易。"

金、刘二人听到这句说话，甚是惊骇，说："叫我准备茶汤，这是本等，为什么说到陪坐之人也叫他收拾起来？他又不是跟官的门子、献曲的小唱，不过因官府上楼没人陪话，叫他点点货物，说说价钱。谁知习以成风，竟要看觑他起来！照他方才的话，不是看货，分明是看人了。想是那些仕宦在老严面前极口形容，所以引他上门，要做'借花献佛'之事。此老不比别个，最是敢作敢为。他若看得中意，不是'隔靴搔痒'、'夹被摩疼'就可以了得事的，毕竟要认真舞弄。难道我们两个家醋不吃，连野醋也不吃不成！"私自商议了一会，又把汝修唤到面前，叫他自定主意。汝修道："这有何难！待我预先走了出去，等他进门，只说不在就是了。做官的人只好逢场作戏，在同僚面前逞逞高兴罢了，难道好认真做事，来追拿访缉我不成？"金、刘二人道："也说得是。"就把他藏过一边，准备茶汤伺候。

【眉批】见广识多，情真语确。

不上一刻，就有三四个仕宦随着东楼进来，仆从多人，个个如狼似虎。东楼跨进大门，就一眼觑着店内，不见有个小官，只说他上楼去了。及至走到楼上，又不见面，就对众人道："小店官在哪里？"众人道："少不得就来。没有我辈到此尚且出来陪话，天上掉下一位福星倒避了开去之理。"东楼是个奸雄，分外有些诡智，就晓得未到之先有人走漏消息，预先打发开去了。对着众人道："据小弟看来，此人今日决不出来见我。"众人心上都说："知会过的，又不是无心走到，他巴不得招揽生意，岂肯避人？"哪里知道，市井之中一般有奇人怪士，倒比纱帽不同，势利有时而轻，交情有时而重，宁可得罪权要，不肯得罪朋友的。

【眉批】每人一种面目，每人一副肝肠，不但不雷同，又且逼真宛肖。前有耐庵，后有笠翁，不可得而三也。

众人因为拿得稳，所以个个肯包，都说："此人不来，我们愿输东道。请赌一赌。"东楼就与众人赌下，只等他送茶上来，谁想送茶之人不是小店官，却是个驼背的老仆。问他小主人在哪里，老仆回话道："不知众位老爷按临，预先走出去了。"众人听见，个个失色起来，说："严老爷不比别位，难得见面的。快去寻他回来，不可误事！"老仆答应一声，走了下去。

不多一会，金、刘二人走上楼来，见过了礼，就问："严老爷要看的是哪几种货物？好取上来。"东楼道："是货都要看，不论哪一种，只把价高难得、别人买不起的取来看就是了。"二人得了这句话，就如飞赶下楼去，把一应奇珍宝玩、异卉名香，连几本书目，一齐搬了上来。摆在面前，任凭他取阅。

东楼意在看人，买货原是末着。如今见人不在，虽有满怀怒气，却不放一毫上脸，只把值钱的货物都拣在一边，连声赞好，绝口不提"小店官"三字。拣完之后，就说："这些货物我件件要买，闻得你铺中所说之价不十分虚诬，待我取回去，你开个实价送来，我照数给还就是了。"金、刘二人只怕他为人而来，决不肯舍人而去，定有几时坐守。守到长久的时节，自家不好意思。谁想他起身得快，又一毫不恼，反用了许多货物，心上十分感激他，就连声答应道："只愁老爷不用，若用得着，只管取去就是了。"

东楼吩咐管家收取货物，入袖的入袖，上肩的上肩，都随了主人一齐搬运出去。东楼上轿之际，还说几声"打搅"，欢欢喜喜而去。只有那些陪客甚觉无颜，不愁输了东道，只怕东楼不喜，因这小事料不着，连以后的大事都不肯信任他。这是患得患失的常态。

【眉批】又是一种作法。

作者说到此处，不得不停一停。因后面话长，一时讲不断也。

第二回　保后件失去前件　结恩人遇着仇人

　　金、刘二人等东楼起身之后，把取去的货物开出一篇帐来，总算一算，恰好有千金之数。第二三日不好就去领价，直到五日之后，才送货单上门。管家传了进去，不多一会儿，就出来回复说："老爷知道了。"金、刘二人晓得官府的心性比众人不同，取货取得急，发价发得缓，不是一次就有的，只得走了回去。

　　过上三五日，又来领价。他回复的话仍照前番。从此以后，伙计二人轮班来取，或是三日一至，或是五日一来，莫说银子不见一两，清茶没有一杯，连回复的说话也贵重不过，除"知道了"三字之外，不曾增出半句话来。心上思量道："小钱不去，大钱不来。领官府的银子，就像烧丹炼汞一般，毕竟得些银母才变化得出，没有空烧白炼之理。门上不用个纸包，他如何肯替你着力？"就称出五两银子，送与管事家人，叫他用心传禀，领出之后，还许抽分。只要数目不亏，就是加一扣除也情愿。家人见他知窍，就露出本心话来，说："这主银子不是二位领得出的。闻得另有一位店官，生得又小又好，老爷但闻其名，未识其面，要把这宗货物做了当头，引他上门来相见的。只消此人一到，银子就会出来。你们二位都是有窍的人，为什么丢了钥匙不拿来开锁，倒用铁丝去搽？万一搽橛了簧，却怎么处？"

　　【眉批】不是将钥匙开锁，还是将锁来。

　　二人听了这些话，犹如大梦初醒，倒惊出一身汗来。走到旁边去商议，说："我们两个反是弄巧成拙了！那日等他见一面，倒未必取货回来。谁知道'货'者，'祸'也。如今得了货，就要丢了人；得了人，就要丢了货。少不得有一样要丢，还是丢货的是，丢人的是？"想了一会，又发起狠来，道："千金易得，美色难

求。还是丢货的是!"定了主意,过去回复管家说:"那位敝伙计还是个小孩子,乃旧家子弟,送在店中学生意的,从来不放出门,恐怕他父母计较。如今这主银子,随老爷发也得,不发也得,决不把别人家儿女拿来换银子用。况且又是将本求利,应该得的。我们自今以后,再不来了。万一有意外之事,偶然发了出来,只求你知会一声,好待我们来取。"管家笑一笑道:"请问二位,你这银子不领,宝店还要开么?"二人道:"怎么不开"管家道:"何如!既在京师开店,如何恶识得当路之人?古语道得好:'穷不与富敌,贱不与贵争。'你若不来领价,明明是仇恨他羞辱他了,这个主子可是仇恨得羞辱得的?他若要睡人妻子,这就怪你不得,自然拼了性命要拒绝他。如今所说的不过是一位朋友,就送上门来与他赏鉴赏鉴,也像古董书画一般,弄坏了些也不十分减价,为什么丢了上千银子去换一杯醋吃?况且丢去之后还有别事出来,决不使你安稳。这样有损无益的事,我劝你莫做。"

【眉批】此语逼真,非情种不能道。

二人听到此处,就翻然自悔起来,道:"他讲得极是。"回到家中,先对汝修哭了一场,然后说出伤心之语,要他同去领价。汝修断然不肯,说:"烈女不更二夫,贞男岂易三主。除你二位之外,决不再去滥交一人。宁可把这些货物算在我帐里,决不去做无耻之事!"金、刘二人又把利害谏他,说:"你若

不去,不但生意折本,连这店也难开,将来定有不测之祸。"汝修立意虽坚,当不得二人苦劝,只得勉强依从,随了二人同去。管门的见了,喜欢不过,如飞进去传禀。东楼就叫快传进来。金、刘二友送进仪门,方才转去。

【眉批】毕竟贞男守节比烈女不同，便多一个也无碍。

东楼见了汝修，把他浑身上下仔细一看，果然是北京城内第一个美童。心上十分欢喜，就问他道："你是个韵友，我也是个趣人，为什么别官都肯见，单单要回避我？"汝修道："实是无心偶出，怎么敢回避老爷。"东楼道："我闻得你提琴箫管样样都精，又会葺理花木，收拾古董，至于烧香制茗之事，一发是你的本行，不消试验的了。我在这书房里面少一个做伴的人，要屈你常住此间，当做一房外妾，又省得我别请陪堂，极是一桩便事。你心上可情愿么？"汝修道："父母年老，家计贫寒，要觅些微利养亲，恐怕不能久离膝下。"东楼道："我闻得你是孤身，并无父母，为什么骗起我来？你的意思，不过同那两个光棍相与熟了，一时撇他不下，所以托故推辞。难道我做官的人反不如两个铺户？他请得你起，我倒没有束修么？"汝修道："那两个是结义的朋友，同事的伙计，并没有一毫苟且，老爷不要多疑。"

东楼听了这些话，明晓得是掩饰之词，耳朵虽听，心上一毫不理。还说"与他未曾到手，情义甚疏，他如何肯撇了旧人来亲热我？"就把他留在书房，一连宿了三夜。东楼素有男风之癖，北京城内不但有姿色的龙阳不曾漏网一个，就是下僚里面顶冠束带之人，若是青年有貌肯以身事上台的，他也要破格垂青，留在后庭相见。阅历既多，自然知道好歹。看见汝修肌滑如油，臀白于雪，虽是两夫之妇，竟与处子一般。所以心上爱他不过，定要相留。这三夜之中，不知费了几许调停，指望把"温柔软款"四个字买他的身子过来。不想这位少年竟老辣不过，自恃心如铁石，不怕你口坠天花。这般讲来，他这般回复；那样说去，他那样推辞。

【眉批】常有此事。东楼但知御下，还是古人。

东楼见说他不转，只得权时打发。到第四日上，就把一应货物取到面前，又从头细阅一遍，拣最好的留下几件，不中意的尽数发还。除货价之外，又封十二两银子送他，做遮羞钱。汝修不好辞得，暂放袖中，到出门之际就送与他的家人，以见"耻食周粟"之意。回到店中，见了金、刘二友。满面羞惭，只想要去寻死。金、刘再三劝慰，才得瓦全。

从此以后看见东楼的轿子从店前经过，就趋避不遑，惟恐他进来缠扰。有时严府差人呼唤，只以病辞；等他唤过多遭，难以峻绝，就拣他出门的日子去空走一遭，好等门簿上记个名字。瞰亡往拜，分明以阳虎待之。

东楼恨他不过，心上思量道："我这样一位显者，心腹满朝，何求不得？就是千金小姐、绝世佳人，我要娶她，也不敢回个'不'字，何况百姓里面一个孤身无靠的龙阳！我要亲热他，他偏要冷落我。虽是光棍不好，预先钩搭住他，所以不肯改适，却也气恨不过。少不得生个法子，弄他进来。只是一件：这样标致后生放在家里，使姬妾们看见未免动心，就不做出事来，也要彼此相形，愈加见得我老丑。除非得个两全之法，止受其益，不受其损，然后招他进来，实为长便。"想了一回，并没有半点机谋。

【眉批】能作此虑，还是正人。尽□□竟□□以自代者，更出东楼下耳。

彼时有个用事的太监，姓沙，名玉成，一向与严氏父子表里为奸、势同狼狈的，甚得官家之宠。因他有痰湿病，早间入宫侍驾，一到已刻就回私宅调理，虽有内相之名，其实与外官无异。原是个清客出身，最喜栽培花竹，收藏古董。东楼虽务虚名，其实是个假清客，反不如他实实在行。

【眉批】能务虚名，亦是好事。求屈清客而不得又将若何。

一日，东楼过去相访，见他收拾器玩，浇灌花卉，虽不是自家动手，却不住地呼僮叱仆，口不绝声，自家不以为烦。东楼听了，倒替他吃力，就说："这些事情原为取乐而设，若像如此费心，反是一桩苦事了。"沙太监道："孩子没用，不由你不费心。我寻了一世馆僮，不曾遇着一个。严老爷府上若有勤力孩子，知道这些事

的，肯见惠一个也好。"

东楼听了这句话，就触起心头之事，想个计较出来，回复他道："敝衙的人，比府上更加不济。近来北京城里出了个清客少年，不但这些事情件件晓得，连琴棋箫管之类都是精妙不过的。有许多仕宦要图在身边做孩子，只是弄他不去，除非公公呼唤，他或者肯来。只是一件：此人情窦已开，他一心要弄妇人，就勉强留他，也不能长久；须是与公公一样，也替他净了下身，使他只想进来，不想出去，才是个长久之计。"沙太监道："这有何难！待我弄个法子，去哄他进来，若肯净身就罢，万一不肯，待我把几杯药酒灌醉了他，轻轻割去此道，到醒来知觉的时节，他就不肯做太监，也长不出人道来了。"

东楼大喜，叫他及早图之，不要被人弄了去。临行之际，又叮嘱一句道："公公自己用他，不消说得；万一到百年以后用不着的时节，求你交还荐主，切不可送与别人。"沙太监道："那何待说。我是个残疾之人，知道在几年过？做内相的料想没有儿子，你竟来领去就是。"东楼设计之意原是为此，料他是个残疾之人，没有三年五载，身后自然归我，落得假手于他，一来报了见却之仇，二来做了可常之计。见他说着心事，就大笑起来。两个弄盏传杯，尽欢而别。

到了次日，沙太监着人去唤汝修，说："旧时买些盆景，原是你铺中的，一向没人剪剔，渐渐地繁冗了，央你这位小店官过去修葺修葺。宫里的人又开出一篇帐来，大半是云油香皂之类，要当面交付与你，好带出来点货。"金、刘二人听了这句话，就连声招揽，叫汝修快些进去。一来因他是个太监，就留汝修过宿也没有什

么疑心；二来因为得罪东楼，怕他有怀恨之意，知道沙太监与他相好，万一有事，也好做一枝救兵。所以招接不遑，惟恐服事不到。

汝修跟进内府，见过沙太监，少不得叙叙寒暄，然后问他有何使令。沙太监道："修理花卉与点货入宫的话都是小事，只因一向慕你高名，不曾识面，要借此盘桓一番，以为后日相与之地。闻得你清课里面极是留心，又且长于音律，是京师里面第一个雅人，今日到此，件件都要相烦，切不可吝教。"汝修正有纳交之意，巴不得借此进身，求他护法。不但不肯谦逊，又且极力夸张，惟恐说了一件不能，要塞他后来召见之路。沙太监闻之甚喜，就吩咐孩子把琵琶弦管笙箫鼓板之属，件件取到面前，摆下席来，叫他一面饮酒，一面敷陈技艺。汝修一一遵从，都竭尽生平之力。

沙太监耳中听了，心上思量说："小严的言语果然不错。这样孩子，若不替他净身，如何肯服事我？与他明说，料想不肯，不若便宜行事的是。"就对侍从之人眨一眨眼。侍从的换上药酒，斟在他杯中。汝修吃了下去，不上一刻，渐渐地绵软起来，垂头欹颈，靠在交椅之上，做了个大睡不醒的陈抟。

沙太监大笑一声，就叫："孩子们，快些动手！"原来未饮之先，把阉割的人都埋伏在假山背后，此时一唤，就到面前。先替他脱去裈衣，把人道捏在上手，轻轻一割，就丢下地来与獬犴儿吃了。等他流去些红水，就把止血的末药带热捂上，然后替他抹去猩红，依旧穿上裤子，竟像不曾动掸得一般。

【眉批】汝修尾后拖针，既是蜜蜂转世，至受割卵之苦，又是□香麝托生，与

囊鱼□□□□□。

　　汝修睡了半个时辰，忽然惊醒，还在药气未尽之时，但觉得身上有些痛楚，却不知在哪一处。睁开眼来把沙太监相了一相，倒说："晚生贪杯太过，放肆得紧，得罪于公公了。"沙太监道："看你这光景，身子有些困乏，不若请到书房安歇了罢。"汝修道："正要如此。"

　　沙太监就唤侍从之人扶他进去。汝修才上牙床，倒了就睡，总是药气未尽的缘故。正不知这个长觉睡到几时才醒，醒后可觉无聊？看官们看到此时，可能够硬了心肠，不替小店官疼痛否？

第三回　权贵失便宜弃头颅而换卵
阉人图报复遗尿溺以酬涎

　　汝修倒在牙床，又昏昏地睡去，直睡到半夜之后，药气散尽，方才疼痛起来，从梦中喊叫而醒。举手一摸，竟少了一件东西。摸着的地方，又分外疼痛不过。再把日间之事追想一追想，就豁然大悟，才晓得结识的恩人倒做了仇家敌国，昨日那番卖弄，就是取祸之由。思想到此，不由他不号啕痛哭，从四更哭起，直哭到天明不曾住口。只见到巳牌时候，有两个小内相走进来替他道喜，说：“从今以后，就是朝廷家里的人了，还有什么官儿管得你着，还有什么男人敢来戏弄得你？”汝修听到此处，愈觉伤心，不但今生今世不能够娶妻，连两位尊夫都要生离死别，不能够再效鸾凤了。

　　正在惝惶之际，又有一个小内相走进来唤他，说：“公公起来了，快出去参见。”汝修道：“我和他是宾主，为什么参见起来？”那些内相道：“昨日净了身，今日就在他管下，怕你不参！”说过这一声，大家都走了开去。汝修思量道：“我就不参见，少不得要辞他一辞，才好出去。难道不瞅不睬，他就肯放你出门？”只得爬下床来，一步一步地挣将出去。挣到沙太监面前，将要行礼，他就正颜厉色吩咐起来，既不是昨日的面容，也不像以前的声口，说：“你如今刀疮未好，且免了磕头，到五日之后出来参见。从今以后，派你看守书房，一应古董书籍都是你掌管，再拨两个孩子帮你葺理花木。若肯体心服事，我自然另眼相看，稍有不到之处，莫怪我没有面情。割去牮子的人，除了我内相家中，不怕你走上天去！”

　　汝修听了这些话，甚觉寒心，就曲着身子禀道：“既然净过身，自然要服事公公。只是眼下刀疮未好，难以服役，求公公暂时宽假，放回去将养几日；待收口之

后进来服事也未迟。"沙太监道："既然如此，许你去将养十日。"叫："孩子们，领他出去，交与萃雅楼主人，叫他好生调理。若还死了这一个，就把那两名伙计割去卷子来赔我，我也未必要他！"几个小内相一齐答应过了，就扶他出门。

却说金、刘二人见他被沙公唤去，庆幸不了，巴不得他多住几日，多显些本事出来，等沙公赏鉴赏鉴，好借他的大树遮荫。故此放心落意，再不去接他。比不得在东楼府中睡了三夜，使他三夜不曾合眼，等不到天明就鞯了头口去接，到不得日暮就点着火把相迎。只因沙府无射猎之资，严家有攻伐之具。谁料常

拚有事，止不过后队销亡；到如今自恃无虞，反使前军覆没。只见几名内相扶着汝修进门，满面俱是愁容，遍体皆无血色。只说他酒量不济，既经隔宿，还情人扶醉而归；谁知他色运告终，未及新婚，早已作无聊之叹。说出被阉的情节，就放声大哭起来。引得这两位情哥泪雨盆倾，几乎把全身淹没。送来的内相等不得他哭完，就催促金、刘二人快写一张领状，好带去回复公公，若有半点差池，少不得是苦主偿命。金、刘二人怕有干系，不肯就写。众人就拉了汝修，要依旧押他转去。二人出于无奈，只得具张甘结与他："倘有疏虞，愿将身抵。"

金、刘打发众人去后，又从头哭了一场，遍访神医替他疗治，方才医得收口。这十日之内只以救命为主，料想图不得欢娱。直等收口之后，正要叙叙旧情，以为永别之计，不想许多内相拥进门来，都说："限期已满，快些进去服役。若迟一刻，连具甘结的人都要拿进府去，照他一般阉割也未可知。"二人吓得魂飞魄散，各人含了眼泪送他出门。

汝修进府之后，知道身已被阉，料想别无去路，落得输心服意替他做事。或者

命里该做中贵，将来还有个进身。凡是分所当为，没有一件不尽心竭力。沙太监甚是得意，竟当做嫡亲儿子看待他。

汝修起初被阉，还不知来历，后来细问同伴之人，才晓得是奸雄所使。从此以后，就切齿腐心，力图报复。只恐怕机心一露，被他觉察出来，不但自身难保，还带累那两位情哥必有丧家亡命之事，所以装聋做哑，只当不知。但见东楼走到，就竭力奉承，说："以前为生意穷忙，不能够常来陪伴，如今身在此处，就像在老爷府上一般。凡有用着之处，就差人来呼唤，只要公公肯放，就是三日之中过来两日，也是情愿的。"东楼听了此言，十分欢喜，常借修花移竹为名，接他过去相伴。沙太监是无棬之人，日里使得他着，夜间无所用之，落得公诸同好。

汝修一到他家，就留心伺察，把他所行的事、所说的话，凡有不利朝廷、妨碍军国者，都记在一本经折之上，以备不时之需。

沙太监自从阉割汝修，不曾用得半载，就被痰湿交攻，日甚一日，到经年之后，就沉顿而死。临死之际，少不得要践生前之约，把汝修赠与东楼。

汝修专事仇人，反加得意，不上一年，把他父子二人一生所做之事，访得明明白白，不曾漏了一桩。也是他恶贯满盈，该当败露，到奸迹访完之日，恰好就弄出事来。自从杨继盛出疏劾奏严嵩十罪五奸，皇上不听，倒把继盛处斩。从此以后，忠臣不服，求去的求去，复参的复参，弄得皇上没有主意，只得暂示威严，吩咐叫严嵩致仕，其子严世蕃、孙严鹄等，俱发烟瘴充军。这些法度，原是被群臣聒絮不过，权且疏他一疏，待人言稍息之后，依旧召还，仍前宠用的意思。不想倒被个小小忠臣塞住了这番私念，不但不用，还把他肆诸市朝，做了一桩痛快人心之事。

东楼被遣之后，少不得把他随从之人都发在府县衙门，讨一个收管，好待事定之后，或是入官，或是发还原主。汝修到唱名之际，就高声喊叫起来，说："我不是严姓家僮，乃沙府中的内监，沙公公既死，自然该献与朝廷，岂有转发私家之理？求老爷速备文书申报，待我到皇爷面前自去分理。若还隐匿不申，只怕查检出来，连该管衙门都有些不便。"府县官听了，自然不敢隐蔽，就把他申报上司，上司又转文达部，直到奏过朝廷，收他入宫之后，才结了这宗公案。

汝修入禁之后，看见宫娥彩女所用的云油香皂及腰间佩带之物，都有"萃雅楼"三字，就对宫人道："此我家物也。物到此处，人也归到此处，可谓有缘。"那些宫女道："既然如此，你就是萃雅楼的店官了。为什么好好一个男人，不去娶妻生子，倒反阉割起来？"汝修道："其中有故，如今不便细讲。恐怕传出禁外，又为奸党所知，我这种冤情就不能够伸雪了。直等皇爷问我，我方才好说。"

那些宫人听了，个个走到世宗面前搬嘴弄舌，说："新进来的内监，乃是个生意之人，因被权奸所害，逼他至此。有什么冤情要诉，不肯对人乱讲，直要到万岁跟前方才肯说。"

世宗皇帝听了这句话，就叫近身侍御把他传到面前，再三讯问。汝修把被阉的情节，从头至尾备细说来，一句也不增，一字也不减。说得世宗皇帝大怒起来，就对汝修道："人说他倚势虐民，所行之事，没有一件在情理之中，朕还不信。

这等看来，竟是个真正权奸，一毫不谬的了！既然如此，你在他家立脚多时，他平日所作所为定然知道几件，除此一事之处，还有什么奸款，将来不利于朝廷、有误于军国的么？"汝修叩头不已，连呼万岁，说："陛下垂问及此，乃四海苍生之福、祖宗社稷之灵也。此人奸迹多端，擢发莫数。奴辈也曾系念朝廷，留心伺察。他所行的事虽记不全，却也十件之中知道他三两件。有个小小经折在此，都是亲眼所见、亲耳所闻，才敢记在上面。若有一字不确，就不敢妄渎听闻，以蹈欺君之罪。"

世宗皇帝取来一看，就不觉大震雷霆，重开天日，把御案一拍，高叫起来道："好一个杨继盛，真是比干复出，箕子再生！所奏之事，果然一字不差。寡人误杀忠臣，贻讥万世，真亡国之主也。朕起先的意思，还要暂震雷霆，终加雨露，待人

心稍懈之后，还要用他。这等看来，'遣配'二字不足以尽其辜，定该取他回来，戮于市朝之上，才足以雪忠臣之愤，快苍生赤子之心！若还一日不死，就放他在烟瘴地方，也还要替朝廷造祸，焉知他不号召蛮夷，思想谋叛？"正在踌蹰之际，也是他命该惨死，又有人在火上添油。忽有几位忠臣封了密疏进来，说："倭夷入寇，乃严世蕃所使，贿赂交通者，已非一日，朝野无不尽知。只因他势焰熏天，不敢启口。自蒙发遣之后，民间首发者纷纷而起，乞陛下早正国法，以绝祸萌。"世宗见了，正合着悔恨之意，就传下密旨，差校尉速拿进京，依拟正法。

【眉批】得此数言，椒山可以瞑。

汝修等他拿到京师，将斩未斩的时节，自己走到法场之上，指定了他痛骂一顿。又做一首好诗赠他，一来发泄胸中的垒块，二来使世上闻之，知道为恶之报，其速如此，凡有势焰者切不可学他。既杀之后，又把他的头颅制做溺器。因他当日垂涎自己，做了这桩恶事，后来取乐的时节，唾沫又用得多，故此偿以小便，使他不致亏本。临死所赠之诗，是一首长短句的古风，大有

益于风教。其诗云：

> 汝割我卵，我去汝头；
>
> 以上易下，死有余羞。
>
> 汝戏我臀，我溺汝口；
>
> 以净易秽，死多遗臭。
>
> 奉劝世间人，莫施刻毒心。

刻毒后来终有报，八两机谋换一斤。

【评】

凡作龙阳者，既以身为妾妇，则所存之人道原属赘瘤，割而去之，诚为便事。但须此童看发其心，如初集之尤瑞郎则可。东楼不由情愿，竟尔便宜行事，未免过于残忍，无怪小权之切齿腐心。予又笑其泾渭不分，使宫刑倒用，是但有奸雄之势力，而无其才与术者也。若使真正奸雄，必以处小权者处金、刘，使据有龙阳之人顿失所恃，不特自快其心，亦可使倾都人士颂德歌功，谓东楼一生亦曾做一桩痛快人心之事。惜乎见不及此，而使名实俱丧，成其为东楼之恶而已矣。

拂云楼

第一回　洗脂粉娇女增娇
弄娉婷丑妻出丑

诗云：

> 闺中隐祸自谁萌？狡婢从来易惹情。
>
> 代送秋波留去客，惯传春信学流莺。
>
> 只因出阁梅香细，引得窥园蝶翅轻。
>
> 不是红娘通线索，莺莺何处觅张生？

这首诗与这回小说都极道婢子之刁顽，梅香之狡狯，要使治家的人知道这种利害，好去提防觉察她，庶不致内外交通，闺门受玷。乃维持风教之书，并不是宣淫败化之论也。

从古及今，都把"梅香"二字做了丫鬟的通号，习而不察者都说是个美称，殊不知这两个字眼古人原有深意："梅者，媒也；香者，向也。梅传春信，香惹游蜂，春信在内，游蜂在外，若不是她向里向外牵合拢来，如何得在一处？以此相呼，全要人顾名思义，刻刻防闲；一有不察，就要做出事来，及至玷

污清名，梅香而主臭矣。若不是这种意思，丫鬟的名目甚多，哪有一种花卉、哪一件器皿不曾取过唤过？为何别样不传，独有"梅香"二字千古相因而不变也？

明朝有个嫠妇，从二八之年守寡，守到四十余岁，通族逼之不嫁，父母劝之不转，真是心如铁石，还做出许多激烈事来。忽然一夜，在睡梦之中受了奸人的玷污，将醒未醒之际，觉得身上有个男子，只说还在良人未死之时，搂了奸夫尽情欢悦，直到事毕之后，忽然警醒，才晓得男子是个奸人，自家是个寡妇，问他"何人引进，忽然到此？"奸夫见她身已受染，料无他意，就把真情说出来。原来是此妇之婢一向与他私通，进房宿歇者已非一次，诚恐主母知觉，要难为她，故此教导奸夫索性一网打尽，好图个长久欢娱，说："主母平日喜睡，非大呼不醒，乘他春梦未醒，悄悄过去行奸，只要三寸落肉，大事已成，就醒转来也不好喊叫地方再来捉获你了。"奸夫听了此话，不觉色胆如天，故此爬上床来，做了这桩歹事。

此妇乍闻此言，虽然懊恨，还要顾惜名声，不敢发作。及至奸夫去后，思想二十余年的苦节，一旦坏于丫鬟之手，岂肯甘心？忍又忍不住，说又说不出，只把丫鬟叫到面前，咬上几口，自己长叹数声，自缢而毙。后来家人知觉，告到官司，将奸夫处斩，丫鬟问了凌迟。那爱书上面有四句云：

> 仇恨虽雪于死后，声名已玷于生前；难免守身不固之愆，可为御下不严之戒。"

另有一个梅香，做出许多奇事，成就了一对佳人才子费尽死力撮不拢的姻缘，与一味贪淫坏事者有别。看官们见了，一定要侈为美谈，说："与前面之人不该同年而语。"却不知做小说者颇谙《春秋》之义：世上的月老，人人做得，独有丫鬟做不得；丫鬟做媒，送小姐出阁，就如奸臣卖国，以君父予人，同是一种道理。故此这回小说原为垂戒而作，非示劝也。

【眉批】□却又闻所未闻。

宋朝元祐年间，有个青年秀士，姓裴，名远，字子到，因他排行第七，人都唤做裴七郎。住在临安成内，生得俊雅不凡，又且才高学富，常以一第自许。早年娶妻封氏，乃本郡富室之女，奁丰而貌啬，行卑而性高，七郎深以为耻。未聘封氏之先，七郎之父曾与韦姓有约，许结婚姻。彼时七郎幼小，声名未著，及至到弱冠之岁，才名大噪于里中，素封之家人人欲得以为婿。封氏之父就央媒妁来议亲。裴翁见说他的妆奁较韦家不止十倍，狃于世俗之见，决不肯取少而弃多，所以撇却韦家，定了封氏。

七郎做亲之后，见她状貌稀奇，又不自知其丑，偏要艳妆丽服，在人前卖弄，说他是临安城内数得着的佳人。一月之中，定要约了女伴，到西湖上游玩几次。只因自幼娇养，习惯嬉游，不肯为人所制。七郎是个风流少年，未娶之先，曾对朋友说了大话，定要娶个绝世佳人，不然，宁可终身独处。谁想弄到其间，得了个东施媒姆！恐怕为人耻笑，任凭妻子游玩，自己再不相陪，连朋友认得的家僮也不许他跟随出去，贴身服事者俱是内家之人，要使朋友遇见，认不出是谁家之女，哪姓之妻，就使他笑骂几声，批评几句，也说不到自己身上。

【眉批】封氏之女，不足为奇，奇在以佳人自命。世上尽有目不识丁、自号名士者，皆封氏之流也。

一日，偶值端阳佳节，阖郡的男女都到湖上看竞龙舟，七郎也随了众人夹在男子里面。正看到热闹之处，不想飓风大作，浪声如雷，竟把五月五日的西湖水变做八月十八的钱塘江，潮头准有五尺多高，盈舟满载的游女都打得浑身透湿。

摇船之人把捺不定，都叫他及早上岸，再迟一刻就要翻下水了。那些女眷们听见，哪一个不想逃生？几百船的妇人一齐走上岸去，竟把苏堤立满，几乎踏沉了六桥。

男子里面有几个轻薄少年，倡为一说道：“看这光景，今日的风潮是断然不住的了，这些内客料想不得上船，只好步行回去。我们立在总路头上，大家领略一番，且看这一郡之中有几名国色。从来有句旧话，说‘杭州城内有脂粉而无佳人’，

今日这场大雨，分明是天公好事，要我们考试真才，特地降此甘霖，替她们洗脂涤粉，露出本来面目，好待我辈文人品题高下的意思。不可负了天心，大家赶上前去！"众人听了，都道他是不易之论，连平日说过大话不能应嘴的裴七郎，也说眼力甚高，竟以总裁自命。

【眉批】虽是言狂，却有一段妙文。

大家一齐赶去，立在西泠桥，又各人取些石块垫了脚跟，才好居高而临下。方才站立得定，只见那些女眷如蜂似蚁而来，也有擎伞的，也有遮扇的，也有摘张荷叶盖在头上、像一朵落水芙蕖随风吹到的，又有伞也不擎、扇也不遮、荷叶也不盖、像一树雨打梨花没人遮蔽的。众人细观容貌，都是些中下之材，并没有殊姿绝色。看过几百队，都是如此。大家叹息几声，各念《四书》一句道："才难，不其然乎！"

【眉批】不须出像，字字俱是□到。

正在嗟叹之际，只见一个朋友从后面赶来，对着众人道："有个绝世佳人来了，大家请看！"众人睁着眼睛，一齐观望，只见许多婢仆簇拥着一个妇人，走到面前，果然不是寻常姿色，莫说她自己一笑可以倾国倾城，就是众人见了，也都要一笑倾城、再笑倾国起来！有《西江月》一词为证：

> 面似退光黑漆，肌生冰裂玄纹。腮边颊上有奇痕，仿佛湘妃泪印。指露几条碧玉，牙开两片乌银。秋波一转更销魂，惊得才郎倒褪！

你道这妇人是谁？原来不是别个，就是封员外的嫡亲小姐、裴七郎的结发夫人。一向怕人知道，丈夫不敢追随，任亲戚朋友在背后批评，自家以眼不见为净的。谁想到了今日，竟要当场出丑，回避不及起来。起先那人看见，知道是个丑妇，故意走向前来，把左话右说，要使人辨眼看神仙、忽地逢魑魅，好吃惊发笑的意思。及至走到面前，人人掩口，个个低头，都说："青天白日见了鬼，不是一桩好事！"大家闭了眼睛，待她过去。

裴七郎听见，羞得满面通红，措身无地。还亏得预先识窍，远远望见她来，就躲在众人背后，又缩短了几寸，使她从面前走过，认不出自己丈夫，省得叫唤出来，被人识破。走到的时节，巴不得她脚底腾云，快快地走将过去，省得延捱时刻，多听许多恶声。谁想那三寸金莲有些驼背，勉强曲在其中，到急忙要走的时节，被弓鞋束缚住了，一时伸她不直，要快也快不来的。若还信意走去，虽然不快，还只消半刻时辰。当不得她卖弄妖娆，但是人多的去处，就要扭捏扭捏，弄些态度出来，要使人赞好。任你大雨盆倾，她决不肯疾趋而过。谁想脚下的烂泥与桥边的石块都是些冤家对头，不替她长艳助娇，偏使人出乖露丑。正在扭捏之际，被石块撞了脚尖，烂泥糊住高底，一跤跌倒，不觉四体朝天。到这仓惶失措的时节，自然扭捏不来，少不得抢地呼天，倩人扶救，没有一般丑态不露在众人面前，几乎把上百个少年一齐笑死。

【眉批】娶美妻者常有缩头之事，不意丑妇亦然。

【眉批】他日死后，影上奈何画？少不得也是如此。

【眉批】扭捏之报，大快人心。

起先的裴七郎虽然缩了身子，还只短得几寸，及至到了此时，竟把头脑手足缩做一团，假装个原壤夷俟玩世不恭的光景，好掩饰耳目。正在哗噪之时，又有一队妇人走到，看见封氏吃跌，个个走来相扶。内中有好有歹，媸妍不一。独有两位佳人，年纪在二八上下，生得奇娇异艳，光彩夺人，被几层湿透的罗衫粘在裸体之上，把两个丰似多肌、

柔若无骨的身子透露得明明白白，连那酥胸玉乳也不在若隐若现之间。众人见了，就齐声赞叹，都说："状元有了，榜眼也有了，只可惜没有探花，凑不完鼎甲。只

好虚席以待，等明岁端阳再来收录遗才罢了。"裴七郎听见这句话，就渐渐伸出头来。又怕妻子看见，带累自家出丑，取出一把扇子，遮住面容，只从扇骨中间露出一双饿眼，把那两位佳人细细地领略一遍，果然是天下无双、世间少二的女子。

【眉批】真奇叫绝。

【眉批】形容绝倒。

看了一会儿，众人已把封氏扶起。随身的伴当见她衣裳污秽，不便行走，只得送入寺中暂坐一会，去唤轿子来接她。这一班轻薄少年，遇了绝色，竟像饿鹰见兔，饥犬闻腥，哪里还丢得下她？就成群结队尾着女伴而行。裴七郎怕露行藏，只得丢了妻子，随着众人同去。

只见那两位佳人合擎着一把雨盖，缓行几步，急行几步，缓又缓得可爱，急又急得可怜，虽在张皇急遽之时，不见一毫丑态。可见纯是天姿，绝无粉饰，若不是飚风狂雨，怎显得出绝世佳人？及至走过断桥，那些女伴都借人家躲雨，好等轿子出来迎接。这班少年跟不到人家里面去，只得割爱而行。

那两位佳人虽中了状元、榜眼，究竟不知姓名，曾否许配，后来归与何人。奉屈看官权且朦胧一刻，待下回细访。

第二回　温旧好数致殷勤　失新欢三遭叱辱

裴七郎自从端阳之日见妻子在众人面前露出许多丑态，令自己无处藏身，刻刻羞渐欲死。众人都说："这样丑妇，在家里坐坐罢了，为什么也来游湖，弄出这般笑话！总是男子不是，不肯替妇人藏拙，以致如此。可惜不知姓名，若还知道姓名，倒有几出戏文好做。妇人是'丑'，少不得是男子是'净'，这两个花面自然是拆不开的。况且有两位佳人做了旦脚，没有东施媒姆，显不出西子王嫱，借重这位功臣点缀点缀也好。"内中有几个道："有了正旦、小旦，少不

得要用正生、小生，拼得费些心机去查访姓字，兼问他所许之人。我们肯做戏文，不愁他的丈夫不来润笔。这桩有兴的事是落得做的。"又有一个道："若要查访，连花面的名字也要查访出来，好等流芳者流芳，贻臭者贻臭。"

七郎闻了此言，不但羞惭，又且惊怕，惟恐两笔水粉要送上脸来。所以百般掩饰，不但不露羞容，倒反随了众人也说他丈夫不是。被众人笑骂，不足为奇，连自己也笑骂自己！及至回到家中，思想起来，终日痛恨，对了封氏虽然不好说得，却怀了一片异心，时时默祷神明，但愿她早生早化。

不想丑到极处的妇人，一般也犯造物之忌，不消丈夫咒得，那些魑魅魍魉要寻

她去做伴侣，早已送下邀帖了。只因游湖之日遇了疾风暴雨，激出个感寒症来。况且平日喜装标致，惯弄妖娆，只说遇见的男子没有一个不称羡她，要使美丽之名杨于通国，谁想无心吃跌，听见许多恶声，才晓得自己的尊容原不十分美丽。"我在急遽之中露出本相，别人也在仓卒之顷吐出真言。"平日那些扭捏工夫都用在无益之地。所以郁闷填胸，病上加病，不曾睡得几日，就呜呼了。起先要为悦己者容，不意反为憎己者死。

七郎殁了丑妻，只当眼中去屑，哪里畅快得了，少不得把以前的大话又重新说起，思想："这一次续弦，定要娶个倾城绝色，使通国之人赞美，方才洗得前羞。通国所赞者，只有那两位女子，料想不能全得，只要娶他一位，也就可以夸示众人。不但应了如今的口，连以前的大话都不至落空。那戏文上面的正生，自然要让我做，岂止不填花面而已哉！"算计定了，就随着朋友去查访佳人的姓字。访了几日，并无音耗。不想在无心之际遇着一个轿夫，是那日抬她回去的，方才说出姓名。原来不是别个，就是裴七郎未娶之先与她许过婚议的。一个是韦家小姐，一个是侍妾能红，都还不曾许嫁。

说话的，你以前叙事都叙得入情，独有这句说话讲脱节了。既是梅香、小姐，那日湖边相遇，众人都有眼睛，就该识出来了，为何彼时不觉，都说是一班游女、两位佳人，直到此时方才查访得出？

看官有所不知。那一日湖边遇雨，都在张皇急遽之时，论不得尊卑上下，总是并肩而行；况且两双玉手同执了一把雨盖，你靠着我，我挨着你，竟像一朵并头莲，辩不出谁花谁叶，所以众人看了，竟像同行姊妹一般。及至查问起来，那说话的人决不肯朦胧答应，自然要分别尊卑，说明就里。众人知道，就愈加赞羡起来，都说："一份人家生出这两件至宝，况是一主一婢，可谓奇而又奇！"

这个梅香反大小姐两岁，小姐二八，她已二九。原名叫做桃花，因与小姐同学读书，先生见她资颖出众，相貌可观，将来必有良遇，恐怕以"桃花"二字见轻于人，说她是个婢子，故此告过主人，替她改了名字，叫做能红，依旧不失桃花之意，所谓"桃花能红李能白"也。

【眉批】先生尽不俗，胜陈最良远矣。

七郎访着根蒂，就不觉填狂起来，说："我这头亲事若做得成，不但娶了娇妻，又且得了美妾，图一得二，何等便宜！这头亲事又不是劈空说起，当日原有成议的，如今要复前约，料想没什疑难。"就对父母说知，叫他重温旧好。

裴翁因前面的媳妇娶得不妥，大伤儿子之心，这番续弦，但凭他自家做主，并不相拗，原央旧的媒妁过去说亲。韦翁听见了"裴"字，就高声发作起来，说："他当日爱富嫌贫，背了前议，这样负心之辈，我恨不得立斩其头，剜出心肝五脏拿来下酒，还肯把亲事许他！他有财主做了亲翁，佳人做了媳妇，这一生一世用不着贫贱之交、糟糠之妇了，为什么又来寻我？莫说我这样女儿不愁没有嫁处，就是折脚烂腿、耳聋眼瞎没有人要的，我也拚得养她一世，决不肯折了饿气，嫁与仇人！落得不要讲起！"媒人见

她所说的话是一团道理，没有半句回他，只得赔罪出门，转到裴家，以前言奉复。

裴翁知道不可挽回，就劝儿子别娶。七郎道："今生今世若不得与韦小姐成亲，宁可守义而死。就是守义而死，也不敢尽其天年，只好等她一年半载，若还执意到底，不肯许诺，就当死于非命，以赎前愆！"

父母听了此言，激得口呆目定，又向媒人下跪，求他勉力周全。媒人无可奈何，只得又去传说。韦翁不见，只叫妻子回复他，妇人的口气，更比男子不同，竟是带讲带骂说："从来慕富嫌贫是女家所做之事，哪一本戏文小说不是男家守义，女家背盟？他如今到做转来，却像他家儿子是天下没有的人，我家女儿是世间无用之物！如今做亲几年，也不曾见他带挈丈人丈母做了皇亲国戚；我这个没用女儿，

倒常有举人进士央人来说亲，只因年貌不对，我不肯就许。像他这样才郎还选得出。叫他醒一醒春梦，不要思量！"说过这些话，就指名道姓咒骂起来，比《王婆骂鸡》更加闹热。媒人不好意思，只得告别而行，就绝口回复裴翁，叫他断却痴想。

【眉批】妇人常态，摹写逼真。

【眉批】近来小说，全以番案见奇。裴翁要人比小说，故不肯落此案窠。

七郎听了这些话，一发愁闷不已，反复思量道："难道眼见的佳人、许过的亲事，就肯罢了不成？照媒人说来，她父母的主意是立定不移的了，但不知小姐心上喜怒若何？或者父母不曾读书，但拘小忿，不顾大体，所以这般决裂。她是个读书明理之人，知道'从一而终'是妇人家一定之理。当初许过一番，就有夫妻之义，矢节不嫁，要归原夫，也未可料。待我用心打听，看有什么妇人常在她家走动，拚得办些礼物去结识她，求她在小姐跟前探一探动静。若不十分见绝，就把'节义'二字去掀动她。小姐肯许，不怕父母不从。死灰复燃，也是或有之事。"主意定了，就终日出门打听。闻得有个女工师父叫做俞阿妈，韦小姐与能红的绣作是她自小教会的，住在相近之处，不时往来；其夫乃学中门斗，七郎入泮之年，恰好派着他管路，一向原是相熟的。

七郎问着此人，就说有三分机会了。即时备下盛礼，因其夫而谒其妻，求她收了礼物，方才启齿。把当日改娶的苦衷与此时求亲的至意，备细陈述一番，要她瞒了二人，达之闺阁。俞阿妈道："韦家小姐是端庄不过的人，非礼之言无由入耳。别样的话，我断然不敢代传，独有'节义'二字是她喜闻乐听的，待我就去传说。"七郎甚喜，当日不肯回家，只在就近之处坐了半日，好听回音。

俞阿妈走入韦家，见了小姐，先说几句闲言，然后引归正路，照依七郎的话一字不改，只把图谋之意变做撺掇之词。小姐回复道："阿妈说错了。'节义'二字原是分拆不开的，有了义夫才有节妇，没有男子不义，责妇人以守节之礼。他既然立心娶我，就不该慕富嫌贫，悔了前议。既悔前议，就是恩断义绝之人了，还有什么瓜葛？他这些说话，都是支离矫强之词，没有一分道理。阿妈是个正人，也不该替他传说。"俞阿妈道："悔盟别娶之事，是父母逼他做的，不干自己之事，也该原宥他一分。"韦小姐道："父母相逼，也要他肯从，同是一样天伦，难道他的父母就该遵依，我的父母就该违拗不成？四德三从之礼，原为女子而设，不曾说及男人。如今做男子的倒要在家从父，难道叫我做妇人的反要未嫁从夫不成？一发说得好笑！"俞阿妈道："婚姻之事，执不得古板，要随缘法转的。他起初原要娶你，后来惑于媒妁之言，改娶封氏。如今成亲不久，依旧做了鳏夫，你又在闺中待字，不曾许嫁别姓，可见封家女子与他无缘，裴姓郎君该你有份的了。况且这位郎君又有绝美的姿貌，是临安城内数一数二的才子。我家男人现在学里做斋夫，难道不知秀才好歹？我这番撺掇，原为你终身起见，不是图他的谢礼。"韦小姐道："缘法之有无，系于人心之向背；我如今一心不愿，就是与他无缘了，如何强得？人生一世，贵贱穷通都有一定之数，不

是强得来的，总是听天由命，但凭父母主张罢了。"

　　俞阿妈见她坚执不允，就改转口来，倒把她称赞一番，方才出去。走到自己门前，恰好遇着七郎来讨回复。俞阿妈留到家中，把小姐的话对他细述一番，说："这头亲事是断门绝路的了，及早他图，不可误了婚姻大事。"七郎呆想一会，又对她道："既然如此，我另有一桩心事，望你周全。小姐自己不愿，也不敢再强。闻得他家有个侍妾，唤做能红，姿貌才情不在小姐之下。如今小姐没份，只得想到梅香，求你劝她主人，把能红当了小姐，嫁与卑人续弦，一来践他前言，二来绝我痴想，三来使别人知道，说他志气高强，不屑以亲生之女嫁与有隙之人，但以梅香塞责，只当羞辱我一场，岂不是桩便事！若还他依旧执意不肯通融，求你瞒了主人，

把这番情节传与能红知道，说我在湖边一见，蓦地销魂，不意芝草无根，竟出在平原下土；求她鉴我这点诚心，想出一条门路，与我同效鸾凰，岂不是桩美事。"说了这些话，又具一副厚礼，亲献与她：不是钱财，也不是币帛，有诗为证：

　　钱媒薄酒不堪斟，别有程仪表寸心。

　　非是手头无白镪，爱从膝下献黄金。

七郎一边说话，一边把七尺多长的身子渐渐地矬将下去，说到话完的时节，不知不觉就跪在此妇面前。等她伸手相扶，已做矮人一会儿了。

【眉批】此求亲秘诀，作者不合一传。

俞阿妈见他礼数殷勤，情词哀切，就不觉动了婆心，回复他道："小姐的事，我决不敢应承，在他主人面前也不好说得。他既不许小姐，如何又许梅香？说起梅香，倒要愈增其怒了。独有能红这个女子，是乖巧不过的人，算计又多，口嘴又来得，竟把一家之人都放不在眼里，只有小姐一个，她还忌惮几分。若还看得你上，她自有妙计出来，或者会驾驭主人，做了这头亲事，也未见得。你如今且别，待我缓缓地说她，一有好音，就遣人来相复。"

七郎听到此处，真个是死灰复燃，不觉眉欢眼笑起来，感谢不已。起先丢了小姐，只想梅香，还怕图不到手；如今未曾得陇，已先望蜀，依旧要借能红之力，希冀两全。只是讲不出口，恐怕俞阿妈说他志愿太奢，不肯任事。只唱几个肥喏，叮咛致谢而去。

但不知后事如何，略止清谈，再擎麈尾。

第三回　破疑人片言成二美
痴情客一跪得双娇

　　俞阿妈受托之后，把七朗这桩心事刻刻放在心头。一日，走到韦家，背了小姐正要与能红说话，不想这个妮子竟有先见之明，不等她开口，就预先阻住道："师父今日到此，莫非替人做说客么？只怕能红的耳朵比小姐还硬几分，不肯听非礼之言，替人做暧昧之事。你落得不要开口。受人一跪，少不得要加利还他，我笑你这桩生意做折本了！"

　　【眉批】奇得尽情，怪得极致，看到后面，却又是情理当然，其行文之圣手也。

　　俞阿妈听见这些话，吓得毛骨悚然，说："她就是神仙，也没有这等灵异！为什么我家的事她件件得知，连受人一跪也瞒她不得？难道是千里眼、顺风耳的不成？既被她识破机关，倒不好支吾掩饰。"就回她道："我果然来做说客，要使你这位佳人配个绝世的才子。我受他一跪原是真的，但不知你坐在家中，何由知道？"能红道："岂不闻：'人间私语，天闻若雷；暗室亏心，神目如电？'我是个神仙转世，你与他商议的事，我哪一件不知？只拣要紧的话说几句罢了。只说一件：他托你图谋，原是为着小姐，如今丢了小姐不说，反说到我身上来，却是为何？莫非借我为由，好做'假途灭虢'之事么？"俞阿妈道："起先的话，句句被你讲着，独

有这一句，却是乱猜。他下跪之意，原是为你，并不曾讲起'小姐'二字，为什么屈起人来？"

能红听了这句话，就低头不语。想了一会，又问她道："既然如此，他为我这般人尚且下跪，起先为着小姐还不知怎么样哀求，不是磕碎头皮，就是跪伤脚骨了！"俞阿妈道："这样看起来，你还是个假神仙。起先那些说话并没有真知灼见，都是偶然撞着的。他说小姐的时节，不但不曾下跪，连喏也不唱一声。后来因小姐不许，绝了指望，就想到你身上来，要央我作伐，又怕我畏难不许，故此深深屈了一膝，这段真切的意思，你也负不得他。"

能红听到此处，方才说出真情。——原来韦家的宅子就在俞阿妈前面，两家相对，只隔一墙。韦宅后园之中有危楼一座，名曰"拂云楼。"

楼窗外面又有一座露台，原为晒衣而设，四面有笆篱围着，里面看见外面，外面之人却看不见里面的。那日俞阿妈过去说亲，早被能红所料，知道俞家门内定有裴姓之人，就预先走上露台等她回去，好看来人的动静。不想俞阿妈走到，果然同着男子进门。裴七郎的相貌丰姿已被她一览而尽。及至看到后来，见七郎忽然下跪，只说还是为小姐，要她设计图谋，不但求亲，还有希图苟合之意，就时时刻刻防备她。这一日见她走来，特地背着小姐要与自己讲话，只说"这个老狗，自己受人之托，反要我代做红娘，哪有这等便宜事！"所以不等开口，就预先说破她，正颜厉色之中，原带了三分醋意。如今知道那番屈膝全是为着自己，就不觉改酸为甜，酿醋成蜜，要与她亲热起来，好商量做事。既把真情说了一遍，又对她道："这位郎君果然生得俊雅，他既肯俯就，我做侍妾的人岂不愿仰攀？只是一件：恐怕他醉翁之意终不在酒，要预先娶了梅香，好招致小姐的意思。招致得去，未免得鱼忘筌，'宠爱'二字轮我不着。若还招致不去，一发以废物相看，不但无恩，又且生怨了，如何使得！你如今对我直说，他跪求之意，还是真为能红，还是要图小姐？"俞阿妈道："青天在上，不可冤屈了人！他实实为你自己。你若肯许，他少不得央媒说合，用花灯四轿抬你过门，岂有把梅香做了正妻，再娶小姐为妾之理？"

能红听了这一句，就大笑起来，道："被你这一句话破了我满肚疑心。这等看来，他是个情种无疑了。做名士的人，哪里寻不出妻子，千金小姐也易得，何况梅香？竟肯下起跪来！你去对他说，他若单为小姐，连能红也不得进门；既然要娶能红，只怕连小姐也不曾绝望。我与小姐其势相连，没有我东她西、我前她后之理。这两姓之人已做了仇家敌国，若要仗媒人之力从外面说进里面来，这是必无之事，终身不得的了。亏得一家之人知道我平日有些见识，做事的时节虽不服气问我，却常在无意之中探听我的口气。我说该做，他就去做，我说不该做，就是议定之事也到底做不成。莫说别样，就是他家这头亲事，也吃亏我平日之间替小姐气忿不过，说他许多不是，所以一家三口都听了先入之言，恨他入骨。故此，媒人见不得面，亲事开不得口。若还这句话讲在下跪之先，我肯替他做个内应，只怕此时的亲事都好娶过门了。如今叫我改口说好，劝他去做，其实有些烦难。若要丢了小姐替自己

说话，一发是难上加难，神仙做不来的事了。只好随机应变，生出个法子来，依旧把小姐为名，只当替他画策。公事若做得就，连私事也会成。岂不是一举两得？"俞阿妈听了这些话，喜欢不了，问她计将安出。能红道："这个计较，不是一时三刻想得来的。叫他安心等待，一有机会，我就叫人请你，等你去知会他，大家商议做事。不是我夸嘴说，这头亲事，只怕能红不许，若还许出了口，莫说平等人家图我们不去，就是皇帝要选妃，地方报了名字，抬到官府堂上，凭着我一张利嘴，也

骗得脱身，何况别样的事！"

【眉批】今日之功首即前日之罪魁，奇绝！

【眉批】起先自存反心，此时自封利嘴，俱见为人爽快处。

俞阿妈道："但愿如此，且看你的手段。"当日别了回去，把七郎请到家中，将能红所说的话细细述了一遍。七郎惊喜欲狂，知道这番好事都由屈膝而来，就索性谦恭到底，对着拂云楼深深拜了四拜，做个"望阙谢恩"。能红见了，一发怜上加怜，惜中添惜，恨不得他寅时说亲，卯时就许，辰时就偕花烛。把入门的好事，就像官府摆头踏一般，名役在先，本官在后，先从二夫人做起，才是他的心事。当不得事势艰难，卒急不能到手，就终日在主人面前窥察动静，心上思量道："说坏的事要重新说他好来，容易开不得口，毕竟要使旁边的人忽然挑动，然后乘机而入，方才有些头脑。"怎奈一家之人绝口不提"裴"字，又当不得说亲的媒人接踵而至，一日里面极少也有三四起。所说的才郎，家声门第都在七郎之上。又有许多缙绅大老，愿出重聘，要娶能红做小。都不肯羁延时日，说过之后，到别处转一转，就来坐索回音，却像迟了一刻就轮不着自己、要被人抢去的一般。

【眉批】不胜激切屏营之至！

【眉批】绝妙形容。此婢闻之，必称知己。

为什么这一主一婢都长到及笄之年，以前除了七郎并无一家说起，到这时候两个的婚姻就一齐发动起来？要晓得韦翁夫妇是一份老实人家，家中藏着窈窕女儿、娉婷侍妾，不肯使人见面。这两位佳人就像璞中的美玉、蚌内的明珠，外面之人何从知道？就是端阳这一日偶然出去游湖，杂在那脂粉丛中、绮罗队里，人人面白，个个唇红，那些喜看妇人的男子料想不得拢身，极近便的也在十步之外，纵有倾城美色，哪里辨得出来？亏了那几阵怪风、一天狂雨，替这两位女子做了个大大媒人，所以倾国的才郎都动了求婚之念。知道裴七郎以前没福，坐失良缘，所谓"秦失其鹿，非高才捷足者不能得之"，故此急急相求，不肯错过机会。

能红见了这些光景，不但不怕，倒说"裴七郎的机会就在此中"。知道一家三口都是极信命的，故意在韦翁夫妇面前假传圣旨，说："小姐有句隐情不好对爷娘说得，只在我面前讲。她说婚姻是桩大事，切不可轻易许人，定要把年纪生月预先讨来，请个有意思的先生推算一推算。推算得好的，然后与他合婚，合得着的就许。若有一毫合不着，就要回绝了他。不可又像裴家的故事，当初只因不曾推合，开口便许，哪里知道不是婚姻；还亏得在未娶之先就变了卦，万一娶过门去，两下不和，又要更变起来，怎么了得!"韦翁夫妇道："婚姻大事，岂有不去推合之理？我在外面推合，她哪里得知?"能红道："小姐也曾说过，婚姻是她的婚姻，外面人说好，她耳朵不曾听见，哪里知道？以后推算，都要请到家里来，就是她自己害羞，不好出来听得，也好叫能红代职，做个过耳过目的

人。又说，推算的先生不要东请西请，只要认定一个，随他判定，不必改移。省得推算的多，说话不一，倒要疑惑起来。"韦翁夫妇道："这个不难。我平日极信服的是个江右先生，叫做张铁嘴。以后推算，只去请他就是。"

【眉批】欲救上岸，先推落水，最险之着，又是最上之着，然非神手不能。

能红得了这一句，就叫俞阿妈传语七郎，"叫他去见张铁嘴广行贿赂，一托了他。须是如此如此，这般这般，方才说到七郎身上。有我在里面，不怕不倒央媒人过去说合。初说的时节，也不可就许，还要他如此如此，这般这般，方才可以允诺。"七郎得了此信，不但奉为圣旨，又且敬若神言，一一遵从，不敢违了一字。

【眉批】见张铁嘴，少不得又是一跪。

能红在小姐面前，又说："两位高堂恐蹈覆辙，今后只以听命为主，推命合婚

145

的时节，要小姐自家过耳，省得后来埋怨。"小姐甚喜，再不疑是能红愚弄她。

　　且等推命合婚的时节，看张铁嘴怎生开口，用什么过文才转到七郎身上。这番情节虽是相连的事，也要略断一断，说来分外好听。就如讲谜一般，若还信口说出，不等人猜，反觉得索然无味也。

第四回　图私事设计赚高堂
假公言谋差相佳婿

　　韦翁夫妇听了能红的说话，只道果然出自女儿之口。从此以后，凡有人说亲，就讨他年庚来合，聚上几十处，就把张铁嘴请来，先叫他推算。推算之后，然后合婚。张铁嘴见了一个，就说不好，配做一处，就说不合。一连来上五六次，一次判上几十张，不曾说出一个"好"字。

　　韦翁道："岂有此理！难道许多八字里面就没有一个看得的？这等说起来，小女这一生一世竟嫁不成了！还求你细看一看，只要夫星略透几分，没有刑伤损克，与妻宫无疑的，就等我许他罢了。"张铁嘴道："男命里面不是没有看得的，倒因他刑伤不重，不曾克过妻子，恐于令爱有防，故此不敢轻许。若还只求命好，不论刑克，这些八字里面哪一个配合不来？"韦翁道："刑伤不重，就是一桩好事了。怎么倒要求他克妻？"张铁嘴道："你莫怪我说。令爱的八字只带得半点夫星，不该做人家长妇。倒是娶过一房，头妻没了，要求他去续弦的，这样八字才合得着。若还是头婚初娶，不曾克过长妻，就说成之后，也要后悔。若还嫁过门去，不消三朝五日，就有灾晦出来，保不得百年长寿。续弦虽是好事，也不便独操箕帚，定要寻一房姬妾，帮助一帮助，才可以白发相守。若还独自一个坐在中宫，合不着半点夫星，倒犯了几重关煞。就是寿算极长，也过不到二十之外。这是倾心唾胆的话，除了我这张铁嘴，没有第二个人敢说的。"

　　韦翁听了，惊得眉毛直竖，半句不言。把张铁嘴权送出门，夫妻两口，自家商议。韦翁道："照他讲来，竟是个续弦的命了。娶了续弦的男子，年纪决然不小。难道这等一个女儿，肯嫁个半老不少的女婿，又是重婚再娶的不成？"韦母道："便

是如此。方才听见他说，若还是头婚初娶、不曾克过长妻的，就说成了之后也要翻悔。这一句话竟被他讲着了。当初裴家说亲，岂不是头婚初娶？谁想说成之后，忽然中变起来。我们只说那边不是，哪里知道是命中所招。"韦翁道："这等说起来，他如今娶过一房，新近死了，恰好是克过头妻的人，年纪又不甚大，与女儿正配得来。早知如此，前日央人来议亲，不该拒绝他才是。"韦母道："只怕我家不允，若还主意定了，放些口风出去，怕他不来再求？"韦翁道："也说得是。待我在原媒面前微示其意，且看他来也不来。"

说到此处，恰好能红走到面前。韦翁对了妻子做一个眼势，故意走开，好等妻子同他商议。韦母就把从前的话对她述了一番，道："丫头，你是晓事的人，替我想一想看，还是该许他不该许他？"能红变下脸来，假装个不喜的模样，说："有了女儿，怕没人许？定要嫁与仇人！据我看来，除了此人不嫁，就配个三四十岁的男人，也不折这口饿气。只是这句说话使小姐听见不得，她听见了，一定要伤心。还该到少年

里面去取。若有小似他的便好，若还没有，也要讨他八字过来，与张铁嘴推合一推合。若有十分好处，便折了饿气嫁他；若还是个秀才，终身没有什么出息，只是另嫁的好。"

韦母道："也说得是。"就与韦翁商议，叫他吩咐媒人："但有续娶之家、才郎不满二十者，就送八字来看。只是不可假借，若还以老作少，就是推合得好，查问出来，依旧不许，枉费了他的心机！"又说："一面也使裴家知道，好等他送八字

过来。"

韦翁依计而行。不上几日，那些做媒的人写上许多年庚，走来回复道："二十以内的人其实没有，只有二十之外三十之内的。这些八字送不送由他，合不合由你。"

韦翁取来一看，共有二十多张。只是裴七郎的不见，倒去问原媒取讨。原媒回复道："自从你家回绝之后，他已断了念头，不想这门亲事，所以不发庚帖。况且许亲的人家又多不过，他还要拣精拣肥，不肯就做，哪里还来想着旧人？我说：'八字借看一看，没有什么折本。'他说数年之前，曾写过一次，送在你家，比小姐大得三岁，同月同日，只不同时。一个是午末未初，一个是申初未末，叫你想就是了。"

韦翁听了这句话，回来说与妻子。韦母道："讲得不差，果然大女儿三岁，只早一个时辰。去请张铁嘴来，说与他算就是了。"韦翁又虑口中讲出，怕他说有成心，也把七郎的年庚记忆出来，写在纸上，杂在众八字之中。又去把张铁嘴请来，央他推合。

张铁嘴也像前番，见一个就说一个不好。刚捡着七郎的八字，就惊骇起来，道："这个八字是我烂熟的，已替人合过几次婚姻，他是有主儿的了，为什么又来在这边？"韦翁道："是哪几姓人家求你推合？如今就了哪一门？看他这个年庚，将来可有些好处？求他细讲一讲。"张铁嘴道："有好几姓人家，都是名门阀阅，讨了他的八字，送与我推。我说这样年庚，生平不曾多见，过了二十岁就留他不住，一定要飞黄腾踏，去做官上之官、人上之人了。那些女命里面，也有合得着的，也有合不着的。莫说合得着的见了这样八字不肯放手，连那合不着的都说，只要命好，就参差些也不妨。我只说这个男子被人家招去多时了，难道还不曾说妥，又把这个八字送到府上来不成？"韦翁道："先生的话，果然说得不差，闻得有许多乡绅大老要招他为婿，他想是眼睛忒高，不肯娶将就的女子，所以延挨至今，还不曾定议。不瞒先生说，这个男子当初原是我女婿，只因他爱富嫌贫，悔了前议，又另娶一

家，不上一二年，那妇人就死了。后面依旧来说亲，我怪他背盟，坚执不许。只因先生前日指教，说小女命该续弦，故此想到此人身上。这个八字是我自家记出来的，他并不曾写来送我。"张铁嘴道："这就是了。我说他议亲的人争夺不过，哪里肯送八字上门！"韦翁道："据先生说来，这个八字是极好的了，但不知小女的年庚，与他合与不合？若嫁了此人，果然有些好处么？"张铁嘴道："令爱的贵造，与他正配得来。若嫁了此人，将来的富贵享用不尽。只是一件，恐怕要他的多，轮不到府上。待我再看令爱的八字目下运气如何，婚姻动与不动，就知道了。"说过这一句，又取八字放在面前，仔细一看，就笑起来，道："恭喜，恭喜！这头亲事决成！只是捱延不得。因有个恩星在命，照着红鸾，一讲便就。若到三日之后恩星出宫，就有些不稳了。"说完之后，就告别起身。

韦翁夫妇听了这些说话，就慌张踊跃起来，把往常的气性丢过一边，倒去央人说合。连韦小姐心上也担了一把干系，料他决装身份，不是一句说话讲得来的，恨不得留住恩星，等他多住几日。独有能红一个倒宽着肚皮，劝小姐不要着慌，说："该是你的姻缘，随你什么人家抢夺不去。照我的意思，八字虽

好，也要相貌合得着。论起理来，还该把男子约在一处，等小姐过过眼睛，果然生得齐整，然后央人说合，就折些饿气与他，也还值得。万一人不像人，鬼不像鬼，倒把个如花似玉的女子捱上门去，送与那丑驴受用，有什么甘心！"韦小姐道："他那边装作不过，上门去说尚且未必就许，哪里还肯与人相？"能红道："不妨，我有个妙法。俞阿妈的丈夫是学中一个门斗，做秀才的他个个认得。托他做个引头，只说请到家中说话，我和你预先过去，躲在暗室之中细看一看就是了。"小姐道："哄

他过来容易，我和你出去烦难。你是做丫鬟的，邻舍人家还可以走动，我是闺中的处子，如何出得大门？除非你去替我，还说得通。"能红道："小姐既不肯去，我只得代劳。只是一件：恐怕我说好的，你又未必中意，到后面埋怨起来，却怎么处？"小姐道："你是识货的人，你的眼睛料想不低似我，竟去就是。"

看官，你说七郎的面貌是能红细看过的，如今事已垂成，只该急急赶人去做，为什么倒宽胸大肚、做起没要紧的事来？要晓得此番举动，全是为着自己。二夫人的题目虽然出过在先，七郎虽然口具遵依，却不曾亲投认状，焉知他事成之后不妄自尊大起来？屈膝求亲之事，不是簇新的家主肯对着梅香做的。万一把别人所传的话不肯承认起来，依旧以梅香看待，却怎么处？所以又生出这段波澜，拿定小姐不好出门，定是央她代相，故此设为此法，好脱身出去见他，要与他当面订过，省得后来翻悔。这是她一丝不漏的去处。虽是私情，又当了光明正大的事做，连韦翁夫妇都与她说明，方才央了俞阿妈去约七郎相见。

此番相见，定有好戏做出来，不但把婚姻订牢，连韦小姐的头筹都被她占了去，也未可知，各洗尊眸，看演这出无声戏。

第五回　未嫁夫先施号令
　　　　　防失事面具遵依

　　能红约七郎相见，俞阿妈许便许了，却担着许多干系，说："干柴烈火，岂是见得面的？若还是空口调情，弄些眉来眼去的光景，背人遣兴，做些捏手捏脚的工夫，这还使得；万一弄到兴高之处，两边不顾廉耻，要认真做起事来，我是图吉利的人家，如何使得？"所以到相见的时节，夫妻两口着意提防，惟恐她要瞒人做事。

哪里知道，这个作怪女子另是一种心肠，你料她如此，她偏不如此，不但不起淫心，亦且并无笑面，反做起道学先生的事来。

　　【眉批】一事为人所料，便是寻常肺腑，如何做得奇事来？

　　七郎一到，就要拜谢恩人。能红正颜厉色止住他，道："男子汉的脚膝头，只好跪上两次，若跪到第三次，就不值钱了。如今好事将成，亏了哪一个？我前日吩咐的话，你还记得么？"七郎道："娘子口中的话，我奉作纶音密旨，朝夕拿来温颂的，哪一个字不记得！"能红道："若还记得，须要逐句背来。倘有一字差讹，就可见是假意奉承，没有真心向我，这两头亲事依旧撒开，劝你不要痴想！"

　　【眉批】好难法。

　　七郎听见这句话，又重新害怕起来。只说她有别样心肠，故意寻事来难我；就把俞阿妈所传的言语先在腹中温理一遍，然后背将出来，果然一字不增，一字不减，连助语词的字眼都不曾说差一个。能红道："这等看起来，你前半截的心肠是真心向我的了，只怕后面半截还有些不稳，到过门之后要改变起来。我如今有三桩事情要同你当面订过，叫做'约法三章'，你遵与不遵，不妨直说，省得后来翻悔。"七郎问是哪三件。能红道："第一件：一进你家门，就不许唤'能红'二字，无论上下，都要称我二夫人。若还失口唤出一次，罚你自家掌嘴一遭，就是家人犯法，也要罪坐家主，一般与你算帐。第二件：我看你举止风流，不是个正经子弟，偷香窃玉之事，一定是做惯了的。从我进门之后，不许你擅偷一人，妄嫖一妓。我若查出踪迹，与你不得开交。你这副脚膝头跪过了我，不许再跪别人。除日后做官做吏叩拜朝廷、参谒上司之外，擅自下人一跪者，罚你自敲脚骨一次。只除小姐一位，不在所禁之中。第三件：你这一生一世，只好娶我两个妇人，自我之下，不许妄添蛇足。任你中了举人进士，做到尚书阁老，总用不着第三个妇人。如有擅生邪念，说出"娶小"二字者，罚你自己撞头，直撞到皮破血流才住。万一我们两个都不会生子，有碍宗祧，且到四十以后，别开方便之门，也只许纳婢，不容娶小。"

七郎初次相逢，就见有这许多严政，心上颇觉胆寒。因见她姿容态度不是个寻常女子，真可谓之奇娇绝艳，况且又有拨乱反正之才、移天换日之手，这样妇人，就是得她一个，也足以歌舞终身，何况自她而上还有人间之至美。就对她满口招承，不作一毫难色。俞阿妈夫妇道："他亲口承认过了，料想没有改移。如今望你及早收功，成就了这桩事罢。"能红道："翻云覆雨之事，他曾做过一遭，亲尚悔得，何况其他！口里说来的话作不得准，要我收功完事，须是亲笔写一张遵依，着了花押，再屈你公婆二口做两位保人，日后倘有一差二错，替他讲起话来，也还有个见证。"俞阿妈夫妇道："讲得极是。"就取一副笔砚、一张绵纸，放在七郎面前，叫他自具供状。七郎并不推辞，就提起笔来写道：

"立遵依人裴远：今因自不输心，误受庸媒之惑，弃前妻而不娶，致物议之纷然。犹幸篡位者殀亡，待年者未字，重敦旧好。虽经屡致媒言，为易初盟，遂

尔频逢岳怒。赖有如妻某氏，造福闺中，出巧计以回天，能使旭轮西上；造奇谋而缩地，忽教断壁中连。是用设计酬功，剖肝示信：不止分茅赐土，允宜并位于中宫；行将道寡称孤，岂得同名于臣妾？虞帝心头无别宠，三妃难并双妃；男儿膝下有黄金，一屈岂堪再屈！悬三章而示罚，虽云有挟之求；秉四德以防微，实系无私之奉。永宜恪守，不敢故违。倘有跳梁，任从执朴。"

能红看了一遍，甚赞其才。只嫌他开手一句写得糊涂，律以《春秋》正名之义，殊为不合。叫把"立遵依人"的"人"字加上两画，改为"夫"字。又叫俞阿妈夫妇二人着了花押，方才收了。

七郎又问他道："娘子吩咐的话，不敢一字不依。只是一件：我家的人我便制得他服，不敢呼你的尊名；小姐是新来的人，急切制她不得，万一我要称你二夫人，小姐倒不肯起来，偏要呼名道姓，却怎么处？这也叫做家人犯法，难道也好罪及我家主不成？"能红道："那都在我身上，与你无干。只怕她要我做二夫人，我还不情愿做，要等

她求上几次方肯承受着哩。"说过这一句，就别了七郎起身，并没有留连顾盼之态。

回到家中，见了韦翁夫妇与小姐三人，极口赞其才貌，说："这样女婿，真个少有，怪不得人人要他。及早央人去说，就赔些下贱也是不折本的。"韦公听了，欢喜不过，就去央人说亲。韦母对了能红，又问她道："我还有一句话，一向要问你，不曾说得，如今迟不去了。有许多仕宦人家要娶你做小，日日央人来说，我因小姐的亲事还不曾着落，要留你在家做伴。如今她的亲事央人去说，早晚就要成了，她出门之后，少不得要说着你。但不知做小的事，你情愿不情愿？"能红道：

"不要提起，我虽是下贱之人，也还略有些志气，莫说做小的事断断不从，就是贫贱人家要娶我作正，我也不情愿去。宁可迟些日子，要等个像样的人家。不是我夸嘴说，有了这三分人才、七分本事，不怕不做个家主婆。老安人不信，办了眼睛看就是了。"韦母道："既然如此，小姐嫁出门，你还是随去不随去？"能红道："但凭小姐，她若怕新到夫家，没有人商量行事，要我做个陪伴的人，我就随她过去，暂住几时，看看人家的动静，也不叫做无益于她。若还说她有新郎做伴，不须用得别人，我就住在家中，也没有什么不好。只有一件事，我替她甚不放心，也要在未去之先，定下个主意才好。"

说话的时节，恰好小姐也在面前，见她说了这一句，甚是疑心，就同了母亲问是哪一件事。能红道："张铁嘴的话，你们记不得么？他说小姐的八字只带得半点夫星，定要寻人帮助，不然，恐怕三朝五日之内就有灾晦出来。她嫁将过去，若不叫丈夫娶小，又怕于身命有关；若还竟叫他娶，又是一桩难事。世上有几个做小的人肯替大娘一心一意？你不吃她的醋，她要拈你的酸，两下争闹起来，未免要淘些小气。可怜这位小姐又是慈善不过的人，我同她过了半生，重话也不曾说我一句。如今没气淘的时节，倒有我在身边替她消愁解闷；明日有了个淘气的，偏生没人解劝，她这个娇怯身子，岂不弄出病来？"说到此处，就做出一种惨然之态，竟像要啼哭的一般。引得她母子二人悲悲切切，哭个不了。能红说过这一遍，从此以后，说绝口不提。

去说韦翁央人说合，裴家故意相难，不肯就许。等他说到至再至三，方才践了原议，选定吉日，要迎娶过门。韦家母子被能红几句说话触动了心，就时时刻刻以半点夫星为虑。又说能红痛痒相关，这个女子断断离她不得，就不能够常相倚傍，也权且带在身边，过了三朝五日，且着张铁嘴的说话验与不验，再做区处。故此母子二人定下主意，要带她过门。

能红又说："我在这边，自然该做梅香的事，随到那边去，只与小姐一个有主婢之分，其余之人，我也他并无统属，'能红'二字是不许别人唤的。至于礼数之

间，也不肯十分卑贱，将来也要嫁好人做好事的，要求小姐全些体面。至于抬我的轿子，虽比小姐不同，也要与梅香有别。我原不是赠嫁的人，要加上两名轿夫，只当送亲的一样，这才是个道理。不然，我断断不去。"韦氏母子见她讲得入情，又且难于抛撇，只得件件依从。

到了这一日，两乘轿子一齐过门。拜堂合卺的虚文虽让小姐先做，倚翠偎红的实事到底是她筋节不过，毕竟占了头筹。这是什么缘故？只因七郎心上原把她当了新人，未曾进门的时节，就另设一间洞房，另做一副铺陈伺候。又说良时吉日，不好使她独守空房，只说叫母亲陪伴她，分做两处宿歇。原要同小姐

睡了半夜，到三更以后托故起身，再与二夫人做好事的。不想这位小姐执定成亲的古板，不肯趋时脱套，认真做起新妇来，随七郎劝了又劝，扯了又扯，只是不肯上床。哪里知道这位新郎是被丑妇惹厌惯的，从不曾亲近佳人，忽然遇见这般绝色，就像饿鹰看了肥鸡，馋猫对着美食，哪里发极得了！若还没有退步，也只得耐心忍性，坐在那边守她。当不得肥鸡之旁现有壮鸭，美食之外另放佳肴。为什么不去先易而后难，倒反先难而后易？就借个定省爷娘的名色，托故抽身，把三更以后的事情挪在二更以前来做。

能红见他来得早，就知道这位小姐毕竟以虚文误事，决不肯蹈人的覆辙，使他见所见而来者，又闻所闻而往。一见七郎走到，就以和蔼相加，口里便说好看话儿，叫他转去，念出《诗经》两句道：

"雨我公田，遂及我私。"

心上又怕他当真转去，随即用个挽回之法，又念出《四书》二句道：

"既来之，则安之。"

七郎正在急头上，又怕耽搁工夫，一句话也不说，对着牙床，扯了就走，所谓"忙中不及写大壹字"。能红也肯托熟，随他解带宽衣，并无推阻，同入鸳衾，做了第一番好事。据能红说起来，依旧是尊崇小姐，把她当做本官；只当是胥役向前，替她摆个头踏。殊不知尊崇里面却失了大大的便宜，世有务虚名而不顾实害者，皆当以韦小姐为前车。

第六回　弄巧生疑假梦变为真梦
移奸作蓐亏人改作完人

　　七郎完事之后，即便转身走到新人房内，就与她雍容揖逊起来。那一个要做古时新人，这一个也做古时新郎，暂且落套违时，以待精还力复。直陪她坐到三更，这两位古人都做得不耐烦了，方才变为时局，两个笑嘻嘻地上床，做了几次江河日下之事。做完之后，两个搂在一处，呼呼地睡着了。

　　【眉批】有此韵笔，方可诙谐。

　　不想睡到天明，七郎在将醒未醒之际忽然大哭起来，越哭得凶，把新人越搂得紧。被小姐唤了十数次，才惊醒转来，啐了一声，道："原来是个恶梦！"小姐问他什么恶梦，七郎只不肯讲，望见天明，就起身出去。小姐看见新郎不在，就

把能红唤起房来替自己梳头刷鬓。妆饰已完，两个坐了一会儿，只见有个丫鬟走进来，问道："不知新娘昨夜做个什么好梦，梦见些什么东西？可好对我们说说？"小姐道："我一夜醒到天明，并不曾合眼，哪里有什么好梦？"那丫鬟道："既然如此，相公为什么缘故，清早就叫人出去请那圆梦的先生？"小姐道："是了。他自己做个恶梦，睡得好好的忽然哭醒。及至问他，又不肯说。去请圆梦先生，想来就是为此。这等，那圆梦先生可曾请到？"丫鬟道："去请好一会儿了，想必就来。"小姐道："既然如此，等他请到的时节，你进来通知一声，引我到说话的近边去听他

一听，且看什么要紧，就这等不放心，走下床来就请人圆梦。"

【眉批】妙在问之不说，又妙在自己窃听。化有意为无意，真神笔也。

丫鬟应了出去，不上一刻，就赶进房来，说："圆梦先生已到，相公怕人听见，同他坐在一间房内，把门都关了，还在那边说闲话，不曾讲起梦来。新娘要听，就趁此时出去。"小姐一心要听恶梦，把不到三朝不出绣房的旧例全不遵守，自己扶了能红，走到近边去窃听。

原来夜间所做的梦甚是不祥，说七郎搂着新人同睡，忽有许多恶鬼拥进门来，把铁索锁了新人，竟要拖她出去。七郎扯住不放，说："我百年夫妇方才做起，为什么缘故就捉起她来？"那些恶鬼道："她只有半夫之分，为什么搂了个完全丈夫？况且你前面的妻子又在阴间等她，故此央了我们前来捉获。"说过这几句，又要拽她同去。七郎心痛不过，对了众鬼再三哀告，道："宁可拿我，不要捉她。"不想那几个恶鬼拔出刀来，竟从七郎脑门劈起，劈到脚跟，把一个身子分为两块。正在疼痛之际，亏得新人叫喊，才醒转来。你说这般的恶梦，叫人惊也不惊，怕也不怕！况又是做亲头一夜，比不得往常，定然有些干系，所以接他来详。

【眉批】此段更出人意表。从头到脚既已中分，则要紧之物亦在中分之列矣。阅者能不伤心。

七郎说完之后，又问他道："这样的梦兆，自然凶多吉少，但不知应在几时？"那详梦的道："凶便极凶，还亏得有个'半'字可以释解。想是这位令正命里该有个帮身，不该做专房独阃，所以有这个梦兆。起先既说有半夫之分，后来又把你的尊躯剖为两块，又合着一个"半"字，叫把这个身子分一半与人，就不带他去了。这样明明白白的梦，有什么难解？"七郎道："这样好妻子，怎忍得另娶一房，分她的宠爱？宁可怎么样，这是断然使不得的。"那人道："你若不娶，她就要丧身，疼她的去处反是害她的去处，不如再娶一房得好。你若不信，不妨再请个算命先生，看看她的八字，且看寿算何如，该用帮助不该有帮助，同我的说话再合一合就是了。"七郎道："也说得是。"就取一封银子谢了详梦先生，送他出去。

小姐听过之后，就与能红两个悄悄归房，并不使一人知道，只与能红商议道："这个梦兆正合着张铁嘴之言，一毫也不错，还要请什么先生，看什么八字？这等说起来，半点夫星的话是一毫不错的了。倒不如自家开口，等他再娶一房，一来保全性命，二来也做个人情，省得他自己发心娶了人来，又不知感激我。"能红道："虽则如此，也还要商量，恐怕娶来的人未必十分服贴，只是捱着的好。"小姐听了这句，果然捱过一宵，并不开口。

不想天公凑巧，又有催贴送来。古语二句说得不错：

"阴阳无耳，不提不起。"

鬼神祸福之事，从来是提起不得的；一经提起，不必在暗处寻鬼神，明中观祸福，就在本人心上生出鬼神祸福来。一举一动，一步一趋，无非是可疑可怪之事。韦小姐未嫁以前，已为先人之言所感，到了这一日，又被许多恶话触动了疑根，做女儿的人有多少胆量？少不得要怕神怕鬼起来。又有古语二句道得好：

日之所思，夜之所梦。

裴七郎那些说话，原是成亲之夜与能红睡在一处，到完事之后教导他说的。第二日请人详梦，预先吩咐丫鬟，引她出去窃听，都是做

成的圈套。这叫做"巧妇勾魂"，并不是"痴人说梦"。一到韦小姐耳中，竟把假梦变作真魂，耳闻幻为目击，连她自己睡去也做起极凶极险梦来。不是恶鬼要她做替身，倒说前妻等她做伴侣。做了鬼梦，少不得就有鬼病上身，恹恹缠缠，口中只说要死。

一日，把能红叫到面前，与她商议道："如今捱不去了。我有句要紧的说话，

不但同你商量，只怕还要用着你，但不知肯依不肯依？"能红道："我与小姐，分有尊卑，情无尔我，只要做得的事，有什么不依？"小姐道："我如今现要娶小，你目下就要嫁人，何不把两桩事情并做一件做了？我也不消娶，你也不必嫁，竟住在这边，做了我家第二房，有什么不好？"能红故意回复道："这个断使不得。我服侍小姐半生，原要想个出头的日子，若肯替人做小，早早就出去了，为什么等到如今？他有了银子，哪里寻不出人来，定要苦我一世？还是别娶的好。"小姐道："你与我相处半生，我的性格就是你的性格。虽然增了一个，还是同心合胆的人，就是分些宠爱与你，也不是别人。你若生出儿子来，与我自生的一样，何等甘心。若叫他外面去寻，就合着你的说话，我不吃她的醋，她要拈我的酸，淘起气来，有些什么好处？求你看十六年相与之情，不要推辞，成就我这桩心事罢。"

能红见她求告不过，方才应许。应许之后，少不得又有题目出来要小姐件件依她，方才肯做。小姐要救性命，有什么不依。议妥之后，方才说与七郎知道。七郎受过能红的教悔，少不得初说之际，定要学王莽之虚谦，曹瞒之固逊，有许多欺世盗名的话说将出来，不到黄袍加身，决不肯轻易即位。

小姐与七郎说过，又叫人知会爷娘。韦翁夫妇闻之，一发欢喜不了，又办一副嫁妆送来。与他择日成亲，做了第二番好事。

能红初次成亲，并不装作，到了这一夜，反从头做起新妇来。狠推硬扯，再不肯解带宽衣，不知为什么缘故。直到一更之后，方才说出真情：要他也像初次一般，先到小姐房中假宿一会，等她催逼几次，然后过来。名为尽情，其实是还她欠帐。能红所做之事，大率类此。

成亲之后，韦小姐疑心既释，灾晦自然不生，日间饮食照常，夜里全无恶梦，与能红的身子一齐粗大起来，未及一年，各生一子。夫妻三口，恩爱异常。

【眉批】欠帐不还者多，此等欠帐，更无还理。能红有此，可谓色上分明大丈夫。难得，难得。

后来七郎联掇高魁，由县令起家，屡迁至京兆之职。受了能红的约束，终身不

敢娶小。

能红之待小姐，虽有欺诳在先，一到成亲之后，就输心服意，畏若严君，爱同慈母，不敢以半字相欺，做了一世功臣，替她任怨任劳，不费主母纤毫气力。世固有以操莽之才而行伊周之事者，但观其晚节何如耳。

十二楼

第一回　不糊涂醉仙题额
　　　　难摆布快婿完姻

词云：

　　寡女临妆怨苦，孤男对影嗟穷。孟光难得遇梁鸿，只为婚姻不动。久旷才知妻好，多欢反觉夫庸。甘霖不向旱时逢，怎得农人歌颂？

右调《西江月》

世上人的好事，件件该迟，却又人人愿早。更有"富贵婚姻"四个字，又比别样不同，愈加望得急切。照世上人的心性，竟该在未曾出世之际，先等父母发财；

未经读书之先，便使朝廷授职；拣世上绝标致的妇人，极聪明的男子，都要在未曾出幼之时，取来放在一处，等他欲心一动，就合拢来，连做亲的日子都不消拣得，才合着他的初心。却一件也不能够如此。陶朱公到弃官泛湖之后，才发得几主大财；姜太公到发白齿动之年，方受得一番显职。想他两个少年时节，也不曾丢了钱财不要，弃了官职不取；总是因他财星不旺，禄运未交，所以得来的银钱散而不聚，做出的事业塞而不通，以致淹淹缠缠，直等到该富该贵之年，就像火起水发的一般，要止也止他不住。梁鸿是个迟钝男子，孟光是个偃蹇妇人，这边说亲也不成，那边缔好也不就。不想这一男一女，都等到许大年纪，方才说合拢来。迟钝遇着偃蹇，恰好凑成一对。两个举案齐眉，十分恩爱，做了千古上下第一对和合的夫妻。虽是有德之人原该如此，却也因他等得心烦，望得意躁，一旦遂了心愿，所以分外有情。世上反目的夫妻，大半都是早婚易娶，内中没有几个是艰难迟钝而得的。古语云："若将容易得，便作等闲看。"事事如此，不独婚姻一节为然也。

【眉批】说得淋漓尽致。

【眉批】举案之情，未必不由于此。千古茫然，忽经拈出，有功夫妇不浅。

冒头说完，如今说到正话。明朝永乐初年，浙江温州府永嘉县有个不识字的愚民，叫做郭酒痴。每到大醉之后，就能请仙判事，其应如响。最可怪者，他生平不能举笔，到了请仙判事的时节，那悬笔写来的字，比法帖更强几分。只因请到之仙都是些书颠草圣，所以如此，从不曾请着一位是《淳化帖》上没有名字的。因此，合郡之人略有疑事，就办几壶美酒，请他吃醉了请仙。一来判定吉凶，以便趋避；二来裱做单条册页，供在家中，取名叫做"仙帖"。还有起房造屋的人家，置了对联匾额，或求大仙命名，或望真人留句。他题出来的字眼，不但合于人心，切着景致，连后来的吉凶祸福都寓在其中。当时不觉，到应验之后，始赞神奇。

【眉批】大为书家生色。

彼时学中有个秀才，姓姚名戬，字子毅，髫龄入泮，大有才名。父亲是本县的库吏，发了数千金，极是心高志大。见儿子是个名士，不肯容易就婚，定要娶个天姿国色。直到十八岁上才替他定了婚姻，系屠姓之女；闻得众人传说，是温州城内第一个美貌佳人。下聘之后，簇新造起三间大楼，好待儿子婚娶。造完之后，又置了一座堂匾，办下筵席，去请郭酒痴来，要求他降仙题咏。一来壮观，二来好卜休咎。

郭酒痴来到席上，手也不拱，箸也不拈，只叫取大碗斟酒，"真仙已降，等不得多时，快些吃醉了好写。"姚家父子听见，知道请来的神仙就附在他身上，巴不

得替神仙润笔，就亲手执壶，一连斟几十碗，与郭酒痴吃下肚去。他一醉之后，就扣口不言，悬起笔来竟像拂尘扫地一般，在匾额之上题子三个大字、六个小字。其大字云：

　　　　十巹楼。

小字云：

　　　　九日道人醉笔。

席间有几个陪客，都是子畜的社友，知道"九日"二字合来是个"旭"字，方才知道是张旭降乩。"只是一件：十巹的'巹'字，该是景致的'景'。或者说此楼造得空旷，上有明窗可以眺远，看见十样景致，故此名为'十景楼'。为何写做合巹之'巹'？"又有人说："合巹的'巹'字倒切着新婚，或者是'十'字错了，也不可知。凡人到酒醉之后，作事定有讹舛，仙凡总是一理。或者见主人劝得殷勤，方才多用了几碗，故此有些颠倒错乱，也未可

知。何不问他一问？"姚姓父子就虔诚拜祷，说："'十巹'二字，文义不相联属，其中必有讹舛，望大仙改而正之。"酒痴又悬起笔来，写出四句诗道：

　　　　十巹原非错，诸公枉见疑。

　　　　他年虚一度，便是醉之迷。

众人见了，才知道他文义艰深，非浅人可解，就对着姚姓父子一齐拱手称贺，道："恭喜，恭喜！这等看来，令郎必有一位夫人、九房姬妾，合算起来，共有十次合巹，所以名为'十巹楼'。庶民之家，哪得有此乐事？其为仕宦无疑了。子为

仕宦，父即封翁，岂不是极美之兆！"姚姓父子原以封翁仕宦自期，见众人说到此处，口虽谦让，心实欢然，说："将来这个验法，是一定无疑的了。"当晚留住众人，预先吃了喜酒，个个尽欢而别。

及至选了吉期，把新人娶进门来，揭起纱笼一看，果然是温州城内第一个美貌佳人。只见她：

> 月挂双眉，霞蒸两靥；肤凝瑞雪，鬓挽祥云。轻盈绰约不为奇，妙在无心入画；袅娜端庄皆可咏，绝非有意成诗。地下拾金莲，误认作两条笔管；樽前擎玉腕，错呼为一盏玻璃。诚哉绝世佳人，允矣出尘仙子！

姚子毂见了，惊喜欲狂，巴不得早散华筵，急归绣幕，好去亲炙温柔。当不得贺客缠绵，只顾自己贪杯，不管他人好色。直吃到三更以后，方才撤了筵席，放他进去成亲。

子毂一入绣房，就劝新人就寝，少不得内致温存，外施强暴，以绿林豪客之气概，遂绿衣才子之心情。替她脱去衣裳，拉归衽席。正要做颠鸾倒凤之事，不意变出非常，事多莫测，忽以人生之至乐，变为千古这奇惊！这是什么缘故？有新小令一阕，单写他昔日的情形，一观便晓：

> 好事太稀奇！望巫山，路早迷，遍寻没块携云地。玉峰太巍，玉沟欠低，五丁惜却些儿费。漫惊疑，磨盘山好，何事不生脐！

右调《黄莺儿》

原来这位新妇面貌虽佳，却是一个石女。子毂一团高兴，谁想弄到其间，不但无门可入，且亦无缝可钻。伸手一摸，就吃惊吃怪起来，捧住她问道："为什么好好一个妇人，竟有这般的痼疾？"屠氏道："不知什么缘故，生出来就是如此。"姚子毂叹息了一声，就掉过脸来，半晌不言语。新妇对他道："你这等一位少年，娶着我这个怪物，自然要烦恼，这是前生种下的冤孽，叫我也没奈何。求你将错就错，把我当个废物看承，留在身边，做一只看家之狗，另娶几房姬妾，与她生儿育女。省得送我还家，出了爷娘的丑，连你家的体面也不好看相。"

姚子谠听了这句话，又掉过脸来，道："我看你这副面容，真是人间少有，就是无用，也舍不得休了你。少不得留在身边，做一匹看马。只是看了这样的容貌，就像美食在前不能入口，叫我如何熬得住？"新妇道："不但你如此，连我心上也爱你不过。当不得眼饱肚饥，没福承受，活活地气死！"说到此处，不觉掉下泪来。姚子谠正在兴发之时，又听了这些可怜的话，一发爱惜起来。只得与她搂作一团，多方排遣。到那排遣不去的是节，少不得寻条门路出来发舒狂兴，那舍前趋后之事，自然是理所必有，势不能无的了。新妇要得其欢心，巴不得穿门凿户，弄些空隙出来，以为容纳之地，怎肯爱惜此豚，不为阳货之献？这一夜的好事虽不叫做全然落空，究竟是勉强塞责而已。

第二日起来，姚子谠见了爷娘，自然要说明就里。爷娘怕恼坏儿子，一面托几个朋友请他出去游山解闷，一面把媒人唤来，要究他欺骗之罪。少不得把衙门的声势装在面上，官府的威风挂在口头，要逼他过去传说。期负那位亲翁是个小户人家，又忠厚不过，从来怕见官府，最好拿捏，说："他所生三女，除了这个孽障，还有两女未嫁，速抬一个来

换，万事都休。不然，叫他吃了官司，还要破家荡产！"

媒人依了此言过去传说，不想那位亲翁先有这个主意。因他是个衙门领袖，颇有威权，料想敌他不过，所以留下二女不敢许亲，预先做个退步；他若看容貌分上，不来退亲，便是一桩好事，万一说起话来，就把二女之中拣一个去替换。见媒人说到此处，正合着自己之心，就满口应承，并无难色；只要他或长或幼自选一人，省得不中意起来，又要翻悔。

姚子牷的父亲怕他长女年纪太大，未免过时；幼女只小次女一岁，就是幼女罢了。订过之后，就乘儿子未归，密唤一乘轿子，把新妇唤出房来，呵叱一顿，逼她上轿。新妇哭哭啼啼，要等丈夫回来，面别一别了去。公婆不许，立刻打发起身，不容少待。可怜一个如花似玉的人，又不犯"七出"之条，只因裤裆里面少了一件东西，到后来三摈于乡，五黜于里，做了天下的弃物。可见世上怜香惜玉之人，大概都是好淫，非好色也。

第二回　逞雄威檀郎施毒手
　　　忍奇痛石女破天荒

却说姚家的轿子送了一个回去，就抬了一个转来。两家都顾惜名声，不肯使人知道。只见这个女子与前面那位新人虽是一母所生，却有妍媸粗细之别，面容举止总与阿姊不同。只有一件放心，料想一门之中生不出两个石女。

姚子毂回家的时节，已是一更多天，又吃得酩酊烂醉，倒在牙床就昏昏地睡去，睡到半夜还不醒，那女子坐不过，也只得和衣睡倒。

姚子毂到酒醒之后，少不得要动弹起来，还只说这位新人就是昨夜的石女替她脱了衣裳，就去抓寻旧路。当不得这个女子只管掉过身来，一味舍前而顾后。姚子毂伸手一摸，又惊又喜：喜则喜其原该如是，惊则惊其昨夜不然。酒醒兴发之际，不暇问其所以然，且做一会楚襄王，只当在梦里交欢，不管她是

真是假。及至到云收雨散之后，问她这混沌之物忽然开辟的来由，那女子说明就里，方才知道换了一个。夜深灯灭之后，不知面容好歹，只把她肌肤一摸，觉得粗糙异常，早有三分不中意了。及至天明之后，再把面庞一看，就愈加憎恶起来，说："昨日那一个虽是废人，还尽有看相。另娶一房生子，把她留在家中，当做个

画中之人，不时看看也好。为什么丢了至美，换了个至恶的回来？用又不中用，看又不中看，岂不令人悔死！"终日抱怨父母，聒絮不了。

不想这位女子，过了几日又露出一桩破相来，更使人容纳她不得。姚子嵱成亲之后，觉得锦衾乡幔之中，不时有些秽气。初到那几夜，亏他掌麝薰兰，还掩饰过了。到后来日甚一日，不能禁止。原来这个女子是有小遗病的，醒时再不小解，一到睡去之后，就要撒起尿来。这虽是妇人的贱相，却也是天意使然，与石女赋形不开混沌者无异。姚子嵱睡到半夜，不觉陆地生波，枕席之上忽然长起潮汛来，由浅而深，几乎有中原陆沉之惧。直到他盈科而进，将入鼻孔，闻香泉而溯其源，才晓得是脏山腹海中所出。就狂呼大叫，走下床来，唤醒爷娘，埋怨个不了，逼他："速速遣回，依旧取石女来还我！"

爷娘气愤不过，等到天明，又唤媒人来商议。媒人道："早说几日也好。那个石女，早有人要她，因与府上联姻，所以不敢别许。自你发回之后，不上一两日，就打发出门去了。如今还有个长的在家，与石女的面容大同小异，两个并在一处，一时辨不出来。你前日只该换长，不该换幼。如今换过一次，难道又好再换不成？"姚子嵱的父亲道："那也顾他不得，一锄头也是动土，两锄头也是动土，有心行一番霸道，不怕他不依。他若推三阻四，我就除了状词不告，也有别样法子处他。只怕他承当不起！"

媒人没奈何，只得又去传说。那家再三不步，说："他换去之后，少不得又要退来，不如不换的好。"媒人说以利害，又说："事不过三，哪有再退之理。"那家执拗不过，只得应许。

姚子嵱的父母因儿子立定主意只要石女，不要别人，又闻得她面貌相似，就在儿子面前不说长女代换的缘故，使他初见的时节认不出来，直到上床之后才知就里，自然喜出望外。不想果应其言。

姚子嵱一见此女，只道与故人相会，快乐非常。这位女子又喜得不怕新郎，与他一见如故。所以未寝之先，一毫也认不出来。直到解带宽裳之后，粘肌贴肉之

时，摸着那件东西，又不似从前混沌，方才惊骇起来，问她所以然的缘故。此女说出情由，才晓得不是本人，又换了一副形体。就喜欢不过，与她颠鸾倒凤起来，竭尽生平之乐。此女肌体之温柔，性情之妩媚，与石女纤毫无异，尽多了一件至宝。只是行乐的时节，两下搂抱起来，觉得那副杨柳腰肢，比初次的新人大了一倍；而所御之下体，又与第二番的幼女不同，竟像轻车熟路一般，毫不费力。只说她体随年长，量逐时宽，所以如此。谁想做女儿的时节，就被人破了元身，不但含苞尽裂，葳锁重开，连那风流种子已下在女腹之中，进门的时节已有五个月的私孕了。但凡女子怀胎，五月之前，还看不出，交到六个月上，就渐渐地粗壮起来，一日大似一日，哪里瞒得到底。

姚子犊知觉之后，一家之人也看出破绽来。再过几时，连邻里乡党之中都传播开去。姚氏父子都是极做体面的人，平日要开口说人，怎肯留个孽障在家，做了终身的话柄？以前暗中兑换，如今倒要明做出来，使人知道，好洗去这段羞惭。就写下休书，唤了轿子，将此女发回母家，替儿子别行择配。

谁想他姻缘蹭蹬，命运乖张，娶来的女子，不是前生的孽障，就是今世的冤家；容颜丑陋、性体愚顽都不必讲起，又且一来就病，一

病就死，极长寿的也过不到半年之外。只有一位佳人，生得极聪明、极艳丽，是个财主的偏房，大娘吃醋不过，硬遣出门。正在交杯合卺之后，两个将要上床，不想媒人领着卖主，带了原聘上门，要取她回去。只因此女出门之后，那财主不能割

舍，竟与妻子拼命，被众人苦劝，许她赎取回去，各宅而居，所以赍聘上门，取回原妾；不然定要经官告理，说他倚了衙门的势，强占民间妻小。姚家无可奈何，只得受了聘金，把原妾交还他去。姚子犊的衣裳已脱，裤带已解，正要打点行房，不想新人夺了去，急得他欲火如焚，只要寻死。

等到三年之后，已做了九次新郎，不曾有一番着实。他父子二人无所归咎，只说这座楼房起得不好，被工匠使了暗计，所以如此，要拆去十卺楼，重新造过。

姚子犊有个母舅，叫做郭从古，是个积年的老吏，与他父亲同在衙门。一日商量及此，郭从古道："请问'十卺楼'三字是何人题写，你难道忘记了么？仙人取名之意，眼见得验在下遭。十次合卺，如今做过九次，再做一次就完了匾上的数目，自然夫妻偕老，再无意外之事了。"姚氏父子听了这句说话，不觉豁然大悟，说："本处的亲事都做厌了，这番做亲，须要到他州外县去娶。"郭从古道："我如今奉差下省，西子湖头必多美色，何有教外甥随我下去，选个中意的回来。"姚子犊道："此时宗师按临，正要岁考，做秀才的出去不得。母舅最有眼力，何不替我选择一个，便船带回与我成亲就是。"郭从古道："也说得是。"姚氏父子就备了聘礼与钗钏衣服之类，与他带了随身。自去之后，就终日盼望佳人，祈求好事。

姚子犊到了此时，也是饿得肠枯、急得火出的时候了，无论娶来的新人才貌俱佳、德容兼美，就遇着个将就女子，只要胯间有缝，肚里无胎，下得人种进去，生得儿子出来，夜间不遗小便，过得几年才死，就是一桩好事了。不想郭从古未曾到家，先有书来报喜，说替他娶了一个，竟是天下无双、人间少二的女子。姚子犊得了此信，惊喜欲狂。及至仙舟已到，把新人抬上岸来，到拜堂合卺之后，揭起纱庞一看，又是一桩诧事！

原来这位新人不是别人，就是开手成亲的石女。只因少了那件东西，被人推来攘去，没有一家肯要，直从温州卖到杭城，换了一二十次的售主。郭从古虽系至亲，当日不曾见过，所以看了面容极其赞赏，替他娶回来；又不曾做爬灰老子，如何知道下面的虚实？

姚子穈见了，一喜一忧。喜则喜其得遇故人，不负从前之约；忧则忧其有名无实，究竟于正事无干。

姚氏父子与郭从古坐在一处，大家议论道："这等看起来，醉仙所题之字，依旧不验了。第十次做亲，又遇着这个女子，少不得还要另娶。无论娶来的人好与不好，就使白发齐眉，也做了十一次新郎，与'十巹'二字不相合了。叫做什么神仙，使人那般敬信！"大家猜疑了一会，并无分解。

却说姚子穈当夜入房，虽然心事不佳，少不得搂了新人，与她重温旧好，一连过了几夜，两下情浓，都有个开交不得之意。男子兴发的时节，虽不能大畅怀来，还亏他有条后路，可以暂行宽解，妇人动了欲心，无由发泄，真是求死不得，欲活不能，说不出那种苦楚。不想把满身的欲火合来聚在一处，竟在两胯之间生起一个大毒，名为"骑马痈"。其实是情兴变成的脓血。肿了几日，忽然溃烂起来，任你神

丹妙药，再医不好。一夜，夫妻两口搂作一团，却好男子的情根对着妇人的患处，两下忘其所以，竟把偶然的缺陷认做生就的空虚，就在毒疮里面摩疼擦痒起来。在男子心上，一向见她无门可入，如今喜得天假以缘，况她这场疾病耗是由此而起，要把玉杵当了刀圭，做个以毒攻毒；在女子心上，一向爱他情性风流，自愧茅塞不开，使英雄无用武之地，也巴不得以窦为门，使他乘虚而入，与其熬痒而生，倒不若忍痛而死，所以任他冲突，并不阻挠。不想这番奇苦，倒受得有功，一痛之后，就觉得苦尽甘来，焦头烂额之中，一般有肆意销魂之乐。这夫妻两口得了这一次甜

头，就想时时取乐，刻刻追欢。知道这番举动是瞒着造物做的，好事无多，佳期有限，一到毒疮收口之后，依旧闭了元关，阴自阴而阳自阳，再要想做坎离交姤之事就不能够了。两个各许愿心，只保佑这个毒疮多害几时，急切不要收口。

却也古怪，又不知是天从人愿，又不知是人合天心，这个知趣的毒疮竟替她害了一生，到底不曾合缝。这是什么缘故？要晓是这个女子，原是有人道的，想是因她孽障未消，该受这几年的磨劫，所以造物弄巧，使她虚其中而实其外，将这件妙物隐在皮肉之中，不能够出头露面。到此时魔星将退，忽然生起毒来，只当替她揭去封皮，现出人间的至宝，比世上不求而得与一求即得的更稀罕十倍。

这一男一女，只因受尽艰难，历尽困苦，直到心灰意死之后，方才凑合起来，所以夫妇之情，真个是如胶似漆。不但男子画眉，妇人举案，到了疾病忧愁的时节，竟把夫妻变为父母，连那割股尝药、斑衣戏彩的事都做出来。

可见天下好事，只宜迟得，不宜早得；只该难得，不该易得。古时的人，男子三十而始娶，女子二十而始嫁，不是故意要迟，也只愁他容易到手，把好事看得平常，不能尽琴瑟之欢、效于飞之乐也。

鹤归楼

第一回 安恬退反致高科
忌风流偏来绝色

诗云：

> 天河盈盈一水隔，河东美人河西客。
>
> 耕云织雾两相望，一岁绸缪在今夕。
>
> 双龙引车鹊作桥，风回桂渚秋叶飘。
>
> 抛梭投杼整环佩，金童玉女行相要。
>
> 两情好合美如旧，复恐天鸡催晓漏。
>
> 倚屏犹有断肠言：东方未明少停候。
>
> 欲渡不渡河之湄，君亦但恨生别离。
>
> 明年七夕还当期。不见人间死别离，
>
> 朱颜一去难再归！

这首古风是元人所作，形容牛女相会之时，缠绵不已的情状。这个题目好诗最多，为何单举这一首？只因别人的诗，都讲他别离之苦，独有这一首，偏叙他别离之乐，有个知足守分的意思，与这回小说相近，所以借它发端。

骨肉分离，是人间最惨的事，有何好处，倒以"乐"字加之？要晓得"别离"二字，虽不是乐，但从别离之下，又深入一层，想到那别无可别、离不能离的苦处，就觉得天涯海角，胜似同堂，枕冷衾寒，反为清福。第十八层地狱之人，羡慕十七层的受用，就像三十二天的活佛，想望着三十三天，总是一种道理。

【眉批】人人悟此，可使地狱一空。然又虑挤破天堂。还求作者再生一法。

近日有个富民出门作客，歇在饭店之中，时当酷夏，蚊声如雷。自己悬了纱

帐，卧在其中，但闻轰轰之声，不见嗷嗷之状。回想在家的乐处，丫鬟打扇，伴当驱蚊，连这种恶声也无由入耳，就不觉怨怅起来。另有一个穷人，与他同房宿歇，不但没有纱帐，连单被也不见一条，睡到半夜，被蚊虻叮不过，只得起来行走，在他纱帐外面跑来跑去，竟像被人赶逐地一般，要使浑身的肌肉动而不静，省得蚊虻着体。富民看见此状，甚有怜悯之心。不想哪个穷人不但不叫苦，还自己称赞，说

他是个福人，把"快活"二字叫不绝口。富民惊诧不已，问他："劳苦异常，哪些快乐？"哪穷人道："我起先也曾怨苦，忽然想到一处，就不觉快活起来。"富民问他："想到哪一处？"穷人道："想到牢狱之中罪人受苦的形状，此时上了柙床，浑身的肢体动弹不得，就被蚊虻叮死，也只好做露筋娘娘，要学我这舒展自由、往来无碍的光景，怎得能够？所以身虽荣碌，心境一毫不苦，不知不觉就自家得意起来。"

富人听了，不觉通身汗下，才晓得睡在帐里思念家中的不是。

若还世上的苦人都用了这个法子，把地狱认做天堂，逆旅翻为顺境，黄连树下也好弹琴，陋巷之中尽堪行乐，不但容颜不老，须鬓难皤。连那祸患休嘉，也会潜消暗长。方才哪首古风，是说天上的生离胜似人间的死别，我这回野史，又说人间的死别胜似天上的生离，总合着一句《四书》，要人"素患难行乎患难"的意思。

宋朝政和年间，汴京城中有个旧家之子，姓段名璞，字玉初。自幼聪明，曾噪"神童"之誉。九岁入学，直到十九岁，做了十年秀才，再不出来应试。人问他何故，他说："少年登科，是人生不幸之事。万一考中了，一些世情不谙，一毫艰苦

不知，任了痴顽的性子，卤莽做去，不但上误朝廷，下误当世，连自家的性命也要被功名误了，未必能够善终。不如多做几年秀才，迟中几科进士，学些才术在胸中，这日生月大的利息，也还有在里面，所以安心读书，不肯躁进。"他不但功名如此，连婚姻之事也是这般，惟恐早完一年，早生一年的子嗣，说："自家还是孩童，岂可便为人父？"又因自幼丧亲，不曾尽得子道，早受他人之奉养，觉得于心不安。故此年将二十，还不肯定亲。总是他性体安恬，事事存了惜福之心，刻刻怀了凶终之虑，所以得一日过一日，再不希冀将来。

他有个同学的朋友，姓郁，讳廷言，字子昌，也是个才识兼到之人，与他的性格件件俱同。只有一事相反：他于功名富贵看得更淡，连那日生月大的利息也并不思量，觉得做官一年，不如做秀才一日，把焚香挥麈的受用，与簿书鞭朴的情形比并起来，只是不中的好；独把婚姻一事认得极真，看得极重。他说："人生在世，事事可以忘情，只有妻妾之乐、枕席之欢，这是名教中的乐地，比别样嗜好不同，断断忘情不得。我辈为纲常所束，未免情兴索然，不见一毫生趣，所以开天立极的圣人，明开这条道路，放在伦理之中，使人散拘化腐。况且三纲之内，没有夫妻一纲，安所得君臣父子？五伦之中，少了夫妇一伦，何处尽孝友忠良？可见婚娶一条是五伦中极大之事，不但不可不早，亦且不可不好。美妾易得，美妻难求，毕竟得了美妻，才是名教中最乐之事。若到正妻不美，不得已而娶妾，也就叫做无聊之思，身在名教之中，这点念头也就越于名教之外了。"他存了这片心肠，所以择婚的念头甚是激切。只是一件："要早要好"四个字，再不能够相兼，要早就不能好，要好又不能早。自垂髫之际就说亲事起头，说到弱冠之年，还与段玉初一样，依旧是个孤身。要早要好的也是如此，不要早不要好的也是如此。倒不如安分守己的人，还享了五六七年衾寒枕冷的清福；不像他爬起爬倒，怨怅天公，赶去赶来，央求媒妁，受了许多熬炼奔波之苦。

【眉批】口作吏之苦，更有甚于此者。但恐做秀才的亦不得自在，奈何！

【眉批】入情至语，人不能道。

一日，徽宗皇帝下诏求贤，凡是学中的秀才，不许遗漏一名，都要出来应试，有规避不到者，即以观望论。这是什么缘故？只因宋朝的气运一日衰似一日，金人的势焰一年盛似一年，又与辽夏相持，三面皆为敌国，一年之内定有几次告警，近边的官吏死难者多，要人铨补。恐怕学中士子把功名视作畏途，不肯以身殉国，所以先下这个旨意，好驱逐他出山。

段、郁二人迫于时势，遂不得初心，只得出来应举。作文的时节，惟恐得了功名，违了志愿，都是草草完事，不过要使广文先生免开规避而已。不想文章的造诣，与棋力酒量一般，低的要高也高不来，高的要低也低不去，乡会两榜都巍然高列。段玉初的名数，又在郁子昌之前。

却说世间的好事，再不肯单行，毕竟要相因而至。郁子昌未发之先，到处求婚，再不见有天姿国色，竟

像西子王嫱之后，不复更产佳人；恨不生在数千百年之先，做个有福的男子。不想一发之后，到处遇着王嫱，说来就是西子；亏得生在今日，不然，倒反要错了机缘。

【眉批】又为纱帽长价。

有一位姓官的仕绅，现居尚宝之职。他家有两位小姐，一个叫做围珠，一个叫做绕翠。围珠系尚宝亲生，绕翠是他侄女，小围珠一年，因父母俱亡，无人倚恃，也听尚宝择婚。这两位佳人，大概评论起来都是人间的绝色，若要在美中择美，精里求精，又觉得绕翠的姿容更在围珠之上。京师里面有四句口号云：

珠为掌上珍，翠是人间宝；

王者不能兼，舍围而就绕。

为什么千金小姐有得把人见面，竟拿来编做口号传播起来？只因徽宗皇帝曾下选妃之诏，民间女子都选不中，被承旨的太监单报她这两名，说："百千万亿之中，只见得这两名绝色，其余都是庸材。"皇上又问："二者之中，谁居第一？"太监就丢了围珠，单说绕翠。徽宗听了，就注意在一边。所以都人得知，编了这四句口号。

绕翠将要入宫，不想辽兵骤至，京师闭城两月，直到援兵四集，方得解围。解围之后，有一位敢言的科道上了一本，说："国家多难之时，正宜卧薪尝胆，力图恢复。即现在之嫔妃，尚宜纵放出宫，以来远色亲贤之誉，奈何信任谗阉，方事选择？如此举动，即欲寇兵不至，其可得乎！"徽宗见了，觉得不好意思，只得勉强听从，下个罪己之诏，令选中的女子仍嫁民间。故此，这两位佳人前后俱能幸免。

官尚宝到了此时，闻得一榜之上有两个少年，都还未娶，又且素擅才名，美如冠玉，就各央他本房座师前去作合。

郁子昌听见，惊喜欲狂，但不知两个里面将哪一个配他？起先未遇佳人，若肯把围珠相许，也就出于望外。此时二美并列，未免有舍围就绕之心，只是碍了交情，不好薄人而厚己。谁料天从人愿，因他所中的名数比段玉初低了两名，绕翠的年庚又比围珠小了一岁，官尚宝就把男子序名，妇人序齿，亲生的围珠配了段玉初，抚养的绕翠配了郁子昌。原是一点溺爱之心，要使中在前面的做了嫡亲女婿，好等女儿荣耀一分，序名序齿的话都是粉饰之词。

郁子昌默喻其意。自幸文章欠好，取得略低，所以因祸得福，配了绝世佳人；若还高了几名，怎能够遂得私愿！段玉初的心事又与他绝不相同，惟恐志愿太盈，犯造物之所忌。闻得把围珠配他，还说世间第二位佳人不该为我辈寒儒所得，恐怕折了冥福，亏损前程，只因座师作伐，不敢推辞，哪里还有妄念！

官尚宝只定婚议，还不许他完姻，要等殿试之后授了官职，方才合卺，等两位小姐好做现成的夫人。不想殿试的前后，却与会场不同，郁子昌中在二甲尾，段玉

初反在三甲头。虽然相距不远，授职的时节，却有内铨外补之别。况且此番外补，又与往岁不同，大半都在危疆，料想没有善地。

官尚宝又从势利之心转出个趋避之法，把两头亲事调换过来。起先并不提起，直等选了吉日，将要完姻，方才吩咐媒婆，叫她如此如此。这两男二女总不提防，只说所偕的配偶都是原议之人，哪里知道金榜题名就是洞房花烛的草稿，洞房花烛仍照金榜题名的次序，始终如一，并不曾紊乱分毫。知足守分的倒得了世间第一位佳人，心高志大的虽不叫做吃亏，却究竟不曾满愿。可见天下之事都有个定数存焉，不消逆虑。

但不知这两对夫妻成亲之后，相得何如，后来怎生结果，且等看官息息眼力，再演下回。

第二回　帝王吃臣子之醋
闺房罢枕席之欢

郁子昌思想绕翠，得了围珠，初婚的时节，未免有个怨怅之心，过到后来，也就心安意贴，彼此相忘。只因围珠的颜色原是娇艳不过的，但与绕翠相形，觉得彼胜于此，若还分在两处，也居然是第一位佳人。至于风姿态度，意况神情，据郁子昌看来，却像还在绕翠之上。俗语二句道得好：

不要文章中天下，只要文章中试官。

郁子昌的心性原在风流一边，须是赵飞燕杨玉环一流人，方才配得他上。恰好这位夫人生来是他的配偶，所以深感岳翁倒把拂情背理之心，行出一桩合理顺情之事。夫妻两口，恩爱异常，无论有子无子，誓不娶妾；无论内迁外转，誓不相离。要做一对比目鱼儿，不肯使百岁良缘耽误了一时半刻。

却说段玉初成亲之后，看见妻子为人饶有古道，不以姿容之艳冶掩其性格之端庄，心上十分欢喜。也与郁子昌一般，都肯将错就错。只是对了美色，刻刻担忧，说："世间第一位佳人，有同至宝，岂可以挠幸得之？莫说朋友无缘，得而复失，就是一位风流天子，尚且没福消受，选中之后依旧发还。我何人斯，敢以倘来之福高出帝王之上乎？'匹夫无罪，怀璧其罪。'

覆家灭族之祸，未必不阶于此！"所以常在喜中带戚，笑里含愁，再不敢肆意行乐。就是云雨绸缪之际，忽然想到此处，也有些不安起来，竟像这位佳人不是自家妻子，有些干名犯义地一般。

绕翠不解其故，只说他中在三甲，选不着京官，将来必居险地，故此预作杞人之忧，不时把"义命自安、吉人天相"的话去安慰他。段玉初道："死生有命，富贵在天。万一补在危疆，身死国难，也是臣职当然，命该如此，何足介意。我所虑者，以一薄命书生，享三种过分之福，造物忌盈，未有不加倾覆之理，非受阴灾，必蒙显祸。所以忧患若此。"

绕翠问："是哪三种？"段玉初道："生多奇颖，谬窃'神童'之号，一过分也；早登甲第，滥叨青紫之荣，二过分也；浪踞温柔乡，横截鸳鸯浦，使君父朋友想望而不能得者，一旦攘为己有，三过分也。三者之中，有了一件，就能折福生灾，何况兼逢其盛，此必败之道也。倘有不虞，夫人当何以救我？"绕翠道："决不至此。只是幸福之心既不宜有，弭灾之计亦不可无。相公既萌此虑，毕竟有法以处之，请问计将安出？"段玉初道："据我看来，只有'惜福安穷'四个字，可以补救得来，究竟也是希图万一，决无幸免之理。"绕翠道："何为'惜福'？何为'安穷'？"段玉初道："处富贵而不淫，是谓'惜福'？遇颠危而不怨，是谓'安穷'。究竟'惜福'二字，也为'安穷'而设，总是一片虑后之心，要预先磨炼身心，好撑持患难的意思。衣服不可太华，饮食不可太侈，宫室不可太美，处处留些余地，以资冥福。也省得受用太过，骄纵了身子，后来受不得饥寒。这种道理，还容易明白。至于夫妻宴乐之情，衽席绸缪之谊，也不宜浓艳太过。十分乐事，只好受用七分，还要留下三分，预为离别之计。这种道理极是精微，从来没人知道，为夫妇者不可不知，为乱世之夫妇者更不可不知。俗语云：'恩爱夫妻不到头。'又云：'乐莫乐兮新相知，悲莫悲兮生别离。'夫妇相与一生，终有离别之日，越是恩爱夫妻，比那不恩爱的更离别得早。若还在未别之前多享一分快乐，少不得在既别之后多受一分凄凉。我们惜福的工夫，先要从此处做起。偎红倚翠之情不宜过热，省得欢娱难继，乐极生悲；钻心刺骨之言不宜多讲，省得过后追思，割人肠腹。如此过去，即使百年偕老，永不分离，焉知不为惜福福生，倒闰出几年的恩爱？"

绕翠听了此言，十分警省。又问他："铨补当在何时，可能够侥天之幸，得一块平静地方，苟延岁月？"段玉初道："薄命书生享了过分之福，就生在太平之日，尚且该有无妄之灾，何况生当乱世，还有侥幸之理？"

【眉批】 又能济困扶危，不独醒世而已。

绕翠听了此言，不觉泪如雨下。段玉初道："夫人不用悲凄，我方才所说'安穷'二字，就是为此。祸患未来，要预先惜福，祸患一至，就要立意安穷。若还有了地方，无论好歹，少不得要携家赴任。我的祸福，就是你的安危。夫妻相与百年，终有一别。世上人不知深浅，都说死别之苦胜似生离，据我看来，生离之惨，百倍于死别。若能够侥天之幸，一同死在危邦，免得受生离之苦，这也是人生百年第一桩快事；但恐造物忌人，不肯叫你如此。"绕翠道："生离虽是苦事，较之死别还有暂辞永诀之分，为什么倒说彼胜于此？请道其详。"段玉初道："夫在天涯，妻居海角，时作归来之想，终无见面之期，这是生离的景像。或是女先男死，或是妻

后夫亡，天辞会合之缘，地绝相逢之路，这是死别的情形。俗语云：'死寡易守，活寡难熬。'生离的夫妇，只为一念不死，生出无限熬煎。日闲希冀相逢，把美食鲜衣认做糠秕桎梏；夜里思量会合，把锦衾绣褥当了芒刺针毡。只因度日如年，以致未衰先老。甚至有未曾出户，先订归期，到后来一死一生，遂成永诀，这都是生

离中常有之事。倒不若死了一个，没得思量，孀居的索性孀居，独处的甘心独处，竟像垂死的头陀不思量还俗，那蒲团上面就有许多乐境出来，与不曾出家的时节纤毫无异。这岂不是死别之乐胜似生离？还有一种夫妇，先在未生之时订了同死之约，两个不先不后一齐终了天年，连永诀的话头都不消说得，眼泪全无半点，愁容不露一毫；这种别法，不但胜似生离，竟与拔宅飞升的无异，非修上几十世者不能有此奇缘。我和你同入危疆，万一遇了大难，只消一副同心带儿就可以合成正果。俗语云：'牡丹花下死，做鬼也风流。'这句话头还是单说私情，与'纲常'二字无涉。我们若得如此，一个做了忠臣，一个做了节妇，合将拢来，又做了一对生死夫妻，岂不是从古及今第一桩乐事？"

绕翠听了这些话，不觉把蕙质兰心变作忠肝义胆，一心要做烈妇。说起危疆，不但不怕，倒有些羡慕起来；终日洗耳听佳音，看补在哪一块吉祥之地。

不想等上几月，倒有个喜信报来。只为京职缺员，二甲几十名不够铨补，连三甲之前也选了部属。郁子昌得了户部，段玉初得了工部，不久都有美差。捷音一到，绕翠喜之不胜。段玉初道："塞翁得马，未必非祸，夫人且慢些欢喜。我所谓造物忌人、不肯容你死别者，就是为此。"绕翠听了，只说他是过虑，并不提防。不想点出差来，果然是一场祸事！

只因徽宗皇帝听了谏臣，暂罢选妃之诏，过后追思，未免有些懊悔。当日京师里面又有四句口号云：

城门闭，言路开。

城门开，言路闭。

这些从谏如流的好处，原不是出于本心，不过为城门乍开，人心未定，暂掩一时之耳目，要待烽烟稍息之后，依旧举行。不但第一位佳人不肯放手，连那陪贡的一名也还要留做备卷的。不想这位大臣没福做皇亲国戚，把权词当了实话，竟认真改配起来。

徽宗闻得两位佳人都为新进书生所得，悔恨不了，想着他的受用，就不觉捻酸吃醋起来，吩咐阁臣道："这两个穷酸饿莩，无端娶了国色，不要便宜了他，速拣两个远差，打发他们出去，使他三年五载不得还乡，罚做两个牵牛星，隔着银河难见织女，以赎妄娶国妃之罪！又要稍加分别，使得绕翠的人又比得围珠的多去几年，以示罪重罪轻之别。"阁臣道："目下正要遣使如金交纳岁币，原该是户、工二部之事，就差他两人去罢。"徽宗道："岁币易交，金朝又不远，恐不足以尽其辜。"阁臣道："岁币之中原有金、帛二项，为数甚多。金人要故意刁难，罚他赔补，最不容易交卸。赍金者多则三年，少则二载，还能够回来复命。赍帛之官，自十年前去的，至今未返。这是第一桩苦事。惟此一役，足尽其辜。"

徽宗大喜，就差郁廷言赍金，段璞赍帛，各董其事，不得相兼，一齐如金纳币。下了这道旨意，管教两对鸳鸯变做伯劳飞燕！

【眉批】为至尊而蒙此念，则青衣行酒之事，有由来矣。

但不知两件事情何故艰难至此，请看下回，便知来历。

第三回　死别胜生离从容示诀
　　　　　远归当新娶忽地成空

　　宋朝纳币之例，起于真宗年间，被金人侵犯不过，只得创下这个陋规。每岁输银若干，为犒兵秣马之费，省得他来骚扰。后来逐年议增，增到徽宗手里，竟足了百万之数。起先名为岁币，其实都是银两。解到后来，又被中国之人教导他个生财之法，说布帛出于东南，价廉而美，要将一半银子买了绸段布匹，他拿去发卖，又有加倍的利钱。在宋朝则为百万，到了金人手里，就是百五十万。起先赍送银两，原是一位使臣，后来换了币帛，就未免盈车满载，充塞道途，一人照管不来，只得分而为二，赍金者赍金，纳币者纳币。又怕银子低了成色，币帛轻了分两，使他说长道短，以开边衅，就着赍金之使预管征收，纳币之人先期采买。是他办来，就是他送去，省得换了一手，委罪于人。

　　初解币帛之时，金人不知好歹，见货便收，易于藏拙。纳币的使臣倒反有些利落。刮浆的布匹、上粉的纱罗，开了重价蒙蔽朝廷，送到地头就来复命，原是一个美差，只怕谋不到手。谁想解上几遭，又被中国之人教导他个试验之法，定要洗去了浆，汰净了粉，逐匹上天平弹过，然后验收，少了一钱半分，也要来人赔补。赔到后来，竟把这项银两做了定规，不论货真货假，凡是纳币之臣，定要补出这些常例。常例补足之后，又说他蒙蔽朝廷，欺玩邻国，拿住赃证，又有无限的诛求。所以纳币之臣赔补不起，只得留下身子做了当头，淹滞多年，再不能够还乡归国。这是纳币的苦处。至于赍金之苦，不过因他天平重大，正数之外要追羡余，虽然所费不赀，也还有个数目。只是金人善诈，见他赔得爽利，就说家事饶余，还费得起，又要生端索诈。所以赍金之臣，不论贫富，定要延捱几载，然后了局，当年就返者，十中不及二三。

【眉批】今日之苦差，皆昔日之美差。今日之美差，又后日之苦差也。奉使诸公，不可不加体识。

段、郁二人奉了这两个苦差，只得分头任事，采买的前去采买，征收的前去征收。到收完买足之后，一齐回到家中，拜别亲人，出使异国。

郁子昌对着围珠，十分眷恋，少不得在枕上饯行，被中作别，把出门以后、返棹以前的帐目，都要预支出来，做那一刻千金的美事。又说自己虽奉苦差，有嫡亲丈人可恃，纵有些须赔补，料他不惜毡上之毫，自然送来接济。多则半年，少则三月，夫妇依旧团圆，决不像那位连襟，命犯孤鸾，极少也有十年之别。

绕翠见丈夫远行，预先收拾行装，把十年以内所用的衣裳鞋袜都亲手置办起来，等他采买回家，一齐摆在面前，道："你此番出去，料想不是三年五载，妻子鞋弓袜小，不能够远送寒衣，故此窃效孟姜女之心，兼仿苏蕙娘之意，织尽寒机，预备十年之用。烦你带在身边，见了此物，就如见妻子一般。那线缝之中，处处有指痕血迹，不时想念想念，也不枉我一片诚心。"说到此处，就不觉涕泗涟涟，悲伤欲绝。段玉初道："夫人这番意思，极是真诚，只可惜把有用的工夫都费在无用之地！我此番出去，依旧是死别，不要认作生离。以赤贫之士奉极苦之差，赔累无穷，何从措置？既绝生还之想，又何用苟延岁月？少不得解到之日就是我绝命之期，只恐怕一双鞋袜、一套衣裳还穿他不旧，又何必带这许多！就作大限未满，求死不能，也不过多受几年困苦，填满了饥寒之债，然后捐生。岂有做了孤臣孽子，囚系外邦，还想丰衣足食之理！孟姜女所送之衣，苏蕙娘织之锦，不过寄在异地穷边，并不是仇邦敌国。纵使带去，也尽为金人所有，怎能够穿得上身？不如留在家中，做了装箱叠笼之具，后来还有用处也未可知。"绕翠道："你既不想生还，留在家中也是弃物了，还有什么用处！"

段玉初欲言不言，只叹一口冷气。绕翠就疑心起来，毕竟要盘问到底。段玉初道："你不见《诗经》上面有两句伤心话云'宛其死矣，他人入室。'我死之后，这几间楼屋里面少不得有人进来；屋既有人住，衣服岂没人穿？留得一件下来，也省你许多辛苦，省得千针万线又要服侍后人，岂不是桩便事！"

绕翠听了以前的话，只说他是肝膈之言，及至听到此处，真所谓烧香塑佛，竟把一片热肠付之冷水，不由她不发作起来，就厉声回复道："你这样男子，真是铁石心肠！我费了一片血诚，不得你一句好话，倒反谤起人来。怎见得你是忠臣，我就不是节妇！既然如此，把这些衣服都拿来烧了，省得放在家中，又多你一番疑虑！"说完之后，果然把衣裳鞋袜叠在一处，下面放了柴薪，竟像人死之后烧化冥衣地一般，不上一该时辰，把锦绣绮罗变成灰烬。段玉初口中虽劝，叫她不要如此，却不肯动手扯拽，却像要他烧化、不肯留在家中与别人穿着的一般。

绕翠一面烧，一面哭，说："别人家的夫妇，何等绸缪！目下分离，不过是一年半载，尚且多方劝慰，只怕妻子伤心。我家不是生离，就是死别，并无一句钟情的话，反出许多背理之言，这样夫妻，做他何用！"段玉初道："别人修得到，故此嫁了好丈夫，不但有情，又且有福，不至于死别生离。你为什么前世不修，造了孽障，嫁着我这寡情薄福之人，但有死灾，并无生趣？也是你命该如此。若还你这段姻缘不改初议，照旧嫁了别人，此时正好绸缪，这样不情的话何由人耳？都是那改换的不是，与我何干！焉知我死之后依不旧遂了初心，把娥皇女英合在一处，也未可知。况且选妃之诏虽然中止，目下城门大开，不愁言路不闭。万一皇上追念昔人，依旧选你入宫，也未见得。这虽是必无仅有之事，在我这离家去国的人，不得不虑及此。夫人听了，也不必多心，古语道得好：'死生有命，富贵在天。'又道：'一饮一啄，莫非前定。'若还你命该失节，数合重婚，我此时就着意温存，也难免红丝别系；若还命合流芳，该做节妇，此时就冲撞几句，你也未必介怀。或者因我说破在先，秘密的天机不肯使人参透，将来倒未必如此，也未见得。"说完之后，竟去料理轻装，取几件破衣旧服叠入行囊，把绕翠簇新做起、烧毁不尽的，一件也不带。又把所住的楼房增上一个匾额，题曰"鹤归楼"，用丁令威化鹤归来的故事，以见他决不生还。

出门的时节，两对夫妻一同拜别。郁子昌把围珠的而孔看了又看，上马之后还打了几次回头，恨不曾画幅小像带在身边，当做观音大士一般，好不时瞻礼。段玉初一揖之后，就飘然长往，任妻子痛哭号啕，绝无半点凄然之色。

两个风餐水宿，带月披星，各把所赍之物解入邻邦。少不得金人验收，仍照往年的定例，以真作假，视重为轻，要硬逼来人赔补。段玉初道："我是个新进书生，家徒四壁，不曾领皇家的俸禄，不曾受百姓的羡余，莫说论万论千，就是一两五钱，也取不出。况且所赍之货，并无浆粉，任凭洗濯。若要节外生枝，逼我出那无名之费，只有这条性命，但凭贵国处分罢了。"金人听了这些话，少不得先加凌辱，次用追比，后设调停，总要逼他寄信还乡，为变产赎身之计。

段玉初立定主意，把"安穷"二字做了奇方。又加上一个譬法当做饮子：到了五分苦处，就把七分来相比，到了七分苦处，又把十分来相衡，觉得阳世的磨折究

竟好似阴间，任你鞭笞夹打，痛楚难熬，还有"死"字做了后门，阴间是个退步。到了万不得已之处，就好寻死。既死之后，浑身不知痛痒，纵有刀锯鼎镬，也无奈我何。不像在地狱中遭磨受难，一死之后不能复死；任你扼喉绝吭，没有逃得脱的阴司，由他峻罚严刑，总是避不开的罗刹。只见活人受罪不过，逃往阴间；不见死人摆布不来，走归阳世。想到此处，就觉得受刑受苦，不过与生疮害疖一般，总是命犯血光，该有几时的灾晦；到了出脓见血之后，少不得苦尽甜来。他用了这个秘诀，所以随遇而安，全不觉不拘挛桎梏之苦。

郁子昌亏了岳父担当，叫他："凡有欠缺，都寄信转来，我自然替你赔补。"郁子昌依了此言，索性做个畅汉，把上下之人都贿赂定了，不受一些凌辱。金人见他肯用，倒把好酒好食不时款待他，连那没人接济的连襟，也沾他些口腹之惠。不及五月，就把欠帐还清，别了段玉初，预先回去复命。

宋朝有个成规，凡是出使还朝的官吏，到了京师不许先归私宅，都要面圣过了，缴还使节然后归家。郁子昌进京之刻还在巳牌，恰好徽宗坐朝，料想复过了命正好回家。古语道得好："新婚不如远归。"那点追欢取乐的念头，比合卺之初更加激切，巴不得三言两语回过了朝廷，好回去重偕伉俪。不想朝廷之上为合金攻辽一事，众议纷纷，委决不下。徽宗自辰时坐殿，直议到一二更天，方才定了主意。定议之后，即便退朝，纵有紧急军情，也知道他倦怠不胜，不敢入奏，何况纳币还朝是桩可缓之事。郁子昌熬了半载，只因灾星未退，又找了半夜的零头，依旧宿在朝房，不敢回宅。倒是半载易过，半夜难熬，正合着唐诗二句：

似将海水添宫漏，并作铜壶一夜长。

围珠听见丈夫还朝，立刻就要回宅，竟是天上掉下月来，哪里欢喜得了！就去重薰绣被，再熨罗衾，打点这一夜工夫，要叙尽半年的阔别。谁想从日出望起，望到月落，还不见回来，不住的空阶之上走去走来，竟把三寸金莲磨得头穿底裂。及至次日上午登楼而望，只见一位官员，簇拥着许多人马，摇旗呐喊而来。只说是过往的武职，谁想走到门前，忽然住马。围珠定睛一看，原来就是自己的丈夫。如飞赶下楼来，堆着笑容接见。只说他久旱逢甘，胜似洞房花烛，自然喜气盈腮。不想见了面，反掉下惇惶泪来。问他情由，只是哽哽咽咽，讲不出口。原来复命的时节，又奉了监军督饷之差，要他即日登程，不许羁留片刻，以误师期。连进门一见，也是瞒着朝廷，不可使人知道的。

这是什么缘故？只因他未到之先，金人有牒文赍到，要与宋朝合兵攻辽。宋朝主意不定，但搁了几时。金人不见回话，又有催檄递来，说：“贵国观望下前，殊失同仇之义。本朝不复相强，当移伐辽之兵转而伐宋，即欲仍遵前约，不可得矣。”徽宗见了，不胜悚惧，所以穷日议论，不能退朝，就是为此，郁子昌若还迟到一日，也就差了别人。不想冤家凑巧，起先不能决议，恰好等他一到，就定了出师之期。领兵将帅，隔晚已经点出，单少赍饷官一员，要待次日选举，郁子昌擅娶国妃，原犯了徽宗之忌，见他转来得快，依旧要眷恋佳人，只当不曾离别；故此将计就计，倒说他纳币有方，不费时日，自能飞挽接济，有裨军功。所以一差甫完，又有一差相继，再不使他骨肉团圆。

【眉批】笔势真若悬河，可使十吏供笔。

围珠得了此信，把一副火热的心肠激得冰冷，两行珠泪竟做了三峡流泉，哪里倾倒得住！扯了丈夫的袖子，正要说些衷情，不想同行的武职一齐哗噪起来，说：“行兵是大事，顾不得儿女私情。哪家没有妻子，都似这等留连，一个耽迟一会儿，须得几十个日子才得起身！恐怕朝廷得知，不当稳便！”郁子昌还要羁迟半刻，扯妻子进房，略见归来的大意；听了这些恶声，不觉高兴大扫，只好痛哭一场，做出

《苦团圆》的戏文，就是这等别了。临行之际，取出一封书来，说是姨丈段玉初寄回来的家报，叫围珠递与绕翠。

绕翠得书，不觉转忧作喜。只说丈夫出门，为了几句口过，不曾叙得私情，过后追思，自然懊悔；这封家报，无非述他改过之心，道他修好之意。及至折开一看，又不如此，竟是一首七言绝句。其诗云：

> 文回锦织倒妻思，断绝恩情不学痴。

> 云雨赛欢终有别，分时怒向任猜疑。

绕翠见了，知道他一片铁心，久而不改，竟是从古及今第一个寡情的男子！况且相见无期，就要他多情也没用，不如安心乐意做个守节之人，把追欢取乐的念头全然搁起。只以纺绩治生，趁得钱来，又不想做人家，尽着受用。过了一年半载，倒比段玉初在家之日肥胖了许多。不像那丈夫得意之人，终日愁眉叹气，怨地呼天，一日瘦似一日，浑身的肌骨竟像枯柴硬炭一般，与"温香软玉"四个字全然相反。

却说郁子昌尾了大兵料理军饷一事，终日追随鞍马，触冒风霜，受尽百般劳苦。俗语云："少年子弟江湖老。"为商做客的子弟尚且要老在江湖，何况随征遇敌的少年，岂能够仍其故像？若还单受辛勤，只临锋镝，还有消愁散闷之处，纵使易衰易老，也毕竟到将衰将老之年那副面容才能改变；当不得这位少年，他生平不爱功名，只图快乐，把美妻当了性命，一时三刻也是丢

不下的。又兼那位妻子极能体贴夫心，你要如此，她早已如此；枕边所说的话，被中相与之情，每一想起，就令人销魂欲绝。所以郁子昌的面貌，不满三年就变做苍

然一叟，髭须才出就白起来。纵使放假还乡，也不是当年娇婿，何况此时的命运还在驿马星中，正没有归家之日。

攻伐不只一年，行兵岂在一处。来来往往，破了几十座城池，方才侥幸成功，把辽人灭尽。班师之日，恰好又遇着纳币之期，被一个仰体君心的臣子知道，此人入朝必为皇上所忌，少不得又要送他出门，不如在未归之先假意荐他一本，说："郁廷言纳币有方，不费时日，现有成效可观。又与金人相习多年，知道他的情性。不如加了品级，把岁币一事着他总理，使赍金纳币之官任从提调，不但重费可省，亦能使边衅不开。此本国君民之大利也。"此本一上，正合着徽宗吃醋之心，当日就下了旨意，着吏部写敕，升他做户部侍郎，总理岁币一事，"闻命之后，不必还朝，就在边城受事。告竣之日，另加升赏。"

郁了昌见了邸报，惊得三魂入地，七魄升天，不等敕命到来，竟要预寻短计。恰好遇着便人与他一封书札，救了残生。

这封书札是何人所寄，说的什么事情，为何来得这般凑巧？再看下回，就知端的。

第四回　亲姐妹迥别荣枯
旧夫妻新偕伉俪

你道这封书札是何人所寄？说的什么事情？原来是一位至亲瓜葛、同榜弟兄，均在患难之中，有同病相怜之意，恐怕他迷而不悟，依旧堕入阱中，到后来悔之无及，故此把药石之言寄来点化他的。只因灭辽之信报入金朝，段玉初知道他系念室家，一定归心似箭，少不得到家之日又启别样祸端；此番回去，不但受别离之苦，还怕有性命之忧。教他飞疏上闻，只说在中途患病，且捱上一年半载，徐观动静，再做商量，才是个万全之策。书到之日，恰好遇了邸报。郁子昌拆开一看，才知道这位连襟是个神仙转世，说来的话句句有先见之明。他当日甘心受苦，不想还家，原

有一番深意，吃亏的去处倒反讨了便宜。可惜不曾学他，空受许多无益之苦。就依了书中的话，如飞上疏，不想疏到在后，命下在前，仍叫他勉力办事，不得借端推委。

郁子昌无可奈何，只得在交界之地住上几时，等赍金纳币的到了，一齐解入金朝。金人见郁子昌任事，个个欢喜，只道此番的使费仍照当初；当初单管赍金，如

196

今兼理币事，只消责成一处，自然两项俱清。那些收金敛币之人，家家摆筵席，个个送下程，把"郁老爷""郁侍郎"叫不绝口。哪里知道这番局面，比前番大不相同。前番是自己着力，又有个岳父担当，况且单管赏金，要他赔补还是有限的数目，自然用得松爽。此番是代人料理，自己只好出力，赔不起钱财。家中知道赎他不回，也不肯把有限的精神施于无用之地。又兼两边告乏，为数不赀，纵有点金之术也填补不来。只得老了面皮，硬着脊骨，也学段玉初以前，任凭他摆布而已。金人处他的方法，更比处段玉初不同，没有一件残忍之事不曾做到。

此时的段玉初已在立定脚跟的时候，金人见他熬炼得起，又且弄不出滋味来，也就断了痴想，竟把他当了闲人，今日伴去游山，明日同他玩水，不但没有苦难，又且肆意逍遥。段玉初若想回家，他也肯容情释放；当不得这位使君要将沙漠当了桃源，权做个避秦之地。

郁子昌受苦不过，只得仗玉初劝解，十分磨难也替他减了三分。直到两年之后，不见有人接济，知道他不甚饶余，才渐渐地放松了手。

段、郁二人原是故国至亲，又做了异乡骨肉，自然彼此相依，同休共戚。郁子昌对段玉初道："年兄所做之事，件件都有深心。只是出门之际，待年嫂那番情节，觉得过当了些。夫妻之间，不该薄幸至此。"段玉初笑一笑道："那番光景，正是小弟多情之处，从来做丈夫的没有这般疼热。年兄为何不察，倒说我薄幸起来？"郁子昌道："逼她烧毁衣服，料她日后嫁人；相对之时全无笑面，出门之际不作愁容。这些光景也寡情得够了，怎么还说多情？"段玉初道："这等看来，你是个老实到底之人，怪不得留恋妻孥，多受了许多磨折。但凡少年女子，最怕的是凄凉，最喜的是热闹，只除非丈夫死了，没得思量，方才情愿守寡。若叫她没缘没故做个熬孤守寡之人，少不得熬上几年定要郁郁而死。我和她两个平日甚是绸缪，不得已而相别，若还在临行之际又做些情态出来，使她念念不忘，把颠鸾倒凤之情形诸梦寐，这分明是一剂毒药，要逼她早赴黄泉。万一有个生还之日，要与她重做夫妻也不能够了。不若寻些事故，与她争闹一场，假做无情，悻悻而别，她自然冷了念头，不

想从前的好处，那些凄凉日子就容易过了。古人云：'置之死地而后生。'我顿挫她的去处，正为要全活她。你是个有学有术的人，难道这种道理全然悟不着？"郁子昌道："原来如此。是便是了，妇人水性杨花，捉摸不定，她未曾失节，你先把不肖之心待她，万一她记恨此言，把不做的事倒做起来，践了你的言语，如何使得！"段玉初道："我这个法子也是因人而施。平日信得她过，知道是纲常节义中人，决不做越礼之事，所以如此。苟非其人，我又有别样治法，不做这般险事了。"郁子昌道："既然如此，你临别之际也该安慰她一番，就不能够生还，也说句圆融的话，使她希图万一，以待将来，不该把匾额上面题了极凶的字眼。难道你今生今世就拿定不得还乡，要做丁令威的故事不成？"段玉初道："题匾之意与争闹之意相同。生端争闹者，要她不想欢娱，好过日子；题匾示诀者，要她断了妄念，不数归期。总是替她消灾延寿，没有别样心肠。这个法子，不但处患难的丈夫不可不学，就是寻常男子，或是出门作客，或是往外求名，都该用此妙法。知道出去一年，不妨倒说两载；拿定离家一月，不可竟道三旬。出路由路，没有拿得定的日子。宁可使她不望，忽地归来；不可令我失期，致生疑虑。世间爱

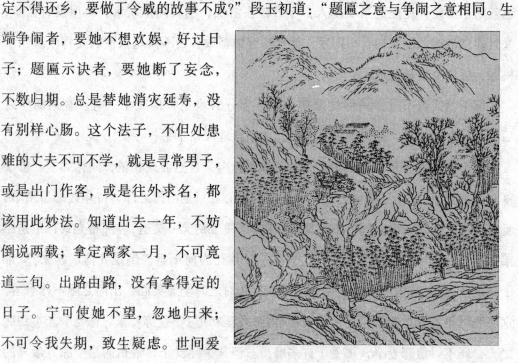

妻子的若能个个如此，能保白发齐眉，不致红颜薄命。年兄若还不信，等到回家之日，把贱荆的肥瘦与尊嫂的丰腴比并一比并，就知道了。"郁昌听了这些话，也还半信半疑，说他"见识虽高，究竟于心太忍。若把我做了他，就使想得到，也只是做不出"。

【眉批】此番辩论正不可少。

　　他两个住在异邦，日复一日，年复一年。到了钦宗手里，不觉换了八次星霜，改了两番正朔。忽然一日，金人大举入寇，宋朝败北异常，破了京师，掳出徽、钦二帝，带回金朝。段、郁二人见了，少不得痛哭一场，行了君臣之礼。徽宗问起姓名，方才有些懊悔，知道往常吃的都是些无益之醋，即使八年以前不罢选妃之诏，将二女选入宫中，到了此时也像牵牛织女，隔着银河不能够见面，倒是让他得好。

　　却说金人未得二帝以前，只爱玉帛之女，不想中原大事，所以把银子看得极重；明知段、郁二人追比不出，也还要留在本朝做个鸡肋残盘，觉得弃之有味。及至此番大捷以后，知道宋朝无人，锦绣中原唾手可得，就要施起仁政来。忽下一道旨意，把十年以内宋朝纳币之臣果系赤贫、不能赔补者，俱释放还家，以示本朝宽大之意。

　　徽、钦二宗闻了此信，就劝段、郁还朝，段、郁二人道："圣驾蒙尘，乃主辱臣死之际，此时即在本朝尚且要奔随赴难，岂有身在异邦反图规避之理？"二宗再三劝谕，把"在此无益，徒愧朕心"的话安慰了一番，段、郁二人方才拜别而去。

　　郁子昌未满三十，早已须鬓皓然。到了家乡相近之处，知道这种面貌难见妻子，只得用个点染做造之法，买了些乌须黑发的妙药，把头上脸上都妆扮起来，好等到家之日重做新郎，省得佳人败兴。谁想进了大门，只见小姨来接尊夫，不见阿姐出迎娇婿，只说她多年不见，未免害羞，要男子进去就她，不肯自移莲步。见过丈人之后，就要走入洞房，只见中厅之上有件不吉利的东西高高架起，又有一行小字贴在面前，其字云：

　　　　宋故亡女郁门官氏之枢

　　郁子昌见了，惊出一身冷汗，扯住官尚宝细问情由。官尚宝一面哭，一面说道："自从你去以后，无一日不数归期，眼泪汪汪，哭个不住，哭了几日，就生起病来。遍请先生诊视，都说是七情所感，忧郁而成，要待亲人见面方才会好。起先还望你回来，虽然断了茶饭，还勉强吃些汤水，要留住残生见你一面。及至报捷之后，又闻得奉了别差，知道等你不来，就痛哭一场，绝粒而死。如今已是三年。因

她临死之际吩咐'不可入土'，要隔了棺木会你一次，也当做骨肉团圆，所以不敢就葬。"郁子昌听了，悲恸不胜，要撞死在柩前，与她同埋合葬，被官尚宝再三劝慰，方才中止。官尚宝又对他道："贤婿不消悲苦，小女此时就在，也不是当日的围珠，不但骨瘦如柴，又且面黄肌黑，竟变了一副形骸，与鬼物无异；你若还看见，也要惊怕起来掩面而走。倒不如避入此中，还可以藏拙。"郁子昌听了，想起段玉初昔日这言，叫他回到家中，把两人的肥瘦比并一番，就知其言不谬。"如今莫说肥者果肥，连瘦的也没得瘦了，这条性命岂不是我害了他！"就对了亡灵再三悔过，说："世间的男子只该学他，不可像我。凄凉倒是热闹，恩爱不在绸缪。'置之死地而后生'，竟是风流才子之言，不是道学先生的话！"

却说段玉初进门，看见妻子的面貌胜似当年，竟把赵飞燕之轻盈变做杨贵妃之丰泽，自恃奇方果验，心上十分欣喜。走进房中，就陪了个笑面，问他："八年之中享了多少清福？闲暇的时节可思量出去之人否？"绕翠变下脸来，随她盘问，只是不答。段玉初道："这等看来，想是当初的怨气至今未消，要我认个不是方才肯说话么？不是我自己夸嘴，这样有情的丈夫，世间没有

第二个。如今相见，不叫你拜谢也够得紧了，还要我赔起罪来！"绕翠道："哪一件该拜？哪一件该谢？你且讲来！"段玉初道："别了八年，身体一毫不瘦，倒反肥胖起来，一该拜谢。多了八岁，面皮一毫不老，倒反娇嫩起来，二该拜谢。一样的姊妹，别人死了，你偏活在世上，亏了谁人？三该拜谢。一般的丈夫，别人老了，我还照旧，不曾改换容颜使你败兴，四该拜谢。别人家的夫妇原是生离，我和你二人

已以死别，谁想捱到如今，生离的倒成死别，死别的反做生离，亏得你前世有缘，今生有福，嫁着这样丈夫，有起死回生的妙手，旋乾转坤的大力，方才能够如此，五该拜谢。至于孤眠独宿不觉凄凉，枕冷衾寒胜如温暖；同是一般更漏，人恨其长，汝怪其短，并看三春花柳，此偏适意，彼觉伤心。这些隐然造福的功劳，暗里钟情的好处，也说不得许多，只好言其大概罢了。"

【眉批】惟恐做了望夫石，要下米颠之拜。故先初下拜，正深于拜也。

【眉批】笔飞墨舞，文章之乐，尽于此矣。

绕翠听了这些话，全然不解，还说他："以罪为功，调唇弄舌，不过要掩饰前非，哪一句是由衷的话。"段玉初道："你若还不信，我八年之前曾有个符券寄来与你，取出来一验就知道了。"绕翠道："谁见你什么符券？"段玉初道："姨夫复命之日，我有一封书信寄来，就是符券，你难道不曾见么？"绕翠道："那倒不是符券，竟是一纸离书，要与我断绝恩情，不许再生痴想的。怎么到了如今，反当做好话倒说转来？"段玉初笑一笑道："你不要怪我轻薄，当初分别之时，你有两句言语道：'窃效孟姜女之心，兼做苏蕙娘之意。'如今看起来，你只算得个孟姜女，叫不得个苏蕙娘，织锦回文的故事全不知道。我那封书信是一首回文诗，顺念也念得去，倒读也读得来。顺念了去，却像是一纸离书；倒读转来，分明是一张符券。若还此诗尚在，取出来再念一念，就明白了。"

绕翠听到此处，一发疑心，就连忙取出前诗，预先顺念一遍，然后倒读转来，果然是一片好心，并无歹意。其诗云：

疑猜任向怒时分，别有终欢赛雨云；

痴学不情恩绝断，思妻倒织锦回文。

绕翠读过之后，半晌不言，把诗中的意思咀嚼了一会儿，就不觉转忧作喜，把一点樱桃裂成两瓣，道："这等说来，你那番举动竟是有心做的，要我冷了念头，不往热处想的意思么？既然如此，做诗的时节何不明说？定要藏头露尾，使我恼了八年，直到如今方才欢喜，这是什么意思？"段玉初道："我若要明说出来，那番举

动又不消做得了。亏得我藏头露尾，才把你留到如今。不然也与令姐一般，我今日回来，只好隔着棺木相会一次，不能够把热肉相粘，做真正团圆的事了。当初的织锦回文是妻子寄与丈夫，如今倒做转来，丈夫织回文寄与妻子，岂不是桩极新极奇之事？"

绕翠听，喜笑欲狂，把从前之事不但付之流水，还说他的恩义重似丘山，竟要认真拜谢起来。段玉初道："拜谢的也要拜谢，负荆的也要负荆，只是这番礼数要行得闹热，不要把难逢难遇的佳期寂寂寞寞地过了。我当日与你成亲，全是一片愁肠，没有半毫乐趣，如今大难已脱，愁担尽丢，就是二帝还朝，料想也不念旧恶，再做吃醋捻酸的事了。当日已成死别，此时不料生还，只当重复投胎，再来人世，这一对夫妻竟是簇新配就的，不要把

人看旧了。"就吩咐家人重新备了花烛，又叫两班鼓乐，一齐吹打起来，重拜华堂，再归锦幕。这一宵的乐处，竟不可以言语形容。男人的伎俩百倍于当年，女子之轻狂备呈于今夕，才知道云雨绸缪之事，全要心上无愁，眼中少泪，方才有妙境出来。世间第一种房术，只有两个字眼，叫做"莫愁"。街头所卖之方，都是骗人的假药。

后来段玉初位至太常，寿逾七十，与绕翠和谐到老。所生五子。尽继书香。郁子昌断弦之后，续娶一位佳人，不及数年，又得怯症而死。总因他好色之念过于认真，为造物者偏要颠倒英雄，不肯使人满志。后来官居台辅，显贵异常，也是因他

宦兴不高，不想如此，所以偏受尊荣之福。可见人生在世，只该听天由命，自家的主意竟是用不着的。这些事迹，出在《段氏家乘》中，有一篇《鹤归楼记》，借他敷演成书，并不是荒唐之说。

【评】

此一楼也，用意最深，取径最曲，是千古钟情之变体。惜玉怜香者虽不必有其事，亦不可不有其心。但风流少年阅之，未免嗔其太冷。予谓：热闹场中，正少此清凉散不得。读《合影》、《拂云》诸篇之后忽而见此，是犹盛暑酷热之时、挥汗流浆之顷，有人惠一井底凉瓜，剖而食之；得此一冰一激，受用正不浅也。

奉先楼

第一回　因逃难姹妇生儿　为全孤劝妻失节

诗云：

> 衲子逢人劝出家，几人能撇眼前花？
>
> 别生东土修行法，权作西方引路车。
>
> 茹素不须离肉食，参禅何用着袈裟？
>
> 但存一粒菩提种，能使心苗长法华。

世间好善的人，不必定要披缁削发，断酒除荤，方才叫做佛门弟子；只要把慈悲一念，刻刻放在心头，见了善事即行，不可当场错过。世间善事，也有做得来的，也做不来的：做得来的，就要全做，做不来的，也要半做。半做者，不是叫在十分之中定要做了五分，就像天平弹过地一般，方才叫做半做；只要权其轻重，拣那最要紧的做得一两分，也就抵过一半了。留那一半以俟将来，或者由渐而成，充满了这一片善心，也未见得。作福之事多端，非可一言而尽，但说一事，以概其余。譬如断酒除荤、吃斋把素，是佛教入门的先着。这桩善事，出家人好做，在家人难做。

出家之人，终日见的都是蔬菜，鱼肉不到眼前，这叫做"不见可欲，使心不乱"。在家之人，一向吃惯了嘴，看见肉食，未免流涎，即使勉强熬住，少不得喉咙作痒，依旧要开，不如不吃的好。

我如今说个便法，全斋不容易吃，倒不如吃个半斋，还可以熬长耐久。何谓半斋？肉食之中，断了牛、犬二件，其余的猪、羊、鹅、鸭，就不戒也无妨。同是一般性命，为什么单惜牛、犬？要晓得上帝好生，佛门恶杀，不能保全得到，就要权其重轻。伤了别样生命虽然可悯，还说他于人无罪，却也于世无功，杀而食之，就像虎豹麋鹿，大虫吞小虫，还是可原之罪。至于牛、犬二物，是生人养命之原，万姓守家之主。耕田不借牛力，五谷何由下土？守夜不赖犬功，家私尽为盗窃。有此大德于人，不但没有厚报，还拿来当做仇敌，食其肉而寝其皮，这叫做负义忘恩，不但是贪图口腹。所以宰牛屠狗之罪，更有甚于杀人；食其肉者亦不在持刀执梃之下。若能戒此二物，十分口腹之罪就可以减去五分，活得十年，只当吃了五年长素，不但可资冥福，能免阳灾，即以情理推之，也不曾把无妄之灾加于有功之物，就像当权柄国，不曾杀害忠良，清夜扪心，亦可以不生惭悔。

【眉批】 戒杀之文元□做到□听无有过于此者，见此□长舌，始可劝化人。否则，格格不入，反阻为善之机耳。

这些说话不是区区创造之言，乃出自北斗星君之口，是他亲身下界吩咐一个难民，叫他广为传说，好劝化世人的。听说正文，便知分晓。

这篇正文虽是桩阴骘事，却有许多波澜曲折，与寻常所说的因果不同。看官里面尽有喜说风情厌闻果报的，不可被"阴骘"二字阻了兴头，置新奇小说而不看也。

明朝末年，南京池州府东流县有个饱学秀才，但知其姓，不记其名，连他的内人也不知何氏，只好称为舒秀才、舒娘子。因是一桩实事，不便扭捏其名，使真事变为假事也。舒族之人极其繁衍，独有他这一分，代代都是单传，传到秀才已经七世，但有祖孙父子之称，并无兄弟手足之义，五伦之内缺少一伦，"人皆有兄弟，我独无，"这两句《四书》，竟做了传家的口号。

【眉批】最平易处亦作波澜，妙绝。

舒秀才早年娶妻，也是个名家之女，姿容极其美艳，又且贤淑端庄，长于内助，夫妻之恩爱，枕席之绸缪，有不可以言语形容者。做亲数年，再不见怀孕，直到三十岁上才有了身。就央通族之人替他联名祈祷，求念人丁寡弱，若是女孕，及早变做男胎，不想生下地来，果然是个儿子，又且气宇轩昂，眉清目秀。舒秀才见了，喜笑欲狂，连通族之人也替他庆幸不已。独有邻舍人家见他生下地来不行溺死，居然领在身边视为奇物，都在背后冷笑，说他夫妻两口是一对痴人。这是什么缘故？只因彼时流寇猖獗，大江南北没有一寸安土。贼氛所到之处，遇着妇女就淫，见

了孩子就杀。甚至有熬取孕妇之油为点灯搜物之具，缚婴儿于旗竿之首为射箭打弹之标的者。所以十家怀孕九家堕胎，不肯留在腹中驯致熬油之祸；十家生儿九家溺死，不肯养在世上预为箭弹之媒，起初有孕，众人见他不肯堕胎，就有讥诮之意；到了此时，又见种种得意之状，就把男子目为迂儒，女人叫做黠妇，说他："这般艳丽，遇着贼兵，岂能幸免？妇人失节，孩子哪得安生？不是死于箭头，就是毙诸刀下，以太平之心处乱离之世，多见其不知量耳！"

【眉批】突出奇峰，耸入人心，具见文心之狡。

【眉批】流寇实录，不可不为一传。

舒秀才望子急切，一心只顾宗祧，并不曾想起利害。直到生子之后，看见贺客

寥寥，人言籍籍，方才悟到"乱离"二字觉得儿子虽生，断不是久长之物，无论遇了贼兵必惨死，就能保其无恙，也必至母子分离。失乳之儿，岂能存活？这七世单传的血脉，少不得断在此时，生与不生，其害一也。想到此处，就不觉泪下起来，对了妻孥，备述其苦。舒娘子道："你这诉苦之意，是一点什么心肠？还是要我捐生守节，做个冰清玉洁之人？还是要我留命抚孤，做那程婴、杵臼之事？"舒秀才道："两种心肠都有，只是不能够相兼。万一你母子二人落于贼兵之手，倒不愿你轻生赴难，致使两命俱伤；只求你取重略轻，保我一支不绝。"舒娘子道："这等说起来，只要保全黄口，竟置节义纲常于不论了！做妇人的操修全在'贞节'二字，其余都是小节。一向听你读书，不曾见说'小德不逾闲，大德出入可也'？"舒秀才道："那是处常的道理，如今遇了变局，又当别论。处尧舜之地位，自然该从揖让；际汤武之局面，一定要用征诛。尧舜汤武，易地皆然。只要抚得孤儿长大，保全我百世宗祧，这种功劳也非同小可，与那匹夫匹妇自经于沟渎者，奚音霄壤之分哉！"舒娘子道："是便是了，我若包羞忍耻，抚得孤子成人，等你千里寻来，到骨肉团圆的时节，我两人相对，何以为颜？当初看作《浣纱记》，到那西子亡吴之后，复从范蠡归湖，竟要替他羞死！起先为主复仇，以致丧名败节，观者不施责备，为他心有可原；及至国耻既雪，大事已成，只合善刀而藏，付之一死，为何把遭瑕被玷的身子依旧随了前夫？人说她是千古上下第一个绝色佳人，我说她是从古及今第一个腆颜女子！我万一果然不幸做了今日之西施，那一出'归湖'的丑戏也断然不做！你须要牢记此语，以为后日之验。"舒秀才听了这些话，不觉涕泗交流，悲恸不已。

【眉批】言听四书，不枉为秀才之妇。

【眉批】不但善听书，又且善看戏。

过了几时，闻得贼兵四至，没处逃生。做男子的还打点布袜芒鞋，希图走脱；妇人女子都有一双小脚，替流贼做了牵头，钩住身子，不放她转动。舒秀才对妻子道："事急矣！娘子留心，千万勿负所托！"舒娘子道："名节所关，不是一桩细

事，你还要谋之通族，询诸三老。若还众议金同，要我如此，我就看祖宗面上，做了这桩不幸之事；若还众人之中，有一个不许，可见大义难逃，还是死节的是。"舒秀才道："也说得有理。"就把一族之人请来，会于家庙。

那座家庙。名为"奉先楼"。舒秀才把以前的话遍告族人，询其可否。族人都说："守节事小，存孤事大。"与舒秀才的主意相同。舒秀才就央通族之人，把妻子请入奉先楼，大家苦劝，叫她看宗祀份上，立意存孤，勿拘小节。舒娘子道："从来不忠之臣、不节之妇，都假借一个美号，遂其奸淫。或说勉嗣宗祧，或说苟延国脉，都未必出于本心，直等国脉果延、宗祧既嗣之后，方才辨得真假。如今蒙列位苦劝，我欲待依从，只有一句说话，也要预先讲过。

初生乍养的孩子，比垂髫总角者不同，痧痘痘疹全然未出，若还托赖祖宗养得成功便好，万一寿算不长，半途而废，孤又不曾抚得成，徒然做了个失节之妇，却怎么好？"众人道："那是命该如此，与你何干？只问你尽心不尽心，不问他有寿没有寿。"舒娘子道："虽则如此，也还要斟酌。绝后不绝后，关系于祖宗，还须对着神主卜问一卜问。若还高曾祖考都容我失节，我就勉强依从。若还占卜不允，这个孩子就是抚不成、养不大的了，落得抛弃了他。完我一生节操，省得名实两虚，使男子后来懊悔。"众人道："极说得是。"就叫舒秀才磨起墨来，写了"守节""存孤"四个字，分为两处，搓作纸团，对祖宗卜问过了，然后拈阄。却好拈着"存孤"二字。

【眉批】守节非小，较之存孤则有异耳。

【眉批】托孤寄子之臣，决不轻口任事；易其后者必难其初，即此可为观人之法。

舒秀才与众人大喜，又再三苦劝一番，她才应许。应许之后，又对着祖宗拜了四拜，就号啕痛哭起来，说："今生今世讲不起'贞节'二字了，只因贼恶滔天，以致纲常扫地，只求天地祖宗早显威灵，殄灭此辈，好等忠臣义士出头！"哭完之后，别了众人，抱了孩子，夫妇二人且到黄檗树下弹琴去了。

后事如何，再容分说。

第二回　几条铁索救残生
　　　　一道麻绳完骨肉

　　舒秀才夫妇立了存孤的主意，未及半月，闯贼就至东流。舒秀才弃家逃走，得免于难。那一方的妇人，除老病不堪之外，未有不遭淫污者，舒娘子亦在其中。遇贼之初，把孩子抱在怀里，任凭扯拽，只是不放。闯贼拔刀要斫孩子，她就放声大哭起来，说："宁可辱身，勿杀吾子！若杀吾子，连此身也不肯受辱，有母子偕亡而已！"闯贼无可奈何，只得存其一线，就把她带在军中，流来流去，不知流过多少地方，母子二人总不曾离了一刻。

　　却说舒秀才逃难之后，回来不见了妻子，少不得痛哭一场，耐心苦守。料想乱离之世，盼不得骨肉团圆，直要等个真命天子出来，削平区宇，庶有破镜重圆之日。至皇清定鼎，楚蜀既平后，川湖总督某公大张告示，许赎民间俘女。舒秀才闻得此信，知道闯贼所掳之人尽为大兵所得，就卖了家产，前去寻妻赎子。历尽艰难困苦，看见无数

男人都赎了妻子回去，独有自家的亲属并无踪影。在川湖两处寻访了半年，资斧用去一大半，只得废然而返。不想来到中途，又遇了土贼，把盘费劫得精光，竟要饿死，只得沿途乞食。不想川湖地界日日有大兵往来，居民尽皆远避，并无人施舍，

只好倒在兵营之中讨些吃吃。

一日，饿倒在路旁，不能举动。到将晚的时节，忽有大兵经过，因近处没有人家，就在大路之旁撑起帐房宿歇。舒秀才知道屯兵之处必定举火，只得勉强支撑，走到帐房门首，要乞些余粒，以救残生。只见众人所吃的都肉食，并无米面，那肉食又无碗盛，都地切成大块，架在炭火之中，旋烧旋吃。见他走到，就有个慈心的将官，提起熟肉一方，约有一斤多重，往他面前一丢。舒秀才饿得眼花，拾了竟走，也不看是猪肉羊肉。及至拿到冷庙之中，撕些入口，觉得这种香味与寻常所吃的不同，别是一种气味。及至咽下喉去，就高声念起佛来，原来不是猪，不是羊，竟是一块牛肉！

舒秀才家中累世不食牛犬，那奉先楼上现刻着一道碑文，说祖上遇着个高僧，道他家本该绝后，只因世不杀生，又能戒食牛犬，故为上帝所悯，每代赐子一人，以绵宗祀。破戒之日，即绝嗣之年也。所以舒秀才持戒甚坚。到了性命相关的时节，依旧不违祖训，宁可绝食而死，不肯破戒而生。就把几个指头伸进喉内，再三抠挖，定要哇而出之。谁想肉便哇出来，那一丝残喘却已随声而绝，觉得自家的魂灵与自家的尸首隔了一丈多路，附又附不上，走又走不开。

正在飘忽无依之际，只见有许多神明，骑马张盖而过，看见舒秀才，就问："是什么游魂，不阴不阳，流落在此处？"舒秀才跪倒，哭诉遭难饿死的缘由。那些神明道："你现有吃残的余肉弃在尸首之旁，怎么还说是饿死？"舒秀才又把戒牛不食、误吞入喉、到知觉之后方才呕出、所以气随声断的缘故，述了一番，又说："有哇出之肉可证。"那些神明道："这等说起来，是个吃半斋的人了，岂有不得善终蒙此惨祸之理？"就叫跟随的神役："快把他的魂灵附在尸首上去！"舒秀才又道："请问诸位尊神是何名号，因什到此？"那些神明道："吾辈乃北斗星君，为察人间善恶，偶然到此。"舒秀才又问："何以谓之半斋？"北斗星道："五荤三厌俱不食，谓之全斋。别荤不戒，单戒牛犬，谓之半斋。这个名目世人不晓，你可遍传一传。凡食半斋者，俱能逢凶化吉，生平没有奇灾。即你今日之事，就是一个证验了。"舒秀才还要把寻妻觅子的话哀告一番，兼问妻子的死亡，还求他指条去路。不想他说完之后，带起马头，竟飘然去了。留几个神役，引他的魂灵附入尸首，也就不知去向。

舒秀才昏沉了一会，觉得冰冷的身子渐渐地暖热起来，知道是还魂的气象，就把眼目一睁，精神一抖，不觉地健旺如初，竟与吃饱之人无异。随往各处募缘，依旧全活了身子。

约过半月有余，走了一千多路，不想灾星未灭，好事多磨，遇着一起大兵，拿他做了纤夫，依旧要拽船上去。日间有人押守，一到夜间，就锁在庙中宿歇，不容逃走。

舒秀才受苦不过，每夜哭到天明，口中不住地说："北斗星君，你曾亲口对我说过，凡吃半斋的人，生平没有奇祸。如今死在须臾，为什么不来救我？"说来说去，总是这几句玄虚的话。一连哭了三四夜，

不想被船上听见，恼了一位太太，等到天明，差几个牢子拿到船边去审究。原来这只坐船只载家眷，并无官府。官府从四川下来，家眷由湖广上去，约在中途相会的。船里的太太隔着帘子问他："是何方人氏？姓什名谁？为什么跟住坐船不住地啼哭，使我睡不安稳？"舒秀才就把姓名名举止与寻妻觅子的话，说了一番。说完之后，就不住地磕头，求她释放还乡，活此狗命。那位太太听了，就高声呵叱起来，吩咐押夫之人把铁链锁了，解到前途，等老爷发落。那些兵丁得了这句说话，就把几条铁索盘在他颈上，只当带了重枷，如何行走得动！一连捱上三日，颈也磨穿，脚也拖肿，只求官府早到一刻，好发放他上路，省得活在世上受此奇苦！

只见到第四日上，遇着几号坐船，都说是老爷来了。众兵跪在路旁接过之后，只见一位将军走过船来，在官舱之中坐了一会儿，就叫岸上的兵丁，一面带犯人听审，一面准备刀斧，俟候杀人，舒秀才听见了，三魂入地，七魄升天，哪里鼗棘得了！不上一刻，那位将军走到船头，取一把交椅朝岸上坐了。众人呐喊一声，就把舒秀才带到。抬头一看，只见那位将军竖起双眉，满脸都是杀气，高声问道："你是何等之人，跟着官船啼哭？又见船上没有男子，更深夜静走进舱来，要做不良之事？"舒秀才听了这一句，一发魂飞胆裂，不知从哪里说起，也高声回复道："生员是个读书人，颇知礼法，怎敢胡行。实为寻妻觅子而来，路上遇了天兵，拿我拽纤。我因妻子寻不见，又系住身子，不得还乡，所以惨伤不过，对着神明啼哭，不想惊动了太太，把我锁到如今，听候老爷发落，这是实情，此外并无他罪。"那位将军就掉过脸来，问众人道："这几条铁索是几时锁起的？"众人道："就是他啼哭之后，惊动了太太，吩咐锁起，候老爷发落，如今已四日了。"将军道："不信有这等事！既然如此，开了锁，待我验一验看。"众人听了，就呐喊一声，替他开锁。不想这几管铁锁在露天之下过了三夜，又遇几次大雨，锁簧上了铁锈，再开不开。直等撬上几十次，敲上几百锤，打开锁门，方才除去铁索。那位将军把他脖项之中仔细一验，只见铁索所盘之处磨得肉绽皮穿，就不觉回嗔作喜，放下脸来，对众人道："若不是这几把铁锁、一片血痕做了证据，不但此人必杀，连你们的性命也要断送几条。这等看起来，果然不曾上船，是我疑错了。"又问舒秀才道："这等，你妻子何氏？儿子何名？若在这边，如今该几岁了？"舒秀才据实以答。将军对左右道："把他带过一边，我自有处。"说了这几句，就笑嘻嘻地进舱去了。

看官，你道这些举动，是什么来由？为什么平空白地把纤夫认作奸夫，做起吃醋捻酸的事来？要晓得这位太太就是舒秀才的妻子，这位将军自从得她之后，就拿来做了夫人，宠爱不过，把她带来的儿子视若亲生。舒娘子相从之日与他订过在先，说："前夫七世单传，只得这点骨血，若有相会之日，求把儿子交付还他。"这位将军是个仗义之人，就满口应承，并无难色。这一夜，舒娘子睡在舟中，听见岸

上啼哭，好似丈夫的声音，所以等至天明，拿到船边来审问，原是要识认面容。不想果然是他，心中大喜。若把别个妇人遇了亲夫，少不得揭起珠帘与他相会；若还见了一面就涉瓜李之嫌，舒秀才这条性命今日就不能保了！亏她见识极高，知道男子的心肠最多猜忌，若还在他未到之先通了一句言语，就种下了无限的疑根，连共枕同衾开囊卷橐的事，都要疑心出来了。若不说明，又怕他逃了开去，后来没处抓寻，所以一字不提，只把铁索锁了，叫人带住。一来省得他逃走，二来倒借这长铁索做一件释疑解惑的东西，省得他诽谤起来没得分辨。不想到了今日，果应其言。

将军看了那些光景，走进舱来，和颜悦色对她道："你的心迹如今验出来了，可见是个光明正大之人。儿子遇了父亲，自然交付还他。只是你的身子作何归结？他是前夫，我是后夫，还是要随哪一个？老实说来。"舒娘子道："妾自失身以后，与前面的男子就是恩断义绝之人了，莫说不要随他，就要随他，叫我把何颜相见？只将儿子交付还

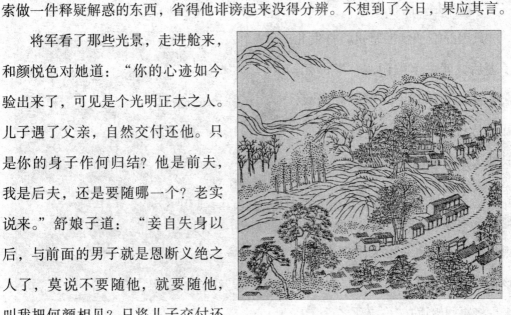

他，我的心事就完了，别样的话都不必提起。"将军道："如此极好。"就把儿子带到前舱，唤舒秀才上来，当面问他道："这是你的儿子么？"舒秀才道："正是。"将军道："这个孩子，你不要看容易了，费你妻子多少心血，方才抚养得成。说你七世单传，只得这点骨血，比寻常孩子不同，日间不放下地，夜间不放着床，竟是在手上养大、身上睡大了的。如今交付还你，她的心事完了。至于她的身子，业已随了别了，不便与你相见，休想再要会他，领了儿子去罢。"舒秀才道："得了儿子已属万幸，岂敢复望前妻？就此告别了。"说完之后，深深拜了几拜，谢他抚育之恩，领了儿子竟走。将军送他路费一封，又拨小船一只，顾不得孩子啼哭，等他抱

过船头，就叫扯起风帆，溯流而上。不上半刻时辰，母子二人已有天南地北之隔了。

却说舒秀才口中虽说不敢望妻子，这一点"得陇望蜀"之心谁人没有？看见儿子虽然到手，妻子并不见面，未免睹物伤情，抱了孤儿，不住地痛哭。正在悲苦不胜之际，只见江岸之上有一匹飞马赶来，骑马人手持令箭，说："将爷有令，特地来追你转去！"舒秀才又吃一惊，不知何意，只得随旗而转。及至赶着大船，见的将军，原来是一团好意。

只因舒娘子赋性坚贞，打发儿子去后，就关上舱门，一索吊死。众丫鬟推门不进，知道必有缘故，就报与将军知道。将军劈开舱门，只见这位夫人已做了梁上之鬼。将军怜惜不已，叫人解去索子，放下地来，取续命丹一粒，塞入口中，用滚汤灌下。也是她大限未终，不该就死，一连灌上几口，就苏醒转来。将军问她道："你寻死之意，无

非是爱惜儿子，又舍不得前夫，故用这条短计。我起先问你，原有个开笼放鹤之心，你又不肯直说，故意把巧言复我。到如今首鼠两端，是何道理？"舒娘子道："今日之事，已定于数载之前。当日分别之时，曾与丈夫讲过，说：'遭瑕被玷之余，决无面目相见；侥幸存孤之后，有死而已。'老爷不信，只叫他上来问就是了。"将军道："若果然如此，竟是个忍辱存孤的节妇了。我做英雄豪杰的人，哪里讨不出妇女，定要留个节妇为妻？我如今唤他转来，使你母子夫妻同归一处，你心下何如？"舒娘子道："有话在先，决不做腆颜之事，只求一死，以盖前羞。"将军道："你如今死过一次，也可为不食前言了。少刻前夫到了。我自然替你表白。"

此时见舒秀才走到，就把他妻子忍辱存孤、事终死节的话，细细述了一遍，又道："今日从你回去，是我的好意，并不是她的初心。你如今回去，倒是说前妻已死，重娶了一位佳人，好替她起个节妇牌坊，留名后世罢了！"说完这些话就别拨了一只大船，把她所穿的衣服、所用的器皿，尽数搬过船去，做了增嫁的奁资。这夫妻二人与那三尺之童，一齐拜谢恩人，感颂不遑，继之以泣。

这场义举是鼎革以来第一件可传之事，但恨将军的姓名廉访未确，不敢擅书，仅以"将军"二字概之而已。

生我楼

第一回 破常戒造屋生儿
插奇标卖身作父

词云：

千年劫，偏自我生逢。国破家亡身又辱，不教一事不成空。极狠是天公！
差一念，悔杀也无功。青冢魂多难觅取，黄泉路窄易相逢。难禁面皮红！

右调《望江南》

此词乃闯贼南来之际，有人在大路之旁拾得漳烟少许，此词录于片纸，即闯贼包烟之物也。拾得之人不解文义，仅谓残篇断幅而已。再传而至文人之手，始知为才妇被掳，自悔失身，欲求一死，又虑有腼面目，难见地下之人，进退两难，存亡交阻，故有此悲愤流连之作。玩第二句，有"国破家亡"一语，不仅是庶民之妻，公卿士大夫之妾，所谓"黄泉路窄易相逢"者，定是个有家有国的人主。彼时京师未破，料不是先帝所幸之人，非藩王之妃即宗室之妇也。贵胄若此，其他可知。能诗善赋，通文达理者若此，其他又可知。所以论人于丧乱之世，要与寻常的论法不同，略其迹而原其心，苟有寸长可取，留心世教者，就不忍一概置之。古语云："立法不可不严，行法不可不恕。"古人既有诛心之法，今人就该有原心之条。迹似忠良而心同奸佞，既蒙贬斥于《春秋》；身居异地而心系所天，宜

见褒扬于末世。诚以古人所重，在此不在彼也。此妇既遭污辱，宜乎背义忘恩，置既死之人于不问矣；犹能慷慨悲歌，形于笔墨，亦当在可原可赦之条，不得与寻常失节之妇同日而语也。

此段议论，与后面所说之事不甚相关，为什么叙作引子？只因前后二楼都是说被掳之事，要使观者稍抑其心，勿施责备之论耳。从来鼎革之世，有一番乱离，就有一番会合。乱离是桩苦事，反有因此得福，不是逢所未逢，就是遇所欲遇者。造物之巧于作缘，往往如此。

却说宋朝末年，湖广郧阳府竹山县有个乡间财主，姓尹名厚。他家屡代务农，力崇俭朴，家资满万，都是气力上挣出来，口舌上省下来的。娶妻庞氏，亦系庄家之女，缟衣布裙，躬亲杵臼。这一对勤俭夫妻，虽然不务奢华，不喜炫耀，究竟他过的日子比别家不同，到底是丰衣足食。莫说别样，就是所住的房产，也另是一种气概。《四书》上两句云：

"富润屋，德润身。"

这个"润"字，从来读书之人都不得其解。不必定是起楼造屋，使他焕然一新，方才叫做润泽；就是荒园一所，茅屋几间，但使富人住了，就有一种旺气。此乃时运使然，有莫之为而为者。若说润屋的"润"字是兴工动作粉饰出来的，则是润身的"润"字也要改头换面，另造一副形骸，方才叫做润身；把正心诚意的工夫反认做穿眼凿眉的学问了，如何使得！

【眉批】开天妙论，急宜补入《大全》。○试问海内文人，此等奇书，尚宜作小说观否？

尹厚做了一世财主，不曾兴工动作。只因婚娶以后再不宜男，知道是阳宅不利，就于祖屋之外另起一座小楼。同乡之人都当面笑他，道："盈千满万的财主，不起大门大面，蓄了几年的精力，只造得小楼三间，该替你上个徽号，叫做'尹小楼'才是。"尹厚闻之甚喜，就拿来做了表德。

自从起楼之后，夫妻两口搬进去做了卧房，就忽然怀起孕来。等到十月满足，恰好生出个孩子，取名叫做楼生。相貌魁然，易长易大，只可惜肾囊里面止得一个肾子。小楼闻得人说，独卵的男人不会生育，将来未必有孙，且保了一代再处。不想到三四岁上，随着几个孩童出去嬉耍，晚上回来，不见了一个，恰好是这位财主公郎。彼时正在虎灾，人口猪羊时常有失脱，寻了几日不见，知道落于虎口，夫妻两个几不欲生。起先只愁第二代，谁想命轻福薄，一代也不能保全。劝他的道："少年妇人只愁不破腹，生过一胎就是熟胎了，哪怕不会再生？"小楼夫妇道："也说得是。"从此以后，就愈敦夫妇之好，终日养锐蓄精，只以造人为事。谁想从三十岁造起，造到五十之外，行了三百余次的月经，倒下了三千多次的人种，粒粒都下在空处，不曾有半点收成。

小楼又是惜福的人，但有人劝他娶妾，就高声念起佛来，说："这句话头，只消口讲一讲就是要折了冥福，何况认真去做，有个不伤阴德之理！"所以到了半百之年，依旧是夫妻两口，并无后代。亲戚朋友个个劝他立嗣。尹小楼道："立后承先，不是一桩小事。全要付得其人。我看眼睛面前没有这个有福的孩子，况且平空白地把万金的产业送他，也要在平日之间有些情意

到我，我心上爱他不过，只当酬恩报德一般，明日死在九泉之下，也不懊悔。若还不论有情没情，可托不可托，见了孩子就想立嗣，在生的时节，他要得我家产，自然假意奉承，亲爷亲娘叫不住口，一到死后，我自我，他自他，哪有什么关涉？还有继父未亡，嗣子已立，'一朝权在手，便把令来行'，倒要胁制爷娘，期他没儿没女，又摇动我不得，要逼他早死一日，早做一日家主公的，这也是立嗣之家常有的

事。我这份家私，是血汗上挣来的，不肯白白送与人。要等个有情有义的儿子，未曾立嗣之先，倒要受他些恩惠，使我心安意肯，然后把恩惠加他。别个将本求利，我要人将利来换本，做桩不折便宜的事与列位看一看，何如？"众人不解其故，都说他是迂谈。

一日，与庞氏商议道："同乡之人知道我家私富厚，哪一个不想立嗣？见我发了这段议论，少不得有垂钩下饵的人把假情假意来骗我。不如离了故乡，走去周游列国，要在萍水相逢之际，试人的情意出来。万一遇着个有福之人，肯把真心向我，我就领他回来，立为后嗣，何等不好！"庞氏道："极讲得是。"就收拾了行李，打发丈夫起身。

小楼出门之后，另是一种打扮：换了破衣旧帽，穿着苎袜芒鞋，使人看了，竟像个卑田院的老子、养济院的后生，只少得一根拐棒，也是将来必有的家私。这也罢了，又在帽檐之上插着一根草标，装做个卖身的模样。人问他道："你有了这一把年纪，也是大半截下土的人了，还有什么用处，思想要卖身？

看你这个光景，又不像以下之人，他买你回去，还是为奴作仆的好，还是为师作傅的好？"小楼道："我的年纪果然老了，原没有一毫用处，又是做大惯了的人，为奴做仆又不合，为师作傅又无能。要寻一位没爷没娘的财主，卖与他做个继父，挣得费些心力，替他管管家私，图一个养老送终，这才是我的心事。"问的人听了，都说是油嘴话，没有一个理他。他见口里说来没人肯信，就买一张绵纸，褙做三四层，写上几行大字，做个卖身为父的招牌。其字云：

　　年老无儿，自卖与人作父，只取身价十两。愿者即日成交，并无后悔。"

每到一处，就捏在手中，在街上走来走去。有时走得脚酸，就盘膝坐下，把招牌挂在胸前，与和尚募缘的相似。众人见了，笑个不住，骂个不了，都说是丧心病狂的人。

小楼随人笑骂，再不改常，终日穿州撞府，涉水登山，定要寻个买者才住。要问他寻到几时方才遇着受主，只在下回开卷就见。

第二回　十两奉严亲本钱有限
万金酬孝子利息无穷

　　尹小楼捏了那张招帖，走过无数地方，不知笑歪了几千几万张嘴。忽然遇着个奇人，竟在众人笑骂之时成了这宗交易。俗语四句道得好：

　　　　弯刀撞着瓢切菜，夜壶合着油瓶盖。

　　　　世间弃物不嫌多，酸酒也堪充醋卖。

　　一日，走到松江府华亭县，正在街头打坐，就有许多无知恶少走来愚弄他，不是说"孤老院中少了个叫化头目，要买你去顶补"，就是说"乌龟行里缺个乐户头儿，要聘你去当官"。也有在头上敲一下的，也有在腿上踢一脚的，弄得小楼当真不是，当假不是。

　　正在难处的时节，只见人从里面挤出一个后生来，面白身长，是好一个相貌，止住众人，叫他不要啰唣，说："鳏寡孤独之辈，乃穷民之无靠者，皇帝也要怜悯他，官府也要周恤他。我辈后生，只该崇以礼貌，岂有擅加侮谩之理？"众人道："这等说起来，你是个怜孤恤寡的人了，何不兑出十两银子买他回去做爷？"那后生道："也不是什么奇事，看他这个相貌，不是没有结果的人，只怕他卖身之后，又有亲人来认了去，不肯随我终身。若肯随我终身，我原是没爷没娘的人，就拚了十两银子买他做个养父，也使百年以后传一个怜孤恤寡之名，有什么不好！"小楼道："我止得一身，并无亲属，招牌上写得分明，后来并无翻悔。你如果有此心，快兑银子出来，我就跟你回去。"众人道："既然卖了身，就是他供养你了，还要银子何用？"小楼道："不瞒列位讲，我这张馋嘴原是馋不过的，茶饭酒肉之外，还要吃些野食，只为一生好嚼，所以做不起人家。难道一进了门，就好问他取长取短？也要

吃上一两个月，等到情意洽浃了，然后去需索他，才是为父的道理。"

众人听了，都替这买主害怕，料他闻得此言，必定中止。谁想这个买主不但不怕，倒连声赞美，说他："未曾做爷，先是这般体谅，将来爱子之心一定是无所不至的了。"就请到酒店之中，摆了一桌厦饭，暖了一壶好酒，与他一面说话，一面成交。

起先那些恶少都随进店中，也以吃酒为名，看他是真是假。只见卖主上坐，买主旁坐，斟酒之时毕恭毕敬，俨然是个为子之容；吃完之后，就向兜肚里面摸出几包银子，并拢来一称，共有十六两，就双手递过去道："除身价之外，还多六两，就烦爹爹代收。从今以后，银包都是你管，孩儿并不稽查。要吃只管吃，要用只管用，只要孩儿趁得来，就吃到一百岁也无怨。"小

楼居然受之，并无惭色，就除下那面招牌递与他，道："这件东西就当了我的卖契，你藏在那边，做个凭据就是了。"后生接过招牌，深深作了一揖，方才藏入袖中。小楼竟以家长自居，就打开银包，称些银子，替他会了酒钞，一齐出门去了。旁边那些恶少看得目定口呆，都说："这一对奇人，不是神仙，就是鬼魅，决没有好好两个人做出这般怪事之理！"

却说小楼的身子虽然卖了，还不知这个受主姓张姓李，家事如何，有媳妇没有媳妇，只等跟到家中察其动静。只见他领到一处，走进大门，就扯一把交椅摆在堂前，请小楼坐下，自己志志诚诚拜了四拜。拜完之后，先问小楼的姓名，原籍何处。小楼恐怕露出形藏，不好试人的情意，就捏个假名假姓糊涂答应他，连所居之

地也不肯直说，只在邻州外县随口说一个地方。说出之后，随即问他姓什名谁，可曾婚娶。那后生道："孩儿姓姚名继，乃湖广汉阳府汉口镇人，幼年丧亲，并无依倚。十六岁上跟了个同乡之人叫做曹玉宇，到松江来贩布，每年得他几两工钱，又当糊口，又当学本事。做到后来人头熟了，又积得几两本钱，就离了主人，自己做些生意，依旧不离本行。这姓人家就是布行经纪，每年来收布，都寓在他家。今年二十二岁，还不曾娶有媳妇。照爹爹说起来，虽不同府同县，却同是湖广一省。古语道得好：'亲不亲，故乡人。'今日相逢，也是前生的缘法。孩儿看见同辈之人个个都有父母，偏我没福，只觉得孤苦伶仃，要投在人家做儿子，又怕人不相谅，说我贪谋他的家产，是个好吃懒做的人，殊不知有我这个身子，哪一处趁不得钱来？七八岁上失了父母，也还活到如今不曾饿死，岂肯借出继为名贪图别个的财利？如今遇到爹爹，恰好是没家没产的人，这句话头料想没人说得，所以一见倾心，成了这桩好事。孩儿自幼丧亲，不曾有人教诲，全望爹爹耳提面命，教导孩儿做个好人，也不枉半路相逢，结了这场大义。如今既做父子，就要改姓更名，没有父子二人各为一姓之理，求把爹爹的尊姓赐与孩儿，再取一个名字，以后才好称呼。"

小楼听到此处，知道是个成家之子，心上十分得意。还怕他有始无终，过到后来渐有厌倦之意，还要留心试验他。因以前所说的不是真话，没有自己捏造姓名又替他捏造之理，只得权词以应，说："我出银子买你，就该姓我之姓；如今是你出银子买我，如何不从主便，倒叫你改名易姓起来？你既姓姚，我就姓你之姓，叫做'姚小楼'就是了。"姚继虽然得了父亲，也不忍自负其本，就引一句古语做个话头，叫做"恭敬不如从命"。

自此以后，父子二人亲爱不过，随小楼喜吃之物，没有一件不买来供奉他。小楼又故意作娇，好的只说不好，要他买上几次，换上几遭，方才肯吃。姚继随他拿捏，并不厌烦。过上半月有余，小楼还要装起病来，看他怎生服侍，直到万无一失的时候，方才吐露真情。

谁想变出非常，忽然得了乱信，说元兵攻进燕关，势如破竹，不日就抵金陵。

又闻得三楚两粤盗贼蜂起，没有一处的人民不遭劫掠。小楼听得此信，魂不附体，这场假病哪里还装得出来？只得把姚继唤到面前，问他："收布的资本共有几何？放在人头上的可还取计得起？"姚继道："本金共有三百余金，收起之货不及一半，其余都放在庄头。如今有了乱信，哪里还收得起，只好把现在的货物装载还乡，过了这番大乱，到太平之世再来取讨。只是还乡的路费也吃得许多，如今措置不出，却怎么好？"小楼道："盘费尽有，不消你虑得。只是这样乱世，空身行走还怕遇了乱兵，如何带得货物？不如把收起的布交与行

家，叫他写个收票，等太平之后一总来取。我和你轻身逃难，奔回故乡，才是个万全之策。"姚继道："爹爹是卖身的人，哪里还有银子，就有，也料想不多。孩儿起先还是孤身，不论有钱没钱，都可以度日。如今有了爹爹，父子两人过活，就是一分人家了，捏了空拳回去，叫把什么营生？难道孩儿熬饿，也叫爹爹熬饿不成？"

　　小楼听到此处，不觉泪下起来，伸出一个手掌，在他肩上拍几拍，道："我的孝顺儿呵！不知你前世与我有什么缘法，就发出这片真情？老实对你讲罢，我不是真正穷汉，也不是真个卖身。只因年老无儿，要立个有情有义的后代，所以装成这个圈套，要试人情义出来的。不想天缘凑巧，果然遇着你这个好人。我如今死心塌地把终身之事付托与你了。不是爹爹夸口说，我这份家私也还够你受用。你买我的身价只去得十两，如今还你一本千利，从今以后，你是个万金的财主了。这三百两客本，就丢了不取，也只算得毡上之毫。快些收拾起身，好跟我回去做财主。"姚继听到此处，也不觉泪下起来，当晚就查点货物，交付行家。次日起身，包了一舱

大船，溯流而上。

看官们看了，只说父子两个同到家中就完了这桩故事，哪里知道，一天诧异才做动头，半路之中又有悲观离合，不是一口气说得来的。暂结此回，下文另讲。

第三回　为购红颜来白发
　　　　　因留慈母得娇妻

　　尹小楼下船之后，问姚继道："你既然会趁银子，为什么许大年纪并不娶房妻小，还是孤身一个？此番回去，第一桩急务，就要替你定亲，要迟也迟不去了。"姚继道："孩儿的亲事原有一头，只是不曾下聘。此女也是汉口人，如今回去，少不得从汉口经过，屈爹爹住在舟中权等一两日，待孩儿走上岸去探个消息了下来。若还嫁了就罢，万一不曾嫁，待孩儿与他父母定下一个婚期，到家之后，就来迎娶。不知爹爹意下如何？"小楼道："是个什么人家，既有成议在先，无论下聘不下聘，就是你的人了，为什么要探起消息来？"姚继道："不瞒爹爹说，就是孩儿的旧主人，叫做曹玉宇。他有一个爱女，小孩儿五六岁，生得美貌异常。孩儿向有求婚之意，此女亦有愿嫁之心，只是他父母口中还有些不伶不俐，想是见孩儿本钱短少，将来做不起人家，所以如此。此番上去，说出这段遭际来，他是个势利之人，必然肯许。"小楼道："既然如此，你就上去看一看。"

　　及至到了汉口，姚继吩咐船家，说自己上岸，叫他略等一等。不想满船客人都一齐哗噪起来，说："此等时势，各人都有家小，都不知生死存亡，恨不得飞到家中讨个下落，还有工夫等你！"小楼无可奈何，只得在个破布袄中摸出两封银子，约有百金，交与姚继，道："既然如此，我只得预先回去，你随后赶来。这些银子带在身边，随你做聘金也得，做盘费也得。只是探过消息之后，即便抽身，不可耽迟了日子，使我悬望。"姚继拜别父亲，也要叮咛几句，叫他路上小心，保重身子。不想被满船客人催促上岸，一刻不许停留，姚继只得慌慌张张跳上岸去。

　　船家见他去后，就拽起风帆，不上半个时辰，行了二三十里。只见船舱之中有

人高声喊叫，说："一句要紧的话不曾吩咐得，却怎么处！"说了这一句，就捶胸顿足起来。你说是哪一个？原来就是尹小楼。起先在姚继面前，把一应真情都已说破，只有自己的真名真姓与实在所住的地方倒不曾谈及；只说与他一齐到家，自然晓得，说也可，不说也可。哪里知道，仓卒之间把他驱逐上岸，第一个要紧关节倒不曾提起，直到分别之后才记上心来。如今欲待转去寻他，料想满船的人不肯耽搁；欲待不去，叫他赶到之日，向何处抓寻？所以千难万难，唯有个抢地呼天、捶胸顿足而已。急了一会，只得想个主意出来：要在一路之上写几个招子，凡他经过之处都贴一贴，等他看见，自然会寻了来。

话分两头。且说姚继上岸之后，竟奔曹玉宇家，只以相探为名，好看他女儿的动静。不想进门一看，时事大非，只有男子之形，不见女人之面。原来乱信一到楚中，就有许多土贼假冒元兵，分头劫掠，凡是女子，不论老幼，都掳入舟中，此女亦在其内，不知生死若何；即使尚存，也不知载往何方去了。姚继得了此信，甚觉伤心，暗暗地哭

了一场，就别过主人，依旧搭了便船，竟奔郧阳而去。

路不一日，到了个码头去处，地名叫做仙桃镇，又叫做鲜鱼口。有无数的乱兵把船泊在此处，开了个极大的人行，在那边出脱妇女。姚继是个有心人，见他所爱的女子掳在乱兵之中，正要访她的下落，得了这个机会，岂肯惧乱而不前？又闻得乱兵要招买主，独独除了这一处不行抢掠。姚继又去得放心，就带了几两银子，竟赴人行来做交易。指望借此为名，立在卖人的去处，把各路抢来的女子都识认一番，遇着心上之人，方才下手。不想那些乱兵又奸巧不过，恐怕露出面孔，人要拣

精择肥，把像样的妇人都买了去，留下那些"拣落货"卖与谁人？所以创立新规，另做一种卖法：把这些妇女当做腌鱼臭鲞一般，打在包捆之中，随人提取，不知哪一包是腌鱼，哪一包是臭鲞，各人自撞造化。那些妇人都盛在布袋里面，只论斤两，不论好歹，同是一般价钱。造化高的得了西子王嫱，造化低的轮着东施嫫母，倒是从古及今第一桩公平交易！

姚继见事不谐，欲待抽身转去，不想有一张晓谕贴在路旁，道：

"卖人场上，不许闲杂人等往来窥视。如有不买空回者，即以打探虚实论，立行枭斩，决不姑贷！特谕。"

姚继见了，不得不害怕起来。知道只有错来，并无错去，身边这几两银子定是要出脱的了："就去撞一撞造化，或者姻缘凑巧，恰好买着心上的人也未见得；就使不能相遇，另买着一位女子，只要生得齐整，像一个财主婆，就把她充了曹氏带回家中，谁人知道来历。"算计定了，走到那叉口堆中随手指定一只说："这个女子是我要买的。"那些乱兵拿来称准数目，喝定价钱，就架起天平来兑银子。还喜得斤两不多，价钱也容易出手。姚继兑足之后，等不得抬到舟中，就在卖主面前要见个明白。及至解开袋结，还不曾张口，就有一阵雪白的光彩透出在叉口之外。姚继思量道："面白如此，则其少艾可知，这几两银子被我用着了。"连忙揭开叉口，把那妇人仔细一看，就不觉高兴大扫，连声叫起屈来。原来那雪白的光彩不是面容，倒是头发！此女霜鬓皤然，面上辋纹森起，是个五十向外六十向内的老妇。乱兵见他叫屈，就高声呵叱起来，说："你自家时运不济，拣着老的，就叫屈也无用，还不领了快走！"说过这一句，又拔出刀来，赶他上路。

姚继无可奈何，只得抱出妇人离了布袋，领她同走到舟中，又把浑身上下仔细一看，只见她年纪虽老，相貌尽有可观，不是个低微下贱之辈，不觉把一团欲火变作满肚的慈心，不但不懊悔，倒有些得意起来，说："我前日去十两银子买着一个父亲，得了许多好处；今日又去几两银子买着这件宝货，焉知不在此人身上又有些好处出来？况且既已恤孤，自当怜寡，我们这两男一女都是无告的穷民，索性把鳏

寡孤独之人合来聚在一处，有什么不好？况且我此番去见父亲，正没有一件出手货，何不就将此妇当了人事送他，充做一房老妾，也未尝不可。虽有母亲在堂，料想高年之人无醋可吃，再添几个也无妨。"立定主意，就对那老妇道："我此番买人，原要买个妻子，不想得了你来。看你这样年纪，尽可以生得我出，我原是个无母之人，如今的意思，要把你认作母亲，不知你肯不肯？"老妇听了这句话，就吃惊打怪起来，连忙回复道："我见官人这样少年，买着我这个怪物，又老又丑，还只愁你懊悔不过，要推我下江，正在这边害怕。怎么没缘没故说起这样话来？岂不把人折死！"姚继见她心肯，倒头就拜。拜了起来，随即安排饭食与她充饥。又怕身上害冷，把自己的衣服脱与她穿着。

那妇人感激不过，竟号啕痛哭起来，哭了一会，又对他道："我受你如此大恩，虽然必有后报，只是眼前等不得。如今现有一桩好事，劝你去做来。我们同伴之中有许多少年女子，都要变卖。内中更有一个，可称绝世佳人，德性既好，又是旧家，正好与你作对。那些乱兵要把丑的老的都卖尽了，方才卖到这些人。今日脚货已完，明日就轮到此辈了，你快快办些银子，去买了来。"姚继道"如此极好。只是

一件，那最好的一个混在众人之中，又有布袋盛了，我如何认得出？"老妇道："不妨，我有个法子教你。她袖子里面藏着一件东西，约有一尺长、半寸阔，不知是件什么器皿，时刻藏在身边，不肯丢弃。你走到的时节，隔着叉口把各人的袖子都捏一捏，但有这件东西的即是此人，你只管买就是了。"

姚继听了这句话,；甚是动心，当夜醒到天明，不曾合眼。第二日起来，带了银包，又往人行去贸易。依着老妇的话，果然去摸袖子，又果然摸着一个有件硬物横在袖中，就指定叉口，说定价钱，交易了这宗奇货。买成之后，恐怕当面开出来有人要抢夺，竟把她连人连袋抱到舟中，又叫驾撑开了船，直放到没人之处，方才解看。

你道此女是谁？原来不姓张、不姓李，恰好姓曹，就是他旧日东君之女，向来心上之人。两下原有私情，要约为夫妇，袖中的硬物乃玉尺一根，是姚继一向量布之物，送与她做表记的；虽然遇了大难，尚且一刻不离，那段生死不忘的情份，就不问可知了。这一对情人忽然会于此地，你说他喜也不喜！乐也不乐！此女与老妇原是同难之人，如今又做了婆媳，分外觉得有情，就是嫡亲的儿妇，也不过如此。

姚继恤孤的利钱虽有了指望，还不曾到手，反是怜寡的利息随放随收，不曾迟了一日。可见做好事的再不折本。奉劝世人，虽不可以姚继为法，个个买人做爷娘，亦不可以姚继为戒，置鳏寡孤独之人于不问也。

第四回　验子有奇方一枚独卵
　　　　认家无别号半座危楼

却说尹小楼自从离了姚继，终日担忧，凡是经过之处，都贴一张招子，说："我旧日所言并非实话，你若寻来，只到某处地方来问某人就是。"贴便贴了，当不得姚继心上并没有半点狐疑，见了招子，哪有眼睛去看？竟往所说之处认真去寻访。那地方上面都说："此处并无此人，你想是被人骗了。"姚继说真不是，说假不是，弄得进退无门。

老妇见他没有投奔，就说："我的住处离此不远，家中现有老夫，并无子息。你若不弃，把我送到家中，一同居住就是了。"姚继寻人不着，无可奈何，只得依她送去。只见到了一处地方，早有个至亲之人在路边等候，望见来船，就高声问道："那是姚继儿子的船么？"姚继听见，吃了一惊，说："叫唤之人；分明是父亲的口气，为什么彼处寻不着，倒来在这边？"老妇听了，也吃一惊，说："那叫唤

之人分明是我丈夫的口气，为什么丢我不唤，倒唤起他来？"及至把船拢了岸，此老跳入舟中，与老妇一见，就抱头痛哭起来。

原来老妇不是别人，就是尹小楼的妻子，因丈夫去后也为乱兵所掠。那两队乱兵原是一个头目所管，一队从上面掳下去，一队从下面掳上来，原约在彼处取齐，把妇女都卖做银子，等元兵一到就去投降，好拿来做使费的。恰好这一老一幼并在一舱，预先打了照面。若还先卖幼、后卖老妇，尹小楼这一对夫妻就不能够完聚了；就是先卖老妇、后卖幼女，姚继买了别个老妇，这个老妇又卖与别个后生，姚继这一对夫妻也不能够完聚了。谁想造物之巧，百倍于人，竟像有心串合起来等人好做戏文小说的一般，把两对夫妻合了又分，分了又合，不知费他多少心思！这桩事情也可谓奇到极处、巧到至处了，谁想还有极奇之情、极巧之事，做便做出来了，还不曾觉察得尽。

小楼夫妇把这一儿一媳领到中堂，行了家庭之礼，就吩咐他道："那几间小楼是极有利市的所在，当初造完之日，我们搬进去做房，就生出一个儿子，可惜落于虎口，若在这边，也与你们一般大了。如今把这间卧楼让你们居住，少不得也似前人，进去之后就会生儿育女。"说了这几句，就把他夫妻二口领到小楼之上，叫他自去打扫。

姚继一上小楼，把门窗户扇与床幔椅桌之类仔细一看，就大惊小怪起来，对着小楼夫妇道："这几间卧楼分明是我做孩子的住处，我在睡梦之中时常看见的，为什么我家倒没有，却来在这边？"小楼夫妇道："怎见得如此？"姚继道："孩儿自幼至今，但凡睡了去，就梦见一个所在：门窗也是这样门窗，户扇也是这样户扇，床幔椅桌也是这样床幔椅桌，件件不差。又有一夜，竟在梦中说起梦来，道：'我一生做梦，再不到别处去，只在这边，是什么缘故'就有一人对我道：'这是你生身的去处，那只箱子里是你做孩子时节玩耍的东西，你若不信，去取出来看。'孩儿把箱子一开，看见许多戏具，无非是泥人土马棒槌旗帜之属。孩儿看了，竟像是故人旧物一般。及至醒转来，把所居的楼屋与梦中一对，又绝不相同，所以甚是疑惑，方才走进楼来，看见这些光景，俨然是梦中的境界，难道青天白日又在这边做梦不成？"

小楼夫妇听了，惊诧不已，又对他道："我这床帐之后果然有一只箱子，都是亡儿的戏物。我因儿子没了，不忍见他，并做一箱，丢在床后，与你所说的话又一毫不差，怎么有这等奇事？终不然我的儿子不曾被虎驮去，或者遇了拐子拐去卖与人家，今日是皇天后土怜我夫妻积德，特地并在一处，使我骨肉团圆不成？"姚继道："我生长二十余年，并不曾听见人说道我另有爷娘，不是姚家所出。"他妻子曹氏听见这句说话，就大笑起来道："这等说，你还在睡里梦里！我们那一方，谁人不知你的来历？只不好当面说你。你求亲的时节，我的父母见你为人学好，原要招做女婿，只因外面的人道你不是姚家骨血，乃别处贩来的野种，所以不肯许亲。你这等聪明，难道自己的出处还不知道？"

姚继听到此处，就不觉口呆目定，半晌不言。小楼想了一会，就大悟转来，道："你们不要猜疑，我有个试验之法。"就把姚继扯过一边，叫他解开裤子，把肾囊一捏，就叫起来，道："我的亲儿，如今试出来了！别样的事或者是偶尔相同，这肾囊里面只有一个卵子，岂是同得来的？不消说得，是天赐奇缘，使我骨肉团圆的了！可见陌路相逢，

肯把异姓之人呼为父母，又有许多真情实意，都是天性使然，非无因而至也。"说了这几句，父子婆媳四人一齐跪倒，拜谢天地，磕了无数的头。

一面宰猪杀羊，酬神了愿，兼请同乡之人，使他知道这番情节。又怕众人不信，叫儿子当场脱裤，请验那枚独卵。他儿子就以此得名，人都称为"尹独肾"。

后来父子相继积德，这个独卵之人一般也会生儿子，倒传出许多后代，又都是独肾之人。世世有田有地，直富到明朝弘治年间才止。又替他起个族号，都唤做：

"独肾尹家"有诗为证：

> 综纹入口作公卿，独肾生儿理愈明。

> 相好不如心地好，麻衣术法总难凭。

【评】

觉世稗官所作，事事情理之中，独有买人为父一节，颇觉怪诞。观者至此，都谓"捉出破绽来"，将施责备之论矣。及至看到"原属父子，天性使然"一语，又觉得甚是平常，并不曾跳出情理之外。可见人作好文字与做好人、行好事一般，常有初使人惊、次招人怪，及至到群疑毕集、怨谤将兴之际，忽然见出他好处来，始知做好人、行好事者原有一片苦心，令人称颂不已。悟此即知作文之法，悟此即知读书之法。

闻过楼

第一回　弃儒冠白须招隐
避纱帽绿野娱情

诗云：

　　市城戎马地，决策早居乡。

　　妻子无多口，琴书只一囊。

　　桃花秦国远，流水武陵香。

　　去去休留滞，回头是战场。

此诗乃予未乱之先避地居乡而作。古语云："小乱避城，大乱避乡。"予谓无论治乱，总是居乡的好；无论大乱小乱，总是避乡的好。只有将定未定之秋，似乱非乱之际，大寇变为小盗，戎马多似禾稗，此等世界，村落便难久居。造物不仁，就要把山中宰相削职为民，发在市井之中去受罪了！予生半百之年，也曾在深山之中做过十年宰相，所以极谙居乡之乐。如今被戎马盗贼赶入市中，为城狐社鼠所制，所以

又极谙市廛之苦。你说这十年宰相是哪个与我做的？不亏别人，倒亏了个善杀居民、惯屠城郭的李闯，被他先声所慑，不怕你不走。到这时候，真个是富贵逼人

239

来，脱去楚囚冠，披却仙人猷。初由田畯社师起家，屡迁至方外司马，未及数年，遂经枚卜，直做到山中宰相而后止。

【眉批】天生趣笔。官高必险，无怪其然。

诸公不信，未免说我大言不惭，却不知道是句实话。只是这一种功名，比不得寻常的富贵，彼时不以为显，过后方觉其荣。不象做真官受实禄的人，当场自知显贵，不待去官之后才知好运之难逢也。如今到了革职之年，方才晓得未乱以前也曾做过山中的大老。诸公若再不信，但取我乡居避乱之际信口吟来的诗，略摘几句，略拈几首念一念，不必论其工拙，但看所居者何地，所与者何人，所行者何事，就知道他受用不受用，神仙不神仙，这山中宰相的说话僭妄不僭妄也。如五言律诗里面有"田耕新买犊，檐盖旋诛茅。花绕村为县，林周屋是巢。""绿买田三亩，青赊水一湾。妻孥容我傲，骚酒放春闲"之句。七言律诗里面有"自酿不沽村市酒，客来旋摘野棚瓜。枯藤架拥诙谐史，乱竹篱编隐逸花。""栽遍竹梅风冷淡，浇肥蔬蕨饭家常。窗临水曲琴书润，人读花间字句香"之句。此乃即景赋成，不是有因而作。还有《山斋十便》的绝句，更足令人神往。诸公试览一过，只当在二十年前，到山人所居之处枉顾一遭，就说此人虽系凡民，也略带一分仙气，不得竟以尘眼目之也。

【眉批】述山中乐事，如数家珍，有名利俗肠者读此可以解惑。

何以谓之"十便"？请观"小序"，便知作诗之由。"小序"云：

> 笠道人避地入山，结茅甫就，有客过而问之，曰："子离群索居，静则静矣，其如取给不便何？"道人曰："予受山水自然之利，享花鸟殷勤之奉，其便良多，不能悉数。子何云之左也？"客请其目，道人信口答之，不觉成韵。

耕 便

山田十亩傍柴关，护绿全凭水一湾。

唱罢午鸡农就食，不劳妇子馌田间。

课农便

山窗四面总玲珑，绿野青畴一望中。

凭几课农农力尽，何曾妨却读书工？

钓便

不蓑不笠不乘舠，日坐东轩学钓鳌。

容欲相过常载酒，除投香饵出轻觞。

灌园便

筑成小圃近方塘，果易生成菜易长。

抱瓮太痴机太巧，从中酌取灌园方。

汲便

古井山厨止隔墙，竹稍一段引流长。

旋烹苦茗供佳客，优带源头石髓香。

浣濯便

浣尘不用绕溪行，门里潺湲分外清。

非是幽人偏爱洁，沧浪逼我濯冠缨。

樵便

臧婢秋来总不闲，拾枝扫叶满林间。

抛书往课樵青事，步出柴扉便是山。

防夜便

寒素人家冷落村，只凭泌水护衡门。

抽桥断却黄昏路，山犬高眠古树根。

还有《吟便》《眺便》二首，因原稿散失，记忆不全，大约说是纯赖天工、不假人力之意。此等福地，虽不敢上希蓬岛、下比桃源，方之辋川、剡溪诸胜境，也不至多让。谁想贼氛一起，践以兵戎，遂使主人避而去之，如掷敝屣，你道可惜不可惜！今日这番僭妄之词，皆由感慨而作，要使方以外的现任司马、山以内的当权宰

相，不可不知天爵之荣，反寻乐事于蔬水曲肱之外也。

如今说个不到乱世先想居乡的达者，做一段林泉佳话、麈尾清谈，不但令人耳目一新，还可使之肺肠一改。人人在市井之中，个个有山林之意，才见我作者之功，不像那种言势言利之书。驱天下之人而归于市道也。

明朝嘉靖年间，直隶常州府宜兴县有个在籍的大老，但知姓殷，不曾访得名字，官拜侍讲之职，人都称为"殷太史"。他有个中表弟兄，姓顾，字呆叟，乃虎头公后裔，亦善笔墨，饶有宗风。为人恬澹寡营，生在衣冠阀阅之乡，常带些山林隐逸之气，少年时节与殷太史同做诸生，最相契密。但遇小考，他的名字常取在殷太史之前，只是不利于场屋，曾对人立誓道："秀才只何做二十年，科场只好进五六次，

若还到强仕之年而不能强仕，就该弃了诸生，改从别业。镊须赴考之事，我断断不为。"不想到三十岁外，髭须就白了几根。有人对他道："报强仕者至矣，君将奈何？"呆叟应声道："他为招隐而来，非报强仕也。不可负他盛意，改日就要相从。"果然不多几日，就告了衣巾，把一切时文讲章与镂管穴孔的笔砚尽皆烧毁，只留农圃种植之书与营运资生之具，连写字作画的物料，都送与别人，不肯留下一件。人问他道："书画之事与举业全不相关，弃了举业，正好专心书画，为什么也一齐废了？"呆叟道："当今之世，技艺不能成名，全要乞灵于纱帽。仕官作书画，就不必到家也能见重于世。若叫山人做墨客，就是一桩难事，十分好处只好看做一分，莫说要换钱财，就赔了纸笔白送与人，还要讨人的讥刺，不如不作的好。"知

事的听了，都道他极见得达。

【眉批】"大器晚成"一语，陷杀多少腐儒。得此可证其误。

他与朋友相处，不肯讲一句肤言，极喜尽忠告之道。殷太史自作宦以来，终日见面的不是迎寒送暖之流，就是胁肩谄笑之辈，只有呆叟一人是此公的畏友。凡有事关名节、迹涉嫌疑他人所不敢言者，呆叟偏能正色而道之。至于挥麈谈玄，挑灯话古，一发是他剩技，不消说得的了。所以殷太史敬若神明，爱同骨肉，一饮一食也不肯抛撇他。

他的住处去殷太史颇远，殷太史待他虽然不比别个，时时枉驾而就之。到底仕宦的脚步轻贱杀了也比平人贵重几分，十次之中走去就教一两次，把七八次写贴相邀，也就是折节下交、谦虚不过的了；何况未必尽然，还有脱略形骸，来而不往的时候，况且宜兴城里不只他一位乡绅，呆叟自废举业以来，所称"同学少年多不贱"者又不只他一个朋友，人人相拉，个个见招，哪里应接得暇？若丢了一处不去，就生出许多怪端，说："一样的交情，为什么厚人而薄我？"呆叟弃了功名不取，丢了诸生不做，原只图得"清闲"二字，谁想不得清闲，倒加上许多忙俗，自家甚以为耻，就要寻块避秦之地。况且他性爱山居，一生厌薄城市，常有耕云钩月之想，就在荆溪之南、去城四十余里，结了几间茅屋，买了几亩薄田，自为终老之计。起初并不使人与闻，直待临行之际，方才说出。少不得众人闻之，定有一番援止。

暂抑谈锋，以停倦目。

第二回　纳谏翁题楼怀益友
遭瞿客障面避良朋

　　呆叟选了吉日，将要迁移，方才知会亲友，叫他各出份资与自己饯别，说："此番移家，不比寻常迁徙，终此一生优游田野，不复再来尘市。有人在城郭之内遇见顾呆叟者，当以'冯妇'呼之。"众人听了，都说："此举甚是无谓。自古道：'小乱避城，大乱避乡。'就有兵戈扰壤之事，乡下的百姓也还要避进城来，何况如今烽火不惊，夜无犬吠，为什么没缘没故竟要迁徙下乡，还说这等尽头绝路的话？"呆叟道："正为太平无事，所以要迁徙下乡。若到那犬吠月明、烽烟告急的时节，要去做绿野耕夫，就不能够了。古人云：'趋名者于朝，趋利者于市。'我既不

趋名，又不趋利，所以志不过在温饱。温莫温于自织之衣，饱莫饱于亲种之粟。况我素性不耐烦嚣，只喜高眠静坐，若还住在城中，即使闭门谢客，僵卧绳床，当不得有剥啄之声搅人幽梦，使你不得高眠；往来之札费我应酬，使人不能静坐。希夷山人之睡隐，南郭子綦之坐忘，都亏得不在城市；若在城市，定有人来搅扰，会坐也坐不上几刻，会睡也睡不到论年，怎能够在枕上游仙，与嗒然自丧其耦也？"众

人听了，都说他是迂谈阔论，个个攀辕，人人卧辙，不肯放他出城。

呆叟立定主意，不肯中止。众人又劝他道："你既不肯住在城中，何不离城数里在半村半郭之间寻一个住处？既可避嚣，又使我辈好来亲近。若还太去远了，我们这几个都是家累重大的人，如何得来就教？"呆叟道："入山惟恐不深，既想避世，岂肯在人耳目之前？半村半郭的，应酬倒反多似城内，这是断然使不得的。"回了众人，过不上几日，就携家入山。

自他去后，把这些乡绅大老弄得情兴索然，别个想念他还不过在口里说说，独有殷太史一位，不但发于声音，亦且形诸梦寐；不但形诸梦寐，又且见之羹墙。只因少了此人，别无诤友。难道没些过失，再没有一人规谏他？因想呆叟临别之际，坐在一间楼上，赠他许多药石之言，没有一字一句不切着自家的病痛；所以在既别之后，思其人而不得，因题一匾名其楼曰"闻过楼"。

呆叟自入山中，遂了闲云野鹤之性，陶然自适不啻登仙。过了几月，殷太史与一切旧交因兴他不得，都写了恳切的书，遣人相接，要他依旧入城。他回札之中，言语甚是决烈。众人知道劝他不回，从此以后，也就不来相强。

一日，县中签派里役，竟把他的名字开做一名柜头，要他入县收粮，管下年监兑之事，差人赍票上门，要他入城去递认状。呆叟甚是惊骇，说："里中富户甚多，为什么轮他不着？我有几亩田地，竟点了这样重差？"差人道："官错吏错，来人不错。你该点不该点，请到县里去说，与我无干。"呆叟搬到乡间未及半载，饭稻羹鱼之乐才享动头，不想就有这般磨劫；况且临行之际曾对人发下誓言，岂有未及半年就为冯妇之理？只得与差人商议，宁可行些贿赂，央他转去回官，省得自己破戒。差人道："闻得满城乡宦都是你至交，只消写字进去，求他发一封书札，就回脱了，何须费什么钱财！"呆叟素具傲骨，不肯轻易干人；况有说话在先，恐为众人所笑，所以甘心费钱，不肯写字。差人道："既要行贿，不是些小物可以干得脱的，极少也费百金，才可以望得幸免。"

呆叟一口应承，并无难色，尽其所有，干脱了这个苦差。未免精疲力竭，直到

半年之后，方才营运得转。正想要在屋旁栽竹，池内种鱼，构书屋于住宅之旁，蓄塞驴于黄犊之外，有许多山林经济要设施布置出来。不想事出非常，变生不测，他所居之处，一向并无盗警，忽然一夜，竟有五七条大汉，明火执仗打进门来，把一家之人吓得魂飞胆裂。

呆叟看见势头不好，只得同了妻子立过一边，把家中的细软任凭他席卷而去。既去之后，捡着几件东西，只说是他收捡不尽、遗漏下来的；及至取来一看，却不是自己家中之物，又不知何处劫来的。所值不多，就拿来丢过一边，付之不理。

他经过这番劫掠，就觉得穷困非常，渐渐有些支撑不去；依旧怕人耻笑，不肯去告贷分文。心上思量说："城中亲友闻之，少不得要捐囊议助，没有见人在患难之中坐视不顾之理。与其告而后与，何不求而得？"过不上几日，那些乡坤大老果然各遣平头，赍书唁慰。书中的意思便关切不过，竟像自己被劫的一般。只是一件可笑，封封俱是空函，并不见一毫礼物，还要赔酒赔食款洽他的家人。心上思量

道："不料人情恶薄，一至于此！别人悭吝也罢了，殷太史与我是何等的交情，到了此时也一毛不拔，要把说话当起钱来，总是日远日疏的缘故。古人云'一日不见黄叔度，鄙吝复生。'此等过失皆朋友使然，我实不能辞其责也。"写几封勉强塞责的回书，打发来人转去。

从此以后，就断了痴想，一味熬穷守困。又过了半年，虽不能够快乐如初，却也衣食粗足，没有啼饥号寒之苦。不想厄运未终，又遇了非常之事，忽有几个差人

赍了一纸火票上门来捉他，说："其时某日拿着一伙强盗，他亲口招称，说：'在乡间打劫，没有歇脚之处，常借顾某家中暂停。虽不叫做窝家，却也曾受过赃物，求老爷拘他来审审。'"呆叟惊诧不已，接过票来一看，恰好所开的赃物就是那日打劫之际遗失下来的几件东西，就对了妻孥叹口气道："这等看来，竟是前生的冤孽了！我曾闻得人说：'清福之难享，更有甚于富贵。'当初有一士人，每到黄昏人静之后，就去焚香告天，求遂他胸中所欲，终日祈祷，久而不衰。忽然一夜，听见半空之中有人对他讲道：'上帝悯汝志诚，要降福与汝，但不知所愿者何事？故此命我来询汝。'士人道：'念臣所愿甚小，不望富贵，但求衣食粗足，得逍遥于山水之间足矣。'空中的人道：'此上界神仙之乐，汝何可得？若求富贵则可耳。'就我今日之事看来，岂不是富贵可求，清福难享？命里不该做闲人，闲得一年零半载，就弄出三件祸来，一件烈似一件。由此观之，古来所称方外司马、山中宰相其人者，都不是凡胎俗骨。这种眠云漱石的乐处，骑牛策蹇的威风，都要从命里带来，若无夙根，则山水烟霞皆祸人之具矣。"说了这些话，就叫妻孥收拾行李，同了差役起身。喜得差来的人役都肯敬重斯文，既不需索银钱，又不擅加锁钮，竟像奉了主人之命来邀他赴席地一般，大家相伴而行，还把他逊在前面。

【眉批】 联络照应之法，妙不可言。

呆叟因前番被动，不能见济于人，知道世情恶薄，未必肯来援手，徒足以资其笑柄，不如做个硬汉，靠着"死生由命"四个字挺身出去见官。不想到近城数里之外，有许多车马停在道旁，却像通邑的乡绅有什么公事商议聚集在一处的光景。呆叟看了，一来无颜相见，二来不屑求他，到了人多的地方，竟低头障面而过。不想有几个管家走来拽住，道："顾相公不要走，我们各位老爷知道相公要到，早早在这边相等，说有要紧话商议，定要见一见的。"呆叟道："我是在官人犯，要进去听审，没有工夫讲话。且等审了出来，再见众位老爷，未为晚也。"那几个管家把呆叟紧紧扯住，只不肯放，连差人也帮他留客，说："只要我们不催，就住在此间过夜也是容易的，为何这等执意。"

正在那边扯拽，只见许多大老从一个村落之内赶了出来。亲自对他拱手，道："呆叟兄，多时不会，就见见何妨，为什么这等拒绝？"说了这一句，都伸手来拽他。呆叟看见意思殷勤，只得霁颜相就，随了众人走进那村落之内，却是一所新构的住居。只见：

> 柴关紧密，竹径迂徐。篱开新种之花，地扫旋收之叶。数椽茅屋，外观最朴而内实精工，不竟是农家结构；一带梅窗，远视极粗而近多美丽，有似乎墨客经营。若非陶处士之新居，定是林山人之别业。

众人拽了呆叟走进这个村落，少不得各致寒暄，叙过一番契阔，就问他致祸之由。呆叟把以前被劫的情形、此时受枉的来历，细细说了一遍。

众人甚是惊讶，又问他："此时此际，该作什么商量？"呆叟道："我于心无愧，见了县尊，不过据理直说，难道他好不分曲直就以刑罚相加不成？"众人都道："使不得！你窝盗是假，受赃是实，万一审将出来，倒有许多不便。我们与你相处多年，义关休戚，没有坐视之理。昨日闻得此说，就要出却解纷，一来因你相隔甚远，不知来历，

见了县父母难以措辞；二来因你无故入山，满城的人都有些疑惑，说你踪迹可疑；近日又有此说，一发难于分解，就与县父母说了，他也未必释然，所以定要屈你回来，自己暴白一暴白。如今没有别说，县中的事是我们一力担当，代你去说，可以不必见官。只是一件：你从今以后，再到乡间去不得了。这一所住宅也是个有趣的朋友起在这边避俗的，房屋虽已造完，主人还在城中，不曾搬移得出。待我们央人去说，叫他做个仗义之人，把此房让你居住，造屋之费，待你陆续还他。既不必走

入市井，使人唤你做'冯妇'；又不用逃归乡曲，使人疑你做窝家，岂不是个两全之法？"呆叟道："讲便讲得极是，我自受三番横祸，几次奇惊，把些小家资都已费尽，这所房子住便住了，叫把什么屋价还他？况且居乡之人全以耕种为事，这负郭之田不得穷乡的瘠土，其价甚昂，莫说空拳赤手不能骤得，就是有了钱钞，也容易买他不来，无田可耕，就是有房可住也过不得日子，叫把什么聊生？"殷太史与众人道："且住下了替你慢慢地商量，决不使你失所就是。"

说完之后，众人都别了进城。独有殷太史一个宿在城外，与他抵足而眠，说："自兄去后，使我有过不闻，不知这一年半载之中做差了多少大事。从今以后，求你刻刻提撕，时时警觉，免使我结怨于桑梓，遗祸于子孙。"又把他去之后追想药石之言，就以"闻过"二字题作楼名以示警戒的话说了一遍。呆叟甚是叹服，道他："虚衷若此，何虑说言之不至？只怕葑菲之见无益于人，徒自增其狂悖耳。"两个隔绝年余，一旦会合，虽不比他乡遇故，却也是久旱逢甘。这一夜的绸缪缱绻，自不待说。

但不知讼事如何，可能就结？且等他睡过一晚，再作商量。

第三回　魔星将退三桩好事齐来　猴局已成一片隐衷才露

呆叟与殷太史二人抵足睡了一夜。次日起来，殷太史也进城料理，只留呆叟一人住在外面，替人看守山庄。呆叟又在山庄里面周围踱了一回，见他果然造得中款，朴素之中又带精雅，恰好是个儒者为农的住处。心上思量道："他费了一片苦心，造成这块乐地，为什么自己不住，倒肯让与别人？况且卒急之间又没有房价到手，这样呆事，料想没人肯做。众人的言语都是些好看话儿，落得不要痴想。"

正在疑虑之间，忽有一人走到，说是本县的差人，又不是昨日那两个。呆叟只道乡绅说了，县尊不听，依旧添差来捉他，心上甚是惊恐。及至仔细一认，竟有些面善。原来不是别个，就是去年签着里役、知县差他下乡唤呆叟去递认状的。呆叟与他相见过了，就问："差公到此，有何见教？"那人答应道："去

年为里役之事，蒙相公托我贪缘，交付白银一百两。后来改签别人，是本官自己的意思，并不曾破费分文。小人只说自家命好，撞着了太岁，所以留在身边，不曾送来返璧。起先还说相公住得猖远，一时不进城来，这主银子没有对会处，落得隐瞒

下来。如今闻得你为事之后，依旧要做城里人，不做乡下人了，万一查访出来，不好意思。所以不待取讨，预先送出来奉偿，还觉得有些体面。这是一百两银子，原封未动，请相公收了。"呆叟听见这些话，惊诧不已，说："银子不用，改签别人，也是你的造化，自然该受的。为什么过了一年有余又送来还我？"再三推却，只不肯收。那人不由情愿，塞在他手中，说了一声"得罪"，竟自去了。

【眉批】乡下人吃亏如此。

呆叟惊诧不过，说："衙役之内那有这样好人？或者是我否极泰来，该在这边居住，所以天公要成就我，特地把失去之物都取来付还，以助买屋之费，也未可知。"正在这边惊喜，不想又扣门之声，说："几个故人要会。"及至放他进来，瞥面一见，几乎把人惊死！你说是些什么人？原来是半年之前明火执杖拥进门来打劫他家私的强盗！自古道"仇人相见，分外眼明"，哪有认不出的道理？呆叟一见，心胆俱惊，又不知是官府押来取他，又不知是私自逃出监门寻到这边来躲避？满肚猜疑，只是讲不出口。只见那几个好汉不慌不忙对他拱拱手，道："顾相公，一向不见，你还认得我们么？"呆叟兢兢栗栗抖做一团，只推认他不得。那些好汉道："岂有认不得之理？老实对你说罢，我们今日之来，只有好心，并无歹意，劝你不要惊慌。那一日上门打劫，原不知高姓大名，只说是山野之间一个鄙吝不堪的财主，所以不分皂白，把府上的财物尽数卷来。后来有几个弟兄被官府拿去，也还不识好歹，信口乱扳，以致有出票拘拿之事，我们虽是同伙，还喜得不曾拿获，都立在就近之处打点衙门。方才听得人讲，都道出票拿来的人是一位避世逃名的隐士，现停在某处地方。我们知道，甚是懊悔。岂有遇着这等高人不加资助反行劫掠之理？所以如飞赶到这边，一来谢罪，二来把原物送还。恕我辈是粗卤强人，有眼不识贤士，请把原物收下，我们要告别了。"说到这一声，就不等回言，把几个包袱丢在他面前，大家挥手出门，不知去向。

【眉批】鄙吝财主非此辈不能处之。天生此辈，正为此辈一日不可少也。

呆叟看了这些光景，一发愁上加愁，虑中生虑，说："他目下虽然漏网，少不得官法如炉，终有一日拿着。我与他见此一面，又是极大的嫌疑了。况且这些赃物原是失去的东西，岂有不经官府、不递认状、倒在强盗手中私自领回之理？万一现在拿着的又在官府面前招出这主赃物，官府查究起来，我还是呈送到官的是，隐匿下来的是？"想到这个地步，真是千难万难，左想一回又不是，右想一回又不是，只得闭上柴门，束手而坐。

正在没摆布的时节，只听得几个锣响，又有一片吆喝之声，知道是官府经过。呆叟原系罪人，又增出许多形迹，听见这些响动，好不惊慌，惟恐有人闯进门来，攻其不意。要想把赃物藏过一边，怎奈人生地不熟，不知哪一个去处可以掩藏。正在东张西望的时节，忽听得捶门之声如同霹雳，锣声敲到门前，又忽然住了，不知为什么缘故。欲待不开，又恐怕抵挡不住；欲待要开，怎奈几个包袱摆在面前，万一

官府进来，只当是自具供招、亲投罪状、买一个强盗窝家认到身上来做了，如何使得？急得大汗如流，心头突突地乱跳。又听得敲门之人高声喊道："老爷来拜顾相公，快些开门，接了贴子进去！"呆叟听见这句话，一发疑心，说："我是犯罪之人，不行捕捉也够了，岂有问官倒写名贴上门来拜犯人之理？此语一发荒唐，总是凶多吉少！料想支撑不住，落得开门见他。"谁想拔开门拴，果然有个侍弟贴子塞进门来。那投帖之人又说："老爷亲自到门，就要下轿了，快些出去迎接。"

呆叟见过名帖，就把十分愁担放下七分，料他定有好意，不是什么机谋，就整顿衣冠，出去接见。县尊走下轿子，对着呆叟道："这位就是顾兄么？"呆叟道：

"晚生就是。"县尊道："渴慕久矣，今日才得识荆。"就与他挽手而进。行至中堂，呆叟说是"犯罪之人，不敢作揖"，要行长跪之礼。县尊一把扯住，说："小弟惑于人言，唐突吾兄两次，甚是不安，今日特来谢过。兄乃世外高人，何罪之有？"呆叟也谦逊几句，回答了他。两个才行抗礼。

县尊坐定之后，就说："吾兄的才品，近来不可多得，小弟钦服久矣。两番得罪，实是有为而然，日后自明，此时不烦细说。方才会着诸位令亲，说吾兄有徙居负郭之意，若果能如此，就可以朝夕领教，不作蒹葭白露之思了。但不知可曾决策？"呆叟道："敝友舍亲都以此言相劝，但苦生计寥寥，十分之中还有一二分未决。"县尊道："有弟辈在此，'薪水'二字，可以不忧；待与诸位令亲替兄筹个善策，再来报命就是了。"呆叟称谢不遑。县尊坐了片时，就告别而去。

呆叟一日之中遇了三桩诧事，好像做梦一般，祸福齐来，惊喜毕集，自家猜了半日，竟不知什么来由。直等到黄昏日落之时，诸公携酒而出，一来替他压惊，二来替他贺喜，三来又替他暖热新居。吃到半席之间，呆叟把日间的事细细述了一遍，说："公门之内莫道没有好人，盗贼之中一般也有豪杰。只是这位县尊前面太倨后面太恭，举动靡常，倒有些解说他不出。"众人听了这些话，并不则声，个个都掩口而笑。呆叟看了，一发疑心起来，问他："不答者何心？暗笑者何意？"殷太史见他盘问不过，才说出实心话来，竟把呆叟喜个异常，笑个不住！

原来那三桩横祸、几次奇惊，不是天意使然，亦非命穷所致，都是众人用了诡计做造出来的。只因思想呆叟，接他不来，知道善劝不如恶劝。他要享林泉之福，所以下乡，偏等他吃些林泉之苦。正要生法摆布他，恰好新到一位县尊，极是怜才下士，殷太史与众人就再三推毂，说："敝县有才之士只得一人，姓某名某，一向避迹入山，不肯出来谒见当事。此兄不但才高，兼有硕行，与治弟们相处，极肯输诚砥砺。自他去后，使我辈鄙吝日增，聪明日减。可惜不在城中，若在城中，老父母得此一人，就可以食怜才下士之报。"

县尊闻之，甚是踊跃，要差人赍了名贴，下乡去物色他。众人道："此兄高尚之心已成了膏盲痼疾，不是弓旌召得来的，须效晋文公取士之法，毕竟要焚山烈泽，才弄得介子推出来。治弟辈正有此意，要借老父母的威灵，且从小处做起，先要如此如此；他出来就罢，若不出来，再夫如此如此；直到第三次上，才好把辣手放出来。先使他受些小屈，然后大伸，这才是个万安之法。"县尊听了，一一依从。所以签他做了柜头，差人前去呼唤。明知不来，要使他蹭蹬起头，先破几分钱钞，省得受用太过，动以贫贱骄人。第二次差人打劫，料他穷到极处必想入城，还怕有几分不稳，所以吩咐打劫之人，丢下几件赃物，预先埋伏了祸根，好等后来发作。谁想他依旧倔强，不肯出来，所以等到如今才下这番辣手。料他到了此时，决难摆脱，少不得随票入城。据众的意思，还要哄到城中，弄几个轻薄少年立在路口，等呆叟经过之时叫他几声"冯妇"，使他惭悔不过，才肯回头。独有殷太师一位不肯。

说："要逼他转来，毕竟得个两全之法，既要遂我们密迩之意，又要成就他高尚之心。趁他未到的时节，先在这半村半郭之间寻下一块基址，替他盖几间茅屋，置几亩腴田，有个安身立命之场，他自然不想再去。我们为朋友之心，方才有个着落，不然，今日这番举动真可谓之虚拘了。"众人听见，都道他虑得极妥。

【眉批】"虚拘"二字，至今方有着落。

县尊知道有此盛举，不肯把"倡义"二字让与别人，预先捐俸若干，送到殷太史处，听他设施。所以这座庄房与买田置产之费共计千金，三股之内，县尊出一股，殷太史出了一股，其余一股乃众人均出。不但宴会宾客之所、安顿妻孥之处替他位置得宜，不落寻常窠臼；连养牛蓄豕之地、鸡栖犬宿之场都造得现现成成，不消费半毫气力。起先那两位异人、三桩诧事，亦非无故而然，都是他们做定的圈套，特地叫人送上门来，使他见了先把大惊变为小惊，然后到相见的时节说了情由，再把小喜变为大喜，连县尊这一拜，也是在他未到之先就商确定了的；要等他一到城外，就使人相闻，好等县尊出来枉顾，以作下交之始。

呆叟在穷愁落寞之中，颠沛流离之际，忽然闻了此说，你道他惊也不惊？喜也不喜？感激众人不感激众人？当夜开怀畅饮，醉舞狂歌，直吃到天明才散。

呆叟把山中的家小与牛羊犬豕之类，一齐搬入新居，同享现成之福。从此以后，不但殷太史乐于闻过，时时往拜昌言，诸大老喜得高朋、刻刻来承麈教；连那位礼贤下士的令尹，凡有疑难不决之事、推敲未定之诗，不是出郭相商，就是走书致讯。呆叟感他国士之遇，亦以国士报之，凡有事关民社、迹系声名者，真所谓知无不言，言无不尽。

殷太史还说声气虽通，终有一城之隔，不便往来；又在他庄房之侧买了一所民居，改为别业。把"闻过楼"的匾额叫人移出城来，钉在别业之中一座书楼之上，求他朝夕相规，不时劝诫。

这一部小说的楼名，俱从本人起见，独此一楼不属顾而属殷，议之者以为旁出，殊不知作者原有深心。当今之世，如顾呆叟之恬澹寡营，与朋友交而能以切磋自效者，虽然不多，一百个之中或者还有一两个。至于处富贵而不骄、闻忠言而善纳、始终为友、不以疏远易其情、贫老变其志者，百千万亿之中正好寻不出这一位！只因作书之旨不在主而在客，所以命名之义不属顾而属殷，要使观者味此，知非言过之难而闻过之难也。觉世稗官之小说大率类此。其能见收于人、不致作覆瓿抹桌之具者，赖有此耳！

【评】

诸公既遂呆叟之高，又使之不迁其迹，诚一时盛举。叙养士之功者，必以太史

为最，县令次之，诸大老又次之；以求田问舍之资，合诸老所出者，仅得三分之一，而两公之力居多也。予谓：此番捐助，不亏太史，不亏县令，独独亏了诸公，为呆叟者不可不知感激。何也？太史善于闻过，县令工于谋野，其取偿于呆叟者，不啻什百，岂止三分之一而已哉！其余诸老，既乏闻过之虚衷，又无谋野之实意，不过于高谈阔论之时，增一酒朋诗客而已。所以出一分失一分，助一股折一股。俗语云"施恩不望报"，惟诸老能之。若太史、县令二公，皆居奇射利之尤者也。然又不得不谓之仗义。可见名实兼收之事，惟礼贤下士一节足以资之，较积德于冥冥之中、俾后世子孙食其报者，尚有迟早赊现之别耳。

·李渔全集·

无声戏

[明]李渔⊙原著

王艳军⊙整理

第一回　丑郎君怕娇偏得艳

诗云：

天公局法乱如麻，十对夫妻九配差。

常使娇莺栖老树，惯教顽石伴奇花。

合欢床上眠仇侣，交颈帏中带软枷。

只有鸳鸯无错配，不须梦里抱琵琶。

这首诗单说世上姻缘一事，错配者多，使人不能无恨，这种恨与别的心事不同，别的心事可以说得出，医得好，惟有这桩心事，叫做哑子愁、终身病，是说不出、医不好的。若是美男子娶了丑妇人，还好到朋友面前去诉诉苦，姊妹人家去遣遣兴，纵然改正不得，也还有个娶妾讨婢的后门。只有美妻嫁了丑夫，才女配了俗子，止有两扇死门，并无半条生路，这才叫做真苦。古来"红颜薄命"四个字已说尽了。只是这四个字，也要解得明白，不是因她有

了红颜，然后才薄命，只为她应该薄命，所以才罚做红颜。但凡生出个红颜妇人来，就是薄命之坏了，哪里还有好丈夫到她嫁，好福分到她享?

当初有个病人，死去三日又活转来，说曾在地狱中看见阎王升殿，鬼判带许多恶人听他审录。他逐个酌其罪之轻重，都罚他变猪变狗、变牛变马去了，只有一个极恶之人，没有什么变得，阎王想了一会，点点头道："罚你做一个绝标致的妇人，嫁一个极丑陋的男子，夫妻都活百岁。将你禁锢终身，才准折得你的罪业。"那恶人只道罪重罚轻，欢欢喜喜地去了。判官问道："他的罪案如山，就变做猪狗牛马，还不足以尽其辜，为何反得这般美报？"阎王道："你哪里晓得，猪狗牛马虽是个畜生，倒落得无知无识，受别人豢养终身，不多几年，便可超生转世。就是临死受刑，也不过是一刀之苦。那妇人有了绝标致的颜色，一定乖巧聪明，心高志大，要想嫁潘安、宋玉一般的男子。及至配了个愚丑丈夫，自然心志不遂，终日忧煎涕泣，度日如年。不消人去磨她，她自己会磨自己了。若是丈夫先死，她还好去改嫁，不叫做禁锢终身。就使她自己短命，也不过像猪狗牛马，拚受一刀一索之苦，依旧可以超生转世，也不叫做禁锢终身。我如今教她偕老百年，一世受别人几世的磨难，这才是惩奸治恶的极刑，你们哪里晓得？"

【眉批】这等看来，如今的恶人都是将来的美女，该预先下聘才是。

看官，照阎王这等说来，红颜果是薄命的根由，薄命定是红颜的结果，那哑子愁自然是消不去，终身病自然是医不好的了？我如今又有个消哑子愁、医终身病的法子，传与世上佳人，大家都要紧记。这个法子不用别的东西，就用"红颜薄命"这一句话做个四字金丹。但凡妇人家生到十二三岁的时节，自己把镜子照一照，若还眼大眉粗，发黄肌黑，这就是第一种恭喜之兆了，将来决有十全的丈夫，不消去占卜。若有二三分姿色，还有七八分的丈夫可求。若有五六分的姿色，就只好三四分的丈夫了。万一姿色到了七分八分、九分十分，又有些聪明才技，就要晓得是个薄命之坯，只管打点去嫁第一等、第一名的愚丑丈夫，时时刻刻以此为念。看见才貌俱全的男子，晓得不是自己的对头，眼睛不消偷觑，心上不消妄想，预先这等磨炼起来。及至嫁到第一等、第一名的愚丑丈夫，只当逢其故主，自然贴意安心，那阎罗王的极刑自然受不着了。若还侥幸嫁着第二三等、第四五名的愚丑丈夫，就是出于望外，不但不怨恨，还要欢喜起来了。人人都用这个法子，自然心安意遂，宜室宜家，哑子愁也不生，终身病也不害，没有死路，只有生门。这"红颜薄命"的一句话岂不是四字金丹？做这回小说的人，就是妇人科的国手了。奉劝世间不曾出阁的闺秀，服药于未病之先，已归金屋的阿娇，收功于暝眩之后，莫待病入膏肓，才悔逢医不早。我如今再把一桩实事演做正文，不像以前的话出于阎王之口，入于判官之耳，死去的病人还魂说鬼，没有见证的。

【眉批】妙。

【眉批】极奇的话，又是极正的话，极道学的话，又是极风流的话。笠翁真异人也。

【眉批】闺门之内有不户祝笠翁者，必非佳人，必非才媛。

明朝嘉靖年间，湖广荆州府有个财主，姓阙字里侯。祖上原以忠厚起家，后来一代富似一代，到他父亲手里，就算荆州第一个富翁。只是一件，但出有才之贝，不出无贝之才。莫说举人进士挣扎郴来，就是一顶秀才头巾，也像平天冠一般，承受不起。里侯自六岁上学，读到十七八岁，刚刚只会记帐，连拜帖也要央人替写。内才不济也罢了，那个相貌，一发丑得可怜，凡世上人的恶状，都合来聚在他一身，半件也不教遗漏。好事的就替他取个别号，叫做"阙不全"。为什么取这三个字？只因他五官四肢，都带些毛病，件件都阙，件件都不全阙，所以叫做"阙不全"。哪几件毛病？

眼不叫做全瞎，微有白花；面不叫做全疤，但多紫印；手不叫做全秃，指甲寥寥；足不叫做全跛，脚跟点点；鼻不全赤，依稀略见酒糟痕；发不全黄，朦胧稍有沉香气；口不全吃，急中言常带双声；背不全驼，颈后肉但高一寸；还有一张歪不全之口，忽动忽静，暗中似有人提；更余两道出不全之眉，或断或连，眼上如经樵采。

【眉批】知八不就为牌中之赢主，便知十不全为人中之富相。

古语道得好："福在丑人边。"他这等一个相貌，享这样的家私，也够得紧了，谁想他的妻子，又是个绝代佳人。父亲在日，聘过邹长史之女。此女系长史婢妾所生，结亲之时，才四五岁，长史只道一个通房之女，许了鼎富之家，做个财主婆也罢了，何必定要想诰命夫人？所以一说便许，不问女婿何如。谁想长大来，竟替爷娘争气不过。她的姿貌虽则风度嫣然，有仙子临凡之致，也还不叫做倾国倾城。独有那种聪明，可称绝世。垂髫的时节，与兄弟同学读书，别人读一行，她读得四五行，先生讲一句，她悟到十来句。等到将次及笄，不便从师的时节，她已青出于蓝，也用先生不着了。写得一笔好字，画得一手好画。只因长史平日以书画擅长，她立在旁边看看，就学会了，写画出来竟与父亲无异，就做了父亲的捉刀人，时常替他代笔。后来长史游宦四方，将她带在任所。及至任满还乡，阙里侯又在丧中，不好婚娶。等到三年服阕，男女都已二十外了。长史当日许亲之时，不料女儿聪明至此，也不料女婿愚丑至此。直到这个时候，方才晓得错配了姻缘，却已受聘在先，悔之不及。邹小姐也只道财主人家儿子，生来定有些福相，决不至于鳅头鼠脑，那"阙不全"的名号，家中个个晓得，单瞒得她一人。

里侯服满之后，央人来催亲，长史不好回得，只得凭他迎娶过门。成亲之夜，拜堂礼毕，齐入洞房。里侯是二十多岁的新郎，见了这样妻子，哪里用得着软款温柔，连合卺杯也等不得吃，竟要扯她上床。只是自己晓得容貌不济，妻子看见定要做作起来，就趁她不曾抬头，一口气先把灯吹灭了，然后走近身去，替她解带宽衣，这也不消细说。只是云收雨散之后，觉得床上有一阵气息，甚是难闻。邹小姐不住把鼻子乱嗅，疑他床上有臭虫，哪里晓得在侯身上。又有三种异香，不消烧沉檀、点安息，自然会从皮里透出来的。哪三种？口气、体气、脚气。

邹小姐闻见的是第二种，俗语叫做狐腥气。那口里的因他自己藏拙，不敢亲嘴，所以不曾闻见，脚上的因做一头睡了，相去有风马牛之隔，所以也不曾闻见。邹小姐把被里闻一闻，又把被外闻一闻，觉得被外还略好些，就晓得是他身上的缘故了，心上早有三分不快。只见过了一会，新郎说起话来，那口中的秽气对着鼻子直喷，竟像吃了生葱大蒜的一般。邹小姐的鼻子是放在香炉上过世的，哪里当得这个熏法？一霎时心翻意倒起来，欲待起来呕唾，又怕新郎知道嫌他，不是做新人的厚道，只得拚命忍住，忍得他睡着了，流水爬到脚头去睡。谁想他的尊足与尊口也差不多。躲了死尸，撞着臭鲞，弄得个进退无门，坐在床上思量道："我这等一个精洁之人，嫁着这等一个污秽之物，分明是苏合遇了蜣螂，这一世怎么腌臜得过？我昨日拜堂的时节，只因怕羞不敢抬头，不曾看见他的面貌，若是面貌可观，就是身上有

些气息，我拚得用些水磨工夫，把他刮洗出来，再做几个香囊与他佩带，或者也还掩饰得过。万一面貌再不济。我这一生一世怎么了？"思量到此，巴不得早些天明，好看他的面孔。谁想天也替他藏拙，黑魆魆的再不肯亮。等得精神倦怠，不觉睡去，忽然醒来，却已日上三竿，照得房中雪亮。里侯正睡到好处，谁想有人在帐里

描他的睡容，邹小姐把他脸上一看，吓得大汗直流，还疑心不曾醒来，在梦中见鬼，睁开眼睛把各处一相，才晓得是真，就放声大哭起来。里侯在梦中惊醒，只说她思想爷娘，就坐起身来，把一只粗而且黑的手臂搭着她腻而且白的香肩，劝她耐烦些，不要哭罢。谁想越劝得慌，她越哭得狠，直等里侯穿了衣服，走出房去，冤家离了眼前方才歇息一会，等得走进房来，依旧从头哭起。从此以后，虽则同床共枕，犹如带锁披枷，憎嫌丈夫的意思，虽不好明说出来，却处处示之以意。

【眉批】号咷痛哭之人，把这回小说与他一看，自然会狂笑起来。

里侯家里另有一所书房，同在一宅之中，却有彼此之别。邹小姐看在眼里，就瞒了里侯，教人雕一尊观音法像，装金完了，请到书房。待满月之后，拣个好日，对里侯道："我当初做女儿的时节，一心要皈依三宝，只因许了你家，不好祝发，我如今替你做了一月夫妻，缘法也不为不尽，如今要求你大舍慈悲，把书房布施与我，改为静室，做个在家出家，我从今日起，就吃了长斋，到书房去独宿，终日看经念佛，打坐参禅，以修来世。你可另娶一房，当家生子。随你做小做大，我都不管，只是不要来搅我的清规。"说完，跪下来拜了四拜，竟到书房去了。

里侯劝她又不听，扯她又不住，等到晚上，只得携了枕席，到书房去就她。谁想她把门窗户扇都封锁了，犹如坐关一般，只留一个丫鬟在关中服侍，里侯四顾徬徨，无门可人，只得转去独宿一宵。到次日，接了丈人丈母进去苦劝，自己跪在门外哀求，怎奈她立定主意，并不回头。过了几时，里侯善劝劝不转，只得用恶劝了。吩咐手下人不许送饭进去，她饿不过自然会钻出来。谁想邹小姐求死不得，情愿做伯夷、叔齐，一连饿了两日，全无求食之心。里侯恐怕弄出人命来，依旧叫人送饭。一日立在门外大骂道："不贤慧的淫妇，你看什么经？念什么佛？修什么来生？无非因我相貌不好，本事不济，不能够遂你的淫心，故此在这边装腔使性。你如今要称意不难，待我卖你去为娼，立在门前，只拣中意的扯进去睡就是了。你说你是个小姐，又生得标致，我是个平民，又生得丑陋，配你不来么？不是我夸嘴说，只怕没有银子，若拚得大主银子，就是公主西施，也娶得来。你办眼睛看我，

我偏要娶个人家大似你的、容貌好似你的回来，生儿育女，当家立业。你那时节不要懊悔。"邹小姐并不回信，只是念佛。

里侯骂完了，就去叫媒婆来吩咐，说要个官宦人家女儿，又要绝顶标致的，竟娶作正，并不做小，只要相得中意，随她要多少财礼，我只管送。就是媒钱也不拘常格，只要遂得意来，一个元宝也情愿谢你。自古道："重赏之下，必有勇夫。"只因他许了元宝谢媒，那些走千家的妇人，不分昼夜去替他寻访，第三日就来回覆道："有个何运判的小姐，年方二八，容貌赛得过西施。因她父亲坏了官职，要凑银子寄到任上去完赃，目下正要打发女儿出门，财礼要三百金，这是你出得起的。只是何夫人要相相女婿，方才肯许，又要与大娘说过，她是不肯做小的。"里侯道："两件都不难。我的相貌其实不扬，她看了未必肯许，待我央个朋友做替身，去把她相就是了，至于做大一事，一发易处。你如今就进关去，对那泼妇讲，说有个绝标致的小姐要来作正，你可容不容？万一吓得她回心，我就娶不成那一个也只当重娶了这一个，一样把媒钱谢你。"那媒婆听了，情愿趁这主现成媒钱，不愿做那桩欺心交易，就拿出苏秦、张仪的舌头来进关去做说客。谁想邹小姐巴不得娶来作正，才断得她的祸根；若是单单做小，目下虽然捉生

替死，只怕久后依旧要起死回生。就在佛前发誓道："我若还想在阙家做大，教我万世不得超升。"媒婆知道说不转，出去回覆里侯，竟到何家作伐。

约了一个日子，只说到某寺烧香，那边相女婿，这边相新人，到那一日，里侯央一个绝标致的朋友做了自己，自己反做了帮闲，跟去偷相，两个预先立在寺里等

候。那小姐随着夫人，却像行云出岫，冉冉而来，走到面前，只见她：

> 眉弯两月，目闪双星。摹拟金莲，说三寸，尚无三寸；批评花貌，算十分，还有十分。拜佛时，屈倒蛮腰，露压海棠娇着地；拈香处，伸开纤指，烟笼玉笋细朝天。立下风，暗嗅肌香，甜净居麝兰之外；据上游，俯观发采，氤氲在云雾之间。诚哉绝世佳人，允矣出尘仙子。里侯看见，不觉摇头摆尾，露出许多欢欣的丑态，自古道："两物相形，好丑愈见。"那朋友原生得齐整，又加这个傀儡立在身边，一发觉得风流俊雅。何夫人与小姐见了，有什么不中意？当晚就允了。

里侯随即送聘过门，选了吉日，一样花灯彩轿，娶进门来。进房之后，何小姐斜着星眸，把新郎觑了几觑，可怜两滴珍珠，不知不觉从秋波里泻下来。里侯知道又来撒了，心上思量道："前边那一个只因我进门时节娇纵了她，所以后来不受约束，古语道：'三朝的新妇，月子的孩儿，不可使她弄惯。'我的夫纲就要从今日整起。"主意定了，就叫丫鬟拿合卺杯来，斟了一杯送过去。何小姐笼着双手，只是不接，里侯道："交杯酒是做亲的大礼，为什么不接？我头一次送东西与你，就是这等装模做样，后来怎么样做人家？还不快接了去。"何小姐心上虽然怨恨，见他的话说得正经，只得伸手接来放在桌上。从来的合卺杯不过沾一沾手，做个意思，后来原是新郎代吃的。里侯只因要整夫纲，见她起先不接，后来听了几句硬话就接了去，知道是可以威制的了，如今就当真要她吃起来。对一个丫鬟道："差你去劝酒，若还剩一滴，打你五十皮鞭。"丫鬟听见，流水走去，把杯递与何小姐。小姐拿便拿了，只是不吃。里侯又叫一个丫鬟去验酒，看干了不曾。丫鬟看了来回覆道："一滴也不曾动。"里侯就怒起来，叫劝酒的过来道："你难道是不怕家主的么，自古道：'拿我碗，服我管'我有银子讨你来，怕管你不下！要你劝一盅酒都不肯依，后来怎么样差你做事。"叫验酒的扯下去重打五十，"打轻一下，要你赔十下。"验酒的怕连累自己，果然一把拖下去，拿了皮鞭，狠命地打。何小姐明晓得他打丫鬟惊自己，肚里思量道："我今日落了人的圈套，料想不能脱身，不如权且做个软弱之人，过了几时，拚得寻个自尽罢了，总是要死的人，何须替他呕气？"见那丫鬟打到苦处，就止住道："不要打，我吃就是了。"里侯见她畏法，也就回过脸来，叫丫鬟换一杯热酒，自己送过去。何小姐一来怕呕气，二来因嫁了匪人，愤恨不过，索性把酒来做对头，接到手，两三口就干了。里侯以为得计，喜之不胜，一杯一杯，只管送去。何小姐量原不高，三杯之后，不觉酩酊。里侯慢橹摇船，来捉醉鱼，这晚成亲，比前番吹灭了灯，暗中摸索的光景，大不相同。何小姐一来酒醉，二来打点一个死字放在胸中，竟把身子当了尸骸，连那三种异香闻来也不十分觉察。受创之后，一觉直睡到天明。

次日起来，梳过了头，就问丫鬟道："我闻得他预先娶过一房，如今为何不见？"丫鬟说："在书房里看经念佛，再不过来的。"何小姐又问："为什么就去看经念佛起来？"丫鬟道："不知什么缘故，做亲一月，就发起这个愿来，家主千言万语，再劝不转。"何小姐就明白了。到晚间睡的时节，故意欢欢喜喜，对里侯道："闻得邹小姐在那边看经，我明日要去看他一看，

你心下何如？"里侯未娶之先，原在他面前说了大话，如今应了口，巴不得把何小姐送去与她看看，好骋自己的威风，就答应道："正该如此。"

却说邹小姐闻得他娶了新人，又替自家欢喜，又替别人担忧，心上思量道："我有鼻子，别人也有鼻子，我有眼睛，别人也有眼睛，只除非与他一样奇丑奇臭的才能够相视莫逆，若是稍有几分颜色略知一毫香臭的人，难道会相安无事不成？"及至临娶之时，预先叫几个丫鬟摆了塘报，"看人物好不好，性子善不善，两下相

投不相投，有话就来报我。"只见娶进门来，头一报说她人物甚是标致，第二报说她与新郎对坐饮酒，全不推辞，第三报说他两个吃得醉醺醺地上床，安稳睡到天明，如今好好在那边梳洗。邹小姐大惊道："好涵养，好德性，女中圣人也，我一天也学她不来。"只见到第三日，有个丫鬟拿了香烛毡单，预先来知会道："新娘要过来拜佛，兼看大娘。"邹小姐就叫备茶伺侯。不上一刻，远远望见里侯携了新人的手，摇摇摆摆而来，把新人送入佛堂，自己立在门前看她拜佛，又一眼相着邹小姐，看她气不气。谁想何小姐对着观音法座，竟像和尚尼姑拜忏的一般，合一次掌，跪下去嗑一个头，一连合三次掌，嗑三个头，全不像妇人家的礼数。里侯看见，先有些诧异了。又只见她拜完了佛，起来对着邹小姐道："这位就是邹师父么？"丫鬟道："正是。"何小姐道："这等，师父请端坐，容弟子稽首。"就扯一把椅子，放在上边，请邹小姐坐了好拜。邹小姐不但不肯坐，连拜也不教她拜。正在那边扯扯曳曳，只见里侯嚷起来道："胡说，她只因没福做家主婆，自己贬人冷宫，原说娶你来作正的，如今只该姊妹相称，哪有拜她的道理？好没志气。"何小姐应道："我今日是徒弟拜师父，不是做小的拜大娘，你不要认错了主意"说完，也像起先拜佛一般，和南了三次，邹小姐也依样回她。拜完了，两个对面坐下，才吃得一杯茶，何小姐就开谈道："师父在上，弟子虽是俗骨凡胎，生来也颇有善愿，只因前世罪重业深，今生堕落奸人之计，如今也学师父猛省回头，情愿拜为弟子，陪你看经念佛，半步也不敢相离。若有人来缠扰弟子，弟子拼这个臭皮囊去结识他，也落得早生早化。"邹小姐道："新娘说差了，我这修行之念，蓄之已久，不是有激而成的，况且我前世与阙家无缘，一进门来就有反目之意，所以退居静室，虚左待贤。闻得新娘与家主相得甚欢，如今正是新婚燕尔的时候，怎么说出这样无情的话来？我如今正喜得了新娘，可保得耳根清净，若是新娘也要如此，将来的静室要变做闹场了，连三宝也不得相安，这个断使不得。"说完，立起身来，竟要送她出去，何小姐哪里肯走。

【眉批】摆塘报不是多事，唯恐他人不安其身，自己不能恬退耳。

里侯立在外边，听见这些说话，气得浑身冰冷。起先还疑她是套话，及至见邹小姐劝她不走，才晓得果是真心，就气冲冲地骂进来道："好淫妇，才走得进门，就被人过了气。为什么要赖在这边？难道我身上是有刺的么？还不快走。"何氏道："你不要做梦，我这等一个如花似玉的人，与你这个魑魅魍魉宿了两夜，也是天样大的人情，海样深的度量，就跳在黄河里洗一千个澡，也去不尽身上的秽气，你也够得紧了，难道还想来玷污我么？"里侯以前虽然受过邹小姐几次言语，却还是绵里藏针、泥中带刺的话，何曾骂得这般出像？况且何小姐进门之后，屡事小心，教举杯就举杯，教吃酒就吃酒，只说是个搓得圆捏得扁的了，到如今忽然发起威来，处女变做脱兔，教里侯怎么忍耐得起！何小姐不曾数说得完，他就预先捏了拳头伺候，索性等她说个尽情，然后动手。到此时，不知不觉何小姐的青丝细发已被他揪在手中，一边骂一边打，把邹小姐吓得战战兢兢。只说这等一个娇皮细肉的人，怎经得铁槌样的拳头打起？只得拚命去扯。谁想骂

便骂得重，打却打得轻，势便做得凶，心还使得善，打了十几个空心拳头，不曾有一两个到她身上，就故意放松了手，好等他脱身，自己一边骂，一边走出去了。

【眉批】好涵养，好德性，这等看来，邹小姐还是女中圣人。

【眉批】人情所必至，妙绝无伦。

何小姐挣脱身子，号啕痛哭。大抵妇人家的本色，要在那张惶急遽的时节方才看得出来。从容暇豫之时，哪一个不会做些娇声，装些媚态？及至检点不到之际，本相就要露出来了。何小姐进门拜佛之时，邹小姐把她从头看到脚底，真是袅娜异

常。头上的云髻大似冰盘，又且黑得可爱，不知她用几子头篦，方才衬贴得来？及至此时被里侯揪散，披将下去，竟与身子一般长，要半根假发也没有。至于哭声，虽然激烈，却没有一毫破笛之声，满面都是啼痕，又洗不去一些粉迹。种种愁容苦态，都是画中的妩媚，诗里的轻盈，无心中露出来的，就是有心也做不出。邹小姐口中不说，心上思量道："我常常对镜自怜，只说也有几分姿色了，如今看了她，真是珠玉在前，令人形秽。这样绝世佳人，尚且落于村夫之手，我们一发是该当的了。"想了一会，就竭力劝住，教她重新梳起头来。两个对面谈心，一见如故。到了晚间，里侯中丫鬟请她不去，只得自己走来负荆，唱喏下跪，叫姐呼娘，桩桩丑态都做尽，何小姐只当不知。后来被他苦缠不过，袖里取出一把剃刀，竟要刎死。里侯怕弄出事来，只得把她交与邹小姐，央泥佛劝土佛。若还掌印官委不来，少不得还请你旧官去复任。

【眉批】 此后一段姿容，非真正情种辨别不来，非真正才人摹写不出。

【眉批】 我见犹怜，何况丑奴。

却说何小姐的容貌，果然比邹小姐高一二成，只是肚里的文才，手中的技艺，却不及邹小姐万分之一。从她看经念佛，原是虚名，学她写字看书，倒是实事。何爱邹之才，邹爱何之貌，两个做了一对没卵夫妻，阙里侯倒睁着眼睛在旁边吃醋。熬了半年，不见一毫生意，心上思量道："看这光景，两个都是养不熟的了，她们都守活寡，难道教我绝嗣不成？少不得还要娶一房，叫做三遭为定。前面那两个原怪她不得，一个才思忒高，一个容貌忒好，我原有些配她不来。如今做过两遭把戏，自己也明白了，以后再讨，只去寻那一字不识、粗粗笨笨的，只要会做人家，会生儿子就罢了，何须弄那上书上画的来磨灭自己？"算计定了，又去叫媒婆吩咐。媒婆道："要有才有貌的便难，若要老实粗笨的何须寻得？我肚里尽有。只是你这等一分大人家，也要有些福相、有些才干才承受得起。如今袁进士家现有两个小要打发出门，一个姓周，一个姓吴。姓周的极有福相、极有才干，姓吴的又有才、又有貌，随你要哪一个就是。"里侯道："我被有才有貌的弄得七死八活，听见这两个字也有些头疼，再不要说起，竟是那姓周的罢了，只是也要过过眼，才好成事。"媒婆道："这等我先去说一声，明日等你来相就是。"两个约定，媒人竟到袁家去了。

却说袁家这两个小，都是袁进士极得意的。周氏的容貌虽不十分艳丽，却也生得端庄，只是性子不好，一些不遂意就要寻死寻活。至于姓吴的那一个，莫说周氏不如她，就是阙家娶过的那两位小姐，有其才者无其貌，有其貌者无其才，只除非两个并做一个，方才敌得她来。袁进士的夫人性子极妒，因丈夫宠爱这两个小，往常呕气不过，如今乘丈夫进京去谒选，要一齐打发出门，以杜将来之祸，听见阙家要相周氏，又有个打抽丰的举人要相吴氏，袁夫人不胜之喜，就约明日一齐来相。里侯因前次央人央坏了事，这番并不假借，竟是自己亲征。次日走到袁家，恰好遇着打抽丰的举人相中了吴氏出来，闻得财礼已交，约到

次日来娶。里侯道："举人拣的日子自然不差，我若相得中，也是明日罢了。"及至走入中堂，坐了一会，媒婆就请周氏出来，从头至脚任凭检验。男相女固然仔细，女相男也不草草。周氏把里侯睃了两眼，不觉变下脸来，气冲冲地走进去了。媒婆问里侯中意不中意，里侯道："才干虽看不出，福相是有些的。只是也还嫌她标致，再减得几分姿色便好。"媒婆道："乡宦人家既相过了，不好不成，劝你将就些娶回去罢。"里侯只得把财礼交进，自己回去，只等明日做亲。

却说周氏往常在家，听得人说有个姓阙的财主，生得奇丑不堪，有"阙不全"的名号。周氏道："我不信一个人身上就有这许多景致。几时从门口经过，教我们

出去看看也好。"这次媒人来说亲，只道有个财主要相，不说姓阙不姓阙，奇丑不奇丑，及至相的时节，周氏见他身上脸上景致不少，就有些疑心起来，又不好问得，只把媒婆一顿臭骂说："阳间怕没有人家，要到阴间去领鬼来相？"媒人道："你不要看错了，他就是荆州城里第一个财主，叫做阙里侯。没有一处不闻名的。"周氏听见，一发颠作起来道："我宁死也不嫁他，好好把财礼退去。袁夫人道："有我做主，莫说这样人家，就是叫化子，也不怕你不去。"周氏不敢与大娘对口，只得忍气吞声进房去了。

天下不均匀的事尽多，周氏在这边有苦难伸，吴氏在那边快活不过。相她的举人年纪不上三十岁，生得标致异常，又是个有名的才子，吴氏平日极喜看他诗稿的，此时见亲事说成，好不得意，只怪他当夜不娶过门，百岁之中少了一宵恩爱，只得和衣睡了一晚。熬到次日，绝早起来梳妆。不想那举人差一个管家押媒婆来退财礼，说昨日来相的时节，只晓得是个乡绅，不曾问是哪一科进士，及至回去细查齿录，才晓得是他父亲的同年，岂有年侄娶年伯母之理？夫人见他说得理正，只得把财礼还他去了。吴氏一天高兴扫得精光，白白梳了一个新妇头，竟没处用得着。

停一会，阙家轿子到了，媒婆去请周氏上轿，只见房门紧闭，再敲不开，媒婆只说她做作，请夫人去发作她。谁想敲也不开，叫也不应，及至撬开门来一看，可怜一个有福相的妇人，变做个没收成的死鬼，高高挂在梁上，不知几时吊杀的。夫人慌了，与媒婆商议道："我若打发她出门，明日老爷回来，不过嗌一场小气，如今逼死人命，将来就有大气嗌了，如何了得？"媒婆道："老爷回来，只说病死的就是，他难道好开棺检尸不成？"夫人道："我家里的人别个都肯隐瞒，只有吴氏那个妖精，哪里闭得她的口住？"媒婆想了一会道："我有个两全之法在此。那边一头，女人要嫁得慌，男子又不肯娶，这边一头，男子要娶，女人又死了没得嫁。依我的主意，不如待我去说一个谎，只说某相公又查过了，不是同年，如今依旧要娶，她自然会钻进轿去，竟把她做了周氏嫁与阙家。阙家聘了丑的倒得了好的，难道肯退来还你不成？就是吴氏到了那边，虽然出轿之时有一番惊吓，也只好肚里咒我几声，难道好跑回来与你说话不成？替你除了一个大害，又省得她后来学嘴，岂不两便？"夫人听见这个妙计，竟要欢喜杀来，就催媒婆去说谎。吴氏是一心要嫁的人，听见这句话，哪里还肯疑心。走出绣房，把夫人拜了几拜，头也不回，竟上轿子去了。

及至抬到阚家，把新郎一看，全然不是昨日相见的。她是个绝顶聪明之人，不消思索，就晓得是媒婆与夫人的诡计了，心上思量道："既来之，则安之，只要想个妙法出来，保全得今夜无事，就可以算计脱身了。"只是低着头，思量主意，再不露一些烦恼之容。里侯昨日相那一个，还嫌她多了几分姿容，怕娶回来呕气，哪晓得又被人调了包？出轿之时，新人反不十分惊慌，倒把新郎吓得魂不附体，心上思量道："我不信妇人家竟是会变的，只过得一夜，又标致了许多，我不知造了什么业障，触犯了天公，只管把这些好妇人来磨灭我。"正在那边怨天恨地，只见吴氏回过朱颜，拆开绛口，从从容容的问道："你家莫非姓阚么？"里侯回她："正是。"吴氏道："请问昨日那个媒人与你有什么冤仇，下这样毒手来摆布你？"里侯道："她不过要我几两媒钱罢了，哪有什么冤仇？替人结亲是好事，也不叫做摆布我。"吴氏道："你家就有天大的祸事到了，还说不是摆布？"里侯大惊道："什么祸事？"吴氏道："你昨日聘的是那一个，可晓得她姓什么？"里侯道："你姓周，我怎么不晓得？"吴氏道："认错了，我姓吴，那一个姓周，如今姓周的被你逼死了，教我来替讨命的。"里侯听见，眼睛吓得直竖，立起身来问道："这是什么缘故？"她吴氏

道:"我与她两个都是袁老爷的爱宠,只因夫人妒忌,乘他出去选官,瞒了家主,要出脱我们,不想昨日你去相她,又有个举人来相我,一齐下了聘,都说明日来娶,我与周氏约定要替老爷守节,只等轿子一到,两个双双寻死。不想周氏的性子太急,等不到第二日,昨夜就吊死了。不知被哪一个走漏了消息,那举人该造化,知道我要寻死,预先叫人来把财礼退了去。及至你家轿子到的时节,夫人教我来替她,我又不肯,只得也去上吊,那媒人来劝道:'你既然要死,死在家里也没用,阙家是个有名的财主,你不如嫁过去死在他家,等老爷回来也好说话,难道两条性命了不得他一分人家?'故此我依她嫁过来,一则替丈夫守节,二则替周氏伸冤,三来替你讨一口值钱的棺木。省得死在他家,盛在几块薄板之中,后来抛尸露骨。"说完,解下束腰的丝绦系在颈上,要自家勒死。

【眉批】不但才貌一个好似一个,即聪明智巧也都愈出愈巧,可称千古奇会。

她不曾讲完的时节,里侯先吓得战战兢兢,手脚都抖散了,再见她弄这个圈套,怎不慌上加慌?就一面扯住,一面高声喊道:"大家都来救命。"吓得那些家人婢仆没脚地赶来,周围立住,扯的扯,劝的劝,使吴氏动不得手。里侯才跪下来道:"吴奶奶,袁夫人,我与你前世无冤,今世无仇,为什么上门来害我?我如今不敢相留,就把原轿送你转去,也不敢退什么财礼,只求你等袁老爷回来,替我说个方便,不要告状,待我送些银子去请罪罢了。"吴氏道:"你就送我转去,夫人也不肯相容,依旧要出脱我,我少不得是一死。自古道:'走三家不如坐一家。'只是死在这里的快活。"里侯弄得没主意,只管嗑头,求她生个法子,放条生路。吴氏故意踌躇一会儿,才答应道:"若要救你,除非用个伏兵缓用之计,方才保得你的身家。"里侯道:"什么计较?"吴氏道:"我老爷选了官,少不得就要回来,也是看得见的日子,你只除非另寻一所房屋,将我藏在里边,待他回来的时节,把我送上门去。我对他细讲,说周氏是大娘逼杀的,不干你事,你只因误听媒人的话,说是老爷的主意,才敢上门来相我,及至我过来说出缘故,就不敢近身,把我养在一处,待他回来送还。他平素是极爱我的,见我这等说,他不但不摆布你,还感激你不尽，一些祸事也没有了。"里侯听见，一连嗑了几个响头，方才爬起来道："这等，不消别寻房屋，我有一所静室，就在家中，又有两个女人，可以做伴，送你过去安身就是。"说完，就叫几个丫鬟："快送吴奶奶到书房里去。"

却说邹、何两位小姐闻得他又娶了新人，少不得也像前番，叫丫鬟来做探子。谁想那些丫鬟听见家主喊人救命，大家都来济困扶危了，哪有工夫去说闲话？两个等得寂然无声，正在那边猜谜，只见许多丫鬟簇拥一个爱得人杀的女子走进关来。先拜了佛，然后与二人行礼，才坐下来，二人就问道："今日是佳期，新娘为何不赴洞房花烛，却到这不祥之地来？"吴氏初进门，还不知这两个是姑娘、是妯娌，听了这句话，打头不应空，就答应道："供僧伽的所在，叫做福地，为什么反说不祥？我此番原是来就死的，今晚叫做忌日，不是什么佳期，二位的话，句句都说左了。"两个见她言语来得激烈，晓得是个中人了。再叙几句寒温，就托故起身，叫丫鬟到旁边细问。丫鬟把起先的故事说了一番，二人道："这等也是个脱身之计，只是比我们两个更做得巧些。"吴氏乘她问丫鬟的时节，也扯一个到背后去问："这两位是家主的什么人？"丫鬟也把二人的来历说了一番。吴氏暗笑道："原来同是过来人，也亏她寻得这块避秦之地。"两边问过了，依旧坐拢来，就不像以前客气，大家把心腹话说做一堆，不但同病相怜，竟要同舟共济。邹小姐与她分韵联诗，得了一个社友，何小姐与她同娇比媚，凑成一对玉人，三人就在佛前结为姊妹。过到后来，一日好似一日。

不多几时，闻得袁进士补了外官，要回来带家小上任。邹、何二位小姐道：

"你如今完璧归赵，只当不曾落地狱，依旧去做天上人了。只是我两个珠沉海底，今生料想不能出头，只好修个来世罢了。"吴氏道："我回去见了袁郎，赞你两人之才貌，诉你两人之冤苦，他读书做官的人，自然要动怜才好色之念，若有机会可图，我定要把你两个一齐弄到天上去，决不教你在此受苦。"二人口虽不好应得，心上也着得如此。

又过几时，里侯访得袁进士到了，就叫一乘轿子，亲自送吴氏上门。只怕袁进士要发作他，不敢先投名帖，待吴氏进去说明，才好相见。吴氏见了袁进士，预先痛哭一场，然后诉苦，说大娘逼她出嫁，她不得不依，亏得阙家知事，许我各宅而居，如今幸得拨云见日。说完，扯住袁进士的衣袖，又悲悲切切哭个不了。只道袁进士回来不见了她，不知如何嗔气，此时见了她，不知如何欢喜。谁想他在京之时，就有家人赶去报信，周氏、吴氏两番举动，他胸中都已了然，此时见吴氏诉说，他只当不闻，见吴氏悲哀，他只管冷笑，等她自哭自住，并不劝她。吴氏只道他因在前厅，怕人看见，不好露出儿女之态，就低了头朝里面走，袁进士道："立住了！不消进去。你是个知书识理之人，岂不闻覆水难收之事。你当初既要守节，为什么不死？却到别人家去守起节来？你如今说与他各宅而居，这句话教我哪里去查帐？你不过因那姓阙的生得丑陋，走错了路头，故此转来寻我。若还嫁与那打抽丰的举人，我便拿银子来赎你，只怕也不肯转来了。"说了这几句，就对家人道："阙家可有人在外边？快叫他来领去。"家人道："姓阙的现在外面，要求见老爷。"袁进士道："请进来。"家人就去请里侯。里侯起先十分忧惧，此时听见一个"请"字，心上才宽了几分，只道吴氏替他说的方便，就大胆走进来与袁进士施礼。袁进士送了坐，不等里侯开口，就先说道："舍下那些不祥之事，学生都知道了。虽是妒妇不是，也因这两个淫妇各怀二心，所以才有媒人出去打合，兄们只道是学生的意思，所以上门来相她。周氏之死，是她自己的命限，与兄无干。至于吴氏之嫁，虽出奸媒的诡计，也是兄前世与她有些夙缘，所以无心凑合，学生如今并不怪兄，兄可速速领回去，以后不可再教她上门来坏学生的体面。"他一面说，里侯一面叫

"青天"，说完，里侯再三推辞，说是"老先生的爱宠，晚生怎敢承受？"袁进士变下脸来道"你既晓得我的爱宠，当初就不该娶她，如今娶回去，过了这几时又送来还我，难道故意要羞辱我么？"里侯慌起来道："晚生怎么敢？就蒙老先生开恩，教晚生领去，怎奈她嫌晚生丑陋，不愿相从，领回去也要嗮气。"袁进士就回过头去对吴氏道："你听我讲，自古道：'红颜薄命。'你这样的女人，自然该配这样的男子，若在我家过世，这句古语就不验了。你如今若好好跟他回去，安心贴意做人家，或者还会生儿育女，讨些下半世的便宜，若还吵吵闹闹，不肯安生，将来也不过像周氏，是个梁上之鬼。莫说死一个，就死十个，也没人替你伸冤"说完，又对里侯道："阙兄请别，学生也不送了。"又着手拱一拱，头也不回，竟走了进去。吴氏还啼啼哭哭，不肯出门，当不得许多家人你推我曳，把她塞进轿子。起先威风凛凛而来，此时兴致索然而去。

【眉批】老袁是个男子。

【眉批】处分得体，此公不愧科名。

到了阙家，头也不抬，竟往书房里走。里侯一把扯住道："如今去不得了，我起先不敢替你成亲，一则被你把人命吓倒，要保身家，二则见你忒标致了些，恐怕嗮气。如今尸主与凶身当面说过，只当批个执照来了，难道还怕什么人命不成？就是容貌不相配些，方才黄甲进士亲口吩咐过了，美妻原该配丑夫，是黄金板上刊定的，没有什么气嗮得。请条直些走来成亲。"吴氏心上的路数往常是极多的，当不得袁进士五六句话把她路数都塞断了，如今并无一事可行，被他做个顺手牵羊，不响不动扯进房里去了。里侯这一晚成亲之乐，又比束缚醉人的光景不同，真是渐入佳境。从此以后，只怕吴氏要脱逃，竟把书房的总门锁了，只留一个转筒递茶饭过去。邹、何两位小姐与吴氏隔断红尘，只好在转筒边谈谈衷曲而已。

【眉批】不是妇人的聪明不如男子，还是平人的势力不如进士。

吴氏的身子虽然被他箝束住了，心上只是不甘，翻来覆云思量道："他娶过三次新人，两个都走脱了，难道只有我是该苦的？她们做清客，教我一个做蛆虫，定

要生个法子去弄她们过来，大家分些臭气，就是三夜轮着一夜，也还有两夜好养鼻子。"算计定了，就对里候道："我如今不但安心贴意，随你终身，还要到书房里去，把那两个负固不服的都替你招安过来，才见我的手段。"里候道："你又来算计脱身了，不指望獐犴鹿兔，只怕连猎狗也不得还乡。我被人骗过几次，如今再不到水边去放鳖了。"吴氏就罚咒道："我若骗你，教我如何如何，你明日把门开了，待我过去劝她，你一面收拾房间伺候，包你一拖便来，只是有句话要吩咐你，你不可不依，卧房只要三个，床铺却要六张。"里候道："要这许多做什么？"吴氏道："我

老实对你说，你身上这几种气息，其实难闻，自古道：'与人方便，自己方便。'等她们过来，大家做定规矩，一个房里一夜，但许同房不许共铺，只到要紧头上那一刻工夫，过来走走，闲空时节只是两床宿歇，这等才是个可久之道。"里候听见，不觉大笑起来道："你肯说出这句话来，就不是个脱身之计了，这等一一依从就是。"次日起来，早早把书房开了，一面收拾房间，一面教吴氏去做说客。

【眉批】只要都像那一刻工夫，便是同床也无碍。

却说邹、何两位小姐见吴氏转来，竟与里候做了服贴夫妻，过上许多时，不见一毫响动，两个虽然没有醋意，觉得有些懊悔起来。不是懊悔别的事，她道我们一个有才，一个有貌，终不及她才貌俱全，一个当两个的，尚且与他过得日子，我们半个头，与他嘔什么气？当初那些举动，其实都是可以做、可以不做的。两个人都先有这种意思，吴氏的说客自然容易做了。这一日走到，你欢我喜，自不待说。讲

了一会闲话，吴氏就对二人道："我今日过来，要讲个分上，你二位不可不听。"二人道："只除了一桩听不得的，其余无不从命。"吴氏道："听不得的听了，才见人情，容易的事，哪个不会做？但凡世上结义的弟兄，都要有福同享，有苦同受，前日既蒙二位不弃，与我结了金石之盟，我如今不幸不能脱身，被他拘在那边受苦。你们都是尝过滋味的，难道不晓得？如今请你们过去，大家分些受受，省得磨死我一个，你们依旧不得安生。"二人道："你当初还说要超度我们上天，如今倒要扯人到地狱里去。亏你说得出口。"吴氏道："我也指望上天，只因有个人说这地狱该是我们坐的，被他点破了，如今也甘心做地狱中人。你们两个也与我一样，是天堂无分地狱有缘的，所以来拉你们去同坐。"就把袁进士劝她"红颜自然薄命，美妻该配丑夫"的话说了一遍，又道："他这些话说得一毫不差，二位若不信，只把我来比就是了。你们不曾嫁过好丈夫的，遇着这样人也还气得过，我前面的男子是何等之才！何等之貌！我若靠他终身，虽不是诰命夫人，也做个乌纱爱妾，尽可无怨了。怎奈大娘要逼我出去，媒人要哄我过来，如今弄到这个地步。这也罢了，那日来相我的人又是何等之才！何等之貌！我若嫁将过去，虽不敢自称佳人，也将就配得才子，自然得意了。谁想他自己做不成亲，反替别人成了好事，到如今误得我进退无门。这等看起来，世间的好丈夫，再没得把与好妇人受用的，只好拿来试你一试，哄你一哄罢了。我和你若是一个两个错嫁了他，也还说是造化偶然之误，如今错到三个上，也不叫做偶然了。他若娶着一个两个好的，还说他没福受用，如今娶着三个都一样，也不叫做没福了。总来是你我前世造了孽障，故此弄这鬼魅变不全的人身到阳间来磨灭你我。如今大家认了晦气，去等他磨灭罢了。"

吴氏起先走到之时，先把她两个人的手一边捏住一只，后来却像与她闲步地一般，一边说一边走，说到差不多的时节，已到了书房门口两边交界之处了，无意之中把她一扯，两个人的身已在总门之外。流水要回身进去，不想总门已被丫鬟锁了，这是吴氏预先做定的圈套。二人大惊道："这怎么使得？就要如此，也待我们商量酌议，想个长策出来，慢慢地回话，怎么捏人在拳头里，硬做起来？"吴氏道：

"不劳你们费心，长策我已想到了，闻香躲臭的家伙，都现现成成摆在那边，还你不即不离，决不像以前只有进气没有出气就是。"二人问什么计策，吴氏又把同房各铺的话说了一遍，二人方才应允。

各人走进房去，果然都是两张床，中间隔着一张桌子。桌上又摆着香炉匙箸。里侯也会奉承，每一个房里买上七八斤速香，凭她们烧过日子，好掩饰自家的秽气。从此以后，把这三个女子当做菩萨一般烧香供养，除那一刻要紧工夫之外，再不敢近身去亵渎她。由邹而何，由何而吴，一个一夜。周而复始，任他自去自来，倒喜得没有醋吃，不上几年，三人各生一子。儿子又

生得古怪，不像爷，只像娘，个个都娇皮细肉。又不消请得先生，都是母亲自教。以前不曾出过科第，后来一般也破天荒进学的进学，中举的中举，出贡的出贡。里侯只因相貌不好，倒落得三位妻子都会保养他，不十分肯来耗其精血，所以直活到八十岁才死。

这岂不是美妻该配丑夫的实据？我愿世上的佳人把这回小说不时摆在案头，一到烦恼之时，就取来翻阅，说我的才虽绝高，不过像邹小姐罢了，貌虽极美，不过像何小姐罢了，就作两样俱全，也不过像吴氏罢了。她们一般也嫁着那样丈夫，一般也过了那些日子，不曾见飞得上天，钻得入地，每夜只消在要紧头上熬那一两刻工夫，况那一两刻又是好熬的。或者度得个好种出来，下半世的便宜就不折了。或者丈夫虽丑，也还丑不到"阙不全"的地步，只要面貌好得一两分，秽气少得一两种，墨水多得一两滴，也就要当做潘安、宋玉一般看承，切不可求全责备。

　　我这服金丹的诀窍都已说完了，药囊也要收拾了，随你们听不听不干我事，只是还有几句话，吩咐那些愚丑丈夫，她们嫁着你固要安心，你们娶着她也要惜福。要晓得世上的佳人，就是才子也没福受用的，我是何等之人，能够与她作配，只除那一刻要紧的工夫，没奈何要少加亵渎，其余的时节，就要当做菩萨一般烧香供养，不可把秽气薰她，不可把恶言犯她，如此相敬，自然会像阙里侯，度得好种出来了。切不可把这回小说做了口实，说这些好妇人是天教我磨灭她的，不怕走到哪里去。要晓得磨灭好妇人的男子，不是你一个，磨灭好妇人的道路，也不是这一条。万一阎王不曾禁锢她终身，不是咒死了你去嫁人，就是弄死了他来害你，这两桩事都是红颜女子做得出的。阙里侯只因累世积德，自己又会供养佳人，所以后来得此美报。不然，只消一个袁进士翻转脸来，也就够他了。我这回小说也只是论姻缘的大概，不是说天下夫妻个个都如此。只要晓得美妻配丑夫倒是理之常，才子配佳人反是理之变。处常的要相安，处变的要谨慎。这一回是处常的了。还有一回处变的，就在下面，另有一般分解。

【评】

　　从来传奇小说，定以佳人配才子。一有嫁错者，即代生怨谤之声，必使改正而后已。使妖冶妇人见之，各怀二心以事其主，搅得世间夫妇不和，教得人家闺门不谨。作传奇小说者，尽该入阿鼻地狱。此书一出，可使天下无反目之夫妻，四海绝窥墙之女子。教化之功不在《周南》、《召南》之下。岂可作稗史观？这回故事救得人活，又笑得人死，作者竟操生杀之权。

第二回　美男子避惑反生疑

诗云：

> 从来廉吏最难为，不似贪官病可医。
>
> 执法法中生弊窦，矢公公里受奸欺。
>
> 怒棋响处民情抑，铁笔摇时生命危。
>
> 莫道狱成无可改，好将山案自推移。

这首诗是劝世上做清官的，也要虚衷舍己，体贴民情，切不可说"我无愧于天，无怍于人，就审错几桩词讼，百姓也怨不得我"这句话，那些有守无才的官府，个个拿来塞责，不知误了多少人的性命。所以怪不得近来的风俗，偏是贪官起身有人脱靴，清官去后没人尸祝。只因贪官的毛病有药可医、清官的过失无人敢谏的缘故。说便是这等说，教那做官的也难，百姓在私下做事，他又没有千里眼、顺风耳，哪里晓得其中的曲直？自古道："无谎不成状。"要告张状词，少不得无中生有、以虚为实才骗得准。官府若照状词

审起来，被告没有一个不输的了。只得要审口供，那口供比状词更不足信。原、被告未审之先，两边都接了讼师，请了干证，就像梨园子弟串戏地一般，做官的做官，做吏的做吏，盘了又盘，驳了又驳，直说得一些破绽也没有，方才来听审，及至官府问的时节，又像秀才在明伦堂上讲书地一般，哪一个不有条有理，就要把官府骗死也不难。寻官府未审之先，也在后堂与幕宾串过一次戏了出来的。此时只看两家造化，造化高的合着后堂的生旦，自然赢了，造化低的合着后堂的净丑，自然输了，这是一定的道理。难道造化高的里面就没有几个侥幸的、造化低的里面就没有几个冤屈的不成？所以做官的人，切不可使百姓撞造化。我如今先说一个至公至明、造化撞不去的做个引子。

崇祯年间，浙江有个知县，忘其姓名，性极聪察，惯会审无头公事。一日在街上经过，有对门两下百姓争嚷。一家是开糖店的，一家是开米店的，只因开米店的取出一个巴斗量米，开糖店的认出是他的巴斗，开米店的又说他冤民做贼，两下争闹起来。见知县抬过，截住轿子齐禀。知县先问卖糖的道：“你怎么讲？”卖糖的道：“这个巴斗是小的家里的，不见了一年。他今日取来量米，小的走去认出来，他不肯还小的，所以禀告老爷。”知县道：“巴斗人家都有，焉知不是他自置的？”卖糖的道：“巴斗虽多，各有记认，这是小的用熟的，难道不认得？”说完，知县又叫卖米的审问，卖米的道：“这巴斗是小的自己办的，放在家中用了几年，今日取出来量米，他无故走来冒认。巴斗事小，小的怎肯认个贼来？求老爷详察。”知县道：“既是你自己置的，可有什么凭据？”卖米的道：“上面现有字号。”知县取上来看，果然有“某店置用”四字。又问他道：“这字是买来就写的，还是用过几时了写的？”卖米的应道：“买来就写的。”知县道：“这桩事叫我也不明白，只得问巴斗了，巴斗，你毕竟是哪家的？”一连问了几声，看的人笑道：“这个老爷是痴的，巴斗哪里会说话？”知县道：“你若再不讲，我就要打了。”果然丢下两根签，叫皂隶重打，皂隶当真行起杖来，一街两巷的人几乎笑倒。打完了，知县对手下人道：“取起来看下面可有什么东西？”皂隶取过巴斗，朝下一看，回覆道：“地下有许多芝麻。"知县笑道："有了干证了。"叫那卖米的过来："你卖米的人家，怎么有芝麻藏在里面？这分明是糖坊里的家伙，你为何徒赖他的？"卖米的还支吾不认，知县道："还有个姓水的干证，我一发叫来审一审。这字若是买来就写的，过了这几年自然洗刷不去，若是后来添上去的，只怕就见不得水面了。"即取一盆水，一把笔帚，叫皂隶一顿洗刷，果然字都不见了。知县对卖米的道："论理该打几板，只是怕结你两下的冤仇，以后要财上分明，切不可如此。"又对卖糖的道："料他不是偷你的，或者对门对户借去用用，因你忘记取讨，他便久假不归，又怕你认得，所以写上几个字。这不过是贪爱小利，与逾墙挖壁的不同，你不可疑他作贼。"说完，两家齐叫青天，嗑头礼拜，送知县起轿去了。那看的人没有一个不张牙吐舌道："这样的人才不枉教他做官。"至今传颂以为奇事。

看官，要晓得这事虽奇，也还是小聪小察，只当与百姓讲个笑话一般，无关大体。做官的人既要聪明，又要持重，凡遇斗殴相争的小事，还可以随意判断，只有人命、奸情二事，一关生死，一关名节，须要静气虚心，详审复谳。就是审得九分九厘九毫是实，只有一毫可疑，也还要留些余地，切不可草草下笔，做个铁案如山，使人无可出入。如今的官府只晓得人命事大，说到审奸情，就像看戏文的一般，

巴不得借他来燥脾胃。不知奸情审屈，常常弄出人命来，一事而成两害，起初哪里知道？如今听在下说一个来，便知其中利害。

【眉批】持重第一要紧。审巴斗的官，事事俱好，只多了审问巴斗一节。

正德初年，四川成都府华阳县有个童生，姓蒋名瑜，原是旧家子弟。父母在日，曾聘过陆氏之女。只因丧亲之后，屡遇荒年，家无生计，弄得衣食不周，陆家颇有悔亲之意，因受聘在先，不好启齿。蒋瑜长陆氏三年，一来因手头乏钞，二来因妻子还小，故此十八岁上，还不曾娶妻过门。

他隔壁有个开缎铺的，叫做赵玉吾。为人天性刻薄，惯要在穷人面前卖弄家私，及至问他借贷，又分毫不肯，更有一桩不好，极喜谈人闺阃之事，坐下地来，不是说张家扒灰，就是说李家偷汉，所以乡党之内，没有一个不恨他的。年纪四十多岁，止生一子，名唤旭郎，相貌甚不济，又不肯长，十五六岁，只像十二三岁的一般，性子痴痴呆呆，不知天晓日夜。

有个姓何的木客，家资甚富。妻生一子，妾生一女，女比赵旭郎大两岁，玉吾因贪他殷实，两下就做了亲家。不多几时，何氏夫妻双双病故。彼此女儿十八岁了，玉吾要娶过门，怎奈儿子尚小，不知人事，欲待不娶，又怕他兄妹年相仿佛，况不是一母生的，同居不便。玉吾是要谈论别人的，只愁弄些话靶出来，把与别人谈论，就央媒人去说，先接过门，待儿子略大一些，即便完亲，何家也就许了。及至接过门来，见媳妇容貌又标致，性子又聪明，玉吾甚是欢喜。只怕嫌他儿子痴呆，把媳妇顶在头上过日，任其所欲，求无不与。哪晓得何氏是个贞淑女子，嫁鸡遂鸡，全没有憎嫌之意。

玉吾家中有两个扇坠，一个是汉玉的，一个是迦楠香的。玉吾用了十余年，不住地吊在扇上，今日用这一个，明日用那一个，其实两件合来值不上十两之数，他在人前聘富，说值五十两银子。一日要买媳妇的欢心，教妻子拿去任她拣个中意的用。何氏拿了，爱不释手，要取这个，又丢不得那个，要取那个，又丢不得这个。玉吾之妻道："既然两个都爱，你一总拿去罢了，公公要用，他自会买。"何氏果然两个都收了去，一般轮流吊在扇上，若有不用的时节，就将两个结在一处，藏在纸匣之中。玉吾的扇坠被媳妇取去，终日捏着一把光光的扇子，邻舍家问道："你那五十两头如今哪里去了？"玉吾道："一向是房下收在那边，被媳妇看见，讨去用

了。"众人都笑了一笑，内中也有疑他扒灰，送与媳妇做表记的。也有知道他儿子不中媳妇之意，借死宝去代活宝的，口中不好说出，只得付之一笑，玉吾自悔失言，也只得罢了。

却说蒋瑜因家贫，不能从师，终日在家苦读，书房隔壁就是何氏的卧房，每夜书声不到四更不住。一日何氏问婆道："隔壁读书的是个秀才，是个童生？"婆答应道："是个老童生，你问他怎的？"何氏道："看他读书这等用心，将来必定有些好处。"她这句话是无心说的，谁想婆竟认为有意。当晚与玉吾商量道："媳妇的卧房与蒋家书

房隔壁，日间的话无论有心无心，到底不是一件好事。不如我和你搬到后面去，教媳妇搬到前面来，使她朝夕不闻书声，就不动怜才之念了。"玉吾道："也说得是。"拣了一日，就把两个房换转来。

不想又有凑巧的事，换不上三日，那蒋瑜又移到何氏隔壁，咿咿唔唔读起书来。这是什么缘故？只因蒋瑜是个至诚君子，一向书房做在后面的，此时闻得何氏在他隔壁做房，瓜李之嫌，不得不避，所以移到前面来。赵家搬房之事，又不曾知会他，他哪里晓得？本意在避嫌，谁想反惹出嫌来？何氏是个聪明的人，明晓得公婆疑她有邪念。此时听见书声愈加没趣，只说蒋瑜有意随着她，又愧又恨。玉吾夫妻正在惊疑之际，又见媳妇面带惭色，一发疑上加疑。玉吾道："看这样光景，难道做出来了不成？"其妻道："虽有形迹，没有凭据，不好说破她，且再留心察访。"

【眉批】此等屈事，世间常有，巧合人情，那得不鼓掌叫绝。

看官，你道蒋瑜、何氏两个搬来搬去弄在一处，无心做出有心的事来，可谓极奇极怪了。谁想还有怪事在后，比这桩事更奇十倍，真令人解说不来。一日蒋瑜在架上取书来读，忽然书面上有一件东西，像个石子一般。取来细看，只见：

> 形如鸡蛋而略扁，润似蜜蜡而不黄。手摸似无痕，眼看始知纹路密；远观疑有玷，近觑才识土斑生。做手堪夸，雕斫浑如生就巧；玉情可爱，温柔却似美人肤。历时何止数千年，阅人不知几百辈。

原来是个旧玉的扇坠。蒋瑜大骇道："我家向无此物，是从哪里来的？我闻得本境五圣极灵，难道是他摄来富我的不成？既然神道会摄东西，为什么不摄些银子与我？这些玩器寒不可衣，饥不可食，要他怎的？"又想一想道："玩器也卖得银子出来，不要管他，将来吊在扇上，有人看见要买，就卖与他，但不知价值几何，遇着识货的人，先央他估一估。"就将线穿好了，吊在扇上，走进走出，再不见有人问起。

这一日合该有事，许多邻舍坐在树下乘凉，蒋瑜偶然经过，邻舍道："蒋大官读书忒煞用心，这样热天，便在这边凉凉了去。"蒋瑜只得坐下，口里与人闲谈，手中倒拿着扇子将玉坠掉来掉去，好启众人的问端，就有个邻舍道："蒋大官，好个玉坠，是哪里来的？"蒋瑜道："是个朋友送的，我如今要卖，不知价值几何？列位替我估一估。"众人接过去一看，大家你看我，我看你，都不则声。蒋瑜道："何如？可有个定价？"众人道："玩器我们不识，不好乱估，改日寻个识货的来替你看。"蒋瑜坐了一会，先回去了。众人中有几个道："这个扇坠明明是赵玉吾的，他说把与媳妇了，为什么到他手里来？莫非小蒋与他媳妇有些勾而搭之，送与他做表记的么？"有几个道："他方才说是人送的，这个穷鬼，哪有人把这样好东西送他？不消说是赵家媳妇嫌丈夫丑陋，爱他标致，两个弄上手，送他的了。还有什么疑得？"有一个尖酸的道："可恨那老王八平日轻嘴薄舌，惯要说人家隐情，我们偏要把这桩事塞他的口。"又有几个老成的道："天下的物件相同的多，知道是不是？明日只说蒋家有个玉坠，央我们估价，我们不识货，教他来估，看他认不认就知道了。若果然是他的，我们就刻薄他几句燥燥脾胃，也不为过。"

算计定了，到第二日，等玉吾走出来，众人招揽他到店中，坐了一会，就把昨日看扇坠估不出价来的话说了一遍，玉吾道："这等，何不待我去看看？"有几个后生的竟要同他去，又有几个老成的朝后生摇摇头道："教他拿来就是了，何须去得？"看官，你道他为什么不教玉吾去？他只怕蒋瑜见了对头，不肯拿出扇坠来，没有凭据，不好取笑他，故此只教一两个去，好骗他的出来，这也是虑得到的去处。谁知蒋瑜心无愧作，见说有人要看，就交与他，自己也跟出来。见玉吾高声问道："老伯，这样东西是你用惯的，自然瞒你不得，你道价值多少？"玉吾把坠子捏了，仔细一看，登时换了形，脸上胀得通红，眼里急得火出。众人的眼睛相在他脸上，他的眼睛相在蒋瑜脸上，蒋瑜的眼睛没处相得，只得笑起来道："老伯，莫非疑我寒儒家里，不该有这件玩器么？老实对你说，是人送与我的。"玉吾听见这两句话，一发火上添油，只说蒋瑜睡了他的媳妇，还当面讥诮他，竟要咆哮起来。仔细想一想道："众人在面前，我若动了声色，就不好开交。这样丑事，扬开来不成体面。"只得收了怒色，换做笑容，朝蒋瑜道："府上是旧家，玩器尽有，何必定要人送？只因舍下也有一个，式样与此相同，心上踌躇，要买去凑成一对，恐足下要索高价，故此察言观色，才敢启口。"蒋瑜道："若是老伯要，但凭见赐就是，怎敢论价？"众人看见玉吾的光景，都晓得了，到背后商量道："他若拚几两银子，依

旧买回去灭了迹，我们把什么塞他的嘴？"就生个计较，走过来道："你两个不好论

价，待我们替你们作中。赵老爹家那一个，与迦楠坠子共是五十两银子买的，除去一半，该二十五两。如今这个待我们拿了，赵老爹去取出那一个来比一比好歹。若是那个好似这个，就要减几两，若是这个好似那个，就要增几两，若是两个一样，就照当初的价钱，再没得说。"玉吾道："那一个是妇人家拿去了，哪里还讨得出来？"众人道："岂有此理，公公问媳妇要，怕她不肯？你只进去讨，只除非不在家里就罢了，若是在家里，自然一讨就拿出来的。"一面说，一面把玉坠取来藏在袖中了。玉吾被众人逼不过，只得假应道："这等且别，待我去讨，肯不肯明日回话。"众人做眼做势的作别，蒋瑜把扇坠放在众人身边，也回去了。

【眉批】 一丝不漏。

却说玉吾怒气冲冲回到家中，对妻子一五一十说了一遍。说完，摩胸拍桌，气个不了。妻子道："物件相同的尽多，或者另是一个，也不可知，待我去讨讨看。"就往媳妇房中，说："公公要讨玉坠做样，好去另买，快拿出来。"何氏把纸匣揭开一看，莫说玉坠，连迦楠香的都不见了。只得把各箱各笼倒翻了寻，还不曾寻得完，玉吾之妻就骂起来道："好淫妇，我一向如何待你？你做出这样丑事来，扇坠送与野老公去了，还故意东寻西寻，何不寻到隔壁人家去。"何氏道："婆婆说差了，媳妇又不曾到隔壁的人去，隔壁人又不曾到我家来，有什么丑事做得？"玉吾之妻道："从来偷情的男子，养汉的妇人，个个是会飞的，不须从门里出入，这墙头上，房梁上，哪一处爬不过人来，丢不过东西去？"何氏道："照这样说来，分明是我与人有什么私情，把扇坠送他去了，这等还我一个凭据。"说完，放声大哭，颠作不了。玉吾之妻道："好泼妇，你的赃证现被众人拿在那边，还要强嘴。"就把蒋瑜拿与众人看、众人拿与玉吾看的说话备细说了一遍，说完，把何氏勒了一顿面光。何氏受气不过，只要寻死。玉吾恐怕邻舍知觉，难于收拾，只得倒叫妻子忍耐，吩咐丫鬟劝住何氏。

【眉批】 竟是至言，但不知此妇如何晓得？

次日走出门去，众人道："扇坠一定讨出来了？"玉吾道："不要说起，房下问媳妇要，她说娘家拿去了，一时讨不来，待慢慢去取。"众人道："她又没有父母，把与哪一个？难道送她令兄不成？"有一个道："他令兄与我相熟的，待我去讨来。"说完，起身要走。玉吾慌忙止住道："这是我家的东西，为何要列位这等着急？"众人道："不是，我们前日看见，明明认的是你家的，为什么在他手里？起先还只说你的度量宽弘，或者明晓得什么缘故把与他的，所以拿来试你。不想你原不晓得，毕竟是个正气的人。如今府上又讨不出那一个，他家又现有这一个，随你什么人，也要疑惑起来了。我们是极有涵养的，尚且替

你耐不住，要查个明白。你平素是最喜批评别人的，为何轮到自己身上，就这等厚道起来？"玉吾起先的肚肠一味要忍耐，恐怕查到实处，要坏体面，坏了体面，媳妇就不好相容，所以只求掩过一时，就可以禁止下次，做个哑妇被奸，朦胧一世也罢了。谁想人住马不住，被众人说到这个地步，难道还好存厚道不成？只得拚着媳妇做事了。就对众人叹一口气道："若论正理，家丑不可外扬，如今既蒙诸公见爱，我也忍不住了，一向疑心我家淫妇与那个畜生有些勾当，只因没有凭据，不好下手。如今有了真赃，怎么还禁得住？只是告起状来，须要几个干证，列位可肯替我出力么？"众人听见，齐声喝采道："这才是个男子。我们有一个不到官的，必非人类。你快去写起状子来，切不可中止。"玉吾别了众人，就寻个讼师，写一张状道：

> 告状人赵玉吾，为奸拐戕命事：兽恶蒋瑜，欺男幼懦，觊媳姿容，买屋结邻，穴墙窥诱。岂媳憎夫貌劣，苟合从奸，明去暗来，匪朝伊夕。忽于本月某夜，席卷衣玩千金，隔墙抛运，计图挈拐。身觉喊邻围救，遭伤几毙。通里某

等参证。窃思受辱被奸，情方切齿，诬财杀命，势更寒心。叩天正法，扶伦斩奸。上告。

【眉批】众人也忒尖酸，将来只怕也有此报。

却说那时节成都有个知府，做官极其清正，有"一钱太守"之名。又兼不任耳目，不受嘱托，百姓有状告在他手里，他再不批属县，一概亲提。审明白了，也不申上司，罪轻的打一顿板子，逐出免供，罪重的立刻毙诸杖下。他生平极重的是纲常伦理之事，他性子极恼的是伤风败俗之人，凡有奸情告在他手里，原告没有一个不赢，被告没有一个不输到底。赵玉吾将状子写完，竟奔府里去告。知府阅了状词，当堂批个"准"字，带入后衙。次日检点隔夜的投文，别的都在，只少了一张告奸情的状子。知府道："必定是衙门人抽去了。"及至升堂，将值日书吏夹了又打，打了又夹，只是不招。只得差人教赵玉吾另补状来。状子补到，即使差人去拿。

却说蒋瑜因扇坠在邻舍身边，日日去讨，见邻舍只将别话支吾，又听见赵家婆媳之间，吵吵闹闹，甚是疑心，及至差人奉票来拘，才知扇坠果是赵家之物。心上思量道："或者是他媳妇在梁上窥我，把扇坠丢下来，做个潘安掷果的意思，我因读书用心，不曾看见也不可知。我如今理直气壮，到官府面前照直说去，官府是吃盐米的，料想不好难为我。"故此也不诉状，竟去听审。

不上几日，差人带去投到，挂出牌来，第一起就是奸拐戕命事。知府坐堂，先叫玉吾上去回道："既是蒋瑜奸你媳妇，为什么儿子不告状，要你做公的出名？莫非你也与媳妇有私，在房里撞着奸夫，故此争锋告状么？"玉吾嗑头道："青天在上，小的是敦伦重礼之人，怎敢做禽兽聚麀之事？只因儿子年幼，媳妇虽娶过门，还不曾并亲，虽有夫妇之名，尚无唱随之实。况且年轻口讷，不会讲话，所以小的自己出名。"知府道："这等，他奸你媳妇有何凭据？什么人指见？从直讲来。"玉吾知道官府明白，不敢驾言，只将媳妇卧房与蒋瑜书房隔壁，因蒋瑜挑逗媳妇，媳妇移房避他，他又跟随引诱，不想终久被他奸淫上手，后来天理不容，露出赃据，

被邻舍拿住的话，从直说去。知府点头道："你这些话倒也像是真情。"又叫干证去审。只见众人的话与玉吾句句相同，没有一毫渗漏，又有玉坠做了奸赃，还有什么疑得？就叫蒋瑜上去道："你为何引诱良家女子，肆意奸淫？又骗了许多财物，要拐她逃走，是何道理？"蒋瑜道："老爷在上，童生自幼丧父，家贫刻苦，励志功名，终日刺股悬梁，尚搏不得一领蓝衫挂体，哪有功夫去钻穴逾墙？只因数日之前，不知什么缘故在书架上捡得玉坠一枚。将来吊在扇上，众人看见，说是赵家之物，所以不察虚实，就告起状来。这玉坠是他的不是他的，童生也不知道，只是与他媳妇并没有一毫奸情。"知府道："你若与她无奸，这玉坠是飞到你家来的不成？不动刑具，你哪里肯招。"叫皂隶："夹起来。"皂隶就把夹棍一丢，将蒋瑜鞋袜解去，一双雪白的嫩腿，放在两块檀木之中，用力一收，蒋瑜喊得一声，晕死去了。皂隶把他头发解开，过了一会，方才苏醒。知府问道："你招不招？"蒋瑜摇头道："并无奸情，叫小的把什么招得？"知府又叫皂隶重敲。敲了一百，蒋瑜熬不过疼，只得喊道："小的愿招。"知府就叫松了。皂隶把夹棍一松，蒋瑜又死去一刻，才醒来道："他媳

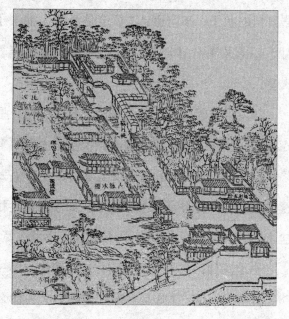

妇有心到小的是真，这玉坠是她丢过来引诱小的的，小的以礼法自守，并不曾敢去奸淫她，老爷不信，只审那妇人就是了。"知府道："叫何氏上来"。

看官，但是官府审奸情，先要看妇人的容貌。若还容貌丑陋，他还半信半疑，若是遇着标致的，就道她有海淫之具，不审而自明了。彼时何氏跪在仪门外，被官府叫将上去，不上三丈路，走了一二刻时辰，一来脚小，二来胆怯，及至走到堂上，双膝跪下好像没有骨头的一般，竟要随风吹倒，那一种软弱之态，先画出一幅

美人图了。知府又叫抬起头来，只见她俊脸一抬，娇羞百出，远山如画，秋波欲流，一张似雪的面孔，映出一点似血的朱唇，红者愈红，白者愈白。知府看了，先笑一笑，又大怒起来道："看你这个模样，就是个淫物了。你今日来听审，尚且脸上搽了粉，嘴上点了胭脂，在本府面前扭扭捏捏，则平日之邪行可知，奸情一定是真了。"看官，你道这是什么缘故？只因知府是个老实人，平日又有些惧内，不曾见过美色，只说天下的妇人毕竟要搽了粉才白，点了胭脂才红，扭捏起来才有风致，不晓得何氏这种姿容态度是天生成的，不但扭捏不来，亦且洗涤不去，他哪里晓得？说完了，又道："你好好把蒋瑜奸你的话从直说来，省得我动刑具。"何氏哭起来道："小妇人与他并没有奸情，教我从哪里说起？"知府叫拶起来，皂隶就吆喝一声，将她纤手扯出，可怜四个笋尖样的指头，套在笔管里面抽将拢来，教她如何熬得？少不得娇啼婉转，有许多可怜的态度做出来。知府道："他方才说，玉坠是你丢去引诱他的，他倒归罪于你，你怎么还替他隐瞒？"何氏对着蒋瑜道："皇天在上，我何曾丢玉坠与你？起先我在后面做房，你在后面读书引诱我，我搬到前面避你，你又跟到前面来。只为你跟来跟去，起了我公婆疑惑之心，所以陷我至此。我不埋怨你就够了，你倒冤屈我起来。"说完，放声大哭。知府肚里思量道："看她两边的话渐渐有些合拢来了。这样一个标致后生，与这样一个娇艳女子，隔着一层单壁，干柴烈火，岂不做出事来？如今只看他原夫生得如何，若是原夫之貌好似蒋瑜，还要费一番推敲，倘若相貌庸劣，自然情弊显然了。"就吩咐道："且把蒋瑜收监，明日带赵玉吾的儿子来，再审一审，就好定案。"

【眉批】好跌宕，好顿挫，野史中第一手也。

【眉批】其实是真情，其实又是冤枉。

只见蒋瑜送入监中，十分狼狈，禁子要钱，脚骨要医，又要送饭调理，囊中没有半文，教他把什么使费？只得央人去问岳丈借贷。陆家一向原有悔亲之心，如今又见他弄出事来，一发是眼中之钉、鼻头之醋了，哪里还有银子借他？就回覆道："要借贷是没有，他若肯退亲，我情愿将财礼送还。"蒋瑜此时性命要紧，哪里顾得

体面？只得写了退婚文书，央人送去，方才换得些银子救命。

且说知府因接上司，一连忙了数日，不曾审得这起奸情，及至公务已完，才叫原差带到，各犯都不叫，先叫赵旭郎上来。旭郎走到丹墀，知府把他仔细一看，是怎生一个模样？有《西江月》为证：

面似退光黑漆，发如鬓累金丝。鼻中有涕眼多脂，满脸密麻兼痣。

劣相般般俱全，谁知更有微疵：瞳人内有好花枝，睁着把官斜视。

知府看了这副嘴脸，心上已自了然。再问他几句话，一字也答应不来，又知道是个憨物，就道："不消说了，叫蒋瑜上来。"蒋瑜走到，膝头不曾着地，知府道："你如今招不招？"蒋瑜仍旧照前说去，只不改口。知府道："再夹起来。"看官，你道夹棍是件什么东西，可以受两次的？熬得头一次不招，也就是个铁汉子了，临到第二番，莫说笞杖徒流的活罪，宁可认了不来换这个苦吃，就是砍头刖足、凌迟碎剐的极形，也只得权且认了，捱过一时，这叫做"在生一日，胜死千年"。为民上的要晓得，犯人口里的话无心中试出来的才是真情，夹棍上逼出来的总非实据。从古来这两块无情之木不知屈死了多少良民，做官

的人少用它一次，积一次阴功，多用它一番，损一番阴德，不是什么家常日用的家伙离他不得的。蒋瑜的脚骨前次夹扁了，此时还不曾复原，怎么再吃得这个苦起？就喊道："老爷不消夹，小的招就是了。何氏与小的通奸是实，这玉坠是她送的表记，小的家贫留不住，拿出去卖，被人认出来的。所招是实。"知府就丢下签来，打了二十。叫赵玉吾上去问道："奸情审得是真了，那何氏你还要她做媳妇么？"赵

玉吾道："小的是有体面的人，怎好留失节之妇？情愿教儿子离婚。"知府一面教画供，一面提起笔来判道：

> 审得蒋瑜、赵玉吾比邻而居，赵玉吾之媳何氏，长夫数年，虽赋桃夭，未经合卺。蒋瑜书室，与何氏卧榻止隔一墙，怨旷相挑，遂成苟合。何氏以玉坠为赠，蒋瑜贫而售之。为众所获，交相播传。赵玉吾耻蒙墙茨之声，遂有是控。据瑜口供，事事皆实。盗淫处女，拟辟何辞？因属和奸，姑从轻拟。何氏受玷之身，难与良人相匹，应遣大归。赵玉吾家范不严，薄杖示儆。

众人画供之后，各各讨保还家。

【眉批】 不可作小说观，克该当佛经念。

却说玉吾虽然赢了官司，心上到底气愤不过，听说蒋瑜之妻陆氏已经退婚，另行择配，心上想道："他奸我的媳妇，我如今偏要娶他的妻子，一来气死他，二来好在邻舍面前说嘴。"虽然听见陆家女儿容貌不济，只因被那标致媳妇弄怕了，情愿娶个丑妇做良家之宝，就连夜央人说亲。陆家贪他豪富，欣然许了。玉吾要气蒋瑜，分外张其声势，一边大吹大擂，娶亲进门，一边做戏排筵，酬谢邻里，欣欣烘烘，好不热闹。蒋瑜自从夹打回来，怨深刻骨，又听见妻子嫁了仇人，一发咬牙切齿。隔壁打鼓，他在那边捶胸，隔壁吹箫，他在那边叹气，欲待撞死，又因大冤未雪，死了也不瞑目，只得贪生忍耻，过了一月有余。

却说知府审了这桩怪事之后，不想衙里也弄出一桩怪事来。只因他上任之初，公子病故，媳妇一向寡居，甚有节操。知府有时与夫人同寝，有时在书房独宿。忽然一日，知府出门拜客，夫人到他书房闲玩，只见他床头边、帐子外有一件东西，塞在壁缝之中。取下来看，却是一只绣鞋。夫人仔细识认，竟像媳妇穿的一般，就藏在袖中。走到媳妇房里，将床底下的鞋子数一数，恰好有一只单头的。把袖中那一只取出来一比，果然是一双。夫人平日原有醋癖，此时哪里忍得住？少不得"千淫妇、万娼妇"将媳妇骂起来。媳妇于心无愧，怎肯受这样郁气？就你一句，我一句，斗个不了。

正斗在热闹头上，知府拜客回来，听见婆媳相争，走来劝解，夫人把他一顿"老扒灰、老无耻"骂得口也不开。走到书房，问手下人道："为什么缘故？"手下人将床头边寻出东西，拿去合着油瓶盖的说话细细说上，知府气得目定口呆，不知哪里说起？正要走去与夫人分辨，忽然丫鬟来报道："大娘子吊死了。"知府急得手脚冰冷，去埋怨夫人，说她屈死人命。夫人不由分说，一把揪住，将面上胡须捋去一半。自古道："蛮妻拗子，无法可治。"知府怕坏官箴，只得忍气吞声，把媳妇殡殓了。一来肚中气闷不过，无心做官，二来面上少了胡须，出堂不便，只得往上司告假一月，在书房静养。终日思量道："我做官的人，替百姓审明了多少无头公事，偏是我自家的事再审不明。为什么媳妇房里的鞋子会到我房里来？为什么我房里的鞋子又会到壁缝里去？"翻来覆去，想了一月，忽然大叫起来道："是了，是了。"就唤丫鬟一面请夫人来，一面叫家人伺候。及至夫人请到，知府问前日的鞋子在哪里寻出来的？夫人指了壁洞道："在这个所在。你藏也藏得好，我寻也寻得巧。"知府对家人道："你替我依这个壁洞拆将进去。"家人拿了一把薄刀，将砖头撬去一块，

回覆道："里面是精空的。"知府道："正在空处可疑，替我再拆。"家人又拆去几块砖，只见有许多老鼠跳将出来。知府道："是了，看里面有什么东西？"只见家人伸手进去，一连扯出许多物件来，布帛菽粟，无所不有。里面还有一张绵纸，展开一看，原来是前日查检不到、疑衙门人抽去的那张奸情状子。知府长叹一声道："这样冤屈的事，教人哪里去伸。"夫人也豁然大悟道："这等看来，前日那只鞋子

也是老鼠衔来的，只因前半只尖，后半只秃，它要扯进洞去，扯到半中间，高底碍住扯不进，所以留在洞口了。可惜屈死了媳妇一条性命。"说完，捶胸顿足，悔个不了。

知府睡到半夜，又忽然想起那桩奸情事来，踌躇道："官府衙里有老鼠，百姓家里也有老鼠，焉知前日那个玉坠不与媳妇的鞋子一般，也是老鼠衔去了？"思量到此，等不得天明，就教人发梆，一边发了三梆，天也明了。走出堂去，叫前日的原差将赵玉吾、蒋瑜一干人犯带来复审。蒋瑜知道，又不知哪头祸发，冷灰里爆出炒豆来，只得走来伺候。知府叫蒋瑜、赵玉吾上去，都一样问道："你们家里都养猫么？"两个都应道："不养。"知府又问道："你们家里的老鼠多么？"两个都应道："极多。"知府就吩咐一个差人，押了蒋瑜回去，"凡有鼠洞，可拆进去，里面有什么东西，都取来见我。"差人即将蒋瑜押去。不多时，取了一粪箕的零碎物件来。知府教他两人细认，不是蒋家的，就是赵家的，内中有一个迦楠香的扇坠，咬去小半，还剩一大半。赵玉吾道："这个香坠就是与那个玉坠一齐交与媳妇的。"知府道："是了，想是两个结在一处，老鼠拖到洞口。咬断了线掉下来的。"对蒋瑜道："这都是本府不明，教你屈受了许多刑罚。又累何氏冒了不洁之名，惭愧惭愧。"就差人去唤何氏来，当堂吩咐赵玉吾道："她并不曾失节，你原领回去做媳妇。"赵玉吾嗑头道："小的儿子已另娶了亲事，不能两全，情愿听她别嫁。"知府道："你娶什么人家女儿？这等成亲得快。"蒋瑜哭诉道："老爷不问及此，童生也不敢伸冤，如今只得哀告了，他娶的媳妇就是童生的妻子。"知府问什么缘故，蒋瑜把陆家爱富嫌贫、赵玉吾恃强夺娶的话一一诉上。知府大怒道："他倒不曾奸你媳妇，你的儿子倒奸了他的发妻，这等可恶。"就丢下签来，将赵玉吾重打四十，还要问他重罪。玉吾道："陆氏虽娶过门，还不曾与儿子并亲，送出来还他就是。"知府就差人立取陆氏到官，要思量断还蒋瑜。不想陆氏拘到，知府教她抬头一看，只见发黄脸黑、脚大身矬。与赵玉吾的儿子却好是天生一对，地产一双。知府就对蒋瑜指着陆氏道："你看她这个模样，岂是你的好逑？"又指着何氏道："你看她这

种姿容，岂是赵旭郎的伉俪？这等看来，分明是造物怜你们错配姻缘，特地着老鼠做个氤氲使者，替你们改正过来的。本府就做了媒了，把何氏配你。"唤库吏取一百两银子，赐与何氏备妆奁，一面取花红，唤吹手，就教两人在丹墀下拜堂，迎了回去。后来蒋瑜、何氏夫妻恩爱异常。不多时宗师科考，知府就将蒋瑜荐为案首，以儒士应试，乡会联捷。后来由知县也升到四品黄堂，何氏受了五花封诰，俱享年七十而终。

却说知府自从审屈了这桩词讼，反躬罪己，申文上司，自求罚俸。后来审事，再不敢轻用夹棍。起先做官，百姓不怕他不清，只怕他太执，后来一味虚衷，凡事以前车为戒，百姓家家户祝，以为召父再生，后来直做到侍郎才住。只因他生性极直，不会藏匿隐情，常对人说及此事，人都道："不信川老鼠这等利害，媳妇的鞋子都会拖到公公房里来。"后来就传为口号，至今叫四川人为川老鼠。又说传道："四川人娶媳妇，公公先要扒灰，如老鼠打洞一般。"尤为可笑。四川也是道德之乡，何尝有此恶俗？我这回小说，一来劝做官的，非人命强盗，不可轻动夹足之刑，常把这桩奸情做个殷鉴，二来教人不可像赵玉吾轻嘴薄舌，谈人闺阃之事，后来终有报应，三来又为四川人暴白老鼠之名，一举而三善备焉，莫道野史无益于世。

【评】

老鼠毕竟是个恶物，既要成就他夫妻，为甚么不待知府未审之先去拖他媳妇的鞋子，直到蒋瑜受尽刑罚才替他白冤？虽有焦头烂额之功，难免直突留薪之罪。怪不得蒋瑜夫妻恨他，成亲之后，夜夜要打他几次。

第三回　改八字苦尽甘来

诗云：

> 从来不解天公性，既赋形骸焉用命。
>
> 八字何曾出母胎，铜碑铁板先刊定。
>
> 桑田沧海易更翻，贵贱荣枯难改正。
>
> 多少英雄哭阮途，叫呼不转天心硬。

这首诗单说个命字，凡人贵贱穷通，荣枯寿夭，总定在八字里面，这八个字，是将生未生的时节，天公老子御笔亲涂的，莫说改移不得，就要添一点、减一画也不能够，所以叫做"死生由命，富贵在天"。

当初有个老者，一生精于命理，止有一子，未曾得孙，后来媳妇有孕，到临盆之际，老者拿了一本命书，坐在媳妇卧房门外伺候。媳妇在房中腹痛甚紧，收生婆子道："只在这一刻了。"老者将时辰与年月日干一合，叫道："这个时辰犯了关煞，是养不大的。媳妇做你不着，再熬一刻，到下面一个时辰就是长福长寿的了。"媳妇听见，慌忙把脚牮住，狠命一熬，谁想孩子的头已出了产门，被产母闭断生气，死在腹中，及至熬到长福长寿的时辰，生将下来，他又到别人家托生去了，依旧合着养不大的关煞。这等看来，人的八字果然是天公老子御笔亲涂，断断改不得的了。

如今却又有个改得的。起先被八字限住，真是再穷穷不去，后来把八字改了，不觉一发发将来。这叫做理之所无，事之所有的奇话，说来新一新看官的耳目。

成化年间，福建汀州府理刑厅有个皂隶，姓蒋名成，原是旧家子弟。乃祖在

日，田连阡陌，家满仓箱，居然是个大富长者。到父手手里，虽然比前消乏，也还是个瘦瘦骆驼。及至父亲死，蒋成才得三岁，两兄好嫖好赌，不上十年，家资荡尽。等得蒋成长大，已无立锥之地了。一日蒋成对二兄道："偌大家私都送在你们手里，我不曾吃父亲一碗饭，穿母亲一件衣，如今费去的追不转了，还有什么卖不去的东西，也该把件与我，做父母的手泽。"二兄道："你若怕折便宜，为什么不早些出世？被我们风花雪月去了，却

来在死人臀眼里挖屁。如今房产已尽，只有刑厅一个皂隶顶首，一向租与人当的，将来拨与你，凭你自当也得，租与人当也得。"蒋成思量道："我闻得衙门里钱来得泼绰，不如自己去当，若挣得来，也好娶房家小，买间住房，省得在兄嫂喉咙下取气。又闻得人说，衙门里面好修行。若遇着好行方便处，念几声不开口的阿弥，舍几文不出手的布施，半积阴功半养身，何等不妙？"竟往衙门讨出顶首，办酒请了皂头，拣个好日，立在班篷底下伺候。

【眉批】只此一念，便可成佛作祖，岂特取富贵而已哉。

刑厅坐堂审事，头一根签就抽着蒋成行杖。蒋成是个慈心的人，哪里下得这双毒手？勉强拿了竹板，忍着肚肠打下去，就如打在自己身上一般。犯人叫"啊哟"，他自己也叫起"啊哟"来，打到五板，眼泪直流，心上还说太重了，恐伤阴德。谁知刑厅大怒，说他预先得了杖钱，打这样学堂板子。丢下签来，犯人只打得五板，他倒打了十下倒棒。自此以后，轮着他行杖，虽不敢太轻，也不敢太重，只打肉，

不打筋，只打臀尖，不打膝窟，人都叫他做恤刑皂隶。

过了几时，又该轮着他听差。别人都往房科买票，蒋成一来乏本，二来安分，只是听其自然。谁想不费本钱的差，不但无利，又且有害，不但赔钱，又且赔棒。当了一年差，低钱不曾留得半个，屈棒倒打了上千，要仍旧租与人当。人见他尝着苦味，不识甜头，反要拿捏他起来。不是要减租钱，就是要贴使费，没奈何，只得自己苦捱。那同行里面，也有笑他的，也有劝他的。笑他的道："不是撑船手，休来弄竹篙，衙门里钱这等好趁？要进衙门，先要吃一服洗心汤，把良心洗去，还要烧一分告天纸，把天理告辞，然后吃得这碗饭。你动不动要行方便，这'方便'二字是茅坑的别名，别人泻干净，自家受腌臜，你若有做茅坑的度量，只管去行方便，不然，这两个字，请收拾起。"蒋成听了，只不回言。那劝他的道："小钱不去，大钱不来，你也挤些资本，买张票子出去走走，自然有些兴头。终日捏着空拳等差，有什么好差到你？"蒋成道："我也知道，只是去钱买的差使，既要偿本，又要求利，拿住犯人，自然狠命的需索了。若是诈得出的还好，万一诈不出的，或者逼出人命，或者告到上司，明中问了军徒，暗中损了阴德，岂不懊悔？"劝者道："你一发迁了，衙门里人将本求利，若要十倍、二十倍方才弄出事来，你若肯平心只讨一两倍，就是半送半卖的生意了，犯人还尸祝你不了，有什么意外的事出来？"蒋成道："也说得是，只是刑厅比不得府县衙门，没有贱票，动不动是十两半斤，我如今口食难度，哪有这项本钱？"劝者又道："何不约几个朋友，做个小会，有一半付与房科，他也就肯发票，其余待差钱到手，找帐未迟。"蒋成听了这些话，如醉初醒，如梦初觉，次日就办酒请会，会钱到手，就去打听买票。

【眉批】婆心佛口。

闻得按院批下一起着水人命，被犯是林监生，汀州富户，数他第一，平日又是个撒漫使钱的主儿，故此谋票者极多。蒋成道："先下手为强。"即去请了承行，先交十两，写了一半欠票。次日签押出来，领了拘牌，寻了副手同去。不料林监生预知事发，他有个相知在浙江做官，先往浙江求书去了。本人不在，是他父亲出来相

见。父亲须鬓皓然，是吃过乡饮的耆老。儿子虽然慷慨，自己甚是悭吝，封了二两折数，要求蒋成回官。蒋成见他是个德行老者，不好变脸需索，况且票上无名，又不好带他见官。只得延捱几日，等他慷慨的儿子回来，这主肥钱仍在，不怕谁人抢了去。哪里晓得刑厅是个有欲的人，一向晓得林监生巨富，见了这张状子，拿来当做一所田庄，怎肯忽略过去？次日坐堂，就问："林监生可曾拿到？"蒋成回言："未奉之先，往浙江去了，求老爷宽限，回日带审。"刑厅大怒，说他得钱卖放，选头号竹板，打了四十，仍限三日一比。蒋成到神前许愿，不敢再想肥钱，只求早卸干系。怎奈林监生只是不到，比到第三次，蒋成臀肉腐烂，经不得再打，只得嗑头哀告道："小的命运不好，省力的事差到小的就费力了。求老爷差个命好的去拿，或者林监生就到也不可知。"刑厅当堂就改了值日皂隶。起先蒋成的话，一来是怨

恨之辞，二来是脱肩之计，不想倒做了金口玉言，果然头日改差，第二日林监生就到。承票的不费一厘本钱，不受一些惊吓，趁子大块银子，数日之间，完了宪件。蒋成去了重本，摸得二两八折低银，不够买棒疮膏药，还欠下一身债负，自后再不敢买票。钻刺也吃亏，守分也吃亏，要钱也没有，不要钱也没有，在衙门立了二十余年，看见多少人白手成家，自己只是衣不遮身，食不充口，衙门内外就起他一个混

名，叫做"蒋晦气"。吏书门子清晨撞着他，定要叫几声大吉利市。久而久之，连官府也知道他这个混名。

起先的刑厅，不过初一十五不许他上堂，平常日子也还随班值役。末后换了一

个青年进士，是扬州人，极喜穿着，凡是各役中衣帽齐整、模样干净的就看顾他，见了那褴褛龌龊的，不是骂，就是打。古语有云：

> 楚王好细腰，宫中皆饿死。

只因刑厅所好在此，一时衙门大小，都穿绸着绢起来，头上簪了茉莉花，袖中烧了安息香，到官面前乞怜邀宠。蒋成手内无钱，要请客也请客不来。新官到任两月，不曾差他一次。有时见了，也不叫名字，只唤他"教化奴才"。蒋成弄得阒天蹐地，好不可怜。

忽一日刑厅发了二梆，各役都来伺候，见官不曾出堂，大家席地坐了讲闲话。蒋成自知不合时宜，独自一人坐在围屏背后，众人中有一个道："如今新到个算命的，叫做华阳山人，算得极准，说一句验一句。"又一个道："果然，我前日去算，他说我驿马星明日进宫，第二日果然差往省城送礼。"又一个道："他前日说我恩星次日到命，果然第二日赏了一张好牌。"众人道："这等，我们明日都去试一试。"那算过的道："他门前挨挤不开，要等半日才轮得着。"蒋成听见，思量道："这等是个活神仙了，我蒋成偃蹇半世，将来不知可有个脱运的日子？本待也去算算，只是跟官的人，哪有半日工夫去等？"踌躇未了，刑厅三梆出堂。只见养济院有个孤老喊状，说妻子被同伴打坏，命在须臾，求老爷急救。刑厅初意原是不肯准的，只因看见蒋成立在阶下，便笑起来道："唤那教化奴才上来，我一向不曾差你，谁知有你这个教化差人，又有一对教化的原被告，也是千载奇逢，就差你去拿。"标一根签丢下来。

蒋成拾了，竟往养济院去。从一个命馆门前经过。招牌上写一行字道：

> 华阳山人谈命，一字不着，不受命金。

蒋成道："这就是他们说的活神仙了。"掀帘一看，一个算命的也没有，心上思付道："难得他今日清闲，不如偷空进去算算，省得明日来遇着朋友，算得不好，被他耻笑。"走进去，把年月日时说了一遍。山人展开命纸，填了八字五星，仔细一看，忽然哼了一声，将命纸丢下地去，道："这样命算他怎的？"蒋成道："好不

好也要算算，难道不好的命就是没有命钱的么？"山人道："这样八字，我也不忍要你命钱。"蒋成道："什么缘故？"山人道："凡人命不好看运，运不好看星。你这命局已是极不好的了。从一岁看起，看到一百岁，要一日好运、一点好星也没有。你休怪我说，这样八字，莫说求名求利，就去募缘抄化，人见了你也要关门闭户的。"蒋成被这几句话说伤了心，不觉掉下泪来道："先生，你说的话虽然太直，却也一字不差。我自从出娘肚皮，苦到如今，不曾舒眉一日，终日痴心妄想，要等个苦尽甘来。据老先生这等说，我后面没有好处了。这样日子过他怎的？不如早些死了的干净。"起先还是含泪，说到此处，不觉痛哭起来。山人劝他住又不住，教他去又不去，被他弄得没奈何，只得生个法子哄他出门。对他道："你若要过好日

子，只除非把八字改一改，就有好处了。"蒋成道："先生又来取笑，八字是生成的，怎么改得？"山人道："不妨，我会改。"重新取一张命纸，将蒋成原八字只颠倒一颠倒，另排上五星运限，后面批上几句好话，折做几折，塞在蒋成袖中道："以后人问你八字，只照这命纸上讲，还你自有好处。"

【眉批】刑厅自是趣人。

蒋成知道是浑话，正要从头哭起，忽然有个皂头拿一根火签走进来道："老爷拿你。"蒋成问什么事发，原来是养济院那个孤老等他不去拿人，又来禀官，故此刑厅差皂头来捉违限。蒋成吃了一惊，随他走进衙去。只见刑厅怒冲冲坐在堂上，见他一到，不容分说，把签连筒推下叫打。蒋成要辩，被行杖的一把拖下，袖中掉

出一张纸来。刑厅道："什么东西？取来我看。"门子拾将上去，刑厅展开，原来是张命纸，从头看了一遍，大惊道："叫他上来，你这张命纸从哪里来的？是何人的八字？蒋成道："就是小人的狗命。"刑厅大笑道："看我这个教化奴才不出，倒与我老爷同年同月同日同时。"当下饶了打，退堂进去。到私衙见了夫人，不住地笑道："我一向信命，今日才晓得命是没有凭据的。"夫人问："怎见得？"刑厅道："我方才打一个皂隶，他袖中掉下一张命纸，与我的八字一般一样，我做官，他做皂隶，也就有天渊之隔了。况且又是皂隶之中第一个落魄的，你道从哪里差到哪里？这等看来，命有什么凭据？"夫人道："这毕竟是刻数不同了。虽然如此，他既与你同时降生，前世定有些缘法，也该同病相怜，把只眼睛看看他才是。"刑厅道："我也有这个意思。"

【眉批】小说不怕不奇，只怕奇得没趣，笠翁小说，可谓趣薮。

次日坐川堂，把蒋成叫进来，问他身上为何这等褴褛，蒋成哭诉从前之苦，刑厅不胜怜惜，吩咐衙内取出十两银子，教他买几件衣帽换了来听差。蒋成嗑头谢了出去，暗中笑个不了。随往典铺买了几件时兴衣服，又结了一顶瓦楞帽子，到浴堂洗一个澡，从头至脚脱旧换新走出来，恰好遇着个磨镜的，挑了一担新磨的镜子。蒋成随着他一面走，一面照，竟不是以前的穷相，心上暗想道："难道八字改了，相貌也改了不成？"走进衙门，合堂恭贺，又替他上个徽名，叫做"官同年"。那些穿绸着绢的，羡慕他这几件衣服，都叫做"御赐宫袍"。安息香也送他薰，茉莉花也送他戴，蒋成一时清客起来，弄得那六宫粉黛无颜色。自此以后，刑厅教他贴堂服事，时刻不离，有好票就赏他，有疑事就问他，竟做了心腹耳目。蒋成也不敢欺公作弊，地方的事，知无不言，言无不尽，倒扶持刑厅做了一任好官。古语道不差，官久自富，蒋成在刑厅手里不曾做一件坏法的事，不曾得一文昧心的钱，不上三年，也做了数千金家事，娶了妻，生了子，买了住房，只不敢奢华炫耀。

【眉批】奇想。

忽一日想起，我当初若不是那个算命先生，哪有这般日子？为人不可忘本。办

了几色礼，亲自上门去拜谢。华阳山人见了，不知是哪一门亲戚，问他姓名，蒋成道："不肖是刑厅皂隶，姓蒋名成，向年为命运羸骉，来求先生推算，先生见贱造不好，替我另改一个八字，自改之后，忽然亨通，如今做了个小小人家，都是先生所赐，故此不敢忘恩，特来拜谢。"山人想了半日，才记起来道："那是我见你啼哭不过，假设此法，安慰你的，哪有当真改得的道理？"蒋成道："彼时我也知道是笑话，不想后来如此如此。"把刑厅见了命纸，回嗔作喜，自己因祸得福的话说了一遍。山人道："世间哪有这等事？只怕还是你自己的命好，我当初看错了也不可知，你说来待我再算一算？"蒋成将原先八字说去，山人仔细看了一遍道："原不差，这样八字，莫说成家，饭也没得吃的。你再把改的八字说来看。"蒋成因那命纸是起家之本，时刻带在身边，怎敢丢弃？

就在夹袋中取出来，与山人一看，山人大笑道："确然是这个八字上发来的，若照这个命，你不但发财，后来还有官做。"蒋成大笑道："先生又来取笑。我这个人家已是欺天枉人骗来的，还怕天公查将出来依旧要追了去，还想做什么官？"山人道："既然前面验了，后面岂有不验之理？待我替你再判几句，留为日后之验。"提起笔来，又续上一个批语，蒋成袖了，作别而去。

不上月余刑厅任满，钦取进京。临行对蒋成道："我见你一向小心守法，不忍丢你，要带你进京，你可愿去？"蒋成道："小的蒙老爷大恩，碎身难报，情愿跟去服侍老爷。"刑厅赏了银子安家，蒋成一路随行。到了京中，刑厅考选吏部，蒋成替他内外纠察，不许衙门作弊，尽心竭力，又扶持他做了一任好官。主人鉴他数载勤劳，没有什么赏犒，那时节朝中弊窦初开，异路前程可以假借，主人替他做个吏员脚色，拣个绝好县分，选了主簿出来，做得三年，又升了经历，两任官满还乡，宦囊竟以万计。却好又应着算命先生的话，这岂不是理之所无，事之所有的奇话？说来真个耳目一新。

说话的，若照你这等说来，世上人的八字，都可以信意改得的了？古圣贤"死生由命、富贵在天"的话，难道反是虚文不成？看官，要晓得蒋成的命原是不好的，只为他在衙门中做了许多好事，感动天心，所以神差鬼使，教那华阳山人替他改了八字，凑着这段机缘。这就是《孟子》上"修身所以立命"的道理。究竟这个八字不是人改，还是天改的。又有一说，若不是蒋成自己做好事，怎能够感动天心？就说这个八字不是天改，竟是人改的也可。

【评】

这回小说与《太上感应篇》相为表里，当另刻一册，印他几千部，分送衙门人，自有无限阴功，强如修桥砌路。是便是了，只怕吃过洗心汤、烧过告天纸的，就看了他，也不见有甚好处。

第四回　失千金福因祸至

诗云：

从来形体不欺人，燕颔封侯果是真。

亏得世人皮相好，能容豪杰隐风尘。

前面那一回讲的是"命"字，这一回却说个"相"字。相与命这两件东西，是造化生人的时节搭配定的。半斤的八字，还你半斤的相貌，四两的八字，还你四两的相貌，竟像天平上弹过的一般，不知怎么这等相称。若把两桩较量起来，赋形的手段比赋命更巧。怎见得他巧处？世上人八字相同的还多，任你刻数不同，少不得那一刻之中，也定要同生几个。只有这相貌，亿万苍生之内，再没有两个一样的。随你相似到底，走到一处，自然会异样起来。所以古语道："人心之不同，有如其面。"这不同的所在已见他的巧了，谁知那相同的所在，更见其巧。若是相貌相同，所处的地位也相同，这就不奇了，他偏要使那贵贱贤愚相去有天渊之隔的，生得一

模一样，好颠倒人的眼睛，所以为妙。当初仲尼貌似阳虎，蔡邕貌似虎贲，仲尼是

个至圣，阳虎是个权奸，蔡邕是个富贵的文人，虎贲是个下贱的武士，你说哪里差到哪里？若要把孔子认做圣人，连阳虎也要认做圣人了，若要把虎贲认做贱相，连蔡邕也要认做贱相了。这四个人的相貌虽然毕竟有些分辩，只是那些凡夫俗眼哪里识别得来？从来负奇磊落之士，个个都恨世多肉眼不识英雄，我说这些肉眼是造化生来护持英雄的，只该感他，不该恨他，若使该做帝王的人个个知道他是帝王，能做豪杰的人个个认得他是豪杰，这个帝王、豪杰一定做不成了。项羽知道沛公该有天下，那鸿门宴上岂肯放他潜归？淮阴少年知道韩信后为齐王，那胯下之时岂肯留他性命？亏得这些肉眼，才隐藏得过那些异人。还有一说，若使后来该富贵的人都晓得他后来富贵，个个去趋奉他，周济他，他就预先要骄奢淫欲起来了，哪里还肯警心惕虑，刺骨悬梁，造到那富贵的地步？所以造化生人使乖弄巧的去处都有一片深心，不可草草看过。如今却说一个人相法极高，遇着两个面貌一样的，一个该贫，一个该富，他却能分别出来。后来恰好合着他的相法，与前边敷演的话句句相反，方才叫做异闻。

【眉批】 天妙。

弘治年间，广东广州府南海县有个财主姓杨，因他家资有百万之富，人都称他为杨百万。当初原以飘洋起家，后来晓得飘洋是桩险事，就回过头来，坐在家中，单以放债为事。只是他放债的规矩有三桩异样。第一桩，利钱与开当铺的不同，当铺里面当一两二两，是三分起息，若当到十两二十两，就是二分多些起息了。他翻一个案道，借得少的毕竟是个穷人，哪里纳得重利钱起？借得多的定是有家事的人，况且本大利亦大，拿我的本去趁出利来，便多取他些也不为虐。所以他的利钱论十的是一分，论百的是二分，论千的是三分。人都说他不是生财，分明是行仁政，所以再没有一个赖他的，第二桩，收放都有个日期，不肯零星交兑。每月之中，初一、十五收，初二、十六放，其余的日子，坐在家中与人打双陆、下象棋，一些正事也不做。人知道他有一定的规矩，不是日期再不去缠扰他。第三桩，一发古怪，他借银子与人，也不问你为人信实不信实，也不估你家私还得起还不起，只

要看人的相貌何如。若是相貌不济，票上写得多的，他要改少了，若是相貌生得齐整，票上写一倍，他还借两倍与你。这是什么缘故？只因他当初在海上，遇个异人传授他的相法，一双眼睛竟是两块试金石，人走到他面前，一生为人的好歹，衣禄的厚薄，他都了然于胸中。这个术法别人拿去趁钱，他却拿来放债。其实放债放得着，一般也是趁钱。当初唐朝李世勣在军中选将，要相那面貌丰厚像个有福的人，才教他去出征，那些卑微庸劣的，一个也不用，人问他什么缘故？他道薄福之人，岂可以成功名？也就是这个道理。杨百万只因有此相法，所以借去的银子，再没有一主落空。

【眉批】可著为放债之令。财主人人肯如此，那个后来不做杨百万？

【眉批】不特骄守钱虏，竟可傲南面王。

【眉批】奇。

那时节南海县中有个百姓，姓秦名世良，是个儒家之子。少年也读书赴考，后来因家事萧条，不能糊口，只得废了举业，开个极小的铺子，卖些草纸灯心之类。常常因手头乏钞，要问杨百万借些本钱，只怕他的眼睛利害，万一相得不好，当面奚落几句，岂不被人轻贱？所以只管苦捱。捱到后面，一日穷似一日，有些过不去了。只得思量道："如今的人，还要拿了银子去央人相面，我如今又不费一文半分，就是银子不肯借，也讨个终身下落了回来，有什么不好？"就写个五两的借票，等到放银的日期走去伺候。从清晨立到已

牌时分，只见杨百万走出厅来，前前后后跟了几十个家人，有持笔砚的，有拿算盘的，有捧天平的，有抬银子的。杨百万走到中厅，朝外坐下，就像官府升堂一般，吩咐一声收票。只见有数百人一齐取出票来，捱挤上去。就是府县里放告投文，也没有这等闹热。秦世良也随班拥进，把借票塞与家人收去，立在阶下，听候唱名。只见杨百万果然逐个唤将上去，从头至脚相过一番，方才看票，也有改多为少的，也有改少为多的。那改少为多的，兑完银子走下来，个个都气势昂昂，面上有骄人之色。那改多为少的，银子便接几两下来，看他神情萧索，气色暗然，好像秀才考了劣等的一般，个个都低头掩面而去。世良看见这些光景，有些懊悔起来道："银子不过是借贷，终究要还，又不是白送的，为什么受人这等怠慢？"欲待不借，怎奈票子又被他收去。

正在疑虑之间，只见并排立着一个借债的人，面貌身材与他一样，竟像一副印板印下来的。世良道："他的相貌与我相同，他若先叫上去，但看他的得失，就是我的吉凶了。"不曾想得完，那人已唤上去了。世良定着眼睛看，侧着耳朵听。只见杨百万将此人相过一番，就查票上的数目，却是五百两。杨百万笑道："兄哪里借得五百两起？"那人道："不肖虽穷，也还有千金薄产，只因在家坐不过，要借些本钱到江湖上走走。这银子是有抵头的。怎见得就还不起？"杨百万道："兄不要怪我说，你这个尊相，莫说千金，就是百金也留不住。无论做生意不做生意，将来这些尊产少不得同归于尽。不如请回去坐坐，还落得安逸几年，省得受那风霜劳碌之苦。"那人道："不借就是了，何须说得这等尽情。"讨了票子，一路唧唧哝哝，骂将出去。

世良道："兔死狐悲，我的事不消说了。"竟要讨出票子，托故回家。不想已被他唤着名字，只得上去讨一场没趣了下来。谁想杨百万看到他的相貌，不觉眼笑眉欢，又把他的手掌捏了一捏，就立起身来道："失敬了。"竟查票子，看到五两的数目，大笑起来道："兄这个尊相，将来的家资不在小弟之下，为什么只借五两银子？"世良道："老员外又来取笑了。晚生家里四壁萧然，朝不谋夕，只是这五两银子还愁老员外不肯，怎么说这等过分的话，敢是讥诮晚生么？"杨百万又道把他仔细一相道："岂有此理，兄这个财主，我包得过，任你要借一千、五百，只管兑去，料想是有得还的。"世良道："就是老员外肯借，晚生也不敢担当。这等量加几两罢。"杨百万道："几两、几十两的生意岂是兄做的？你竟借五百两去，随你做什么生意，包管趁钱，还不要你费一些气力，受一毫辛苦，现现成成做个安逸财主就是。"说完，就拿笔递与世良改票，世良没奈何，只得依他，就在"五"字之下、"两"字之上夹一个"百"字进去。写完，杨百万又留他吃了午饭，把五百两银子兑得齐齐整整，教家人送他回来。

【眉批】若使此老主文衡，司铨政，天下英雄一网收尽矣。

世良暗笑道："我不信有这等奇事，两个人一样的相貌，他有千金产业，尚且一厘不肯借他，我这等一个穷鬼，就拚五百两银子放在我身上，难道我果然会做财主不成？不要管他，他既拚得放这样飘海的本钱，我也拚得去做飘海的生意。闻得他的人家原是洋里做起来的，我如今不入虎穴，焉得虎子？也到洋里去试试。"就与走番的客人商议，说要买些小货，跟去看看外国的风光。众人因他是读过书的，笔下来得，有用着他的去处，就许了相带同行，还不要他出盘费，世良喜极，就将五百两

银子都买了绸缎，随众一齐下船。他平日的笔头极勤，随你什么东西，定要涂几个字在上面。又因当初读书时节，刻了几方图书，后来不习举业，没有用处，捏在手中，不住的东印西印。这也是书呆子的惯相。

一日舟中无事，将自己绸缎解开，逐匹上用一颗图书，用完捆好，又在蒲包上写"南海秦记"四个大字。众人都笑他道："你的本钱忒大，宝货忒多，也该做个

记号，省得别人冒认了去。"世良脸上羞得通红，正要掩饰几句，忽听得舵工喊道："西北方黑云起了，要起风暴，快收进岛去。"那些水手听见，一齐立起身来，落篷的落篷，摇橹的摇橹。刚刚收进一个岛内，果然怪风大作，雷雨齐来。后船收不及的，翻了几只。世良同满船客人，个个张牙吐舌，都说亏舵工收船得早。等了两个时辰，依旧青天皎洁，正要开船，只见岛中走出一伙强盗，虽不上十余人，却个个身长力大，手持利斧，跳上船来，喝道："快拿银子买命。"众人看见势头不好，一齐跪下道："我们的银子都买了货物，腰间盘费有限，尽数取去就是。"只见有个头目立在岸上，须长耳大，一表人材，对众人道："我只要货物，不要银子。银子赏你们做盘费转去，可将货物尽搬上来。"众强盗得了钧令，一齐动手，不上数刻，剩下一只空船。头目道："放你们去罢。"驾掌曳起风篷，方才离了虎穴。满船客人个个都号啕痛哭，埋怨道："不该带了个没时运的人，累得大家晦气。"世良又恨自家命穷，又受别人埋怨，又虑杨百万这主本钱如何下落，真是上天无路，入地无门。

不上数日，依旧到了家中，思量道："丑媳妇免不得见公婆，如今本钱劫去，也要与他说个明白，难道躲得过世不成？"只得走到杨百万家，恰好遇着个收银的日子，那天平里面铿铿锵锵，好像戏台上的锣鼓，响个不住。等得他收完，已是将要点灯的时候。世良面上无颜，巴不得暗中相见。杨百万见他走到面前，吃一惊道："你做什么生意，这等回头得快？就是得利，也该再做几转，难道就拿来还我不成？"世良听见，一发羞上加羞，说不出门，仰面笑了一笑，然后开谈。少不得是"惭愧"二字起头，就把买货飘洋、避风遇盗的话说了一遍，深深唱个喏道："这都是晚生命薄，扶持不起，有负老员外培植之恩，料今生不能补报，只好待来世变为犬马，偿还恩债。"说完，立在旁边，低头下气，不知杨百万怎生发作，非骂即打。谁知他一毫也不介意，倒陪个笑脸道："胜败乃兵家之常，做生意的人失风遇盗之事，哪里保得没有遭把？就是学生当初飘洋，十次之中也定然遇着一两次。自古道：'生意不怕折，只怕歇。'你切不可因这一次受惊，就冷了求财之念。

譬如掷骰子的，一次大输，必有一次大赢。我如今再借五百两与你，你再拿去飘洋，还你一本数十利。"世良听见，笑起来道："老员外，你的本钱一次丢不怕，还要丢第二次么？杨百万道："我若不扶持你做个财主，人都要笑我没有眼睛。你放心兑去，只要把胆放泼些，不要说不是自己的本钱，畏首畏尾，那生意就做不开了。自古道：'貌不亏人'。有你这个尊相，偷也偷个财主来。今晚且别，明日是放银的日期，我预先兑五百两等你。"世良别了。

【眉批】识得透，所以拿得定。

到第二日，当真又写一张借票，随众走去。只见果然有五百两银子封在那边，上面写一笔道："大富长者秦世良客本。"众人的银子都不曾发，杨百万先取这一宗，当众人交与世良道："银子你收去，我还有一句先凶后吉的话吩咐你。万一这主银子又有差池，你还来问我借。我的眼睛再不会错的，任你折本趁钱，总归到做财主了才住"众人都把他细看，也有赞叹果然好相的，也有不则声的，都要办着眼睛看他做财主。

世良谢了杨百万回来，算计道："他的意思极好，只是吩咐的话决不可依。他教我把胆放泼些，我前番只因泼坏了事，如今怎么还好泼得？况且财主口里的话极是有准的，他方才那先凶后吉的言语不是什么好采头，切记要谨慎。飘洋的险事断然不可再

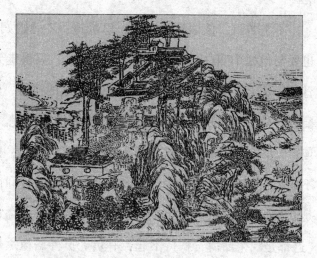

试了，就是做别的生意，也要留个退步。我如今把二百两封好了，掘个地窖，藏在家中，只拿三百两去做生意，若是路上好走，没有惊吓，到第二次一齐带去作本。万一时运不通，又遇着意外之事，还留得一小半，回来又好别寻生理。"算计定了，就将二百两藏入地窖，三百两束缚随身，竟往湖广贩米。路上搭着一个老汉同行，

年纪有六十多岁，说家主是襄阳府的经历，因解粮进京，回来遇着响马，把回批劫去。到省禀军门，军门不信，将家主禁在狱中。如今要进京去干文书来知会，只是衙门使用与往来盘费，须得三百余金。家主是个穷官，不能料理，将来决有性命之忧。说了一遍，竟泪下起来。世良见他是个义仆，十分怜悯，只是爱莫能助。与他同行同宿，过了几晚，一日，宿在饭店，天明起来束装，不见了一个盛银子的顺袋。世良大惊，说店中有贼。主人家查点客人，单少了那个同行的老汉。世良知道被他拐去，赶了许多路，并无踪影，只得捶胸顿足，哭了一场，依旧回家。心上思量道："亏我留个退步，若依了财主的话，如今屁也没得放了。"只得把地窖中的银子掘将起来，仍往湖广贩米。到了地头，寻个行家往下，因客多米少，坐了等货。

【眉批】将来的财主，话更有准。

一日，见行中有个客人，面貌身材与世良相似，听他说话，也是广东的声音。世良问道；"兄数月之前可曾问杨百万借银子么？"那客人道："去便去一次，他不曾有得借我。"世良道："我道有些面善，那日小弟也在那边。听见他说兄的话过于莽戆，小弟也替兄不平。"那客人道："他的话虽太直，眼睛原相得不差。小弟自他相过之后，弄出一桩人命官司，千金薄产费去三分之二。如今只得将余剩田地卖了二百金，出来做客，若趁钱便好，万一折本，就要合着他的话了。"世良道："他的话断凶便有准，断吉一些也不验。"就将杨百万许他做财主、自己被劫被拐的话细说一番。那客人道："我闻得他相中一人，说将来也有他的家事，不想就是老兄，这等失敬了。"就问世良的姓名，世良对他说过，少不得也回问姓名，他道："小弟也姓秦，名世芳，在南海县西乡居住。"世良道："这也奇了，面貌又相同，姓又相同，名字也像兄弟一般，前世定有些缘分，兄若不弃，我两个结为手足何如？"世芳道："照杨百万的相法，老兄乃异日之陶朱，小弟实将来之饿莩，怎敢仰攀？"世良道："休得取笑。"两人办下三牲，写出年经生日，世芳为兄，世良为弟，就在神前结了金石之盟。两个搬做一房，日间促膝而谈，夜间抵足而睡，情意甚是绸缪。

一日，主人家道："米到了，请兑银子买货。"世良尽为弟之道，让世芳先买，

世芳进去取银子，忽然大叫起来道："不好了，银子被人偷去了。走出来埋怨主人家说："我房里并无别人往来，毕竟是你家小厮送茶送饭看在眼里，套开锁来取去了。我这二百两不是银子，是一家人的性命。你若不替我查出来，我就死在你家，决不空手回去。"主人家道："舍下的小厮俱是亲丁，决无做贼之理。这主银子毕竟到同房共宿的客人里面去查，查不出来，然后鸣神发咒，我主人家是没得赔的。"世芳道："同房共宿的只有这个舍弟，他难道做这样歹事不成？"主人家道："你这兄弟又不是同宗共祖的，又不是一向结拜的，不过是萍水相逢，偶然投契。如今的盟兄盟

弟里面无所不至的事都做出来，就是你信得他过，我也信他不过。"世良道："这等说，明明是我偷来了，何不将我的行李取出来搜一搜？"主人家道："自然要搜，不然怎得明白？"世良气忿忿走进房去，把行李尽搬出来，教世芳搜。世芳不肯搜，世良自己开了顺袋，取出一封银子道："这是我自己的二百两，此外若再有一封，就是老兄的了。"主人家道："怎么他是二百两，你恰好也是二百两，难道一些零头都没有？这也有些可疑。"就问世芳道："你的银子是多少一封，每封是多少件数，可还记得？"世芳道："我的银子是血产卖来的，与性命一般，怎么记不得？"就把封数件数说了一遍。主人家又问世良道："你的封数件数也要说来，看对不对。"世良的银子原是借来就分开的，藏在地下已经两月，后面取出来见原封不动，就不曾解开，如今哪里记得？就答应道："我的银子藏多时了，封数便记得，件数却记不得。"主人家道："看兄这个光景也不像有银子藏多时的，这句话一发可疑，如今只看与他的件数对不对就知道了。"竟把银子拆开一看，恰好与世芳说的封数、件数一一相同。主人家道："如今还有什么辨得？"就把银子递与世芳，世芳又细细看了

一遍道："数目也相同，银水也相似，只是纸包与字迹全然不是，也还有些可疑。"主人家道："有你这样呆客人，他既偷了去，难道不会换几张纸包包，写几个字混混？如今银子查出来了，随你认不认。只是不要胡赖我家小厮。"说完，竟进去了。

【眉批】肯在信里寻出疑来，便是个盛德君子。

世良气得目定口呆，有话也说不出。世芳道："贤弟，这桩事教劣兄也难处。欲待不认，我的银子查不出，一家性命难存；欲待认了，又恐有屈贤弟。如今只得用个两全之法。大家认些晦气，各分一半去做本钱，胡卢提结了这个局罢。"世良道："岂有此理。若是小弟的银子，老兄分毫认不得，若是老兄的银子，小弟分毫取不得。事事都可以仗义，只有这项银子是仗不得义的。老兄若仗义让与小弟，就是独为君子，小弟若仗义让与老兄，就是甘为小人了。"世芳道："这等怎么处？"世良道："如今只好明之于神。若是老兄肯发咒，说此银断断是你的，小弟情愿空手回去，若是小弟肯发咒，说此银断断是我的，老兄也就说不得要袖手空回。小弟宁可别处请罪了。"世芳道："贤弟不消这等固执，管仲是千古的贤人，他当初与鲍叔交财也有糊涂的时节。鲍叔知道他家贫，也朦胧不加责备。如今神圣面前不是儿戏得的，还是依劣兄，各分一半的是。"两个人争论不止，那些众客人与主人家都替世芳不服道："明明是你的银子，怎么有得分与他？"又对世良道："我这行里是财帛聚会的所在，不便容你这等匪人，快把饭钱算算称还了走。"世良是个有血性的人，哪里受得这样话起？就去请了城隍、关圣两分纸马，对天跪拜说："这项银两若果然是我偷他的，教我如何如何。"只表自己的心，再不咒别人一句。拜完，将饭账一算，立刻称还，背了包裹就走。世芳苦留不住，只得瞒了众人，分那一百两，赶到路上去送他，他只是死推不受。别了世芳，竟回南海，依旧去见杨百万，哭诉自己命穷，不堪扶植，辜负两番周济之恩，惭愧无地，说话之间，露出许多龊龊不安之态。杨百万又把好言安慰一番，到底不悔，还要把银子借他，被他再三辞脱。从此以后，纠集几个蒙童学生处馆过日。那些地方邻里因杨百万许他做财主，就把"财主"二字做了他的别名，遇见了也不称名，也不道姓，只叫"老财主"，

一来笑他不替杨百万争气，二来见得杨百万的眼睛也会相错了人。

【眉批】义理上看得明白，自然出言不苟。

【眉批】如今财上不分明者，皆以管仲为口实，岂得不詈之曰："管仲之器小哉。"

【眉批】可称二□。

却说秦世芳自别世良之后，要将银子买米，不想因送世良迟了一日，米被别人买去了，只剩下几百担稻子，主人家道："你若不买，又有几日等货。不如买下来，自己舂做米，一般好装去卖。省得耽阁工夫。"世芳道："也说得是。"就尽二两百

银子买了，因有便船下瓜洲，等不得着，竟将稻子搬运下船，要思量装到地头，舂做米卖。不想那一年淮扬两府饥馑异常，家家户户做种的稻子都舂米吃了，等到播种之际，一粒也无，稻子竟卖到五两一担。世芳货到，千人万人争买，就是珍珠也没有这等

值钱，不上半月工夫，卖了一本十利，二百两银子变做二千，不知哪里说起。又在扬州买了一宗罐茶，装到京师去卖，京师一向只吃松萝，不吃罐茶的，那一年疫病大作，发热口干的人吃了罐茶，即便止渴，世芳的茶叶竟当了药卖，不上数月，又是一本十利。世芳做到这个地步，真是平地登仙，思量杨百万的说话，竟是狗屁，恨不得飞到家中，问他的嘴。就在京师搭了便船，船上又置些北货，带到扬州发卖。虽然不及以前的利息，也有个四五分钱。此时连本算来，将有三万之数。又往苏州买做绸缎，带回广东。

不一日到了自家门前，货物都放在船上，自己一人先走进去。妻子见他回来，大惊小怪地问道："你这一向在哪里，做些什么勾当？"世芳道："我出门去做生

意，你难道不晓得，要问起来？"妻子道："这等，你生意做得何如？"世芳大笑道："一本百利，如今竟是个大财主了。"妻子一发大惊道："这等，你本钱都没有，把什么趁来的？"世芳道："你的话好不明白，我把田地卖了二百两银子，带去做生意的。怎么说本钱都没有？"妻子道："你那二百两银子现在家中，何曾带去？"世芳不解其故，只管定着眼睛相妻子。妻子道："你那日出门之后，我晚间上床去睡，在枕头边摸着一封银子，就是那宗田价。只说你本钱掉在家中，毕竟要回来取，谁知望了一向，再不见到。我只怕你没有盘费，流落在异乡，你怎么倒会做起财主来？"世芳呆了半日，方才叹一口气道："银子便趁了这些，负心人也做得够了。"妻子问什么缘故？世芳就将下处寻不见银子、疑世良偷去的话说了一遍。妻子道："这等，你的本钱是那个人的银子了，银子虽是他的，时运却是你自己的，如今拚得把这二百两送去还他就是。"世芳道："岂有此理，有本才有利，我若不是他这主本钱，莫说做生意，就是盘缠也没得回来。那时节把他的银子错来也罢了，还教他认一个贼去。仔细想来，我成得个什么人？如今只有一说，将本利一齐送去还他，随他多少分些与我，一来赔他当日之罪，二来也见我不是有意负心，这才是个男子。"妻子道："自己天大的造化，趁得这主银子，怎么白白拿去送人？你就送与他，他只说自己本钱上生出来的，也决不感激你。为什么做这样呆事？"

【眉批】世上奇事如此类者甚多，做不得许多小说。

世芳见妻子不明道理，随口答应了几句。当晚把货物留在舟中，不发上岸，只说装到别处去卖。次日杀了猪羊，还个愿心，请邻舍吃盅喜酒。第三日坐了货船，竟往南海去访世良的踪迹。问到他家，只见一间稀破的茅屋，几堵倾塌的土墙，两扇柴门，上面贴一副对联道：

> 数奇甘忍辱　形秽且藏羞

世芳见了，知道为他而发，甚是不安。推开门来，只见许多蒙童坐在那边写字，世良朝外坐了打嗑睡，衣衫甚是褴褛。世芳走到面前，叫一声"贤弟醒来"。世良吓出一身冷汗，还像世芳赶来羞辱他的一般，连忙走下来作揖，口里"千惭

愧、万惭愧"。世芳作了一个揖，竟跪下来嗑头，口里只说"劣兄该死"。世良不知哪头事发，也跪下来对拜。拜完了分宾主坐下，世良问道："老兄一向生意好么？"世芳道："生意甚是趁钱，不上一年，做了上百个对合，这都是贤弟的福分。劣兄今日一来负荆请罪，二来连本连利送来交还原主。请贤弟验收。"世良大惊道："这是什么说话？小弟不解。"世芳把到家见妻子，说本钱不曾带去的话述了一遍，世良笑一笑道："这等说来，小弟的贼星出命了。如今事已长久，尽可隐瞒，老兄肯说出来，足见盛德。小弟是一个命薄之人，不敢再求原本，只是洗去了一个贼名，也是桩侥幸之事，心领盛情了。"世芳道："说哪里话，劣兄若不是贤弟的本钱，莫说求利，就是身子也不得回家。岂有负恩之理？如今本利共有三万之数，都买了绸缎，现在舟中，贤弟请去发了上来。劣兄虽然去一年工夫，也不过是侥天之幸，不曾受什么辛苦。贤弟若念结义之情，多少见惠数白金，为心力之费则可。若还推辞

不受，是自己独为君子，教劣兄做贪财负义的小人了，"说完，竟扯世良去收货。世良立住道："老兄不要矫情，世上哪有自己求来的富贵，舍与别人之理？古人常道：'不义取财，如以身为沟壑。'小弟若受了这些东西，只当把身子做了茅坑，凡世间不洁之物，都可以丢来了。这是断然不要的。"世芳变起脸来道："贤弟若苦苦不受，劣兄把绸缎发上来，堆在空野之中，买几担干柴，放一把火，烧去了就是。"世良见他言词太执，只得陪个笑脸道："老兄不要性急，今日晚了，且在小馆荒宿，明早再做商量，多少领些就是。"一边说，一边扯个学生到旁边，唧唧哝哝地商议，无非是要预支束修，好做东道主人之意。世芳知道了，就叫世良过来道："贤弟不消费心，劣兄咋日到家，因一路平安，还个小愿，现带些祭余在船上，取来做夜宵

就是。"世良也晓得束修预支不来，落得老实些，做个主人扰客。当晚叙旧谈心，欢畅不了。

【眉批】久不闻此盛德之言。

说话之间，偶然谈起杨百万来，世芳道："他空负半生风鉴之名，一些眼力也没有，只劣兄一人就可见了。他说我无论做生意不做生意，千金之产，同归于尽。我坐家的命虽然不好，做生意的时运却甚是亨通，如今这些货物虽不是自己的东西，料贤弟是仗义之人，多少决分些与我。我拿去营运起来，怕不挣个小小人家？可见他口里的话都是精胡说的，我明日要去问他的口，贤弟可陪我去，且看他把什么言语支吾？"世良道："我去倒要去，只是借他一千银了，本利全无，不好见面。"世芳大笑道："你如今有了三万，还愁什么一千？明日就当我面前，把本利算一算，发些绸缎还他就是了。"世良大喜道："极说得是。"

两个睡了一晚，次日是杨百万放银的日期。世芳道："我若竟去问他，他决要赖口，说去年并无此话，你难道好替我证他不成？我如今故意写一张借票，只说问他借一千两银子。他若不借，然后翻出陈话来，取笑他一场，使他无言对我，然后畅快。"算计定了，就写票同世良走去，依旧照前番的规矩，先把票子递了，伺候唱名。唱到秦世芳的名字，世芳故意装做失志落魄的模样，走上去等他相。杨百万从头至脚大概看了一遍，又把他脸上仔仔细细相了半个时辰，就对家人道："兑与他不妨，还得起的。"世芳道："老员外相仔细些，万一银子放落空不要懊悔。"杨百万道："若是去年借与你，就要落空，今年借去，再不会落空的。"世芳道："原来老员外也认得是去年借过的，既然如此，同是一个人，为什么去年就借不起，今年就借得起？难道我的脸上多生出一双耳朵，另长出一个鼻子来了不成？"杨百万道："论你相貌，是个彻底的穷人，只是脸上气色比去年大不相同。去年是一团的滞气，不但生意不趁钱，还有官府口舌，我若把银子借你，只好贴你打官司，你如今脸上，不但滞气没有了，又生出许多阴骘纹来，毕竟做了天大一件好事，才有这等气色，将来正要发财。你如今莫说一千，二千也只管借去。只是有一句话要吩咐你，你自己的福分有限，须要帮着个大财主，与他合做生意，沾些时运过来，还你本少利多，若自己单枪匹马去做，虽不折本，也只好趁些蝇头小利而已。"世芳被他这些话说得毛骨悚然，不觉跪下来道："老员外不是凡人，乃是神仙下界点化众生的。敢不下拜！"杨百万扶起来道："怎见得我是神仙？"世芳道："晚生今日不是来借银子，是来问口的，不想晚生的毛病，句句被老员外说着，不但不敢问口，竟要写伏辩了。"就把去年相了回去，弄出人命官司，后来卖田作本，掉在家中不曾带去，错把世良的银子认做本钱，拿去做生意，屡次得采，回来知道缘故，将本利送还世良的话，备细说过一遍。世良也走过去说："去年湖广相遇的，就是这位仁兄，他如今连本利送来还我，我决无受他之理，烦老员外劝他，将货物装回，省得陷人于不义。"杨百万听了，仰天大笑一顿，对众人道："我杨老儿的眼睛可会错

么？"指着世良道："我去年原说他，随你折本趁钱，总归到做财主了才住。如今折本折出上万银子来，可是折出来的财主么？我又说他不要费一毫气力，受一毫辛苦，现现成成做个安逸财主。如今别人替他走过千山万

水，趁了银子送上门来，可是个安逸财主么？"阶下立着数百人，齐声喝采道："好相法，真是神仙。莫说秦兄该下跪，连我们都要拜服了。"杨百万又仰天笑了一顿，对世良道："这主钱财，你要辞也辞不得，不是我得罪他讲，他若不发这片好心，做这桩好事，莫说三万，就是三十万也依旧会去的。我如今替你酌处，一个出了本钱，一个费了心力，对半均分，再没得说。"世芳道："既蒙老员外吩咐，不敢不遵。只是这项本钱，原是他借老员外的，利钱自然该在公帐里除。难道教他独认不成？"杨百万道："也说得是。"就叫家人把利钱一算，连本结个总帐，共该一千三百两。世芳要一总除还，世良不肯道："你只受得二百两，其余的你不曾见面，难

道强盗劫去、拐子拐去的也要你认不成？"杨百万道："一发说得是。"就依世良，只算二百两的本利。世芳教人发了几箱绸缎，替他交明白了。杨百万又替他把船上货物对半分开，世良的发了上岸，世芳的留在舟中。当晚杨百万大排筵席，做戏相待，一来旌奖他二人尚义，二来夸示自家的相法不差。

【眉批】看大受用的人，财上自然分毫不苟。

世芳第二日别了世良将一半货物装载回去。走到自家门前，只见两扇大门忽然粉碎，竟像刀镋斧砍的一般。走进去问妻子，妻子睡在床上叫苦连天。问她什么缘故？妻子道："自从你去之后，夜间有上百强盗打进门来。说你有几万银子到家，将我捆了，教拿银子买命。我说银子货物都是丈夫带出去了，他只不信，直把我吊到天明方才散去。如今浑身紫胀，命在须臾。"世芳听了，叹口气道："杨百万活神仙也。他说我若不起这点好心，银子终究要去，如今一发验了。若不是我装去还他，放在家中，少不得都被强盗劫去。这等看起来，我落得做了一个好人，还拾到一半货物。"妻子道："如今有了这些东西，乡间断然住不得了，趁早进城去。"世芳道："杨百万原教我帮着个财主，沾他些时运，我如今看起来，以前的时运分明是世良兄弟的了。我何不搬进城去，依傍着他，莫说再趁大钱，就是保得住这些身家，也够得紧了。"就把家伙什物连妻子一齐搬下货船，依旧载到城中，与世良合买一所厅房同住。结契的朋友做了合产的兄弟，况且面貌又不差，不认得的竟说是同胞手足。

一日世良与世芳商议道："这些绸缎在本处变卖没有什么利钱，你何不同了飘洋的客人到番里去走走，趁着好时运，或者飘得者也不可知。"世芳道："我也正有此意。"就把妻子托与世良照管，将两家分开的货物依旧合将拢来，世芳载去飘洋。不提。

却说南海到了一个新知县，是个贡士出身，由府幕升来的，到任不多时，就差人访问："这边有个百姓，叫做秦世良，请来相会。"差人问到世良家里，世良道："我与他并无相识，天下同名同姓的多，决不是我。"差人道："是不是也要进去见

见。"就把世良扯到县中，传揪进去。知县请进私衙，教世良在书房坐了一会。只见帘里有人张了一张，走将进去，知县才出来相见。世良要跪，知县不肯，竟与他分庭抗礼，对面送坐。把世良的家世问了一遍，就道："本县闻得台兄是个儒雅之士，又且素行可嘉，所以请来相会，以后不要拘官民之礼，地方的利弊常来赐教，就是人有什么分上相央，只要顺理，本县也肯用情，不必过于廉介。"世良谢了出去，思量道："我与他无一面之交，又没有人举荐，这是哪里说起，难道是我前世的父亲不成？"隔了几时，又请进去吃酒，一日好似一日。地方上人见知县礼貌他，哪个不趋奉，有事就来相央，替他进个徽号，叫做"白衣乡绅"。坏法的钱他也不趁，顺礼的事他也不辞，不上一年，受了知县五六千金之惠。一日，进去吃酒，谈到绸缪之处，世良问道："治民与老爷前世无交，今生不熟，不知老爷为什么缘故

一到就问及治民。如今天高地厚之恩再施不厌，求老爷说个明白，好待治民放心。"知县道："这个缘故论礼是不该说破的。我见兄是盛德之人，且又相知到此，料想决不替我张扬，所以不妨直告。我前任原是湖广襄阳府

的经历，只因解粮进京，转来失了回批，军门把我监禁在狱。我着个老仆进京干部文来知会，老仆因我是个穷官，没有银子料理，与兄路上同行，见兄有三百两银子带在身边，他只因救主心坚，就做了桩不良之事，把兄的银子拐进京去，替我干了部文下来，我才能够复还原职。我初意原要设处这项银子差人送来奉还的，不想机缘凑巧，我就升了这边的知县，所以一到就请兄相会。又怕别人来冒认，所以留在书房，教老仆在帘里识认，认得是了，我才出来相会。后来用些小情，不过是补还前债的意思，没有什么他心。"说完了，就叫老仆出来，嗑头谢罪。世良扶起道："这等，你是个义士了，可敬可敬。"世良别了知县出去，绝口不提，自此以后往来

愈加稠密。

【眉批】看他针线。

却说世芳开船之后，遇了顺风，不上一月，飘到朝鲜。一般也像中国，有行家招接上岸，替他寻人发卖。一日闻得公主府中要买绸缎，行家领世芳送货上门，请驸马出来看货。那驸马耳大须长，绝好一个人品，会说中国的话，问世芳道："你是哪里人？叫什么名字？"世芳道："小客姓秦，名世芳，是南海人。"驸马道："这等，秦世良想是你兄弟么？"世芳道："正是，不知千岁哪里和他熟？"驸马道："我也是中国人，当初因飘洋坏了船只，货物都沉在海中，喜得命不该死，抱住一块船板浮入岛内。因手头没有本钱，只得招集几个弟兄劫些货物作本。后面来到这边，本处国王见我相貌生得魁梧，就招我做驸马。我一向要把劫来的资本加利寄还中国之人，只是不晓得原主的名字。内中有一宗绸缎，上面有秦世良的图书字号，所以留心访问，今日恰好遇着你，也是他的造化。我如今一倍还他十倍，烦你带去与他。你的货不消别卖，我都替你用就是了。"说完，教人收进去，吩咐明日来领价。世芳过了一晚，同行家走去，果然发出两宗银子。一宗是昨日的货价，一宗是寄还世良的资本。世芳收了，又教行家替他置货，不数日买完，发下本船，一路顺风顺水，直到广州。

世良见世芳回来，不胜之喜，只晓得这次飘洋得利，还不晓得讨了陈帐回来。世芳对他细说，方才惊喜不了。常常对着镜子自己笑道："不信我这等一个相貌，就有这许多奇福，奇福又都从祸里得来，所以更不可解。银子被人冒认了去，加上百倍送还，这也够得紧了。谁想遇着的拐子，又是个孝顺拐子，撞着的强盗，又是个忠厚强盗，个个都肯还起冷帐来，哪里有这样便宜失主。"世良只因色心淡薄，到此时还不曾娶妻，杨百万十分爱他，有个女儿新寡，就与他结了亲。妆奁甚厚，一发锦上添花。与世芳到老同居，不分尔我。后来直富了三代才住。

看官，你说这桩故事，奇也不奇？照秦世良看起来，相貌生得好的，只要不做歹事，后来毕竟发迹，粪土也会变做黄金，照秦世芳看起来，就是相貌生得不好

的，只要肯做好事，一般也会发迹，饿莩可以做得财主。我这一回小说，就是一本相书，看官看完了，大家都把镜子照一照，生得上相的不消说了，万一尊容欠好，须要千方百计弄出些阴骘纹来，富贵自然不求而至了。只是一件，这回小说，一百个人看见，九十九个不信，都道"财与命相连，如今的人论钱论分，尚且与人争夺，哪里有自己趁了几万银子，载上门去送与人的？这都是捏出来的谎话"，不知轻财重义的人，莫说当初，就是如今也还有。只是自己做不出来，眼睛又不曾看见，所以就觉得荒唐。我且再说一个现在的人，只举他生平一事，借来做个证据。

【眉批】只看他安顿字眼，可是做小文章的手笔？

浙江省城内，有个姓柴的乡绅，是先朝参议公之子。兄弟并无一人，妹子倒有六个，一个是同胞生的，三个是继母生的，两个是庶母生的。继母嫁来之时，妆奁极厚，莫说资财之多，婢仆之盛，就是金珠也值数千金。后来尊公作了，继母也作了，从来父之待女，尚不能与儿子一般，况且兄之待妹，岂能够与手足一样？独他不然，把尊公所遗的宦橐，竟作七股分开，自己得一分，六个妹子各得一分。姊妹与兄弟一样分家，这是从古仅见之

事。父亲的宦资既然分与姊妹，继母的奁资也该分与自家了？他又不然，珍珠不留一粒，金子不留一分，僮仆不留一个，尽与继母所生之三女。做个楚弓楚得，并同胞、庶母之妹，皆不得与焉。庶母所生之妹未嫁之时，其夫家有事，曾将田产来卖与他，他一一承受，每年替他办粮，把租米所粜的银子一毫不动，待遣嫁之时，连文券一齐交付与他，做个完璧归赵。至于同胞的妹子，丈夫中了进士，若把势利的人，就要偏厚他些了，他反于奁资之内，除去一千金，道她做了夫人，不愁没得穿

戴，该损些下来，加厚诸妹。待同胞者如此，待继母、庶母者又如此，即此一事之中，具有几桩盛德。看官，你说这样的事，可是今人做得出的？他却不是古人，年纪不过六十多岁，因是野史，不便载名。自己也举了孝廉，儿子也登了仕路，可见盛德之人，自有盛德之报。这桩事杭州人没有一个不赞他的，难道也是谎话不成？但凡看书的，遇着忠孝节义之事，须要把无的认作有，虚的认做实，才起发得那种愿慕之心，若把"尽信书则不如无书"这两句话，预先横在胸中，那希圣希贤之事，一世也做不来了。

【评】

人都美慕秦世良，我独美慕秦世芳。秦世良的财主是天做的，秦世芳的财主是人做的。天做的财主学不来，美慕他没用处。人做的财主学得来，美慕他有用处。

第五回　女陈平计生七出

词云：

> 女性从来似水，人情近日如丸。《春秋》责备且从宽，莫向长中索短。
>
> 治世"柏舟"易矢，乱离节操难完。靛缸捞出白齐纨，纵有千金不换。

话说"忠孝节义"四个字，是世上人的美称，个个都喜欢这个名色，只是奸臣口里也说忠，逆子对人也说孝，奸夫何曾不道义，淫妇未尝不讲节，所以真假极是难辨。古云："疾风知劲草，板荡识忠臣。"要辨真假，除非把患难来试他一试，只是这件东西是试不得的，譬如金银铜锡，下炉一试，假的坏了，真的依旧剩还你，这忠孝节义将来一试，假的倒剩还你，真的一试就试杀了。我把忠孝义三件略过一边，单说个节字。明朝自流寇倡乱，

闯贼乘机，以至沧桑鼎革，将近二十年，被掳的妇人车载斗量，不计其数，其间也有矢志不屈，或夺刀自刎、或延颈受诛的，这是最上一乘，千中难得遇一，还有起初勉强失身，过后深思自愧、投河自缢的，也还叫做中上，又有身随异类、心系故乡、寄信还家、劝夫取赎的，虽则腼颜可耻，也还心有可原，没奈何也把她算做中下，最可恨者，是口餍肥甘、身安罗绮、喜唱崟调、怕说乡音、甚至有良人千里来

赎、对面不认原夫的，这等淫妇，才是最下一流，说来教人腐心切齿。虽曾听见人说，有个仗义将军，当面斩淫妇之头，雪前夫之恨，这样痛快人心的事，究竟只是耳闻，不曾目见。看官，你说未乱之先，多少妇人谈贞说烈，谁知放在这欲火炉中一炼，真假都验出来了。那些假的如今都在，真的半个无存，岂不可惜。我且说个试不杀的活宝，将来做个话柄，虽不可为守节之常，却比那忍辱报仇的还高一等。看官，你们若执了《春秋》责备贤者之法，苛求起来，就不是末世论人的忠厚之道了。

崇祯年间，陕西西安府武功县乡间有个女子，因丈夫姓耿，排行第二，所以人都叫她耿二娘，生来体态端庄、丰姿绰约自不必说，却又聪慧异常，虽然不读一句书，不识一个字，她自有一种性里带来的聪明。任你区处不来的事，遇了她，她自然会见景生情，从人意想不到之处生个妙用出来，布摆将去。做的时节，人都笑她无谓，过后思之，却是至当不易的道理。在娘家做女儿的时节，有个邻舍在河边钓鱼，偶然把钓钩含在口里与人讲话，不觉地吞将下去，钩在喉内。线在手中，要扯出来，怕钩住喉咙，要咽下去，怕刺坏肚肠。哭又哭不得，笑又笑不得，去与医生商议，都说医书上不曾载这一款，哪里会医？那人急了，到处逢人问计。二娘在家听见，对阿兄道："我有个法儿，你如此如此去替他扯出来。"其兄走到那家道："有旧珠灯取一盏来。"那人即时取到。其兄将来拆开，把糯米珠一粒一粒穿在线上，往喉咙里面直推，推到推不去处，知道抵着钩了，然后一手往里面勒珠，一手往外面抽线，用力一抽，钩扯直了，从珠眼里带将出来，一些皮肉不损，无人不服她好计。到耿家做媳妇，又有个妯娌从架上拿箱下来取衣服，取了衣服依旧把箱放上架去，不想架太高，箱太重，用力一擎，手骨兜住了肩骨，箱便放上去了，两手朝天，再放不下，略动一动，就要疼死，其夫急得没主意，到处请良医，问三老，总没做理会处。其夫对二娘道："二娘子，你是极聪明的，替我生个主意。"二娘道："要手下来不难，只把衣服脱去，教人揉一揉就好了，只是要几个男子立在身边，借他阳气蒸一蒸，筋脉才得和合，只怕她害羞不肯。"其夫道："只要病好，哪里顾得。"就把叔伯兄弟都请来周围立住，把她上身衣服脱得精光，用力揉了一会，只不见好。又去问二娘，二娘道："四肢原是通连的，单揉手骨也没用，须把下身也脱了，再揉一揉腿骨，包你就好。"其夫走去，替她把裙脱了，解到裤带，其妇大叫一声"使不得"，用力一挣，两手不觉朝下，紧紧捏住裤腰。彼时二娘立在窗外，便走进去道："恭喜手已好了，不消脱罢。"原来起先那些揉四肢、借阳气的话，都是哄她的，料她在人面前决惜廉耻，自然不顾疼痛，一挣之间，手便复旧，这叫做"医者意也"。众人都大笑道："好计，好计。"从此替她进个徽号，叫做女陈平。但凡村中有疑难的事，就来问计。二娘与二郎，夫妻甚是恩爱，虽然家道贫穷，她惯会做无米之炊，绩麻拈草，尽过得去。

【眉批】不读书，不识字，便脱套了，近来小说，动不动就是女子吟诗，甚觉可厌。

忽然流贼反来，东蹂西躏，男要杀戮，女要奸淫，生得丑的，淫欲过了，倒还丢下，略有几分姿色的，就要带去。一日来到武功相近地方，各家妇女都向二娘问计。二娘道："这是千百年的一劫，岂是人谋算得脱的?"各妇回去，都号啕痛哭，与丈夫永诀。也有寻剃刀的，也有买人言的，带在身边，都说等贼一到，即寻自尽，决不玷污清白之身。耿二郎对妻子道："我和你死别生离，只在这一刻了。"二娘

道："事到如今，也没奈何，我若被他掳去，决不忍耻偷生，也决不轻身就死，须尽我生平的力量，竭我胸中的智巧去做了看。若万不能脱身，方才上这条路；倘有一线生机，我决逃回来，与你团聚，贼若一到，你自去逃生，切不可顾恋着我，做了两败俱伤。我若去后，你料想无银取赎，也不必赶来寻我，只在家中死等就是。"

说完，出了几点眼泪，走到床头边摸了几块破布放在袖中，又取十个铜钱，教二郎到生药铺中去买巴豆。二郎道："要它何用？"二娘道："你莫管，我自有用处。"二郎走出门，众人都拉住问题："今正作何料理？"二郎把妻子的话述了一遍，又道："她寻几块破布带在身边，又教我去买巴豆，不知何用？"众人都猜她意思不出。二郎买了巴豆回来，二娘敲去了壳，取肉缝在衣带之中，催二郎远避，自己反梳头匀面，艳妆以待。

【眉批】从来不肯说死的人，定是个敢死之士。

不多时，流贼的前锋到了。众兵看见二娘，你扯我曳。只见一个流贼走来，标标致致，年纪不上三十来岁，众兵见了，各各走开。二娘知道是个头目，双膝跪下道："将爷求你收我做了婢妾罢。"那贼头慌忙扶起道："我掳过多少妇人，不曾见你这般颜色，你若肯随我，我就与你做结发夫妻，岂止婢妾？只是一件，后面还有大似我的头目来，见你这等标致，他又要夺去，哪里有得到我？"二娘道："不妨，待我把头发弄蓬松了，面上搽些锅煤，他见了我的丑态，自然不要了。"贼头搂住连拍道："初见这等有情，后来做夫妻，还不知怎么样疼热？"二娘妆扮完了，大队已到。总头查点各营妇女，二娘掩饰过了。贼头放下心，把二娘锁在一间空房，又往处面掳了四五个来，都是二娘的邻舍，交与二娘道："这几个做你的丫鬟使婢。"到晚教众妇煮饭烧汤，贼头与二娘吃了晚饭，洗了脚手，二娘欢欢喜喜脱了衣服，先上床睡，贼头见了二娘雪白的肌肤，好像：馋猫遇着肥鼠，饿鹰见了嫩鸡。自家的衣服也等不得解开，根根衣带都扯断，身子还不曾上肚，那翘然一物已到了穴边，用力一低，谁想抵着一块破布。贼头道："这是什么东西？"二娘从从容容道："不瞒你说，我今日恰好遇着经期，月水来了。"贼头不信，拿起破布一闻，果然烂血腥气。二娘道："妇人带经行房，定要生病，你若不要我做夫妻，我也禁你不得，你若果有此意，将来还要生儿育女，权且等我两夜，况且眼前替身又多，何必定要把我的性命来取乐。"贼头道："也说得是，我且去同她们睡。"二娘又搂住道："我见你这等年少风流，心上爱你不过，只是身不自由，你与她们做完了事，还来

与我同睡，皮肉靠一靠也是甘心的。"贼头道："自然。"他听见二娘这几句肉麻的话，平日官府招不降的心，被她招降了；阎王勾不去的魂，被她勾去了。勉强爬将过去心上好不难丢。

看官，你说二娘的月经为什么这等来得凑巧？原来这是她初出茅庐的第一计。预先带破布，正是为此。那破布是一向行经用的，所以带血腥气，掩饰过这一夜，就好相机行事了。彼时众妇都睡在地下，贼头放出平日打仗的手段来，一个个交锋对垒过去，一来借众妇权当二娘发泄他

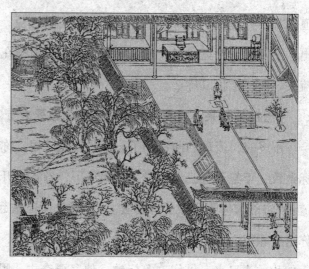

一天狂兴，二来要等二娘听见，知道他本事高强。众妇个个欢迎，毫无推阻。预先带的人言、剃刀，只做得个备而不用，到那争锋夺宠的时节，还像恨不得把人言药死几个，剃刀割死几个，让他独自受用，才称心的一般。二娘在床上侧耳听声，看贼头说什么话。只见他雨散云收，歇息一会，喘气定了，就道："你们可有银子藏在何处么？可有首饰寄在谁家么？"把众妇逐个都问将过去。内中也有答应他有的，也有说没有的，二娘暗中点头道："是了。"贼头依旧爬上床来，把二娘紧紧搂住，问道："你丈夫的本事比我何如？"二娘道："万不及一，不但本事不知，就是容貌也没有你这等标致，性子也没有你这等温存，我如今反因祸而得福了，只是一件，你这等一个相貌，哪里寻不得一碗饭吃，定要在鞍马上做这等冒险的营生？"贼头道："我也晓得这不是桩好事。只是如今世上银子难得，我借此掳些金银，够做本钱，就要改邪归正了。"二娘道："这等，你以前掳的有多少了？"贼头道："连金珠首饰算来，也有二千余金，若再掳得这些，有个半万的气候，我就和你去做老员外、财主婆了。"二娘道："只怕你这些话是骗我的，你若果肯收心，莫说半万，就

是一万也还你有。"贼头听见，心上跳了几跳，问道："如今在哪里？"二娘道："六耳不传道，今晚众人在此，不好说得，明夜和你商量。"

贼头只得勉强捱过一宵，第二日随了总头，又流到一处。预先把众妇安插在别房，好到晚间与二娘说话。才上床就问道："那万金在哪里？"二娘道："你们男子的心肠最易改变，如今说与我做夫妻，只怕银子到了手，又要去寻好似我的做财主婆了，你若果然肯与我白头相守，须要发个誓，我才对你讲。"贼头听见，一个筋斗就翻下床来，对天跪下道："我后来若有变更，死于万刃之下。"二娘挽起道："我实对你说，我家公公是个有名财主，死不多年，我丈夫见东反西乱，世事不好，把本钱收起，连首饰酒器共有万金，掘一个地窖埋在土中。你去起来，我和你一世哪里受用得尽？"贼头道："恐怕被人起去了。"二娘道："只我夫妻二人知道，我的丈夫昨日又被你们杀了，是我亲眼见的，如今除了我，还有哪个晓得？况又在空野之中，就是神仙也想不到，只是我自己不好去，怕人认得，你把我寄在什么亲眷人家，我对你说了那个所在，你自去起。"贼头道："我们做流贼的人，有什么亲眷可以托妻寄子？况且那个所在，生生疏疏，教我从哪里掘起？毕竟与你同去才好。"二娘道："若要同行，除非装做叫化夫妻，一路乞丐而去，人才认不出。"贼头道："如此甚好，既要扮做叫化，这辎重都带不得了，将来寄放何处？"二娘道："我有个道理，将来捆做一包，到夜间等众人睡静，我和你抬去丢在深水之中，只要记着地方，待起了大窖转来，从此经过，捞了带去就是。"贼头把她搂住，"心肝乖肉"叫个不了，道她又标致，又聪明，又有情意，"我前世不知做了多少好事，修得这样一个好内助也够得紧了，又得那一主大妻财。"当晚与二娘交颈而睡。料想明日经水自然干净，预先养精蓄锐，好奉承财主婆，这一晚竟不到众妇身边去睡。

【眉批】天下有欲的人，没有一个不是好骗的。

【眉批】不是前世，还是今生。

到第三日，又随总头流到一处。路上恰好遇着一对叫化夫妻，贼头把他衣服剥下，交与二娘道："这是天赐我们的行头了。"又问二娘道："经水住了不曾？"二

娘道："住了。"贼头听见，眉欢眼笑，摩拳擦掌，巴不得到晚，好追欢取乐，只见二娘到午后，忽然睡倒在床，娇啼婉转，口里不住叫痛。贼头问她哪里不自在，二娘道："不知什么缘故，下身生起一个毒来，肿得碗一般大，浑身发寒发热，好不耐烦。"贼头道："生在那里？"二娘举起纤纤玉指，指着裙带之下，，贼头大惊道："这是我的命门，怎么生得毒起？"就将她罗裙揭起，绣裤扯开，把命门一看，只见：

　　玉肤高耸，紫晕微含。深痕涨作浅痕，无门可入；两片合成一片，有缝难开。好像蒸过三宿的馒头，又似浸过十朝的淡菜。

　　贼头见了，好不心疼。替她揉了一会，连忙去捉医生，讨药来敷，谁想越敷越肿，哪里晓得这又是二娘的一计？她晓得今夜断饶不过，预先从衣带中取出一粒巴豆，拈出油来，向牝户周围一擦。原来这件东西极是利害的，好好皮肤一经了它，即时臃肿，她在家中曾见人验过，故此

买来带在身边。这一晚，贼头搂住二娘同睡，对二娘道："我狠命熬了两宵，指望今夜和你肆意取乐，谁知又生出意外的事来，叫我怎么熬得过？如今没奈何，只得做个太监行房，摩靠一摩靠罢了。"说完，果然竟去摩靠起来。二娘大叫道："疼死人，挨不得。"将汗巾隔着手，把他此物一捏。原来二娘防他此着，先把巴豆油染在汗巾上，此时一捏，已捏上此物，不上一刻，烘然发作起来。贼头道："好古怪，连我下身也有些发寒发热。难道靠得一靠就过了毒气来不成？"起来点灯，把此物一照，只见肿做个水晶棒槌。从此不消二娘拒他，他自然不敢相近。二娘千方百计，只保全这件名器，不肯假人。其余的朱唇绛舌，嫩乳酥胸，金莲玉指，都视为

土木形骸，任他含咂摩捏，只当不知。这是救根本、不救枝叶的权宜之术。

【眉批】二娘不但要守节，竟把贼头当了傀儡猢狲，肆意挈弄，以自取其乐耳。

【眉批】螫虫噬手，智士断腕，即是此法。

睡到半夜，贼头道："此时人已睡静，好做事了。"同二娘起来，把日间捆的包裹抬去丢在一条长桥之下。记了桥边的地方，认了岸上的树木，回来把叫化衣服换了，只带几两散碎银子随身，其余的衣服行李尽皆丢下，瞒了众妇，连夜如飞地走。走到天明，将去贼营三十里，到店中买饭吃。二娘张得贼眼不见，取一粒巴豆拈碎，搅在饭中，贼头吃下去，不上一个时辰，腹中大泻起来。行不上二三里路，到登了十数次东，到夜间爬起爬倒，泻个不停。第二日吃饭，又加上半粒，好笑一个如狼似虎的贼头，只消粒半巴豆，两日工夫，弄得焦黄精瘦，路也走不动，话也说不出，晚间的余事，一发不消说了。贼头心上思量道："妇人家跟着男子，不过图些枕边的快乐，她前两夜被经水所阻，后两夜被肿毒所误，如今经水住了，肿毒消了，正该把些甜头到她，谁想我又屙起痢来，要勉强奋发，怎奈这件不争气的东西，再也扶它不起。"心上好生过意不去，谁知二娘正为禁止此事。自他得病之后，愈加殷勤，日间扶他走路，夜间搀他上炕，有时爬不及，泻在席上，二娘将手替他揩抹，不露一毫厌恶的光景。贼头流泪道："我和你虽有夫妻之名，并无夫妻之实，我害了这等龌龊的病，你不但不憎嫌，反愈加疼热，我死也报不得你的大恩。"二娘把好话安慰了一番。

【眉批】其巧可及也，其缜密不可及也。

第三日行到本家相近地方，隔二三里寻一所古庙住下。吃饭时，又加一粒巴豆。贼头泻倒不能起身，对二娘道："我如今元气泻尽，死多生少，你若有夫妻之情，去讨些药来救我，不然死在目前了。"二娘道："我明日就去赎药。次日天不亮，就以赎药为名，竟走到家里去。耿二郎起来开门。恰好撞着妻子，真是天上掉下来的，哪里喜欢得了？问道："你用什么计较逃得回来？"二娘把骗他起窖的话大概说了几句。二郎只晓得她骗得脱身，还不知道她原封未动。对二娘道："既然贼

335

子来在近处，待我去杀了他来。"二娘道："莫慌，我还有用他的所在，你如今切不可把一人知道，星夜赶到某处桥下，深水之中有一个包裹，内中有二千多金的物事，取了回来，我自有处。"二郎依了妻子的话，寂不通风，如飞赶去。二娘果然到药铺讨了一服参苓白术散，拿到庙中，与贼头吃了，肚泻止了十分之三。将养三四日，只等起来掘窖。二娘道："要掘土，少不得用把锄头，待我到铁匠店中去买一把来。"又以买锄头为名，走回家去，只见桥下的物事，二郎俱已取回。二娘道："如今可以下手他了，只是不可急遽，须要如此如此，这般这般，不可差了一着。"说完换了衣服，坐在家中，不往庙中去了。

二郎依计而行，拿了一条铁索，约了两个帮手，走到庙中，大喝一声道："贼奴，你如今走到哪里去？"贼头吓得魂不附体。二郎将铁索锁了，带到一个公众去处，把大锣一敲，高声喊道："地方邻里，三党六亲，都来看杀流贼。"众人听见，都走

拢来。二郎把贼头捆了，高高吊起，手拿一条大棍，一面打一面问道："你把我妻子掳去，奸淫得好。"贼头道："我掳的妇人也多，不知哪一位是你的奶奶？"二郎道：同你来的耿二娘，就是我的妻子。"贼头道："她说丈夫眼见杀了，怎么还在？这等看起来，以前的话都是骗我的了。只是一件，我掳便掳她去，同便同她来，却与她一些相干也没有，老爷不要错打了人。"二郎道："利嘴贼奴，你同她睡了十来夜，还说没有相干，哪一个听你？"擎起棍子又打。贼头道："内中有个缘故，容我细招。"二郎道："我没有耳朵听你。众人道："便等他招了再打也不迟。"二郎放下棍子，众人寂然无声，都听他说。贼头道："我起初见她生得标致，要把她做妻子，十分爱惜她。头一晚同她睡，见她腰下夹了一块破布，说经水来了，那一晚我

与别的妇人同睡，不曾舍得动她。第二晚又熬了一夜。到第三晚，正要和她睡，不想她要紧去处生起一个毒来，又动不得。第四晚来到路上，她的肿毒才消，我的痢疾病又发了，一日一夜泻上几百次，走路说话的精神都没有，哪里还有气力做那桩事？自从出营直泻到如今，虽然同行同宿，其实水米无交。老爷若不信时，只去问你家奶奶就是。"众人中有几个伶俐的道："是了是了，怪道那一日你道她带破布、买巴豆，我说要它何用，原来为此，这等看来，果然不曾受他淫污了。"内中也有妻子被掳的，又问他道："这等，前日掳去的妇人，可还有几个守节的么？"贼头道："除了这一个，再要半个也没有，内中还有带人言、剃刀的，也拚不得死，都同我睡了。"问的人听见，知道妻子被淫，不好说出，气得面如土色。二郎提了棍子，从头打起，贼头喊道："老爷，我有二千多两银子送与老爷，饶了我的命罢。"众人道："银子在哪里？"贼头道："在某处桥下，请去捞来就是。"二郎道："那都是你掳掠来的，我不要这等不义之财，只与万民除害。"起先那些问话的人，都恨这贼头不过，齐声道："还是为民除害的是。"不消二郎动手，你一拳，我一棒，不上一刻工夫，鸣呼哀哉尚飨了。还有几个害贪嗔病的，想着那二千两银子，瞒了众人，星夜赶去掏摸，费尽心机，只做得个水中捞月。

【眉批】使陈平遇二娘，必拜下风矣。

【眉批】我不杀人自有杀人者，直可谓算无遗策。

看官，你说二娘的这些计较奇也不奇，巧也不巧？自从出门，直到回家，那许多妙计，且不要说，只是末后一着，何等神妙。她若要把他弄死在路上，只消多费几粒巴豆，有何难哉。她偏要留他送到家中，借他的口，表明自己的心迹，所以为奇。假如把他弄死，自己一人回来，说我不曾失身于流贼。莫说众人不信，就是自己的丈夫，也只说她是撇清的话。哪见有靛青缸里捞得一匹白布出来的？如今奖语出在仇人之口，人人信为实录，这才叫做女陈平。陈平的奇计只得六出，她倒有七出。后来人把她七件事编做口号云：

一出奇，出门破布当封皮；二出奇，馒头肿毒不须医；三出奇，纯阳变做

水晶槌；四出奇，一粒神丹泻倒脾；五出奇，万金谎骗出重围；六出奇，藏金水底得便宜；七出奇，梁上仇人口是碑。

【评】

从来守节之妇，俱是女中圣人。誓死不屈的，乃圣之清者也，忍辱报仇的，乃圣之任务者也。耿二娘这一种，乃圣之和者也。不但叫做女陈平，还可称为雌下惠。

第六回　男孟母教合三迁

词云：

南风不识何由始，妇人之祸贻男子。翻面凿洪濛，无雌硬打雄。

向隅悲落魄，试问君何乐？龌龊其难当，翻云别有香。

这首词叫做《菩萨蛮》，单为好南风的下一针砭。南风一事，不知起于何代，创自何人，沿流至今，竟与天造地设的男女一道争锋比胜起来，岂不怪异？怎见男女一道是天造地设的？但看男子身上凸出的一块，女子身上凹进一块，这副形骸岂是造作出来的？男女体天地赋形之意，以其有余，补其不足，补到恰好处，不觉快活起来，这种机趣岂是矫强得来的？及至交媾以后，男精女血，结而成胎，十月满足，生男育女起来，这段功效岂是侥幸得来的？只为顺阴阳交感之情，法乾坤覆载之义，像造化陶铸之功，自然而然，不假穿凿，所以亵狎而不碍于礼，玩耍而有益于正。至于南风一事，论形则无有余、不足之分，论情则无交欢共乐之趣，论事又无生男育女之功，不知何所取义，创出这桩事来？有苦于人，无益于己，做他何用？亏那中古之时，两个男子幻想。况且那尾闾一窍，是因五脏之内污物无所泄，秽气不能通，万不得已生来出污秽的。造物赋形之初，也怕男女交媾之际，误入此中，

339

所以不生在前而生在后，即于分门别户之中，已示云泥霄壤之隔；奈何盘山过岭，特地寻到那幽僻之处去掏摸起来。或者年长鳏夫，家贫不能婚娶，借此以泄欲火，或者年幼姣童，家贫不能糊口，借此以觅衣食，也还情有可原。如今世上，偏是有妻有妾的男子酷好此道，偏是丰衣足食的子弟喜做此道，所以更不可解。此风各处俱尚，尤莫盛于闽中。由建宁、邵武而上，一府甚似一府，一县甚似一县。不但人好此道，连草木是无知之物，因为习气所染，也好此道起来。深山之中有一种榕树，别名叫做南风树，凡有小树在榕树之前，那榕树毕竟要斜着身子去勾搭小树，久而久之，勾搭着了，把枝柯紧紧缠在小树身上，小树也渐渐地倒在榕树怀里来，两树结为一树。任你刀锯爷凿，拆他不开，所以叫做南风树。近日有一才士听见人说，只是不信。及至亲到闽中，看见此树，方才晓得六合以内，怪事尽多，俗口所传、野史所载的，不必尽是荒唐之说。因题一绝云：

并蒂芙蓉连理枝，谁云草木让情痴？

人间果有南风树，不到闽天哪得知。

【眉批】古人曰这忽然欣然处，正所谓不知其然而然，所以勉强之后，渐近自然。

【眉批】谑中三昧。

【眉批】奇煞。

看官，你说这个道理解得出解不出？草木尚且如此，那人的癖好一发不足怪了，如今且说一个秀士与一个美童，因恋此道而不舍，后来竟成了夫妻，还做出许多义夫节妇的事来。这是三纲的变体、五伦的闰位，正史可以不载、野史不可不载的异闻，说来醒一醒睡眼。

嘉靖末年，福建兴化府莆田县，有个廪膳秀才，姓许名葳字秀芳，生得面如冠玉，唇若涂朱。少年时节，也是个出类拔萃的龙阳，有许多长朋友攒住他，终日闻香嗅气，买笑求欢，哪里容他去攻习举业？直到二十岁外，头上加了法网，嘴上带了刷牙，渐渐有些不便起来，方才讨得几时闲空，就去奋志萤窗，埋头雪案，一考就入学，入学就补廪，竟做了莆田县中的名士。到了廿二三岁，他的夫星便退了，这妻星却大旺起来。为什么缘故？只因他生得标致，未冠时节，还是个孩子，又像个妇人，内眷们看见，还像与自家一般，不见得十分可羡；到此年纪，雪白的皮肤上面出了几根漆黑的髭须，漆黑的纱巾底下露出一张雪白的面孔，态度又温雅，衣饰又时兴，就像苏州虎丘山上绢做的人物一般，立在风前，飘飘然有凌云之致。你道妇人家见了，哪个不爱？只是一件，妇人把他看得滚热，他把妇人却看得冰冷。为什么缘故？只因他的生性以南为命，与北为仇，常对人说："妇人家有七可厌。"人问他："哪七可厌？"他就历历数道："涂脂抹粉，以假为真，一可厌也。缠脚钻耳，矫揉造作，二可厌也。乳峰突起，赘若悬瘤，三可厌也。出门不得，系若匏瓜，四可厌也。儿缠女缚，不得自由，五可厌也。月经来后，濡席沾裳，六可厌也。生育之余，茫无畔岸，七可厌也。怎如美男的姿色，有一分就是一分，有十分就是十分，全无一毫假借，从头至脚，一味

自然。任我东南西北，带了随身，既少嫌疑，又无挂碍，做一对洁净夫妻，何等不妙？"听者道："别的都说得是了，只是'洁净'二字，恐怕过誉了些。"他又道："不好此者，以为不洁。那好此道的，闻来别有一种异香，尝来也有一种异味。这个道理，可为知者道，难为俗人言也。"听者不好与他强辩，只得由他罢了。

【眉批】妻星入舍，夫星出宫，是做龙阳的常事。但犹有既为人夫而尚为人妇者，无乃太欠恬退乎。

【眉批】说来竟似可厌，凡人意之所憎，能使西施变为嫫姆，其理尽为然。

他后来想起"不孝有三，无后为大"，少不得要娶房家眷，度个种子。有个姓

石的富家，因重他才貌，情愿把女儿嫁他，倒央人来做媒，成了亲事，不想嫁进门来，夫妇之情甚是冷落，一月之内进房数次，其余都在馆中独宿。过了两年，生下一子，其妻得了产痨之症，不幸死了。季芳寻个乳母，每年出些供膳，把儿子叫她领去抚养，自己同几个家僮过日。因有了子嗣，不想再娶妇人，只要寻个绝色龙阳，为续弦之计。访了多时，再不见有。福建是出男色的地方，为什么没有？只因季芳自己生得太好了，虽有看得过的，那肌肤眉眼，再不能够十全。也有几个做毛遂自荐，来与他暂效鸳凤，及至交欢之际，反觉得珠玉在后，令人形秽。所以季芳鳏居数载，并无外遇。

【眉批】妙想慧□。

那时节城外有个开米店的老儿，叫做尤侍寰，年纪六十多岁，一妻一妾都亡过了，止有妾生一子，名唤瑞郎。生得眉如新月，眼似秋波，口若樱桃，腰同细柳，竟是一个绝色妇人。别的丰姿都还形容得出，独有那种肌肤，白到个尽头的去处，竟没有一件东西比他。雪有其白而无其腻，粉有其腻而无其光。在褓褓之时，人都叫他做粉孩儿。长到十四岁上，一发白里闪红，红里透白起来，真使人看见不得。兴化府城之东有个胜境，叫做湄洲屿，屿中有个天妃庙，立在庙中，可以观海，晴明之际，竟与琉球国相望，每年春间，合郡士民俱来登眺。那一年天妃神托梦与知府，说："今年各处都该荒旱，因我力恳上帝，独许此郡有七分收成。"彼时田还未种，知府即得此梦。及至秋收之际，果然别府俱荒，只有兴化稍熟。知府即出告示，令百姓于天妃诞日，大兴胜会，酬她力恳上帝之功。到那赛会之时，只除女子不到，合郡男人，无论黄童白叟，没有一个不来。尤侍寰一向不放儿子出门，到这一日，也禁止不住。自己有些残疾，不能同行，叫儿子与邻舍家子弟做伴同去，临行千叮万嘱："若有人骗你到冷静所在去讲闲话，你切不可听他。"瑞郎道："晓得。"竟与同伴一齐去了。

【眉批】形容活现，摹写逼真，尤瑞郎至今还在。

这日凡是好南风的，都预先养了三日眼睛，到此时好估承色。又有一班作孽的文人，带了文房四宝，立在总路头上，见少年经过，毕竟要盘问姓名，穷究住处，登记明白，然后远观气色，近看神情，就如相面的一般。相完了，在名字上打个暗号。你道是什么缘故？他因合城美少辐辏于此，要攒造一本南风册，带回去评其高下，定其等第，好出一张美童考案。就如吴下评骘妓女一般。尤瑞郎与同伴四五人都不满十六岁，别人都穿红着紫，打扮得妖妖娆娆，独有瑞郎家贫，无衣妆饰，又兼母服未满，浑身俱是布素。却也古怪，那些估承色的，定考案的，都有几分眼力，偏是那穿红着紫的大概看看就丢过了，独有浑身布素的尤瑞郎，一千一万双眼睛都钉在他做了胜会把与人看起来，等到赛会之时，挨挤上去，会又过了，只得到屿上眺望一番。有许多带攒盒上山的，这个扯他吃茶，那个拉他饮酒，瑞郎都谢绝了，与同伴一齐转去。

【眉批】 风竞至此，可使东西北尽化为南。

偶然回头，只见背后有个斯文朋友，年可二十余岁，丰姿甚美，意思又来得安闲，与那扯扯拽拽不同。跟着瑞郎一同行走，瑞郎过东，他也过东，瑞郎过西，他也过西，瑞郎小解，他也小解，瑞郎大便，他也大便，准准跟了四五个时辰，又不问一句话，瑞郎心上甚是狐疑。及至下山时节，走到一个崎岖所在，青苔路滑，瑞郎一脚踏去，几乎跌倒。那朋友立在身边，一把挽住道："尤兄仔细。"一面相扶，一面把瑞郎的手心轻轻摸了几摸，就如搔庠的一般。瑞郎脸上红了又白，白了又红，白是惊白的，红是羞红的，一霎时露出许多可怜之态。对那朋友道："若不是先生相扶，一跤直滚到山下，请问尊姓大号？"那朋友将姓名说来，原来就是鳏居数载，并无外遇的许季芳。彼此各说住处，约了改日拜访，说完，瑞郎就与季芳并肩而行，直

到城中分路之处，方才作别。

【眉批】钻心虫。

【眉批】这种法则，是他自幼学来的。殷受夏，周受殷，夫有所受也。

瑞郎此时情窦已开，明晓得季芳是个眷恋之意，只因众人同行，不好厚那一个，所以借扶危济困之情，寓惜玉怜香之意，这种意思也难为他，莫说情意，就是容貌丰姿也都难得。今日见千见万，何曾有个强似他的？"我今生若不相处朋友就罢，若要相处朋友，除非是他，才可以身相许。"想了一会，不觉天色已晚，脱衣上床。忽然袖中掉出两件东西，拾起来看，是一条白绫汗巾，一把重金诗扇。你道是哪里来的？原来许季芳跟他行走之时，预先捏在手里等候，要乘众人不见，投入瑞郎袖中，恰好遇着个扶跌的机会，两人袖口相对，不知不觉丢将过来，瑞郎还不知道。此时见了。比前更想得殷勤。

【眉批】这个法则，是他自己创出来的。从来骗小官者，不闻有此妙诀。

却说许季芳别了瑞郎回去，如醉如痴，思想兴化府中竟有这般绝色，不枉我选择多年，"我今日搔手之时，见他微微含笑，绝无拒绝之容，要相处他，或者也还容易，只是三日一交，五日一会，只算得朋友，叫不得夫妻，定要娶他回来，做了填房，长久相依才好。况且这样异宝，谁人不起窥伺之心？纵然与我相好，也禁不得他相处别人，毕竟要使他从一而终，方才遂我大志。若是小户人家，无穿少吃的，我就好以金帛相求；万一是旧家子弟，不希罕财物的，我就无计可施了。"翻来覆去，想到天明。

【眉批】龙肝鼠髓，别人不得尝新，他竟要当小菜吃，也忒欺心，怪不得后来天人交忌。

正要出城访问，忽有几个朋友走来道："闻得美童的考案出了，贴在天妃庙中，我们同去看看何如？"季芳道："使得。"就与众人一同步去。走到庙中，抬头一看，竟像殿试的黄榜一般，分为三甲，第一甲第一名就是尤瑞郎。众人赞道："定得公道，昨日看见的，自然要算他第一。"又有一个道："可惜许季芳早生十年。若

把你未冠时节的姿容留到今日，当与他并驱中原，未知鹿死谁手？"李芳笑了一笑，问众人道："可晓得他家事如何？父亲作何生理？"众人中有一个道："我与他是紧邻，他的家事瞒不得我，父亲是开米店的，当初也将就过得日子，连年生意折本，欠下许多债来，大小两个老婆俱死过了，两口棺木还停在家中不能殡葬，将来一定要受聘的，当初做粉孩儿的时节，我就看上他了，恨不得把气吹他大来，如今虽不曾下聘，却是我荷包里的东西，列位休来剪绺。"

【眉批】此兄亦是趣人。

季芳口也不开，别了众人回去。思想道："照他这等说，难道罢了不成？少不得要先下手。"连忙写个晚生帖子，先去拜他父亲。只说久仰高风，特来拜访，不好说起瑞郎之事。瑞郎看见季芳，连忙出来拜揖，李芳对侍寰道："令郎这等长大，想已开笔行文了，晚生不揣，敢邀

入社何如？"侍寰道："庶民之子，只求识字记帐，怎敢妄想功名？多承盛意，只好心领。"季芳、瑞郎两人眉来眼去，侍寰早已看见，明晓得他为此而来，不然一个名士，怎肯写晚生帖子，来拜市井之人？心上明白，外面只当不知。三人坐了一会，分别去了。

【眉批】何不竟写"愚婿"。

【眉批】近来勾搭小官者，多用此法。社者射也。

【眉批】名士写晚生帖拜人者，非为财即为色也，怕人怕人。

侍寰次日要去回拜季芳，瑞郎也要随去，侍寰就引他同行。季芳谅他决来回拜，恨不得安排香案迎接。相见之时，少不得有许多谦恭的礼数，亲热的言词，坐

了半响，方才别去。看官，你道侍寰为何这等没志气，晓得人要骗他儿子，全无拒绝之心，不但开门揖盗，又且送亲上门，是何道理？要晓得那个地方，此道通行，不以为耻，侍寰还债举丧之物，都要出在儿子身上，所以不拒窥伺之人，这叫做"明知好酒，故意犯令"。既然如此，他就该任凭瑞郎出去做此道了，为何出门看会之时，又吩咐不许到冷静所在与人说话，这是什么缘故？又要晓得福建的南风，与女人一般，也要分个初婚、再醮。若是处子原身，就有人肯出重聘，三茶不缺，六礼兼行，一样的明婚正娶，若还拘管不严，被人尝了新去，就叫做败柳残花。虽然不是弃物，一般也有售主，但只好随风逐浪，弃取由人，就开不得雀屏，选不得佳婿了。所以侍寰不废防闲，也是韫椟待沽之意。

且说兴化城中自从出了美童考案，人人晓得尤瑞郎是个状元。那些学中朋友只除衣食不周的，不敢妄想天鹅肉吃，其余略有家事的人，哪个不垂涎咽唾？早有人传到侍寰耳中。侍寰就对心腹人道："小儿不幸，生在这个恶赖地方，料想不能免俗，我总则拚个蒙面忍耻，顾不得什么婚姻论财、夷虎之道，我身背上有三百两债负，还要一百两举丧，一百两办我的衣衾棺椁，有出得起五百金的，只管来聘，不然教他休想。"从此把瑞郎愈加管束，不但不放出门，连面也不许人见。福建地方，南风虽有受聘之例，不过是个意思，多则数十金，少则数金，以示相求之意，哪有动半千金聘男子的？众人见他开了大口，个个都禁止不提。那没力量的道："他儿子的后庭料想不是金镶银裹的，'岂其娶妻，必齐之姜？'便除了这个小官，不用也罢。"那有力量的道："他儿子的年纪，还不曾二八，且熬他几年，待他穷到极处，自然会跌下价来。"所以尤瑞郎的桃夭佳节，又迟了几时。只是思量许季芳，不能见面，终日闭在家中，要通个音信也不能够。不上半月，害起相思病来，求医不效，问卜不灵。邻家有个同伴过来看他，问起得病之由，瑞郎因无人通信，要他做个氤氲使者，只得把前情直告。同伴道："这等，何不写书一封，待我替你寄去，教他设处五百金聘你就是了。"瑞郎道："若得如此，感恩不尽。"就研起墨来，写了一个寸楮，订封好了，递与同伴。同伴竟到城外去寻季芳。问到他的住处，是一所高大门楣。同伴思量道："住这样房子的人，一定是个财主。要设处五百金，料也容易。"及至唤出人来一问，原来数日之前，将此房典与别人，自己搬到城外去住了。同伴又问了城外的住处，一路寻去，只见数间茅屋，两扇柴门，冷冷清清，杳无人迹。门上贴一张字道：

> 不佞有小事下乡，凡高明书札，概不敢领，恐以失答开罪，亮之宥之。

同伴看了，转去对瑞郎述了一遍，道："你的病害差了。他门上的字明明是拒绝你的，况且房子留不住的人，哪里有银子干风流事？劝你及早丢开，不要痴想。"

瑞郎听了，气得面如土色，思量一会，对同伴道："待我另写一封绝交书，连前日的汗巾、扇子烦你一齐带去，若见了他，可当面交还，替我骂他几句，如若仍前不见，可从门缝之中丢将进去，使他见了，稍泄我胸中之恨。"同伴道："使得。"瑞郎爬起来，气忿忿地写了一篇，依旧钉封好了，取出二物，一齐交与同伴。同伴拿去，见两扇柴门依旧封锁未开，只得依了瑞郎的话，从门缝中塞进去了。

【眉批】好波澜。

看官，你道许季芳起初何等高兴，还只怕贿赂难通，如今明白出了题目，正好做文字了，为何全不料理，反到乡下去游荡起来？要晓得季芳此行，正为要做情种。他的家事，连田产屋业，算来不及千金。听得人说，尤侍寰要五百金聘礼，喜之不胜道："便尽我家私，换得此人过来消受几年，就饿死了也情愿。"竟将住房典了二百金，其余三百金要出在田产上面，所以如飞赶到乡下去卖田，恐怕同窗朋友写书来约他做文字，故此贴字在门上，回覆社友，并非拒绝瑞郎。忽一日，得了田价回来，兴匆匆要央人做事，不想开开大门，一脚踏着两件东西，拾起一看，原来

就是那些表记。当初塞与人，人也不知觉，如今塞还他，他也不知觉，这是造物簸弄英雄的个小小伎俩。季芳见了，吓得通身汗下，又不知是他父亲看见，送来羞辱他的，又不知是有了售主，退来回覆他的，哪一处不疑到？把汗巾捏一捏，里面还有些东西，解开却是一封书札。拆来细看，上写道：

> 窃闻有初者鲜终，进锐者退速。始以为岂其然？而今知真不谬也。妃宫瞥遇，委曲相随；持危扶颠，备示悯恤。归而振衣拂袂，复见明珠暗投，以为何物才人，情痴乃尔；因矢分桃以报，谬思断袖之欢，讵意后宠未承，前鱼早弃。我方织苏锦为献，君乃署翟门以辞。曩如魍魉逐影，不知何所见而来？今忽鼠窜抱头，试问何所闻而去？君既有文送穷鬼，我宁无剑斩情魔？纨扇不载仁风，鲛绡枉沾泪迹。谨将归赵，无用避秦。

季芳看了，大骇道："原来他寄书与我，见门上这几行谤字，疑我拒绝他，故此也写书来拒绝我，这样屈天屈地的事教我哪里去伸冤？"到了次日，顾不得怪与不怪，肯与不肯，只得央人去做。尤侍寰见他照数送聘，一厘不少，可见是个志诚君子，就满口应承，约他儿子病好，即便过门。就将送来的聘金，还了债负，举了二丧。余下的藏为养老送终之费。这才合着古语一句道："有子万事足。

【眉批】慣在闲中作态。

且说尤瑞郎听见受了许家之聘，不消吃药，病都好了，只道是绝交书一激之力，还不知他出于本心。季芳选下吉日，领了瑞郎过门，这一夜的洞房花烛，比当日娶亲的光景大不相同。有《撒帐词》三道为证：

其一

> 银烛烧来满画堂，新人羞涩背新郎。新郎不用相扳扯，便不回头也不妨。

【眉批】妙。

其二

> 花下庭前巧合欢，穿成一串倚阑干。缘何今夜天边月，不许情人对面看？

【眉批】更妙。

其三

　　轻摩软玉嗅温香，不似游蜂掠蕊狂。何事新郎偏识若，十年前是一新娘。

　　季节、瑞郎成亲之后，真是如鱼得水，似漆投胶，说不尽绸缪之意。瑞郎天性极孝，不时要回去看父亲。季芳一来舍不得相离，二来怕他在街上露形，启人窥伺之衅，只得把侍寰接来同住，晨昏定省，待如亲父一般。侍寰只当又生一个儿子，喜出望外。只是六十以上之人，毕竟是风烛草霜，任你百般调养，到底留他不住，未及一年，竟过世了。季芳哀毁过情，如丧考妣，追荐已毕，尽礼殡葬。瑞郎因季芳变产聘他，已见多情之至，后来又见待他父亲如此，愈加感深入骨，不但愿靠终身，还且誓以死报。他初嫁季芳之时，才十四岁，腰下的人道，大如小指，季芳同睡之时，

贴然无碍，竟像妇女一般。及至一年以后，忽然雄壮起来，看他欲火如焚，渐渐地禁止不住。又有五个多事的指头，在上面摩摩捏捏，少不得那生而知之、不消传授的本事，自然要试出来。季芳怕他辛苦，时常替他代劳，只是每到竣事之后，定要长叹数声。瑞郎问他何故？季芳只是不讲。瑞郎道："莫非嫌他有碍么？"季芳摇头道："不是。"瑞郎道："莫非怪他多事么？"季芳又摇头道："不是。"瑞郎道："这等，你为何长叹？"季芳被他盘问不过，只得以实情相告。指着他的此物道："这件东西是我的对头，将来与你离散之根就伏于此，教我怎不睹物伤情？"瑞郎大惊道："我两个生则同衾，死则共穴，你为何出此不祥之语。毕竟为什么缘故？"季芳道："男子自十四岁起，至十六岁止，这三年之间，未曾出幼，无事分心。相处一个朋友，自然安心贴意，如夫妇一般。及至肾水一通，色心便起，就要想起妇人来了。一想到妇人身上，就要与男子为仇，书上道：'妻子具而孝衰于亲。'有了妻子，连

无声戏

父母的孝心都衰了，何况朋友的交情？如今你的此物一日长似一日，我的缘分一日短似一日了；你的肾水一日多似一日，我的欢娱一日少似一日了。想到这个地步，教我如何不伤心？如何不叹气？"说完了，不觉放声大哭起来。瑞郎见他说得真切，也止不住泪下如雨。想了一会道："你的话又讲差了，若是泛泛相处的人，后来娶了妻子，自然有个分散之日，我如今随你终身，一世不见女子，有什么色心起得？就是偶然兴动，又有个遣兴之法在此，何须虑他？"季芳道："这又遣兴之法，就是将来败兴之端，你哪里晓得？"瑞即道："这又是什么缘故？"季芳道："凡人老年的颜色。不如壮年，壮年的颜色，不如少年者，是什么缘故？要晓得肾水的消长，就关于颜色的盛衰。你如今为什么这等标致？只因元阳未泄，就如含苞的花蕊一般，根本上的精液总聚在此处，所以颜色甚艳，香味甚浓。及至一开之后，精液就有了去路，颜色一日淡似一日，香味一日减似一日，渐渐地干鳖下去。你如今遣兴遣出来的东西，不是什么无用之物，就是你皮里的光彩，面上的娇艳，底下去了一分，上面就少了一分。这也不关你事，是人生一定的道理，少不得有个壮老之日，难道只管少年不成？只是我爱你不过，无计留春，所以说到这个地步，也只得由他罢了。"瑞郎被他这些话说得毛骨悚然，自己思量道："我如今这等见爱于他，不过为这几分颜色。万一把元阳泄去，颜色顿衰，渐渐地惹厌起来，就是我不丢他，他也要弃我了。如何使得？"就对季芳道："我不晓得这件东西是这样不好的。既然如此，你且放心，我自有处。"

【眉批】当初仇过别人，所以如今怕人仇己。

【眉批】可谓无微不至。

【眉批】以色事人者，当抄一通，贴之座右。

过了几日，季芳清早出门去会考。瑞郎起来梳头，拿了镜子，到亮处仔细一照，不觉疑心起来道："我这脸上的光景，果然比前不同了，前日是白里透出红来的，如今白到增了几分，那红的颜色却减去了，难道他那几句说话就这等应验，我那几点脓血就这等利害不成？他为我把田产卖尽，生计全无，我家若不亏他，父母俱无葬身之地，这样大恩一毫也未报，难道就是这样老了不成？"仔细踌躇一会，忽然发起狠来道："总是这个孽根不好，不如断送了他，省得在此兴风起浪，做太监的人一般也过日子，如今世上有妻妾、没儿子的人尽多，譬如我娶了家小、不能生育也只看得，我如今为报恩绝后，父母也怪不得我。"就在箱里取出一把剃刀，磨得锋快，走去睡在春凳上，将一条索子一头系在梁上，一头缚了此物，高高挂起，一只手拿了剃刀，狠命一下，齐根去了。自己晕死在春凳上，因无人呼唤，再不得苏醒。

季芳从外边回来，连叫瑞郎不应。寻到春凳边，还只说他睡去，不敢惊醒。只见梁上挂了一个肉茄子，荡来荡去。捏住一看，才晓得是他的对头。季芳吓得魂不附体，又只见裤裆之内，鲜血还流，叫又叫不醒，推又推不动，只得把口去接气，一连送几口热气下肚，方才苏醒转来。

季芳道："我无意中说那几句话，不过是怜惜你的意思，你怎么就动起这个心来？"说完，捶胸顿足，哭个不了，又悔恨失言，将巴掌自己打嘴。瑞郎疼痛之极，说不出话，只做手势，教他不要如此。季芳连忙去延医赎药，替他疗治。却也古怪，别人剔破一个指头，也要害上几时，他就像有神助的一般，不上月余，就收了口，那疤痕又生得古古怪怪，就像妇人的牝户一般，他起先的容貌、体态分明是个妇人，所异者几希之间耳，如今连几希之间都是了，还有什么分辩？季芳就索性教他做妇人打扮起来，头上梳了云鬟，身上穿了女衫，只有一双金莲，不止三寸，也教他稍加束缚。瑞郎又有个藏拙之法，也不穿鞋袜，也不穿褶裤，做一双小小皂靴穿起来，俨然是戏台上一个女旦。又把瑞郎的"郎"字改做"娘"字，索性名实相称

到底。从此门槛也不跨出，终日坐在绣房，性子又聪明，女工针指不学自会，每日爬起来，不是纺绩，就是刺绣，因季芳家无生计，要做个内助供给他读书。

那时节季芳的儿子在乳母家养大，也有三、四岁了，瑞娘道："此时也好断乳，何不领回来自己抚养？每年也省几两供给。"季芳道："说得是。"就去领了回来。瑞娘爱若亲生，自不必说。

季芳此时娇妻嫩子都在眼前，正好及时行乐，谁想天不由人，坐在家中，祸事从天而降。忽一日，有两个差人走进门来道："许相公太爷有请。"季芳道："请我做什么？"差人道："通学的相公有一张公呈，出首相公，说你私置腐刑，擅立内监，图谋不轨，太爷当堂准了，差我来拘，还有一个被害叫尤瑞郎，也在你身上要。"季芳道："这等借牌票看一看。"差人道："牌票在我身上。"就伸出一只血红的手臂来。上写道：

　　立拿叛犯许葳、阉童尤瑞郎赴审。

原来太守看了呈词，诧异之极，故此不出票，不出签，标手来拿，以示怒极之意。你道此事从何而起？只因众人当初要聘尤瑞郎，后来暂且停止，原是熬他父亲跌价的，谁想季芳拚了这主大钞，竟去聘了回来。至美为他所得，哪个不怀妒忌之心？起先还说虽不能够独享，待季芳尝新之后，大家也普同供养一番，略止垂涎之意，谁想季芳把他藏在家中，一步也不放出去，天下之宝，不与天下共之，所以就动了公愤。虽然动了公愤，也还无隙可乘。若季芳不对人道痛哭，瑞郎也不下这个毒手，季芳也没有这场横祸。所以古语道："无故而哭者不祥。"又道："运退遇着有情人。"一毫也不错。众人正在观衅之际，忽然听得这件新闻，大家哄然起来道："难道小尤就有这等痴情？老许就有这等奇福？偏要割断他那种痴情，享不成这段奇福。"故此写公呈出首起来。做头的就是尤瑞郎的紧邻、把瑞郎放在荷包里、不许别个剪绺的那位朋友。

【眉批】妙。

当时季芳看了朱臂，进去对瑞郎说了。瑞郎惊得神魂俱丧，还要求差人延捱一

日，好钻条门路，然后赴审。那差人知道官府盛怒之下，不可迟延，即刻就拘到府前，伺候升堂，竟带过去。太守把棋子一拍道："你是何等之人，把良家子弟阉割做了太监？一定是要谋反了。"季芳道："生员与尤瑞郎相处是真，但阉割之事，生员全不知道，是他自己做的。"太守道："他为什么自己就阉割起来？"季芳道："这个缘故生员不知道，就知道也不便自讲，求太宗师审他自己就是。"太守就叫瑞郎上去，问道："你这阉割之事，是他动手的，是你自己动手的？"瑞郎道："自己动手的。"太守道："你为什么自己阉割起来？"瑞郎道："小的父亲年老，债负甚多，二母的棺柩暴露未葬，亏许秀才捐出重资，助我做了许多大事，后来父亲养老送终，总亏他一人独任，小的感他大恩，无以为报，所以情愿阉割了，服事他终身的。"

太守大怒道："岂有此理。你要报恩，哪一处报不得，做起这样事来？身体发肤，受之父母，怎么为无耻私情，把人道废去？岂不闻不孝有三、无后为大么？我且先打你个不孝。"就丢下四根签来，皂隶拖下去，正要替他扯裤，忽然有上千人拥上堂来，喧嚷不住。福建的土音，官府听不出，太守只说审屈了事，众人鼓噪起来，吓得张惶无措。你道是什么缘故？只因尤瑞郎的美豚，是人人羡慕的，这一日看审的人，将有数千，一半是学中朋友，听见要打尤瑞郎，大家挨挤上去，争看美豚。皂隶见是学中秀才，不好阻碍，所以直拥上堂，把太守吓得张惶无措。太守细问书吏，方才晓得这个情由。皂隶待众人止了喧哗，立定身子，方才把瑞郎的裤子扯开，果然露出一件至宝。只见：

> 嫩如新藕，媚若娇花。光腻无滓，好像剥去壳的鸡蛋；温柔有缝，又像煨出甑的寿桃。就是吹一口，弹半下，尚且要皮破血流；莫道受屈棒，忍官刑，

熬得不珠残玉碎。皂隶也喜南风，纵使硬起心肠，只怕也下不得那双毒手；清官也好门子，虽一时怒翻面孔，看见了也难禁一点婆心。

太守看见这样粉嫩的肌肤，料想吃不得棒起，欲待饶了，又因看的人多，不好意思，皂隶拿了竹板，只管沿沿摸摸，再不忍打下去。挨了一会，不见官府说饶，只得擎起竹板。

【眉批】好波澜。

方才吆喝一声，只见季芳拚命跑上去，伏在瑞郎身上道："这都是生员害他，情愿替打。"起先众人在旁边赏鉴之时，个个都道："便宜了老许。"那种醋意，还是暗中摸索。此时见他伏将上去，分明是当面骄人了，怎禁得众人不发极起来？就一齐鼓掌哗噪道："公堂上不是干龙阳的所在，这种光景看不得。"太守正在怒极之时，又见众人哗噪，就立起身来道："你在本府面前尚且如此，则平日无耻可知，我少不得要申文学道，革你的前程，就先打后革也无碍。"说完，连签连筒推下来，皂隶把瑞郎放起，拽倒季芳，取头号竹板，狠命地砍。瑞郎跪在旁边乱喊，又当嗑头，又当撞头，季芳打一下，他撞一下。打到三十板上，季芳的腿也烂了，瑞郎的头也碎了，太守才叫放起，一齐押出去讨保。众人见打了季芳，又革去前程，大家才消了醋块，欢然散了。太守移文申黜之后，也便从轻发落，不曾问那阉割良民的罪。

季芳打了回来，气成一病，恹恹不起，瑞郎焚香告天，割股相救，也只是医他不转。还怕季芳为他受辱亡身，临终要埋怨，谁想易簀之际，反捏住瑞郎的手道："我累你失身绝后，死有余辜。你千万不要怨怅。还有两件事叮嘱你，你须要牢记在心。"瑞郎道："哪两桩事？"季芳道："众人一来为爱你，二来为妒我，所以构此大难，我死之后，他们个个要起不良之心，你须要远避他方，藏身敛迹，替我守节终身，这是第一桩事，我读了半世的书，不能发达，只生一子，又不曾教得成人，烦你替我用心训诲，若得成名，我在九泉也瞑目，这是第二桩事。"说完，眼泪也没有，干哭了一场，竟奄然长逝了。

【眉批】死犹未死。

【眉批】托子缓于寄妻，足见钟情之至。

瑞郎哭得眼中流血，心内成灰，欲待以身殉葬，又念四岁孤儿无人抚养，只得收了眼泪，备办棺衾。自从死别之日，就发誓吃了长斋，七七替他看经念佛。殡葬之后，就寻去路，思量十六、七岁的人，带着个四岁孩子，还是认做儿子的好，认做兄弟的好？况且作孽的男子处处都有，这里尚南风，焉知别处不尚南风？万一到了一个去处，又招灾惹祸起来，怎么了得？毕竟要装做女子，才不出头露面，可以完节终身。只是做了女子，又有两桩不便。一来路上不便行走，二来到了地方，难做生意。踌躇几日，忽然想起有个母舅，叫做王肖江，没儿没女，止得一身。不如教他引领，一来路上有伴，二来到了地头，好寻生计。算计定了，就请王肖江来商量。肖江听见，喜之不胜道："漳州原是我祖藉，不如搬到漳州去，你只说丈夫死了，不愿改嫁，这个儿子，是前母生的，一同随了舅公过活，这等讲来，任他南风北风，都吹你不动了。"瑞郎道："这个算计真是万全。"就依当初把"郎"字改做"娘"字，便于称呼。

起先季芳病重之时，将余剩的产业卖了二百余金，此时除丧事费用之外，还剩一半，就连夜搬到漳州，赁房住下。肖江开了一个鞋铺，瑞娘在里面做，肖江在外面卖，生意其行，尽可度日。孤儿渐渐长成，就拣了明师，送他上学，取名叫做许承先。承先的资质不叫做颖异，也

不叫做愚蒙，是个可士可农之器。只有一件像种，那眉眼态度，宛然是个许季芳。头发也黑得可爱，肌肤也白得可爱，到了十二、三岁，渐渐地惹事起来。同窗学生

大似他的，个个买果子送与他吃，他又做陆绩怀桔的故事，带回来孝顺母亲。瑞娘思量道："这又不是好事了，我当初只为这几分颜色，害得别人家破人亡，弄得自己东逃西窜，自己经过这番孽障，怎好不惩戒后人？"就吩咐承先道："那送果子你吃的人，都是要骗你的，你不可认做好意，以后但有人讨你便宜，你就要禀先生，切不可被他捉弄。"承先道："晓得。"不多几日，果然有个学长挖他窟豚，他禀了先生，先生将学长责了几板。回来告诉瑞娘，瑞娘甚是欢喜。不想过了几时，先生又瞒了众学生，买许多果子放在案头，每待承先背书之际，张得众人不见，暗暗地塞到承先袖里来。承先只说先生决无歹意，也带回来孝顺母亲。瑞郎大骇道："连先生都不轨起来，这还了得？"就托故辞了，另拣个须鬓皓然的先生送他去读。

又过几时，承先十四岁。恰好是瑞娘当初受聘之年，不想也有花星照命。一日新知县拜客，从门首经过，仪从执事，摆得十分齐整。承先在店堂里看，那知县是个青年进士，坐在轿上一眼觑着承先，抬过四五家门面，还掉过头来细看。王肖江对承先道："贵人抬眼看，便是福星临。你明日必有好处。"不上一刻，知县拜客转来，又从门首经过，对手下人道："把那个穿白的孩子拿来。"只见两三个巡风皂隶如狼似虎赶进店来，把承先一索锁住，承先惊得号啕痛哭。瑞娘走出来，问什么缘故？那皂隶不由分说，把承先乱拖乱扯，带到县中去了。王肖江道："往常新官上任，最忌穿白的人，想是见他犯了忌讳，故此拿去惩治了。"瑞娘顾不得抛头露面，只得同了肖江赶到县前去看。原来是县官初任，要用门子，见承先生得标致，自己相中了，故此拿他来递认状的。瑞娘走到之时，承先已经押出讨保，立刻要取认状。瑞娘走到家中，抱了承先痛哭道："我受你父亲临终之托，指望教你读书成名，以承先人之志，谁想皇天不佑，使你做下贱之人，我不忍见你如此，待我先死了，你后进衙门，还好见你父亲于地下。"说完，只要撞死，肖江劝了一番，又扯到里面，商议了一会，瑞娘方才住哭，当晚就递了认状。第二日就教承先换了青衣，进去服役。知县见他人物又俊俏，性子又伶俐，甚是得宠。

却说瑞娘与肖江预先定下计较，写了一舱海船，将行李衣服渐渐搬运下去。到

那一日，半夜起来，与承先三人一同逃走下船，曳起风帆，顷刻千里，不上数日，飘到广东广州府。将行李搬移上岸，赁房住下，依旧开个鞋铺。瑞娘这番教子，不比前番，日间教他从师会友，夜间要他刺股悬梁，若有一毫怠惰，不是打，就是骂，竟像肚里生出来的一般。承先也肯向上，读了几年，文理大进。屡次赴考，府县俱取前列，但遇道试，就被攻冒籍的攻了出来。直到二十三岁，宗师收散遗才，承先混进去考，幸取通场第一，当年入场，就中了举。回来拜谢瑞娘，瑞娘不胜欢喜。

却说承先丧父之时，才得四岁，吃饭不知饥饱，哪里晓得家中之事？自他从乳母家回来，瑞娘就做妇人打扮，直到如今。承行只说当真是个继母，哪里去辩雌雄？瑞娘就要与他说知，也讲不出口。所以鹘鹘突突过了二十三年。直到进京会试，与福建一个举人同寓，承先说原籍也是福

建，两下认起同乡来。那举人将他齿录一翻，看见父许葳，嫡母石氏，继母尤氏，就大惊道："原来许季芳就是令先尊？既然如此，令先尊当初不好女色，止娶得一位石夫人，何曾再聚什么尤氏？"承先道："这个家母如今现在。"那举人想了一会，大笑道："莫非就是尤瑞郎么？这等他是个男人，你怎么把他刻作继母？"承先不解其故，那举人就把始末根由，细细地讲了一遍，承先才晓得这段稀奇的故事。后来承先几科不中，选了知县，做了三年，升了部属，把瑞娘待如亲母，封为诰命夫人，终身只当不知，不敢提起所闻一字。就是死后，还与季芳合葬，题曰："尤氏夫人之墓"，这也是为亲者讳的意思。

看官，你听我道："这许季芳是好南风的第一个情种，尤瑞郎是做龙阳的第一

个节妇，论理就该流芳百世了，如今的人，看到这回小说，个个都掩口而笑，就像鄙薄他的一般，这是什么缘故？只因这桩事不是天造地设的道理，是那走斜路的古人穿凿出来的，所以做到极至的所在，也无当于人伦。我劝世间的人，断了这条斜路不要走，留些精神施于有用之地，为朝廷添些户口，为祖宗绵绵嗣续，岂不有益。为什么把金汁一般的东西，流到那污秽所在去？有诗为证：

> 阳精到处便成孩，南北虽分总受胎。

> 莫道龙阳不生子，蛆虫尽自后庭来。

【评】

若使世上的龙阳个个都像尤瑞郎守节，这南风也该好；若使世上的朋友个个都像许季芳多情，这小官也该做。只怕世上没有第二个尤、许，白白的损了精神，坏了行止，所以甚觉可惜。

第七回　人宿妓穷鬼诉嫖冤

词云：

> 访遍青楼窈窕，散尽黄金买笑。金尽笑声无，变作吠声如豹。
>
> 承教承教，以后不来轻造。

这首词名为《如梦令》，乃说世上青楼女子，薄幸者多，从古及今，做郑元和、于叔夜的不计其数，再不见有第二个穆素徽，第三个李亚仙。做嫖客的人，须趁莲花未落之时，及早收拾锣鼓，休待错梦做了真梦，后来不好收场。世间多少富家子弟，看了这两本风流戏文，都只道妓妇之中一般有多情女子，只因嫖客不以志诚感动她，所以不肯把真情相报。故此尽心竭力，倾家荡产，去结识青楼。也要想做《绣襦纪》《西楼梦》的故事。谁想个个都有开场无煞尾。做不上半本，又有第二个郑元

和、于叔夜上台，这李亚仙、穆素徽与他重新做起，再不肯与一个正生搬演到头，不知什么缘故？

万历年间，南京院子里有个名妓，姓金名荃，小字就叫做荃娘。容貌之娇艳，态度之娉婷，自不必说，又会写竹画兰，往来的都是青云贵客。有个某公子在南京坐监，费了二、三千金结识她，一心要娶她作妾，只因父亲在南京做官，恐生物

议，故此权且消停。自从相与之后，每月出五十两银子包她，不论自己同宿不同宿，总是一样，日间容她会客，夜间不许她留人。后来父亲转了北京要职，把儿子改做北监，带了随任读书。某公子临行，又兑六百两银子与她为一年薪水之费。约待第二年出京，娶她回去。荃娘办酒做戏，替他饯行，某公子就点一本《诱襦记》。荃娘道："启行是好事，为何做这样不吉利的戏文？"某公子道："只要你肯做李亚仙，我就为你打莲花落也无怨。"当夜枕边哭别，吩咐她道："我去之后，若听见你留一次客，我以后就不来了。"荃娘道："你与我相处了几年，难道还信我不过？若是欲心重的人，或者熬不过寂寞，要做这桩事，若是没得穿、没得吃的人，或者饥寒不过，没奈何要做这桩事。你晓得我欲心原是淡薄的，如今又有这主银子安家，料想不会饿死，为什么还想接起客来？"某公子一向与她同宿，每到交媾之际，，看她不以为乐，反以为苦。所以再不疑她有二心，此时听见这两句话，自然彻底相信了。分别之后，又曾央几次心腹之人，到南京装做嫖客，走来试她。她坚辞不纳，一发验出她的真心。

　　未及一年，就辞了父亲，只说回家省母，竟到南京娶她。不想走到之时，荃娘已死过一七了，问是什么病死的？鸨儿道："自从你去之后，终日思念你，茶不思，饭不想，一日重似一日，临死之时，写下一封血书，说了几句伤心话，就没有了。"某公子讨书一看，果然是血写的，上面的话叙得十分哀切，煞尾那几句云：

　　　　生为君侧之人，死作君旁之鬼。乞收贱骨，携入贵乡。

　　　　他日得践同穴之盟，吾目瞑矣，老母弱妹，幸稍怜之。

　　某公子看了，号啕痛哭，几不欲生。就换了孝服，竟与内丧一般。追荐已毕，将棺木停在江口，好装回去合葬，刻个"副室金氏"的牌位供在枢前，自己先回去寻地，临行又厚赠鸨母道："女儿虽不是你亲生，但她为我而亡，也该把你当至亲看待，你第二个女儿姿色虽然有限，她书中既托我照管，我转来时节少不得也要培植一番，做个屋乌之爱。总来你一家人的终身，都在我身上就是了。"鸨母哭谢而别。

却说某公子风流之光虽然极高，只是本领不济，每与妇人交感，不是望门流涕，就是遇敌倒戈，自有生以来，不曾得一次颠鸾倒凤之乐。相处的名妓虽多，考校之期都是草草完篇，不交白卷而已。所以到处便买春方，逢人就问房术，再不见有奇验的。一日坐在家中，有个术士上门来拜谒，取出一封荐书，原来是父亲的门生，晓得他要学房中之术，特地送来传授他的。某公子如饥得食，就把他留在书房，朝夕讲究。那术士有三种奇方，都可以立刻见效。第一种叫做坎离既济丹，一夜只敌一女，药力耐得二更，第二种叫做重阴丧气丹，一夜可敌二女，药力耐得三更，第三种叫做群姬夺命丹，一夜可敌数女，药力竟可以通宵达旦。某公子当夜就传了第一种。回去与乃正一试，果然欢美异常。次日又传第二种，回去与阿妾一试，更觉得矫健无比。

术士初到之时，从午后坐到点灯，一杯茶汤也不见，到了第二、三日，那茶酒饮食渐渐地丰盛起来，就晓得是药方的效验了。及至某公子要传末后一种，术士就有作难之色。某公子只说他要索重谢，取出几个元宝送他，术士道："不是在下有所需索，只因那种房术不但微损于

己，亦且大害于人，须是遇着极淫之妇，屡战不降，万不得已，用此为退兵之计则可，平常的女子动也是动不得的。就是遇了劲敌，也只好偶尔一试，若一连用上两遭，随你铁打的妇人，不死也要生一场大病。在下前日在南京偶然连用两番，断送了一个名妓。如今怕损阴德，所以不敢传授别人。"某公子道："那妓妇叫什么名字，可还记得么？"术士道："姓金名荃，小字叫做荃娘，还不曾死得百日。"某公子大惊失色，呆了半晌，又问道："闻得那妇人近来不接客，怎么独肯留兄？"术士

道："她与个什么贵人有约，外面虽说不接客，要掩饰贵人的耳目，其实暗中有个牵头，夜夜领人去睡的。"某分子听了，就像发疟疾地一般，身上寒一阵，热一阵。又问他道："这个妇人，有几个敝友也曾嫖过，都说她的色心是极淡薄的，兄方才讲那种房术，遇了极淫之妇方才可用，她又不是个劲敌，为什么下那样的毒手摆布她？"术士道："在下阅人多矣，妇人淫者虽多，不曾见这一个竟是通宵不倦的。或者去嫖她的贵友本领不济，不能饱其贪心，故此假装恬退耳。她也曾对在下说过，半三不四的男子惹得人渴，救不得人饥，倒不如藏拙些的好。"某公子听到此处，九分信了，还有一分疑惑，只道他是赖风月的谎话。又细细盘问那妇人下身黑白何如，内里蕴藉何如？术士逐件讲来，一毫也不错。又说小肚之下、牝户之上有个小小香疤，恰好是某公子与她结盟之夜，一齐炙来做记认的。见他说着心窍，一发毛骨悚然，就别了术士，进去思量道："这个淫妇吃我的饭，穿我的衣，夜夜搂了别人睡，也可谓负心之极了，倒临终时节又不知哪里弄些猪血狗血，写一封遗嘱下来，教我料理她的后事，难道被别人弄死，教我偿命不成？又亏得被人弄死，万一不死，我此时一定要回来。天下第一个淫妇，嫁着天下第一个本领不济之人，怎保得不走邪路、做起不尴不尬的事来？我这个龟名万世也洗不去了。这个术士竟是我的恩人，不但亏他弄死，又亏他无心中肯讲出来。他若不讲，我哪里晓得这些缘故？自然要把她骨殖装了回来。百年之后，与我合葬一处，分明是生前不曾做得乌龟，死后来补数了。如何了得。"当晚寻出那封血书，瞒了妻妾，一边骂，一边烧了。

【眉批】公子贻笑大方久矣。

次日就差人往南京，毁去"副室金氏"的牌位，吩咐家人，踏着妈儿的门槛，狠骂了一顿回来。从此以后，刻了一篇《戒嫖文》，逢人就送。不但自己不嫖，看见别人迷恋青楼，就下苦口极谏。这叫做：

要知山下路，须问过来人。

这一桩事，是富家子弟的呆处了。后来有个才士，做一回《卖油郎独占花魁》

的小说，又有个才士，将来编做戏文。那些挑葱卖菜的看了，都想做起风流事来。每日要省一双草鞋钱，每夜要做一个花魁梦。攒积几时，定要到妇人家走走，谁想卖油郎不曾做得，个个都做一出贾志诚了回来。当面不叫有情郎，背后还骂叫化子，那些血汗钱岂不费得可惜。

崇祯末年，扬州有个妓妇，叫做雪娘。生得态似轻云，腰同细柳，虽不是朵无赛的琼花，钞关上的姊妹，也要数她第一。她从幼娇痴惯了，自己不会梳头，每日起来，洗过了面，就教妈儿替梳，妈儿若还不得闲，就蓬上一两日，只将就掠掠，做个懒梳妆而已。

小东门外有个篦头的待诏，叫做王四，年纪不上三十岁，生得伶俐异常，面貌也将就看得过。篦头篦得轻，取耳取得出，按摩又按得好，姊妹人家的生活，只有他做得多。因在坡子上看见做一本《占花魁》的新戏，就忽然动起风流兴来，心上思量

道："敲油梆的人尚且做得情种，何况温柔乡里、脂粉丛中摩疼擦庠这待诏乎？"一日走到雪娘家里，见她蓬头坐在房中，就问道："雪姑娘要篦头么？"雪娘道："头倒要篦，只是舍不得钱，自己篦篦罢。"王四道："哪个想趁你们的钱！只要在客人面前作养作养就够了。"一面说，一面解出家伙，就替她篦了一次。篦完，把头发递与她道："完了，请梳起来。"雪娘道："我自己不会动手，往常都是妈妈替梳的。"王四道："梳头什么难事，定要等妈妈，待我替你梳起来罢。"雪娘道："只怕你不会。"王四原是聪明的人，又常在妇人家走动，看见梳惯的，有什么不会？就替她精精致致梳了一个牡丹头。雪娘拿两面镜子前后一照，就笑起来道："好手段，倒不晓得你这等聪明，既然如此，何不常来替我梳梳，一总算银子还你就是。"

王四正要借此为进身之阶，就一连应了几个"使得"。雪娘叫妈儿与他当面说过，每日连梳连篦，算银一分，月尾支销，月初另起。王四以为得计，日日不等开门就来伺候，每到梳头完了。雪娘不教修养，他定要捶捶捻捻，好摩弄她的香肌。一日夏天，雪娘不曾穿裤，王四对面替她修养，一个陈抟大睡，做得她人事不知。及至醒转来，不想按摩待诏做了针灸郎中，百发百中的雷火针已针着受病之处了。雪娘正在麻木之时，又得此欢娱相继，香魂去而未来，星眼开而复闭，唇中齿外唧唧哝哝，有呼死不辍而已。从此以后，每日梳完了头，定要修一次养，不但浑身捏高，连内里都要修到。雪娘要他用心梳头，比待嫖客更加亲热。

一日问他道："你这等会趁钱，为什么不娶房家小，做份人家？"王四道："正要如此，只是没有好的，我有一句话，几次要和你商量，只怕你未必情愿，故此不敢启齿。"雪娘道："你莫非要做卖油郎么？"王四道："然也。"雪娘道："我一向见你有情，也要嫁你，只是妈妈要银子多，你哪里出得起？"王四道："她就要多，也不过是一、二百两罢了，要我一主兑出来便难，若肯容我陆续交还，我拚几年生意不着，怕挣不出这些银子来？"雪娘道："这等极好。"就把他的意思对妈儿说了。妈儿乐极，怕说多了，吓退了他，只要一百二十两，随他五两一交，十两一交，零碎收了，一总结算。只是要等交完之日，方许从良，若欠一两不完，还在本家接客。王四一一依从，当日就交三十两。那妈儿是会写字的，王四买了经折教她写了，藏在草纸袋中。

从此以后，搬在她家同住，每日算饭钱还她，聚到五两、十两，就交与妈儿上了经折。因雪娘是自己妻子，梳头篦头钱一概不算，每日要服事两三个时辰，才能出门做生意。雪娘无客之时，要扯他同宿，他怕妈儿要算嫖钱，除了收帐，宁可教妻子守空房，自己把指头替代。每日只等梳头之时，张得妈儿不见，偷做几遭铁匠而已。王四要讨妈儿的好，不但篦头修养分内之事，不敢辞劳，就是日间煮饭，夜里烧汤，乌龟忙不来的事务，也都肯越俎代庖。地方上的恶少就替他改了称呼，叫做"王半八"，笑他只当做了半个王八，又合着第四的排行，可谓极尖极巧。王四

也不以为惭，见人叫他，他就答应，只要弄得粉头到手，莫说半八，就是全八也情愿充当。

准准忙了四五年，方才交得完那些数目，就对妈儿道："如今是了，求你写张婚书，把令爱交卸与我。待我赁间房子，好娶她过门。"妈儿只当不知，故意问道："什么东西是了？要娶哪一位过门？女家姓什么？几时做亲？待我好来恭贺。"王四道："又来取笑了，你的令爱许我从良，当初说过一百二十两财礼，我如今付完了，该把令爱还我去，怎么假糊涂倒问起我来？"妈儿道："好胡说，你与我女儿相处了三年，这几两银子还不够算嫖钱，怎么连人都要讨了去？好不欺心。"王四气得目定口呆，回她道："我虽在你家住了几年，夜夜是孤眠独宿，你女儿的皮肉我不曾沾一沾。怎么假这个名色，赖起我的银子来？"王四只道雪娘有意到他，日间做的勾当

都是瞒着妈儿的，故此把这句话来抵对，哪晓得古语二句，正合着他二人：落花有意随流水，流水无心恋落花。雪娘不但替妈儿做干证，竟翻转面孔做起被害来。就对王四道："你自从来替我梳头，哪一日不歪缠几次？怎么说没有相干？一日只算一钱，一年也该三十六两，四、五年合算起来，不要你找帐就够了，你还要讨什么人？我若肯从良，怕没有王孙公子，要跟你做个待诏夫人？"王四听了这些话，就像几十桶井花凉水从头上浇下来地一般，浑身激得冰冷，有话也说不出，晓得这主银子是私下退不出来的了。就赶到江都县去击敲。

江都县出了火签，拿妈儿与雪娘和他对审。两边所说的话与私下争论的一般，一字也不增减。知县问王四道："从良之事，当初是哪个媒人替你说合的？"王四道："是她与小的当面做的，不曾用媒人说合。"知县道："这等那银子是何人过付

的？"王四道："也是小的亲手交的，没有别人过付。"知县道："亲事又没有媒人，银子又没有过付，教我怎么样审？这等她收你银子，可有什么凭据么？"王四连忙应道："有她亲笔收帐。"知县道："这等就好了，快取上来。"王四伸手到草纸袋中，翻来覆去，寻了半日，莫说经折没有，连草纸也摸不出半张。知县道："既有收帐，为什么不取上来？"王四道："一向是藏在袋中的，如今不知哪里去了？"知县大怒，说他既无媒证，又无票约，明系无赖棍徒要霸占娼家女子，就丢下签来，重打三十，又道他无端击鼓，惊扰听闻，枷号了十日才放。

看官，你道他的经折哪里去了？原来妈儿收足了银子，怕他开口要人，预先吩咐雪娘，与他做事之时，一面搂抱着他，一面向草纸袋摸出去了。如今哪里取得出？王四前前后后共做了六七年生意，方才挣得这主血财，又当四五年半八，白白替她梳了一千几百个牡丹头，如今银子被她赖去，还受了许多屈刑，教他怎么恨得过？就去央个才子，做一张四六冤单，把黄绢写了，缝在背上，一边做生意，一边诉冤，要人替他讲公道。哪里晓得那个才子又是有些作孽的，欺他不识字，那冤单里面句句说鸨儿之恶，却又句句笑他自己之呆。冤单云：

> 诉冤人王四，诉为半八之冤未洗，百二之本被吞。请观书背之文，以救刲肠之祸事。念身向居蔡地，今徙扬州，执贱业以谋生，事贵人而糊口。寒遭孽障，勾引痴魂。日日唤梳头，朝朝催挽髻。以彼青丝发，系我绿毛身。按摩则内外兼修，唤不醒陈抟之睡；盥沐则发容兼理，忙不了张敞之工。缠头锦日进千缗，请问系何人执柄；洗儿钱岁留十万，不知亏若个烧汤。原不思破彼之悭，只妄想酬吾所欲。从良密议，订于四五年之前；聘美重资，浮于百二十之外。正欲请期践约，忽然负义寒盟。两妇舌长，雀角鼠牙易竞；一人智短，鲢清鲤浊难分。搂吾背而探吾囊，乐处谁防窃盗；笞我豚而枷我颈，苦中方悔疏虞。奇冤未雪于厅阶，隐恨求伸于道路。伏乞贵官长者，义士仁人，各赐乡评，以补国法。或断雪娘归己，使名实相符，半八增为全八；或追原价还身，使排行复旧，四双减作两双。若是则鸨羽不致高张，而龟头亦可永缩矣。为此

泣诉。

【眉批】从来才子未有不作孽者。

妈儿自从审了官司出去，将王四的铺盖与篦头家伙尽丢出来，不容在家宿歇，王四只得另找租房屋居住，终日背了这张冤黄，在街上走来走去。不识字的只晓得他吃了绗绗的亏，在此伸诉，心上还有几分怜悯，读书识字的人看了冤单，个个掩口而笑不发半点慈悲，只喝采冤单做得好，不说那代笔之人取笑他的缘故。王四背了许久，不见人有一些分道，心上思量："难道罢了不成？纵使银退不来，也教她吃我些亏，受我些气，方才晓得穷人的银子不是好骗的。"就生个法子，终日带了篦头家伙，背着冤单，不往别处做生意，单单立在雪娘门口，替人篦头。见有客人要进去嫖她，就扯住客人，跪在门前控诉。那些嫖客见说雪娘这等无情，结识她也没用，况

且篦头的人都可以嫖得，其声价不问可知。有几个跨进门槛的，依旧走了出去。妈儿与雪娘打又打他不怕，赶又赶他不走，被他截住咽喉之路，弄得生计索然。

忽一日王四病倒在家，雪娘门前无人吵闹。有个解粮的运官进来嫖她。两个睡到二更，雪娘睡熟，运官要小解，坐起身来取夜壶。那灯是不曾吹灭的。忽见一个穿青的汉子跪在床前，不住地称冤枉。运官大惊道："你有什么屈情，半夜三更走来告诉，快快讲来，待我帮你伸冤就是。"那汉子口里不说，只把身子掉转，依旧跪下，背脊朝了运官，待他好看冤帖，谁想这个运官是不大识字的，对那汉子道："我不曾读过书，不晓得这上面的情节，你还是口讲罢。"那汉子掉转身来，正要开口，不想雪娘睡醒，咳嗽一声，那汉子忽然不见了。运官只道是鬼，十分害怕，就问雪娘道："你这房中为何有鬼诉冤？想是你家曾谋死什么客

无声戏

人么？"雪娘道："并无此事。"运官道："我方才起来取夜壶。明明有个穿青的汉子，背了冤单，跪在床前告诉。见你咳嗽一声，就不见了，岂不是鬼？若不是你家谋杀，为什么在此出现？"雪娘口中只推没有，肚里思量道："或者是那个穷鬼害病死了，冤魂不散，又来缠扰也不可知。"心上又喜又怕，喜则喜阳间绝了祸根，怕则怕阴间又要告状。

【眉批】奇。

【眉批】奇。

运官疑了一夜，次日起来，密访邻舍。邻舍道："客人虽不曾谋死，骗人一项银子是真。"就把王四在他家苦了五六年挣的银子，白白被她骗去，告到官司，反受许多屈刑，后来背了冤单，逢人告诉的话，说了一遍。运官道："这等，那姓王的死了不曾？"邻舍道："闻得他病在寓处她几日了，死不死却不知道。"运官就寻到他寓处，又问他邻舍说："五四死了不曾？"邻舍道："病虽沉重，还不曾死。终日发狂发躁，在床上乱喊乱叫道：'这几日不去诉冤，便宜了那个淫妇。'说来说去，只是这两句话，我们被他聒噪不过。只见昨夜有一、二更天不见响动，我们只说他死了。及至半夜后又忽然喊叫起来道：'贱淫妇，你与客人睡得好，一般也被我搅扰一场。'这两句话，又一连说了几十遍。不知什么缘故？"运官惊诧不已，就教邻舍领到床前，把王四仔细一看，与夜间的面貌一些不差。就问道："老王，你认得我么？"王四道："我与老客并无相识，只是昨夜一更之后，昏昏沉沉，似梦非梦。却像到那淫妇家里，有个客人与她同睡，我走去跪着诉冤，那客人的面貌却像与老客一般。这也是病中见鬼，当不得真，不知老客到此何干？"运官道："你昨夜见的就是我。"把夜来的话对他说一遍，道："这等看来，我昨夜听见的，也不是人，也不是鬼，竟是你的魂魄，我既然目击此事，如何不替你处个公平？我是解漕粮的运官，你明日扶病到我船上来，待我生个计较，追出这项银子还你就是。"王四道："若得如此，感恩不尽。"

【眉批】奇煞。

运官当日依旧去嫖雪娘，绝口不提前事，只对妈儿道："我这次进京盘费缺少，没有缠头赠你女儿，我般上耗米尚多，你可叫人来发几担去，把与女儿做脂粉钱。只是日间耳目不便，可到夜里着人来取。"妈儿千感万谢，果然到次日一更之后，教龟子挑了箩担，到船上巴了一担回去，再来发第二担，只见船头与水手把锣一敲，大家喊起来道："有贼偷盗皇粮，地方快来拿获。"惊得一河两岸，人人取捧，个个持枪，一齐赶上船来，把龟子一索捆住，连锣担交与夜巡。夜巡领了众人，到他家一搜，现搜出漕粮一担。运官道："我船上空了半舱，约去一百二十余担都是你偷去了，如今藏在那里？快快招来。"妈儿明知是计，说不出教我来挑的话，只是跪下讨饶。运官喝令水手，把妈儿与龟子一齐捆了，吊在桅上，只留雪娘在家，待她好央人行事。自己进舱去睡了，要待明日送官。

地方知事的去劝雪娘道："他明明是扎火囤的意思，你难道不知？漕米是紧急军粮，官府也怕连累，何况平民？你家脏证都搜出来了，料想推不干净。他的题目都已出过，一百二十担漕米，一两一担，也该一百二十两。你不如去劝母亲，教她认赔

了罢，省得经官动府，刑罚要受，监牢要坐，银子依旧要赔。"雪娘走上船来，把地方所劝的话对妈儿说了。妈儿道："我也晓得，他既起这片歹心，料想不肯白过，不如认了晦气，只当王四那宗银子不曾骗得，拿来舍与他罢。"就央船头进舱去说，愿偿米价，求免送官，舱中允了，就教拿银子来交。妈儿是个奸诈的人，恐怕银子出得容易，又要别生事端，回道："家中分文没有，先写一张票约，待天明了，挪借送来。"运官道："朝廷的国课，只怕她不写，不怕她不还。只要写得明白。"妈

儿就央地方写了一张票约，竟如供状一般，送与运官，方才放了。等到天明，妈儿取出一百二十两银子，只说各处借来的，交与运官。

谁想运官收了银子，不还票约，竟教水手开船，妈儿恐贻后患，雇只小船，一路跟着取讨，直随至高邮州，运官才教上船去，当面吩咐道："我不还票约，正要你跟到途中，与你说个明白。这项银子不是我有心诈你的，要替你偿还一主冤债，省得你到来世变驴变马还人。你们做娼妇的，哪一日不骗人，哪一刻不骗人？若都教你偿还，你也没有许多银子。只是那富家子弟，你骗他些也罢了，为什么把做手艺的穷人当做浪子一般要骗？他伏事你五、六年，不得一毫赏赐，反把他银子赖了，又骗官府枷责他，你于心何忍？他活在寓中，病在床上，尚且愤恨不过，那魂魄现做人身，到你家缠扰；何况明日死了，不来报冤？我若明明劝你还他，就杀你剐你，你也决不肯取出。故此生这个法子，追出那主不义之财。如今原主现在我船上，我替你当面交还，省得你心上不甘，怪我冤民作贱。"就从后舱唤出来，一面把银子交还王四，一面把票约掷与妈儿。妈儿嗑头称谢而去。

王四感激不尽，又虑转去之时，终久要吃淫妇的亏，情愿服事恩人，求带入京师，别图生理。运官依允，带他随身而去，后来不知如何结果。

这段事情，是穷汉子喜风流的榜样。奉劝世间的嫖客及早回头，不可被戏文小说引偏了心，把血汗钱被她骗去，再没有第二个不识字的运官肯替人扶持公道了。

【评】

有人怪这回小说，把青楼女子忒然骂得尽情，使天下人见了，没一个敢做嫖客，绝此辈依食之门，也未免伤于阴德；我独曰不然。若果使天下人见了，没一个敢做嫖客，那些青楼女子没有事做，个个都去做良家之妇了。这种阴德更自无量。

第八回　鬼输钱活人还赌债

诗云：

世间何物最堪仇，赌胜场中几粒骰。

能变素封为乞丐，惯教平地起戈矛。

输家既入迷魂阵，赢处还吞钓命钩。

安得人人陶士行，尽心博具付中流。

这首诗是见世人因赌博倾家者多，做来罪骰子的。骰子是无知之物，为什么罪

它？不知这件东西虽是无知之
物，却像个妖孽一般。你若不去
惹它，它不过是几块枯骨，六面
钻眼，极多不过三十六枚点数而
已，你若被它一缠上了，这几块
枯骨就是几条冤魂，六面钻眼就
是六条铁索，三十六枚点数就是
三十六个天罡，把人捆缚住了，

要你死就死，要你活就活，任有拔山举鼎之力，不到乌江，它决不肯放你。如今世
上的人迷而不悟，只要将好好的人家央它去送。起先要赢别人的钱，不想到输了自
家的本，后来要翻自家的本，不想又输与别人的钱。输家失利，赢家也未尝得利，
不知弄它何干？

说话的，你差了，世上的钱财定有着落，不在这边，就在那边，你说两边都不

得，难道被鬼摄去了不成？看官，自古道："鹬蚌相持，渔翁得利。"那两家赌到后来，你不肯歇，我不肯休，弄来弄去，少不得都归到头家手里。所以赌博场上，输的讨愁烦，赢的空欢喜，看的陪工夫，刚刚只有头家得利。当初一人，有千金家事，只因好赌，弄得精穷。手头只剩得十两银子，还要拿去孤注。偶从街上经过，见个道人卖仙方，是一口价，说十两就要十两，说五两就要五两，还少了就不肯卖。那方又是封着的，当面不许开，要拿回家去自己拆看。此人把他面前的一方一一看过，看到一封，上面写着：赌钱不输方价银拾两。此人大喜，思量道："有了不输方去赌，要千两，就千两，要万两，就万两，何惜这十两价钱？"就尽腰间所有，买了此方。拿回拆开一看，止得四个大字道：只是拈头。此人大骇，说被他骗了，要走转去退。仔细想一想道："说虽平常，却是个至理，我就依着他行，且看如何应验？"从此以后，遇见人赌，就去拈头。拈到后来，手头有了些钞，要自己下场，想到仙方的话，又熬住了。拈了三年头，熬了三年赌，家资不觉挣起一半，才晓得那道人不是卖的仙方，是卖的道理。这些道理人人晓得，人人不肯行。此人若不去十两银子买，怎肯奉为蓍蔡？就如世上教人读书，教人学好，总是教的道理。但是先生教学生就听，朋友劝朋友就不听，是什么缘故？先生去束修、朋友不去束修故也。

话休絮烦，照方才这等说来，拈头是极好的生意了。如今又有一人为拈头反拈去了一份人家，这又是什么缘故？听在下说来便知分晓。嘉靖初年，苏州有个百姓，叫做王小山。为人百伶百俐，直个是眉毛会说话，头发都空心的。祖上遗下几亩田地，数间住房，约有二、三百金家业。他的生性再不喜将本觅利，只要白手求财，自小在色盆行里走动，替头家分分筹，记记帐，拈些小头，一来学乖，二来糊口。到后来人头熟了，本事强了，渐渐地大弄起来。遇着好主儿，自己拿银子放头；遇着不尴尬的，先教付稍，后交筹码，只有得趁，没有得陪。久而久之，名声大了，数百里内外好此道的，都来相投，竟做了个赌行经纪。他又典了一所花园居住，有厅有堂，有台有榭，桌上摆些假古董，壁上挂些歪书画，一来装体面，二来有要赌没稍的，就作了银子借他，一倍常得几倍。他又肯撒漫，家中雇个厨子当灶，安排的肴馔极是可口，拈十两头，定费六、七两供给，所以人都情愿作成他。往来的都是乡绅大老、公子王孙，论千论百家输赢，小可的不敢进他门槛。常常有人劝他自己下场，或者扯他搭一份，他的主意拿得定定的，百风吹他不动，只是醒眼看醉人。却有一件不好，见了富家子弟，不论好赌不好赌，情愿不情愿，千方百计，定要扛他下场，下了场，又要串通惯家弄他一个，不输个干净不放出门。他从三十岁开场起，到五十岁这二十年间，送去的人家，若记起帐来，也做得一本百家姓。只是他趁的银子大来大去，家计到此也还不上千金。

那时齐门外有个老者，也姓王，号继轩。为人智巧不足，忠厚有余。祖、父并无遗业，是他克勤克苦挣起一份人家。虽然只有二、三千金事业，那些上万的财主，反不如他从容。外无石崇、王恺之名，内有陶示、猗顿之实。他的田地都买在平乡，高

不愁旱，低不愁水；他的店面都置在市口，租收得重，积纳得轻；宅子在半村半郭之间，前有秫田，后有菜圃，开门七件事，件件不须钱买，取之宫中而有余。性子虽不十分悭吝，钱财上也没有得错与人。田地是他逐亩置的，房屋是他逐间起的，树木是他逐根种的，若有豪家势宦要占他片瓦尺土，一草一木，他就要与你拼命。人知道他的便宜难讨，也不去惹他。上不欠官粮，下不放私债，不想昧心钱，不做欺公事，夫妻两口逍遥自在，真是一对烟火神仙。只是子嗣难得，将近五旬才生一子，因往天竺山祈嗣而得，取名唤做竺生。生得眉清目秀，聪颖可佳。将及垂髫，继轩要送他上学，只怕搭了村塾中不肖子弟，习于下流，特地请一蒙师在家训读，半步不放出门。教到十六七岁，文理粗通，就把先生辞了。他不想儿子上进，只求

承守家业而已。

偶有一年，苏州米粮甚贱，继轩的粗米不肯轻卖，闻得山东、河南一路年岁荒歉，客商贩六陈去粜者，人人得利。继轩就雇下船只，把租米尽发下船，装往北路粜卖。临行吩咐竺生道："我去之后，你须要闭门谨守，不可闲行游荡，结交匪人，花费我的钱钞，我回来查帐，若少了一文半分，你须要仔细。"竺生唯唯听命，送父出门，终日在家静坐。

忽一日生起病来，求医无效，问卜少灵。母亲道："你这病想是拘束出来的，何不到外面走走。把精神血脉活动一活动，或者强如吃药也不可知。"竺生道："我也想如此，只是我不曾出门得惯，东西南北都不知，万一走出门去，寻不转来，如此得好？"母亲道："不妨。我叫表兄领你就是。"次日叫人到娘家，唤了侄儿朱庆生来。庆生与竺生同年只大得几月，心事懵懂，只有路头还熟。当日领了竺生，到虎丘三塘游玩了一日，回来不觉精神健旺，竟不是出门时节的病容了。母亲大喜，以后日逐教他出去蹓蹓。

一日走到一个去处，经过一所园亭，只见：

曲水绕门，远山当户。外有三折小桥，曲如之字；内有千重密槛，碎若冰纹。假山高耸出墙头，积雨生苔，画出个秋色满园关不住；芳树参差围屋角，因风散绮，弄得个春城无处不飞花。粉墙千堞白无痕，疑人凝寒雪洞；野水一泓青有隙，知为消夏荷亭。可称天上蓬莱，真是人间福地。若非石崇之金谷，定为谢傅之东山。所喜者及肩之墙可窥，所苦者如海之门难入。

竺生看了，不觉动心骇目，对庆生道："我们游了几日名山，到不如这所花园有趣，外观如此富丽，里面不知怎么样精雅，可惜不能够遍游一游。"庆生道："这园毕竟是乡宦人家的，定有个园丁看守，若把几个铜钱送他，或者肯放进去也不可知，但不知他住在哪一间屋里？"竺生道："这大门是不闩的，我们竟走进去，撞着人问他就是人。"两人推开大门，沿着石子路走，走过几转回廊，并不见个人影，行到一个池边，只见许多金鱼浮在水面，见人全不惊避。两人正看得好，忽有一人，头戴一字纱巾，身穿酱色道袍，脚踏半旧红鞋，手拿一把高丽纸扇，走到二人背后，咳嗽一声。二人回头，吓出一身冷汗。看见如此打扮，定不是园丁了，只说是乡宦自己出来，怕他拿为贼论，又不敢向前施礼，又不敢转身逃避，只得假相埋怨。一个道："都是你要进来看花。"一个道："都是你要来看景致。"口里说话，脸上红一块，白一条，看他好不难过。这戴巾的从从容容道："二位不须作意。我这小园是不禁人游玩的，要看只管看，只是荒园没有什么景致。"二人才放心道："这等多谢老爷，小人们轻造宝园，得罪了。"戴巾的道："我不是什么官长，不须如此称呼，贱姓姓王，号小山，与兄们一样，都是平民，请过来作揖。"二人走下来，深深唱了两个喏，小山又请他坐下，问其姓名。庆生道："晚生姓朱，贱名庆生，这是家表弟，姓王名竺生，是家姑夫王继轩的儿子。"看官，你说小山问他自己姓名，他为何说出姑夫名字？他说姑夫是个财主，提起他来，小山自然敬重。却也不差，果然只因施了这个尾声，引出许多妙处。

原来小山有一本皮里帐簿，凡苏州城里城外有碗饭吃的主儿，都记在上面，这王继轩名字上，还圈着三个大圈的。当时听见了这句话，就如他乡遇了故知，病中见了情戚，颜色又和蔼了几分，眼睛更鲜明了一半。就回他道："小子姓王，兄也姓

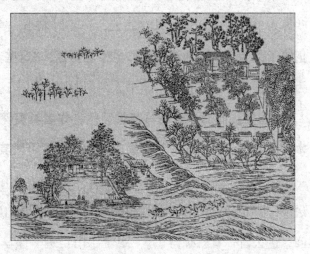

王，这等五百年前共一家了，况且令尊又是久慕的，幸会幸会。"连忙唤茶来，三人吃了一杯。只见小厮禀道："里面客人饥了，请阿爹去陪吃午饭。"小山对着二人道："有几个敝友在里边，可好屈二兄进去，用些便饭。"二人道："素昧平生，怎好相扰？"立起身来就告别。小山一把扯住竺生道："这样好客人，请也请不至，小子决不轻放的。不要客气。"庆生此时腹中正有些饥了，午饭尽用得着，只是小山

只扯竺生，再不来扯他，不好意思，只得先走。小山要放了竺生去扯他，只怕留了陪宾，反走了正客，自己拉了竺生往内竟走，叫小厮："去扯那位小官人进来。"二人都被留入中堂。

【眉批】近来人有皮里帐簿者颇多。

只见里面捧出许多嗄饭，银杯金箸，光怪陆离，摆列完了，小山道："请众位出来。"只见十来个客人一齐拥出，也有戴巾的，也有戴帽的，也有穿道袍而科头的，也有戴巾帽、穿道袍而跣足的，不知什么缘故。二人走下来要和他们施礼，众人口里说个"请了"，手也不拱，竟坐到桌上狂饮嚼去了，二人好生没趣。小山道："二兄快请过来。要用酒就用酒，要用饭就用饭，这个所在是斯文不得的。"二人也只得坐下，用了一两杯酒，就讨饭吃。把各样菜蔬都尝一尝，竟不知是怎样烹调，这般有味。兰生平常吃的，不过是白水煮的肉，豆油煎的鱼，饭锅上蒸的鸭蛋，莫说口中不曾尝过这样的味，就是鼻子也不曾闻过这样的香。正吃到好处，不想被那些客人狼餐虎食，却似风卷残云，一霎时剩下一桌空碗。吃完了，也不等茶漱口，把筷子乱丢，一齐都跑去了。竺生思量道："这些人好古怪。看他容貌又不像俗人，为何都这等粗卤？我闻得读书人都尚脱略，想来这些光景就叫做脱略了。"

【眉批】此后一路摹写赌场习气，作者具有深心，见得呼卢一事，不但输钱折本，即所闻所见，无一不有损于人，观者不可厌其繁冗。

二人扰了小山的饭，又要告辞。小山道："请里面去看他们呼卢，消消饭了奉送。"二人不知怎么样叫做呼卢，欲待问他，又怕装村出丑，思量道："口问不如眼问，进去看一看就晓得了。"跟着小山走进一座享子，只见左右摆着两张方桌，桌上放了骰盆，三、四人一队，在那边掷色。每人面前又放一堆竹签，长短不齐，大小不一，又有一个天平法码搬来运去，再不见住。竺生道："难道在此行令不成？我家请客，是一面吃酒一面行令的，他家又另是一样规矩，吃完了酒方才行令。"正在猜疑之际，忽地左边桌上二人相嚷起来。这个要竹签，那个不肯与，争争闹闹，喊个不休，这边不曾嚷得了，那边一桌又有二人相骂起来，你射我爷，我错你娘，气势汹汹，只要交手。竺生对庆生道："看这样光景，毕竟要打得头破血流才住，我和你什么要紧，在此耽惊受怕。"正想要走，谁知那两个人闹也闹得凶，和也和得快，不上一刻，两家依旧同盆掷色，相好如初；回看左桌二人，也是如此。竺生道："不信他们的度量这等宽宏，相打相骂，竟不要人和事，想当初伯夷、叔齐不念旧恶，就是这等的涵养。"

【眉批】画出一幅赌博图。

看了一会，小山忽在众人手中夺下几根小签，交与竺生。少顷，又夺几根，交与庆生。一连几次，二人共接了一、二十根。捏便捏在手中，竟不知要它何用。又怕停一会还要吃酒。照竹签算杯数，自家量浅，吃不得许多，要推辞不受，又恐不是，惹众人笑，只是勉强收着。看到将晚，众人道："不掷了，主人家算帐。"小山叫小厮取出算盘，将众人面前的大小竹签一数一算，算完了，写一个帐道：某人输若干，某人赢若干，头家若干，小头若干。完完，念了一遍，回去取出一拜匣，开出来都是银子，分与众人。到临了各取一锭，付与竺生、庆生，将小签仍收了去。竺生大骇，扯庆生到旁边道："这是什么缘故，莫非算计我们？"庆生道："他若要他们的银子，叫做算计，如今倒把

银子送与你我，料想不是什么歹意。只是也要问个明白，才好拿去。"就扯小山到背后道："请问老伯，这银子是把与我们做什么的？"小山笑道："原来二兄还不知道，这叫做拈头，他们在我家赌钱，我是头家，方才的竹签叫做筹码，是记银子的数目。但凡赢了的，每次要送几根与头家，就如打抽丰一般，在旁边看的，都要拈些小头，这是白白送与二位的。以后不弃，常来走走，再没白过的。就是方才的

酒饭，也都出在众人身上，不必取诸囊中，落得常来吃些。二兄不来，又有别人来吃去。"二人听了，大喜道："原来如此，多谢多谢。"

只见众人一齐散去，竺生、庆生也别了小山回来，对母亲一五一十说个不了。又取出两锭银子与母亲看，不知母亲如何欢喜，说他二人本事高强，骗了酒饭吃，又袖了银子回来。庆生还争功道："都亏我说出姑夫，他方才如此敬重。"谁想母亲听罢，登时变下脸来，把银子往地下一丢道："好不争气的东西，那人与你一面不相识，为什么把酒饭请你，把银子送你？你是吃盐米大的，难道不晓得这个缘故？这家银子也取得几千两出来，哪稀罕这两锭？从明日起，再不许出门。"对庆生道："你将这银子明日送去还他，说我们清白人家，不受这等腌臜之物，丢还了就来，连你也不可再去。"骂得两人翻喜为愁，变笑为哭，把一天高兴扫得精光。竺生没趣，竟进房去睡了。庆生拾了两锭银子，努着嘴皮而去。

看官，你说竺生的母亲为何这等有见识，就晓得小山要诱赌，把银子送去还他？要晓得他母亲所疑的，全不是诱赌之事，他只说要骗这两个孩子做龙阳，把酒食甜他的口，银子买他的真心。如今世上的人，一百个之中，九十九个有这件毛病，哪晓得这王小山是南风里面的鲁男子，偏是诱赌之事，当疑不疑。为什么不疑？她只道竺生是个孩子，东西南北都不知，哪晓得赌钱掷色？不知这桩技艺不是生而知之，都是学而知之的，她又道赌场上要银子才动得手，二人身边骚铜没有一厘，就是要赌，人也不肯搭他。不知世上别的生意都要现实，独有这桩生意肯赊，空拳白手也都做得来的。她妇人家哪里晓得？

【眉批】这等看来，骗小官还是盛德之事。

次日竺生被母亲拘住，出不得门。庆生独自一个，依旧走到花园里来。小山不见竺生，大觉没兴，问庆生道："令表弟为何不来？"庆生把他母亲不喜，不放出门之事直言告禀，只是还银子的话，不说出来。小山道："原来如此，以后同令表弟到别处去，带便再来走走。"庆生道："自然。"说完了，小山依旧留他吃饭，依旧那些小头与他，临行叮嘱而去。

却说兰生一连坐了几日，旧病又发起来，哼哼嗄嗄，啼啼哭哭，起先的病，倒不是拘束出来的，如今真正害的是拘束病了。庆生走来看他，姑娘问道："前日的银子拿还他不曾？"庆生道："还他了。"姑娘道："他说些什么？"庆生道："他说不要就罢，也没什么讲。"姑娘又问道："那人有多少年纪了？"庆生道："五六十岁。"姑娘听见这句话，半晌不言语，心上有些懊悔起来道："五六十岁的老人家，哪里还做这等没正经的事？倒是我疑错了。"对庆生道："你再领表弟出去走走，只不要到那花园里去，就去也只是看看景致，不可吃他的东西，受他的钱钞。"庆生道："自然。"竺生得了这道赦书，病先好了一半，连忙同着庆生，竟到小山家去。小山接着，比前更喜十分。自此以后，教竺生坐在身边，一面拈头，一面学赌。竺生原是聪明的人，不上三五日，都学会了，学得本事会时，腰间拈的小头也有了一二十两。小山道："你何不将这些做了本钱，也下场去试一试？"竺生道："有理。"果然下场一试，却也古怪，新出山的老虎偏会吃人，喝自己四五六，就是四五六，

咒别人么二三，就是么二三，一连三日，赢了二百余金。竺生恐怕拿银子回去，母亲要盘问，只得借个拜匣封锁了，寄在小山家中，日日来赌。

赌到第四日，庆生见表弟赢钱，眼中出火，腰间有三十多两小头，也要下场试试，怎奈自己的聪明不如表弟，再学不上，小

山道："你若要赌，何不与令表弟合了，他赢你也赢，坐收其利，何等不妙？"庆生道："说得有理。"就把银子与竺生合了。偏是这日风色不顺，要红没有红，要六没有六，不上半日，二百三十余两输得干干净净。竺生埋怨表兄没利市，庆生埋怨表弟不用心，两个袖手旁观，好不心痒。众人道："小王没有稍，小山何不借些与他

掷掷?"小山道:"银子尽有,只要些当头抵抵,只管贷出来,"众人劝竺生把些东西权押一押,竺生道:"我父亲虽不在家,母亲管得严紧,哪里取得东西出来?"众人道:"呆子,哪个要你回去取东西?只消把田地房产写在纸上,暂抵一抵,若是赢了,兑还他银子,原取出来,就是输了,也不过放在他家,做个意思,待你日后自己当家,将银取赎。难道把你田地房产抬了回来不成?"竺生听了,豁然大悟,就讨纸笔来写。庆生道:"本大利大。有心写契,多借几百两,好赢他们几千两回去。"竺生道:"自然。"小山叫小厮取出纸墨笔砚,竺生提起笔来正要写,想一想,又放下来道:"我常见人将产业当与我家,都要前写座落何处,后开四至分明,方才成得一张典契,我那些田地,从来不曾管业过,不晓得座落在何方,教我如何写起?"众人都道他说得有理,呆了半晌,哪晓得王小山又有一部皮里册籍,凡是他家的田地山塘、房产屋业,都在上面。不但亩数多寡,地方座落,记得不差,连那原主的尊名、田邻的大号,都登记得明明白白。到此时随口念来,如流似水。他说一句,竺生写一句。只空了银子数目,中人名字,待临了填。小山道:"你要当多少?"竺生道:"二百两罢。"小山道:"多则一千,少则五百、二、三百两不好算帐。"庆生道:"这等就是五百两罢。"竺生依他填了。庆生对众人道:"中人写你们哪一位?"小山道:"他们是同赌的人,不便作中,又且非亲非戚,这个中人须要借重你。"庆生道:"只怕家姑娘晓得,埋怨不便。"众人道:"不过暂抵一过,哪里到令姑娘晓得的田地?"庆生就着了花押。小山收了,对竺生道:"银子不消兑出来,省得收拾费力。你只管取筹码赌,三、五日结一次帐,赢了我替人兑还你,输了我替你兑还人。"竺生道:"也说得是。"收了筹码,依旧下场。也有输的时节,也有赢的时节,只是赢的都是小主,输的都是大主,赢了十次,抵不得输去一次的东西。起先把银子放在面前,输去的时节也还有些肉疼,如今银子成日不见面,弄来弄去都是些竹片,得来也不觉十分可喜,失去也不觉十分可惜。庆生被前次输怕了,再不敢去搭本,只管拈头,到还把稳。只是众人也不似前番,没有肥头把他拈去。小山晓得他家事不济,原不图他,只因要他作中,故此把些小头勾搭住

他，不然早早遣开去了。

【眉批】小山如此费心，便趁些钱财也只勾买参苓资补。

竺生开头一次写契，心上还有些不安，面上带些忸怩之色，写在后来，渐渐不觉察了，要田就是田，要地就是地，要房产就是房产。起先还是当与小山，小山应出来赌，多了中间一个转折，还觉得不耐烦，到后面一发输得直捷痛快了，竟写卖契付与赢家，只是契后吊一笔道："待父天年，任凭管业。"写到后来，约有一二十张，小山

肚里算一算道："他的家事差不多了，不要放来生债。"便假正经起来，把众人狠说一顿道："他是有父兄的人，你们为何只管挈住他赌？他父亲回来知道，万一难为他起来，你们也过意不去。况且他父亲苦挣一世，也多少留些与他受用受用，难道都送与你们不成？"众人拱手谢罪，情愿收拾排场。竺生还舍不得丢手，被他说得词严义正，也只得罢了，心上还感激他是个好人，肯留些与我受用。只说父亲的产业还不止于此，哪晓得连根都去了。

【眉批】这几句话若肯早说几日，便是一个圣贤。

看官，假如他母亲是好说话的，此时还好求救于母，乘父未归，做个苦肉计，或者还退些田地转来也不可知，哪晓得倒被前日那些峻厉之言封住儿子的口。可见人家父母，严的也得一半，宽的也得一半，只要宽得有尺寸。

且说王继轩装米去卖，指望俏头上一脱便回，不想天不由人，折了许多本，还坐了许多时。只因山东、河南米价太贵，引得湖广、江西的客人个个装粮食来卖。继轩到时，只见米麦堆积如山，真是出处不如聚处，只得把货都发与铺家，坐在行里讨帐。等等十朝，迟迟半月，再不得到手。又有几宗被主人家支去用了，要讨起

后客的米钱应还前客，所以准准耽搁半年。身虽在外，心却在家，思量儿子年幼，自小不曾离爷，"我如今出门许久，难保得没有些风吹草动。"忧虑到此，银子也等不得讨完，丢此余帐便走。

到了家中，把银两钱钞，文契帐目，细细一查，且喜得原封不动，才放了心。只是伺察儿子的举止，大不似前。体态甚是轻佻，言语十分粗莽。吃酒吃饭不等人齐，便先举箸，见人见客，不论尊卑，一概拱手，无论嬉笑怒骂，动辄伤人父母，人以恶言相答，恬然不以为仇。总不知是哪里学来的样子，几时变成的气质。继轩在外忧郁太过，原带些病根回来，此时见儿子一举一动，看不上眼，教他如何不气？火上添油，不觉成了膈气之病。自古道："疲癃臌膈，阎罗王请的上客。"哪有医得好的？一日重似一日，眼见得不济事了。临危之际，叫竺生母子立在床前，把一应文券帐目交付与他道："这些田产银两，不是你公公遗下来的，也不是你父亲做官做吏、论千论百抓来的。要晓得逐分逐厘、逐亩逐间从骨头上磨出来、血汗里挣出来的。我死之后，每年的花利，料你母子二人吃用不完。可将余剩的逐年置些生产，渐渐扩充大来，也不枉我挣下这些基业。纵不能够扩充，也须要承守，饿死不可卖田，穷死不可典屋，一典卖动头，就要成破竹之势了。我如今虽死，精魂一时不散，还在这前后左右，看你几年，你须要谨记我临终之话。"说完，一口气不来，可怜死了。

【眉批】竺生可谓善学□者，若使见了圣贤的规矩，豪杰的气概，少不得也一学便成。

竺生母子号天痛哭，成服开丧。头一个吊客就是王小山，其余那些赌友，吊的吊，唁的唁，往往来来，络绎不绝。小山又斗众人出分，前来祭奠，意思甚是殷勤。竺生之母起先只道丈夫在日，不肯结交、死后无人偢睬，如今看此光景，心下甚是喜欢。及至七七已完，追荐事毕，只见有人来催竺生出丧。竺生回他年月不利，那人道："趁此热丧不举，过后冷了，一发要选年择日，耽搁工夫。"竺生与他附耳唧哝，说了许多私语。那人又叫竺生领他到内室里面走了一遍，东看西看，就如相风水的一般，不知什么缘故。待他去后，母亲盘问竺生，竺生把别话支吾过了。

又隔几时，遇着秋收之际，全不见有租米上门。母亲问竺生，竺生道："今年年岁荒歉，颗粒无收。"母亲道："又不水，又不旱，怎么会荒起来？"要竺生领去踏荒，竺生不肯。一日，自己叫家人雇了一只小船，摇到一个庄上，种户出来问是哪家宅眷？家人道："我们的家主，叫做王继轩，如今亡过了。这就是我们的主母。"种户道："原来

是旧田主，请里面坐。"竺生之母思量道："田主便是田主，为何加个'旧'字？难道父亲传与儿子，也分个新旧不成？"走进他家，就说："今岁雨水调匀，并非荒旱，你们的租米为何一粒不交？"种户道："租米交去多时了，难道还不晓得？"竺生之母道："我何曾见你一粒？"种户道："你家田卖与别人，我的租米自然送到别人家去，为什么还送到你家来？"竺生之母大惊道："我家又不少吃，又不少穿，为什么卖田？且问你是何人写契？何人作中？这等胡说。"种户道："是你家大官写契，朱家大官作中，亲自领人来召佃的。"竺生之母不解其故，盘问家人，家人把主人未死之先，大官出去赌博，将田地写还赌债之事，一一说明。竺生之母方才大悟，浑身气得冰冷，话也说不出来。停了一会，又叫家人领到别庄上去。家人道："娘娘不消去得，各处的庄头都去尽了，莫说田地，就是身底下的房子也是别人的，前日来催大官出丧，他要自己搬进来住，如今只剩得娘娘和我们不曾有售主，其余家堂香火都不姓王了。"说得竺生之母眼睛直竖，就像泥塑木雕的一般，就叫收拾

回去。到得家中，把竺生扯至中堂，拿了一根竹片道："瞒了我做得好事。"打不得两、三下，自己闷倒在地，口中鲜血直喷。竺生和家人扶了上床，醒来又晕去，晕去又醒来，如此三日，竟与丈夫做伴去了。竺生哭了一场，依旧照前殡殓不提。

【眉批】这些话若肯早说几时，就是个义仆了。

却说这所住房原是写与小山的，小山自知管业不便，卖与一个乡绅。那乡绅也不等出丧，竟着几房家人搬进来住。竺生存身不下，只得把二丧出了，交卸与他。可怜产业窠巢，一时荡尽。还亏得父亲在日，定下一头亲事，女家也是个财主，丈人见女婿身无着落，又不好悔亲，只得招在家中，做个布袋。后来亏丈人扶持，他自己也肯改过，虽不能恢复旧业，也还苟免饥寒。王竺生的结果，不过如此，没有什么稀奇。

却说王小山以前趁的银子来来去去，不曾做得人家，亏得王竺生这主横财，方才置些实产。起先诱赌之时，原与众人说过，他得一半，众人分一半的，所以王竺生的家事共有三千，他除供给杂用之外，净把一千五百两，平空添了这些，手头自然活动。只是一件，银子便得了一大主，生意也走了一大半。为什么缘故？远近的人都说他数月之中，弄完了王竺生一份人家，又坑死他两条性命，手也忒辣，心也忒狠，故此人都怕他起来。财主人家都把儿子关在家中，不放出来送命。王小山门前车马渐渐稀疏，到得一年之外，鬼也没得上门了。他是热闹场中长大的，哪里冷静得过？终日背着手踱进踱出，再不见有个人来。

一日立在门前，有个客人走过，衣裳甚是楚楚，后面跟着两担行李，一担是随身铺盖，一担是四只皮箱，皮箱比行李更重，却像有银子的一般。那客人走到小山面前，拱一拱手道："借问一声，这边有买货的主人家，叫做王少山，住在哪里？"小山道："问他何干？"客人道："在下要买些绸缎布匹，闻得他为人信实，特来相投。"小山想一想道："他问的姓名与我的姓名只差得一笔，就冒认了也不为无因，况我一向买货，原是在行的，目下正冷淡不过，不如留他下来，趁些用钱，买买小菜也是好的，上门生意，不要错过。"便随口答应道："就是小弟。"客人道："这等，失敬了。"小山把他留进园中，揖毕坐下，少不得要问尊姓大号，贵处哪里。"客人道："在下姓田，一向无号。虽住在四川重庆府酆都县，祖籍也原是苏州。"小山道："这等是乡亲了。"说过一会闲话，就摆下酒来接风。吃过半中间，叫小厮拿色盆来行令，等了半日，再不见拿来。小山问什么缘故？小厮道："一向用不着，不知丢在哪个壁角头，再寻不出。"小山骂道："没用的奴才，还喜得是吃酒行令，若还正经事要用，也罢了不成？"客人道："主人家不须着恼，我拜匣里有一个，取出来用用就是。"说完，就将拜匣开了，取出一副骰子，一个色盆。小山接来一看，那骰子是用得熟熟滑滑、棱角都没有的。色盆外面有黄蜡裹着，花梨架子嵌着，掷来是不响的。小山大惊道："老客带这件家伙随身，莫非平

李渔全集
夢覺
全
龕
无声戏

日也好呼卢么？"客人道："生平以此为命，岂特好而已哉。"小山道："这等，待我约几个朋友，与老客掷掷何如？"客人道："在下有三不赌。"小山问哪三不赌，客人道："论钱论两不赌，略赢便歇不赌，遇贫贱下流不赌。"小山道："这等不难。等我约几位乡绅大老，把主码放大些，赌到二、三千金结一次帐就是了。"客人道："这便使得。"小山道："既然如此，借稍看一看。是什么银水，待我好教他们照样带来。"客人道："也说得是。"就叫家人把四只皮箱一齐掇出，揭去绵纸封。开了青铜锁，把箱盖掀开。小山一看，只见：

　　银光闪烁，宝色陆离。大锭如船，只只无人横野渡；弯形似月，溶溶如水映长天。面上无丝不到头，细如蛛网；脚根有眼皆通腹，密若蜂窠。将来布满祇园，尽可购成福地；若使叠为阿堵，也堪围住行人。

小山道："这样银水有什么说得，请收了罢。"客人道："这外面冷静，我不放心，你不如点一点数目，替我收在里面去，输了便替我兑还人，赢了便替我买货。"小山道："使得。"客人道："我的银子都是五两一锭，没有两样的。拿天平来兑就是。"小山道："这样大锭，自然有五两，不消兑得，只数锭数就是了。"一五一十，数完了一箱，齐头是二百锭，共银一千两，其余三箱，总是一样，合成四千两之数。小山看完，依旧替他锁好，自己写了封皮，封得牢牢固固，教小厮掇了进去。当晚一家欢喜，小山梦里也笑醒来。真是天上掉下来的生意。

到次日，等不得梳头，就往各乡绅家去道："我家又有一个好主儿上门，请列位去赢他几千两用用。"各乡绅道："只怕没有第二个王竺生了。"小山道："我也不知他的家事比王竺生何如，只是赊、现二字也就有天渊之隔了。"各乡绅听见，喜之不胜，一齐吩咐打轿，竟到小山家来。小山请客人出来见毕，吃了些点心，就下场赌。众人与小山又是串通的，起先故意输与客人，当日客人赢了六、七百两，次日又赢了二、三百两。到第三日，大家换过手法，接连赢了转来，每日四、五百两，赌到十日之外，小山道："如今该结帐了。"就将筹码一数，帐簿一结，算盘一打，客人共输四千五百两。小山道："除了箱内之物，还欠五百两零头。请兑出来再赌。"客人道："带来的本钱只有这些，求你借我千把，我若赢得转来，加利奉还，若再输了，总写一票，回去取来就是。"小山道："我与你并不相识，知道你是何等之人？你若不还，我哪里来寻你？这个使不得，大家收拾排场，不消再赌，五百两的零头，是要找出来的，不要大模大样，他们做乡宦的眼睛，认不得你什么财主，若不称出来，送官送府，不像体面。"客人道："你晓得我只有这些稍，都交与你了，如今回去的盘费尚且没有，教我把什么还他？"小山变下脸来，走进房里，将行李一检，又把两个家人身上一搜，果然半个钱也没有。只得逼他写一张欠票，约至三月后，一并送还，明晓得没处讨的，不过是个拖绳放的方法。众人教小山拿银子出来分散，小山肚里是有毛病的，原与众人说开，照王竺生故事，自己得一半，众人分一半的，如今客人在面前，不好分得。只得对众人道："今日且请回，

待明早送客人去了，大家来取就是。"众人道："这等，要你出名，写几张欠票，明日好照票来支。"小山道："使得。"提起笔来竟写，也有论千的，也有论百的，众人捏了票子，都回去了。小山当晚免不得办个豆腐东道，与客人饯行。客人道："在下生平再不失信，你到三个月后，还约众人等我，我不但送银子来还，还要带些来翻本。"小山道："但愿如此。"吃完了酒，又问客人讨了那四把钥匙过来，才打发他睡。

到次日送得出门，众乡绅一齐到了。小山忙唤小厮掇皮箱出来，一面取天平伺候。只见一个小厮把四只皮箱叠做一撞，两只手捧了出来，全不吃力。小山惊问道："这四只箱子有二百六七十斤重，怎么一次就掇了出来？"小厮道："便是这等古怪，前日掇进去是极重的，如今都屁轻了，不知什么缘故？"小山吃了一惊，逐只把封皮验过，都不曾动。忙取钥匙开看，每箱原是二百锭，一锭也不少，才放了心。就把天平上一边放了法码，一边取银子来兑。拈一锭上手，果然是屁轻的，仔细一看，你道是什么东西？有《西江月》词为证：

> 硬纸一层作骨，外糊锡箔如银。原来面上细丝纹，都是盝痕板印。
>
> 看去自应五两，称来不上三分。下炉一试假和真，变做蝴蝶满空飞尽。

原来都是些纸锭。小山把眼睛定了一会，对众人道："不好了，青天白日被鬼骗了。这四皮箱都是纸锭，要他何用？"众人都去取看，果然不差，你看我，我看你，一个也不做声。小山想了一会道："怪道他说姓田，田字乃鬼字的头，又说在

酆都县住，酆都乃出鬼的所在，详来一些不差，只有原籍苏州的话没有着落。是便是了，我和他前世无冤，今世无仇，为什么装这个圈套来弄我？"把纸锭捏了又看，中间隐隐约约却像有行小字一般，拿到日头底下仔细一认，果然有印板印的七个字道：

不孝男王竺生奉。

【眉批】鬼原不曾欺人，人自欺耳。

小山看了，吓得寒毛直竖，手脚乱抖，对众人道："原，原，原来是王竺生的父亲怪我弄去他的家事，变做人来报仇的。这等看来，又合着原籍苏州的话了。"

小山只说众人都是共事的，一齐遇了鬼，大家都要害怕。哪里晓得乡绅里面有个不信鬼的，大喝一声道："老王，你把客人的银子独自一个藏了，故意鬼头鬼脑弄这样把戏来骗人。世上哪有鬼会赌钱的？他要报仇，怕扯你不到阎王面前去，要这等斯斯文文来和你玩耍？好好拿银子出来，不要胡说。"众人起先都在惊疑之际，听了这番正论，就一唱百和起来道："正是，你把好好的人打发去了，如今说这样鬼话，就真正是鬼，也留他在这边，我们自会问鬼讨帐，那个教你会了下来？这票上的字，若是鬼写的就罢了，若是人写的，不怕他少我们一厘。"小山被众人说得有口难分，又且寡不敌众，再向前分剖几句，被众人一顿"光棍奴才"，教家人一起动手打了一顿，将索子锁住，只要送官。小山跪下讨饶道："列位老爷请回，待小人一一赔还就是。"众人道："要还就还。这个帐是冷不得的，任你田产屋业我们都要，只不许抬价。"小山思量道："我这鸡蛋怎么对得石子过？若还到官，官府自然有他体面，况且票上又不曾写出'赌钱'二字，怎么赖得？刑罚要受，监牢要坐，银子依旧要赔，也是我数该如此，不如写还了罢。"就唤小厮取出纸笔，照王竺生当日的写法，一扫千张，不完不住，只消半日工夫，把赌场上骗来的产业与祖父遗下的田地，尽铜铸钟，送得干干净净，连花园也住不成，依旧退还原主去了。

文书匣内刚刚留得一张欠票，做个海底遗珠，展开一看，原来是田客人欠下的五百两赌债，约至三月后送还的。小山看了，又怕起来道："他临去之时，曾说生平再不失信，倘若三月后果然又来，如何了得？"只得叫几个道士打了三日醮，将四皮箱纸锭连欠票一齐烧还，只求免来下顾。亏这一番忏悔，又活了三年才死。那些赢钱去的乡绅，夜夜做梦，说田客人要来翻本，疑心成病，不上三年，也都陆续死尽。

可见赌博一事，是极不好的。不但赢来的钱钞，做不得人家，就是送去了人家，也损于阴德。如今世上不知多少王小山在阳间趁钱，多少王继轩在阴间叹气。他虽未必个个到阴间来寻你，只怕你终有一日到阴间去就他。若阎罗王也是开赌场的便好，万一不好此道，这场官司就要输与原告了。奉劝世人，三十六行的生意桩桩做得，只除了这项钱财，不趁也好。

【眉批】倒是寻到阳间来，说明白的好。

【评】

这样小说，竟该做仙方卖。为人子弟的，不可不买了看，为人父兄的，更不可不买了看。

中华传世藏书

李渔全集

无声戏

第九回　变女为儿菩萨巧

诗云：

> 梦兆从来贵反详，梦凶得吉理之常。

> 却更有时明说与，不须窹后搅思肠。

话说世上人做梦一事，其理甚不可解，为什么好好地睡了去，就会见张见李，与他说起话、做起事来？那做张做李的人，若说不是鬼神，渺渺茫茫之中，那里生出这许多形象？若说果是鬼神，那梦却尽有不验的，为什么鬼神这等没正经，等人睡去就来缠扰？或是醉人以酒，或是迷人以色，或是诱人以财，或是动人以气，不但睡时搅人的精神，还到醒时费人的思索，究竟一些效验也没有，这是什么缘故？要晓得鬼神原不骗人，是人自己骗自己。梦中的人，也有是鬼神变来的，也有是自己魂魄变来的。若是鬼神变来的，

善则报之以吉，恶则报之以凶。或者凶反报之以吉，要转他为恶之心，吉反报之以凶，要励他为善之志。这样的梦，后来自然会应了。若是自己魂魄变来的，他就不

论你事之邪正，理之是非，一味只要投其所好。你若所好在酒，他就变做刘伶、杜康，携酒来与你吃，你若所好在色，他就变做西施、毛嫱，献色来与你淫，你若所重在财，他就变做陶朱、猗顿，送银子来与你用，你若所重在气，他就变做孟贲、乌获，拿力气来与你争。这叫做日之所思，夜之所梦，自己骗自己的，后来哪里会应？我如今且说一个验也验得巧的，一个不验也不验得巧的，做个开场道末，以起说梦之端。

【眉批】发千古所未发，不意于小说中闻此妙论。

当初有个皮匠，一贫彻骨，终日在家堂香火面前烧香礼拜道："弟子穷到这个地步，一时怎么财主得来？你就保佑我生意亨通，每日也不过替人上两双鞋子，打几个攒头，有什么大进益？只除非保佑我掘到一窖银子，方才会发迹，就不敢指望上万上千，便是几百、几十两的横财也见赐一主，不枉弟子哀告之诚。"终日说来说去，只是这几句话。忽一夜就做起梦来，有一个人问他道："闻得你要掘窖，可是真的么？"皮匠道："是真的。"那人道："如今某处地方有一个窖在那里，你何不去掘了来？"皮匠道："底下有多少数目？"那人道："不要问数目，只还你一世用它不尽就是了。"皮匠醒来，不胜之喜，知道是家堂香火见他祷告志诚，晓得那里有藏，教他去起的了。等得到天明，就去办了三牲，请了纸马，走到梦中所说的地方。祭了土地，方才动土，掘了去不上二尺，果然有一个蒲包，捆得结结实实，皮匠道："是了，既然应了梦，决不止一包，如今不但几十、几百，连上千、上万都有了。"及至提起来，一包之下，并无他物，那包又是不重的，皮匠的高兴先扫去一半了。再拿来解开一看，却是一蒲包的猪鬃，皮匠大骇，欲待丢去，又思量道："猪鬃是我做皮匠的本钱，怎么暴弃天物。"就拿回去穿线缝鞋，后来果然一世用他不尽。这或者是因他自生妄想，魂魄要投其所好，信口教他去起窖，偶然撞着的，又或者是神道因他聒絮得厌烦，有意设这个巧法，将来回覆他的，总不可知。这一个是不验的巧处了，如今却说那验得巧的。

【眉批】神道也善诙谐。

杭州西湖上有个于坟，是少保于忠肃公的祠墓，凡人到此求梦，再没有一个不奇验的。每到科举年，他的祠堂竟做了个大歇店。清晨去等的才有床，午前去的就在地下打铺，午后去的，连屋角头也没得蹲身，只好在阶檐底下、乱草丛中打几个嗑睡而已。那一年有同寓的三个举子，一齐去祈梦，分做三处宿歇。次日得了梦兆回来，各有忧惧之色，你问我不说，我问你不言，直到晚间吃夜饭，居停主人道："列位相公各得何梦？"三人都攒眉蹙额道："梦兆甚是不祥。"主人道："梦凶是吉，从来之常，只要详得好，你且说来，待我详详看。"内中有一个道："我梦见于忠肃公亲手递个象棋与我，我拿来一看，上面是个'卒'字，所以甚是忧虑。卒者死也，我今年不中也罢了，难道还要死不成？"那二人听见，都大惊大骇起来，这个道："我也是这个梦，一些不差。"那个又道："我也是这个梦，一些不差。"三人愁做一堆，起先去祈梦，原是为功名，如今功名都不想，大家要求性命了。主人想了一会道："这样的梦，须得某道人详，才解得出。我们一时解它不来。"三人都道："那道人住在哪里？"主人道："就在我这对门，只有一河之隔，他平素极会详梦，你们明日去问他，他自然有绝妙的解法。"三人道："既在对门，何须到明日，今晚便去问他就是了。"主人道："虽隔一河，无桥可度，两边路上俱有栅门，此时都已锁了，须是明日才得相见。

三人之中有两个性缓的，有一个性急的，性缓的竟要等到明日了，那性急的道："这河里水也不深，今晚便待我涉过水去，央他详一详，少不得我的吉凶就是你们的祸福了，省得大家睡不着。"

说完，就脱了衣服，独自一人走过水去，敲开道人的门，把三人一样的梦说与他详。道人道："这等夜静更深，栅门锁了，相公从哪里过来的？"此人道："是从河里走过来的。"道人道："这等，那两位过来不曾？"祈梦的道："他们都不曾来。"道人大笑道："这等，那两位都不中，单是相公一位中了。"此人道："同是一样的梦，为什么他们不中，我又会中起来？"道人道："这个'卒'字，既是棋子上的，就要到棋上去详了。从来下象棋的道理，卒不过河，一过河就好了。那两位不肯过河，自然不中，你一位走过河来，自然中了，有什么疑得？"此人听见，虽说他详得有理，心上只是有些狐疑，及至挂出榜来，果然这个中了，那两个不中。可见但凡梦兆，都要详得好，鬼神的聪明，不是显而易见的，须要深心体认一番，方才揣摩得出，这样的梦是最难详的了，却一般有最易详的，明明白白，就像与人说话一般，这又是一种灵明，总则要同归于验而已。

【眉批】题目认得明白，自然做出好文字来。道人定是个学者。

万历初年，扬州府泰州盐场里，有个灶户叫做施达卿。原以烧盐起家，后来发了财，也还不离本业，但只是发本钱与别人烧，自己坐收其利，家资虽不上半万，每年的出息倒也有数千。这是什么缘故？只因灶户里面，赤贫者多，有家业者少，盐商怕他赖去，不肯发大本与他；达卿原是同伙的人，哪一个不熟？只见做人信实的，要银就发，不论多寡，人都要图他下次，再没有一个赖他的。只是利心太重，烧出盐来，除使用之外，他得七分，烧的只得三分。家中又有田产屋业，利上盘起利来，一日富似一日，灶户里边，只有他这个财主。古语道得好：

> 地无碌砂，赤土为佳。

海边上有这个富户，哪一个不奉承他？夫妻两口，享不尽素封之乐。只是一件，年近六十，尚然无子。其妻向有醋癖，五十岁以前不许他娶小，只说自己会生。谁想空心蛋也不曾生一个。直到七七四十九岁之后，天癸已绝，晓得没指望了，才容他讨几个通房。达卿虽不能够肆意取乐，每到经期之后，也奉了钦差，走去下几次种。却也古怪，那些通房在别人家就像雌鸡、母鸭一般，不消家主同衾共

枕，只是说话走路之间，得空偷偷摸摸，就有了胎，走到他家，就是阉过了的猪，揭过了的狗，任你翻来覆去，横困也没有，竖困也没有。秋生冬熟之田，变做春夏不毛之地，达卿心上甚是忧煎。

【眉批】极平常、极村俗的话，一出其口，便有许多奇趣出来，真点铁手也。

他四十岁以前闻得人说，准提菩萨感应极灵，凡有吃他的斋、持他的咒的，只不要祈保两事，求子的只求子，求名的只求名，久而久之，自有应验。他就发了一点虔心，志志诚诚铸一面准提镜，供在中堂，每到斋期，清晨起来对着镜子，左手结了金刚拳印，右手持了念珠，第一诵净法界直言二字道：

唵喃

念了二十一遍。第二诵护身真言三字道：

唵啮嘧

也是二十一遍。第三诵大明真

言七字道：

唵么抿钵讷铭吽。

一百零八遍。第四才诵准提咒

二十七字道：

　　南无飒哆喃三藐三菩提、

俱胝喃怛你也他、唵折隶主隶、

准提娑婆诃。

也是一百零八遍。然后念一道

偈道：

　　稽首皈依苏悉帝，头面顶礼七俱胝。我今称赞大准提，惟愿慈悲垂加护。

讽诵完了，就把求子的心事祷告一番，叩首数通已毕，方才去吃饭做事。

那准提斋每月共有十日，哪十日？

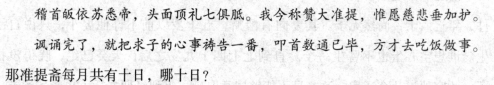
　　初一　初八　十四　十五　十八　廿三　廿四　廿八　廿九　三十

若还月小，就把廿七日预补了三十。又有人恐怕琐琐碎碎记它不清，将十个日子编做两句话道：

一八四五八，三四八九十。

只把这两句念得烂熟，自然不会忘了。只是一件，这个准提菩萨是极会磨炼人的，偏是不吃斋的日子再撞不着酒筵，一遇了斋期，便有人请他赴席。那吃斋的人，清早起来心是清的，自然记得，偏没人请他吃早酒，到了晚上，百事分心，十个九个都忘了，偏要撞着头脑，遇着荤腥，自然下箸，等到忽然记起的时节，那鱼肉已进入喉咙，下了肚子，挖不出了。独有施达卿专心致志，自四十岁上吃起，吃到六十岁，这二十年之中，再不曾忘记一次，怎奈这桩求子的心事再遂不来。

【眉批】吃过准提斋的，才晓得他的好处。

那一日是他六十岁的寿诞，起来拜过天地，就对着准提镜子哀告道："菩萨，弟子皈依你二十年，日子也不少了，终日烧香礼拜，头也嗑得够了，时常苦告哀求，话也说得烦了。就是我前世的罪多孽重，今生不该有子，难道你在玉皇上帝面前，这个小小份上也讲不来？如今弟子绝后也罢了，只是使二十年虔诚奉佛之人，依旧做了无祀之鬼，那些向善不诚的都要把弟子做话柄，说某人那样志诚尚且求之不得，可见天意是挽回不来的。则是弟子一生苦行不唯无益，反开世人谤佛之端，绝大众皈依之路，弟子来生的罪业一发重了。还求菩萨舍一舍慈悲，不必定要宁馨之子，富贵之儿，就是痴聋喑哑的下贱之坯，也赐弟子一个，度度种也是好的。"说完，不觉孤栖起来竟要放声大哭，只因是个寿日，恐怕不祥，哭出声来，又收了进去。

【眉批】巧语如□，这才叫做佞佛。

及至到晚，寿酒吃过了，贺客散去了，老夫妻睡做一床，少不得在被窝里也做一做生日。睡到半夜，就做起梦来，也像日间对着镜子呼冤叫屈，日间收进去的哭声此时又放出来了。正哭到伤心之处，那镜子里竟有人说起话来道："不要哭，不要哭，子嗣是大事，有只是有，没有只是没有。难道像那骗孩童的果子一般，见你

哭得凶，就递两个与你不成？"达卿大骇，走到镜子面前仔细一看，竟有一尊菩萨盘膝坐在里边。达卿道："菩萨，方才说话的就是你么？"菩萨道："正是。"达卿就跪下来道："这等，弟子的后嗣毕竟有没有，倒求菩萨说个明白，省得弟子痴心妄想。"菩萨道："我对你说，凡人'妻财子禄'四个字，是前生分定的。只除非高僧转世，星宿现形，方才能够四美俱备，其余的凡胎俗骨，有了几桩，定少几桩，哪里能够十全？你当初降生之前，只因贪嗔病重，讨了'妻财'二字竟走，不曾提起'子禄'来。那生灵簿上不曾注得，所以今生没有。我也再三替你挽回，怎奈上帝说你利心太重，刻薄穷民，虽有二十年好善之功，还准折不得四十载贪刻之罪，哪里求得子来？后嗣是没有的，不要哄你。"达卿慌起来道："这等，请问菩萨，可还有什么法子，忏悔得来么？"菩萨道："忏悔之法尽有，只怕你拚不得。"

达卿道："弟子年已六十，死在眼前，将来莫说田产屋业都是别人的，就是这几根骨头，还保不得在土里土外。有什么拚不得？"菩萨道："大众的俗语说得好：'酒病还须仗酒医。'你的罪业原是财上造来的，如今还把财去忏悔。你若拚得尽着家私拿来施舍，又不可被人骗去，务使穷民得沾实惠，你的家私十分之中散到七八分上，还你有儿子生出来。"达卿稽首道："这等，弟子

谨依法旨，只求菩萨不要失信。"菩萨道："你不要叮嘱我，只消叮嘱自家。你若不失信，我也决不失信。"说完，达卿再朝镜子一看，菩萨忽然不见了。

正在惊疑之际，被妻子翻身碍醒，才晓得是南柯一梦。心上思量道："我说在菩萨面前哀恳二十年，不见一些影响，难道菩萨是没耳朵的？如今这个梦分明是直

捷回音了，难道还好不信？无论梦见的是真菩萨，假菩萨，该忏悔，不该忏悔，总则我这些家当将来是没人承受的，与其死了待众人瓜分，不如趁我生前散去。"主意定了，次日起来就对镜子拜道："蒙菩萨教诲的话，弟子句句遵依。就从今日做起，菩萨请看。"拜完了，教人去传众灶户来，当面吩咐："从今以后，烧盐的利息要与前相反，你们得七分，我得三分，以前有些陈帐，你们不曾还清的，一概蠲免。"就寻出票约来，在准提镜前，一火焚了，又吩咐众人："以后地方上凡有穷苦之人，荒月没饭吃的，冬天没棉袄穿的，死了没棺材盛的，都来对我讲，我察得是实，一一舍他。只不可假装穷态来欺我。就是有什么该砌的路，该修的桥，该起建的庙宇，只要没人侵欺，我只管捐资修造。烦列位去传谕一声。"众人听见，不觉欢声震天，个个都念几声"阿弥陀佛"而去。不曾传谕得三日，达卿门前就捱挤不开，不是求米救饥的，就是讨衣遮寒的，不是化砖头砌路的，就是募石板修桥的，至于募缘抄化的僧道，讨饭求丐的乞儿，一发如蜂似蚁，几十双手还打发不开。达卿胸中也有些泾渭，紧记了菩萨吩咐不可被人骗去的话，宗宗都要自己查劾得确，方才施舍与他，那些假公济私的领袖，一个也不容上门。他那时节的家私，齐头有一万。舍得一年有余，也就去了二千。

忽然有个通房，焦黄精瘦，生起病来，茶不要，饭不贪，只想酸甜的东西吃，达卿知道是害喜了，问她经水隔了几时，通房道："三个月不洗身上了。"达卿喜欢得眼闭口开，不住嘻嘻地笑，先在菩萨面前还个小小愿心，许到生出的时节做四十九日水陆道场，拜酬佛力。那些劝做善事的人，闻得他有了应验，一发踊跃前来。起先的募法还是论钱论两的多，到此时募缘的眼睛忽然大了，多则论百，少则论十，要拿住他施舍。若还少了，宁可不要，竟像达卿通房的身孕是他们做出来的一般。众人道："他要生儿子，毕竟有求于我。"他又道："我有了儿子，可以无求于人。"达卿起先的善念，虽则被菩萨一激而成，却也因自己无子，只当拿别人的东西来撒漫的，此时见通房有了身孕，心上就踌躇起来道："明日生出来的无论是男是女，总是我的骨血，就作是个女儿，我生平只有半子，难道不留些奁产嫁她？万

一是个儿子，少不得要承家守业，东西散尽了，教他把什么做人家？菩萨也是通情达理的，既送个儿子与我，难道教他呷风不成？况且我的家私也散去十分之二，譬如官府用刑，说打一百，打到二三十上也有饶了的。菩萨以慈悲为本，决不求全责备，我如今也要收兵了。"从此以后，就用着俗语二句：无钱买茄子，只把老来推。募化的要多，他偏还少，好待募化的不要，做个退兵之策。俗语又有四句道得好：

　　善门难开，善门难闭。

　　招之则来，推之不去。

　　当初开门喜舍的时节，欢声也震天，如今闭门不舍的时节，怨声也震地，一时间就惹出许多谤詈之言，道他为善不终。"且看他儿子生得出，生不出？若还小产起来，或是死在肚里，那时节只怕懊悔不及。"谁想起先祝愿的话也不灵，后来诅咒之词也不验，等到十月满足，一般顺顺溜溜生将下来。达卿立在卧房门前，听见孩了一声叫响，连忙问道："是男是女？"收生婆子把小肚底下摸了一把，不见有碍手的东西，就应道："只怕是位令爱。"达卿听了，心上冷了一半。过了一会，婆子又喊起来道："恭喜，只怕是位令郎。"达卿就跳起来道："既然是男，怎么先说是女，等我吃这一惊？"口里不曾说得完，两只脚先

走到菩萨面前了，嗑一个头，叫一声"好菩萨"。正在那边拜谢，只见有个丫鬟如飞地赶来道："收生婆婆请老爹说话。"达卿慌忙走去，只说产母有什么差池，赶到门前，立住问道："有什么话讲？"婆子道："请问老爹，这个孩子还是要养他起来、不养他起来？"达卿大惊道："你说得好奇话，我六十多岁才生一子，犹如麒

麟、凤凰一般，岂有不养之理？"婆子道："不是个儿子。"达卿道："难道依旧是女儿不成？"婆子道："若是女儿，我倒也劝你养起来了。"达卿道："这话一发奇。既不是儿子，又不是女儿，是个什么东西？"婆子道："我收了一世生，不曾接着这样一个孩子，我也辨不出来，你请自己进来看。"达卿就把门帘一掀，走进房去，抱着孩子一看，只见：

> 肚脐底下，腿胯中间，结子丁香，无其形而有其迹；含苞豆蔻，开其外而闭其中，凹不凹，凸不凸，好像个压扁的馄饨；圆又圆，缺又缺，竟是个做成的肉饺。逃于阴阳之外，介乎男女之间。

原来是个半雌不雄的石女。达卿看了，叹一口气，连声叫道："孽障"，将来递与婆子道："领不领随在你们，我也不好做主意。"说完，竟出去了。达卿之妻道："做一世人，只生得这些骨血，难道忍得淹死不成？就当不得人养，也只当放生一般，留在这边积个阴德也是好的。"就教婆子收拾起来，一般教通房抚养。

却说达卿走出房去，跑到菩萨面前，放声大哭。哭了一场，方才诉说道："菩萨，是你亲口许我的，教我散去家私，还我一个儿子，我虽不曾尽依得你，这二、三千两银子也是难出手的。别人在佛殿上施一根椽，舍一个柱，就要祈保许多心事，我舍去的东西，若拿来交与银匠，也打得几个银孩子出来，难道就换不得一个儿子？便是儿子舍不得，女儿也还我一名，等我招个女婿养养老也是好的。再作我今生罪深孽重，祈保不来，索性不教我生也罢了，为什么弄出这个不阴不阳的东西，留在后面现世？"说完又哭，哭完又说，竟像定要与菩萨说个明白地一般。哭到晚间，精神倦了，昏昏地睡去。那镜子里面依旧象前番说起话来道："不要哭，不要哭。我当初原与你说过的，你不失信，我也不失信，你既然将就打发我，我也将就打发你，难道舍不得一份死宝，就要换个完全活宝去不成？"达卿听见，又跪下来道："菩萨，果然是弟子失信，该当绝后无辞了，只是请问菩萨，可还有什么法子忏悔得么？"菩萨道："你若肯还依前话，拚着家私去施舍，我也还依前话，讨个儿子来还你就是。"达卿还要替他订个明白，不想再问就不应了，醒来又是一梦，心上思量道："菩萨的话原说得不差，是我抽他的桥板，怎么怪得他拔我的短梯？也罢，我这些家私依旧是没人承受的了，不如丢在肚皮外散尽了他，且看验不验？"到第二日，照前番的套数，菩萨面前，重发誓愿，呼集众人，教他"不可因我中止善心，不来劝我布施。凡有该做的好事，不时相闻，自当领教。"众人依旧欢呼念佛而去。

那一年，恰好遇着奇荒，十家九家绝食，达卿思量道："古语云：'饥时一口，饱时一斗。'此时舍一分，强如往常舍十分，不可错了机会。"就把仓中的稻子尽数发出来，赈济饥民，又把盐本收起来，教人到湖广、江西买米来赈粥，一连舍了三月，全活的饥民不止上千，此时家私将去一半。心上思量道："如今也该有些动静了。"只管去问通房："经水来不来，肚子大不大，可想吃什么东西？"通房都道："一丝也不觉得。"达卿心上又有些疑惑起来道："我舍的东西虽然不曾满数，只是菩萨也该把个消息与我，为什么比前倒迟钝起来？"

忽一日，丫鬟抱了那个石女，走到达卿面前道："老爹抱抱孩子，我要去有事。"这孩子生了半年，达卿不曾沾手，因他是个怪物，见了就要气闷起来。此时欲待不接，怎奈那丫鬟因小便紧急，不由家主情愿，丢在怀中竟上马桶去了。达卿把孩子仔细一看，只见眉清目秀，耳大鼻丰，尽好一个相貌。就叹口气道："这样一个好孩子，只差得那一些，就两无所用，我的罪业固

然重了，你前世作了什么恶，就罚你做这样一件东西？"说完，把他抱裙揭开，看那腰下之物，不想看出一场大奇事来。你道什么奇事？那孩子生出来的时节，小便

之处男女两件东西都是有的，只是男子的倒缩在里面，女子的倒现在外边，所以男不像男，女不像女，如今不知什么缘故，女子的渐渐长平了，男子的又拖了半截出来，竟不知是几时变过的？他母亲夜间也不去摸他，日间也不去看他，此时达卿无心看见，就惊天动地叫起来道："你们都来看奇事。"一时间，妻子通房、丫鬟使婢，都走拢来道："什么奇事？"达卿把孩子两脚扒开与众人看。众人都大惊道："这件东西是哪里变出来的？好怪异。"达卿道："这等看起来，分明是菩萨的神通了。想当初降生的时节，他原做个两可的道理，试我好善之心诚与不诚，男也由得他，女也由得他，不男不女也由得他，如今见我的家私舍去一半，所以也拿一半来安慰我。这等看来，将来还不止于此。只是这一半也还是拿不稳的。我若照以前中止了善心，焉知伸得出来的缩不进去？如今没得说，只是发狠施舍就是了。"当日率了妻子通房，到菩萨面前嗑了无数的头，就去急急寻好事做。

不多几时，场下瘟病大作，十个之中，医不好两三个。薄板棺材，从一两一口卖起，卖到五、六两还不住。达卿就买了几篓木头，叫上许多匠作，昼夜做棺材施舍，又着人到镇江请明医，苏州买药料，把医生养在家中，施药替人救治。医得好的，感他续命之恩，医不好的，衔他掩尸之德。不上数月，又舍去二三千金，再把孩子一看，不但人道又长了许多，连肾囊肾子都褪出来了。达卿一来因善事圆满，二来因孩子变全，就往各寺敦请高僧，建七七四十九日水陆道场，酬还凤愿，功德完日，正值孩子周试之期，数百里内外受惠之人都来庆贺。以前达卿因孩子不雌不雄，难取名字，直到此时，方才拿得定是个男子，因他生得奇异，取名叫做奇生。后来易长易大，一些灾难也没有，资性又聪明，人物又俊雅，全不像灶户人家生出来的。达卿延请明师，教他诵读，十六岁就进学，十八岁就补廪。补廪十年，就膺了恩选，做过一任知县，一任知州。致仕之时，家资仍以万计。达卿当初只当不曾施舍，白白得了一个贵子，又还饶了一个封君，你道施舍的利钱重与不重？可见作福一事，是男人种子的仙方，女子受胎的秘诀，只是施舍的银子，不可使它落空，都要做些眼见的功德。

如今世上无子的人，十个九个是财上安命的，哪里拚得施舍？究竟那些家产，终久是别人的，原与施舍一样。他宁可到死后分赃，再不肯在生前作福，这是什么缘故？只因为两个主意横在胸中，所以不肯割舍。第一个主意，说焉知我后来不生，生出来还要吃饭，不知天有生人，必有养人，哪有个施恩作福修出来的儿子会饿死的？第二个主意，说有后无后，是前生注定的，哪里当真修得来？不知因果一事，虽未必个个都像施达卿应得这般如响，只是钱财与子息这两件东西，大约有些相碍的。钱财多的人家，子息定少，子息多的人家，钱财必稀。不信但看打鱼船上的穷人，卑田院中的丐妇，衣不遮身，食不充口，那儿子横一个，竖一个，止不住只管生出来，盈千累万的财主，妻妾满堂，眼睛望得血出，再不见生，就生了也养不大。可见银子是妨人的东西，世上无嗣的诸公，不必论因果不因果，请多少散去些，以为容子之地。

【评】

施达卿是个极有算计的人，前半段施舍也不妙，后半段施舍也不妙，妙在中间歇了一歇。若竟施舍到头，明明白白生个儿子出来，就索然无味，没有这样好小说替他流芳百世了。如今世上为善不终之人，个个都可以流芳百世，只要替做小说的想个收场之法耳。

第十回　移妻换妾鬼神奇

词云：

斋菜瓶翻莫救，葡萄架倒难支。闺内烽烟何日靖，报云死后班师。

欲使妇人不妒，除非阁尽男儿。　醋有新陈二种，其间酸味同之。

陈醋只闻妻妒妾，近来妾反先施。新醋更加有味，唇边呷尽胭脂。

这首词名为《何满子》，单说妇人吃醋一事。人只晓得醋乃妒之别名，不知这两个字也还有些分辨。"妒"字从才貌起见，是男人、女子通用得的，"醋"字从色欲起见，是妇人用得着、男子用不着的。虽然这两个名目同是不相容的意思，究竟咀嚼起来，妒是个歪字眼，醋是件好东西。当初古人命名，一定有个意思，开门七件事，醋是少不得的，妇人主中馈，凡物都要先尝，吃醋是她本等，怎么比做争锋夺宠之事？要晓得争锋争得好，夺宠夺得当，也就如调和饮食一般，醋用得不多不少，那吃的人就但觉其美而不觉其酸了，若还不

当争而争，不当夺而夺，只顾自己不管别人，就如性喜吃酸的妇人安排饮食，只向自己的心，不管别人的口，当用盐酱的都用了醋，那吃的人自然但觉其酸而不觉其

美了。可见"吃醋"二字，不必尽是妒忌之名。不过说它酸的意思，就如秀才悭吝，人叫他酸子的一般。究竟妇人家这种醋意，原是少不得的。当醋不醋谓之失调，要醋没醋谓之口淡。怎叫做当醋不醋？譬如那个男子，是姬妾众的，外遇多的，若有个会吃醋的妻子钳束住了，还不至于纵欲亡身，若还见若不见，闻若不闻，一味要做女汉高，豁达大度，就像饮食之中，有油腻而无蔹盐，多甘甜而少酸辣，吃了必致伤人，岂不叫做失调？怎叫做要醋没醋？譬如富贵人家，珠翠成行，钗环作队，若有个会吃醋的妻子夹在中间，愈加觉得津津有味，若还听我自去，由我自来，不过像个家鸨母迎商奉客，譬如饮食之中，但知鱼肉之腥膻，不觉珍馐之贵重，滋味甚是平常，岂不叫做口淡？只是这件东西，原是拿来和作料的，不是拿来坏作料的，譬如药中的饮子，姜只好用三片，枣只好用一枚，若用多了，把药味都夺了去，不但无益，而反有损，那服药的人，自然容不得了。

【眉批】绝妙一篇醋论。

从来妇人吃醋的事，戏义、小说上都已做尽，哪里还有一桩剩下来的？只是戏文、小说上的妇人，都是吃的陈醋，新醋还不曾开坛，就从我这一回吃起。陈醋是大吃小的，新醋是小吃大的。做大的醋小，还有几分该当，就酸也酸得有文理。况且她说的话，丈夫未必心服，或者还有几次醋不着的，惟有做小的人，倒转来醋大，那种滋味，酸到个没理的去处，所以便觉难当。况且丈夫心上，爱的是小，厌的是大。她不醋就罢，一醋就要醋着了。区区眼睛看见一个，耳朵听见一个。

眼睛看见的是浙江人，不好言其姓氏，丈夫因正妻无子，四十岁上娶了一个美妾。这妾极有内才，又会生子，进门之后，每年受一次胎，只是小产的多，生得出的少。她又能钳制丈夫，使他不与正妻同宿。一日正妻五旬寿诞，丈夫禀命于她，说："大生日比不得小生日，不好教她守空房，我权过去宿一晚，这叫做'百年难遇岁朝春'，此后不以为例就是了。"其妾变下脸来道："你去就是了，何须对我说得。"她这句话是煞气的声口，原要激他中止的，谁想丈夫要去的心慌，就是明白禁止，尚且要矫诏而行。何况得了这个似温不严的旨意，哪里还肯认做假话，调过头去竟走。其妾还要唤他转来，不想才走进房，就把门窗紧闭，同上牙床，大做生日去了。十年割绝的夫妻，一旦凑做一处，在妻子看了，不消说是久旱逢甘雨，在丈夫看了，也只当是他乡遇故知，诚于中而形于外，自然有许多声响做出来了。其妾在门外听见，竟当作一桩怪事，不说她的丈夫被我占来十年，反说我的丈夫被她夺去一夜。要勉强熬

到天明，与丈夫厮闹，一来十年不曾独宿，捱不过长夜如年，二来又怕做大的趁这一夜工夫，把十年含忍的话在枕边发泄出来，使丈夫与她离心离德。想到这个地步，真是一刻难容，要叫又不好叫得，就生出一个法子，走到厨下点一盏灯，拿一把草，跑到猪圈屋里放起火来，好等丈夫睡不安宁，起来救火。她的初意只说猪圈屋里没有什么东西，拚了这间破房子，作个火攻之计，只要吓得丈夫起来，救灭了火，依旧扯到她房里睡，就得计了。不想水火无情，放得起，浇不息，一夜直烧到天明，不但自己一份人家化为灰烬，连四邻八舍的屋宇都变为瓦砾之场。次日丈夫拷打丫鬟，说："为什么夜头夜晚点灯到猪圈里去？" 只见许多丫鬟众口一词，都说："昨夜不曾进猪圈，只看见二娘立在大娘门口，悄悄地听了一会，后来慌忙急促走进厨房，一只手拿了灯，一只手抱了草走到后面去，不多一会，就火着起来，不知什么缘故？" 丈夫听了这些话，才晓得是奸狠妇人做出来的歹事。后来邻舍知道，人人切齿，要写公呈出首，丈夫不好意思，只得私下摆布杀了。这一个是区区目击的，乃崇祯九年之事。

【眉批】不可不虑。

耳闻的那一个是万历初年的人，丈夫叫做韩一卿，是个大富长者，在南京淮清

门外居住，正妻杨氏，偏房陈氏，杨氏嫁来时节，原是个绝标致的女子，只因到二十岁外，忽地染了疯疾，如花似玉的面庞忽然臃肿，一个美貌佳人变做疯皮癞子。丈夫看见，竟要害怕起来，只得另娶了一房，就是陈氏。她父亲是个皂隶，既要接人的重聘，又不肯把女儿与人做小，因见一卿之妻染了此病，料想活不久，贪一卿家富，就许了她。陈氏的姿色虽然艳丽，若比杨氏未病之先，也差不得多少，此时进门与疯皮癞子比起来，自然一个是西施，一个是嫫姆了。治家之才，驭下之术，件件都好，又有一种笼络丈夫的伎俩。进门之夜，就与他断过："我在你家，只可与一人并肩，不可使二人敌体，自我进门之后，再不许你娶别个了。"一卿道："以后自然不娶，只是以前这一个。若医不好就罢了，万一医得好，我与她是结发夫妻，不好抛撇，少不得一边一夜，只把心向你些就罢了。"陈氏晓得是决死之症，落得做虚人情，就应他道："她先来，我后到，凡事自然要让她，莫说一边一夜，就是她六我四，她七我三，也是该当的。"

从此以后，晓得她医不好，故意催丈夫赎药调治，晓得形状恶赖，丈夫不敢近身，故意推去与她同睡。杨氏只道是个极贤之妇，心上感激不了，凡是该说的话，没有一句不教诲她。一日对她道："我是快死的人，不想在他家过日子了，你如今一朵鲜花才开，不可不使丈夫得意，他生平有两桩毛病，是犯不得的，一犯了他，随你百般粉饰，再医不转。"陈氏问哪两桩，杨氏道："第一桩是多疑，第二桩是悭吝。我若偷他一些东西到爷娘家去，他查出来，不是骂，就是打，定有好几夜不与我同床，这是他悭吝的毛病，他眼睛里再着不得一些嫌疑之事，我初来的时节，满月之后，有个表兄来问我借银子，见他坐在面前，不好说得，等他走出去，靠了我的耳朵说几句私话，不想被他张见。当时不说，直等我表兄去了，与我大闹，说平日与他没有私情，为什么附耳讲话？竟要写休书休起我来，被我再三折辩，方才中止。这桩事至今还不曾释然，这是他疑心的毛病。我把这两桩事说在你肚里，你晓得他的性格，时时刻刻要存心待他，不可露出一些破绽，就离心离德，不好做人家了。"陈氏得了这些秘诀，口中感谢不尽道："是母亲爱女儿也不过如此，若还医得你好，教我割股也情愿。"

却说杨氏的病，起先一日狠似一日，自从陈氏过门之后，竟停住了。又有个算命先生，说她"只因丈夫命该克妻，所以累你生病，如今娶了第二房，你的担子轻了一半，将来不会死了。"陈氏听见这句话，外面故意欢喜，内里好不担忧，就是她的父亲，也巴不得杨氏死了，好等女儿做大，不时弄些东西去浸润她，谁想终日打听，再不见个死的消息。一日来与女儿商量说："她万一不死，一旦好起来，你就要受人的钳制了，倒不如弄些毒药，早些结果了她，省得淹淹缠缠，教人记挂。"陈氏道："我也正要如此。"又把算命先生的话与他说了一遍。父亲道："这等，一发该下手了。"就去买了一服毒药，交与陈氏，陈氏搅在饮食之中，与杨氏吃了，不上一个时辰，发狂发躁起来，舌头伸得尺把长，眼睛乌珠挂出一寸。陈氏知道着手了，故意叫天叫地，哭个不了，又埋怨丈夫，说他不肯上心医治。一卿把衣衾棺椁办得剪齐，只等断了气，就好收殓，谁想杨氏的病，不是真正麻疯，是吃着毒物了起的。如今以毒攻毒，只当遇了良医，发过一番狂躁之后，浑身的皮肉一齐裂开，流出几盆紫血，那眼睛舌头依旧收了进去。昏昏沉沉睡过一晚，到第二日，只差得黄瘦了些，形体面貌竟与未病时节的光景一毫不差，再将养几时，疯皮癞子依旧变做美貌佳人了。陈氏见药她不死，一气恨不平，埋怨父亲，说他毒药买不着，错买了灵丹来，倒把死人医活了，将来怎么受制得过？

一卿见妻子容貌复旧，自然相爱如初，做定了规矩，一房一夜。陈氏起先还说

三七、四六，如今对半均分还觉得吃亏，心上气忿不了，要生出法来离间她。思量道："她当初把那两桩毛病来教导我，我如今就把这两桩毛病去摆布她，疑心之事，家中没有闲杂人往来，没处下手，只有悭吝之隙可乘，她爷娘家不住有人来走动，我且把贼情事冤屈她几遭，一来使丈夫变变脸，动动手，省得她十分得意，二来多喝几次气，也少同几次房。他两个鹬蚌相持，少不得是我渔翁得利。先讨她些零碎便宜，到后来再算总帐。"计较定了，着人去对父亲说："以后要贵重些，不可常来走动，我有东西，自然央人送来与你。"父亲晓得她必有妙用，果然绝迹不来。一卿隔壁有个道婆居住，陈氏背后与她说过："我不时有东西丢过墙来，烦你送到娘家去，我另外把东西谢你。"道婆晓得有些利落，自然一口应承。

却说杨氏的父母见女儿大病不死，喜出望外，不住教人来亲热她。陈氏等她来一次，就偷一次东西丢过墙去，寄与父亲。一卿查起来，只说陈家没人过往，自然是杨氏做的手脚，偷与来人带去了。不见一次东西，定与她喝一次气，喝一次气，定有几夜不同床。杨氏忍过一遭，等得他怒气将平、正要过来的时节，又是第二桩贼情发作了。冤冤相继，再没有个了时，只得寄信与父母，教以后少来往些，省得累我受气。父母听见，也像陈家绝迹不来。一连隔了几月，家中渐觉平安。鹬蚌不见相持，渔翁的利息自然少了，陈氏又气不过，要寻别计弄她，再没有个机会。

【眉批】看官但觉可笑，杨氏如何忍耐？

一日将晚，杨氏的表兄走来借宿，一卿起先不肯留，后来见城门关了，打发不去，只得在大门之内、二门之外收拾一间空房，等他睡了。一卿这一晚该轮着陈氏，陈氏往常极贪，独有这一夜，忽然廉介起来，等一卿将要上床，故意推到杨氏房里去。一卿见她固辞，也就不敢相强，竟去与杨氏同睡。杨氏又说不该轮着自己，死推硬扳不容他上床，一卿费了许多气力，方才钻得进被。

只见睡到一更之后，不知不觉被一个人掩进房来，把他脸上摸了一把，摸到胡须，忽然走了出去。一卿在睡梦之中被他摸醒，大叫起来道："房里有贼。"杨氏吓得战战兢兢，把头钻在被里，再不则声。一卿就叫丫鬟点起灯来，自己披了衣服，把房里、房外照了一遍，并不见个人影。丫鬟道："二门起先是关的，如今为何开着？莫非走出去了不成？"一卿再往外面一照，那大门又是闩好的。心上思量道："若说不是贼，二门为什么会开？若说是贼，大门又为什么不开？这桩事好不明白。"

正在那边踌躇，忽然听见空房之中有人咳嗽，一卿点点头道："是了，是了，原来是那个淫妇与这个畜生日间有约，说我今夜轮不着她，所以开门相等。及至这个畜生扒上床去，摸着我的胡须，知道干错了事，所以张惶失措，跑了出来。我一向疑心不决，直到今日才晓得是真。"一卿是个有血性的人，想到这个地步，哪里还忍得住？就走到咳嗽的所在，将房门踢开，把杨氏的表兄从床上拖到地下，不分皂白捶了半死，那人问他什么缘故？一卿只是打，再不说。那人只得高声大叫，喊"妹子来救命。"谁想他越喊得急，一卿越打得凶，杨氏是无心的人，听见叫喊，只得穿了衣服走出来，看为什么缘故。哪里晓得那位表兄是从被里扯出来的，亦条条的一个身子，没有一件东西不露在外面。起先在暗处打，杨氏还不晓得，后来被一卿拖到亮处来，杨氏忽然看见，才晓得自家失体，羞得满面通红，掉转头来要走，不想一把头发已被丈夫揪住，就捺在空房之中，也像令表兄一般，打个不数。杨氏只说自己不该出来，看见男子出身露体，原有可打之道，还不晓得那桩冤情，直等陈氏教许多丫鬟把一卿扯了进去，细问缘由，方才说出杨氏与她表兄当初附耳绸缪、如今暗中摸索的说话。陈氏替她苦辨，说："大娘是个正气之人，决无此事。"一卿只是不听。

【眉批】妙绝。

等到天明要拿奸夫，与杨氏一齐送官，不想那人自打以后，就开门走了，一卿写下一封休书，教了一乘轿子，要休杨氏到娘家去。杨氏道："我不曾做什么歹事，你怎么休得我？"一卿道："奸夫都扒上床来，还说不做歹事？"杨氏道："或者他有歹意，进来奸我，也不可知，我其实不曾约他进来。"一卿道："你既不曾约他，把二门开了等哪一个？"杨氏赌神罚咒，说不曾开门，一卿哪里肯信？不由她情愿，

要勉强扯进轿子。杨氏痛哭道："几年恩爱夫妻，亏你下得这双毒手，就要休我，也等访得实了休也未迟。昨夜上床的人，你又不曾看见他的面貌，听见他的声音，糊里糊涂，焉知不是做梦？就是二门开了，或者是手下人忘记，不曾关也不可知。我如今为这桩冤枉的事休了回去，就死也不得甘心。求你积个阴德，暂且留我在家，细细地查访，若还没有歹事，你还替我做夫妻，若有一毫形迹，凭你处死就是了，何须休得？"说完，悲悲切切，好不哭得伤心。一卿听了，有些过意不去，也不叫走，也不叫住，低了头只不则声。陈氏料他决要中止，故意跪下来讨饶，说："求你恕她个初犯。以后若再不正气，一总处她就是了。"又对杨氏道："从今以后要改过自新，不可再蹈前辙。"一卿原要留她，故意把虚人情做在陈氏面上，就发落她进房去了。

从此以后，留便留在家中，日间不共桌，夜里不同床，杨氏只吃得她一碗饭，其实也只当休了的一般，她只说那夜进房的果然是表兄，无缘无故走来沾污人的清名，心上恨他不过，每日起来定在家堂香火面前狠咒一次。不说表兄的姓名，只说"走来算计我的，教他如何如何，我若约他进来，教我如何如何，定要求菩萨神明昭雪我的冤枉，好待丈夫回心转意。"咒了许多时，

也不见丈夫回心，也不见表兄有什么灾难。

忽然一夜，一卿与陈氏并头睡到三更，一齐醒来。下身两件东西，无心凑在一处，不知不觉自然会运动起来，觉得比往夜更加有趣。完事之后，一卿问道："同是一般取乐，为什么今夜的光景有些不同？"一连问了几声，再不见答应一句。只

说她怕羞不好开口，谁想过了一会，忽然流下泪来。一卿问是什么缘故？她究竟不肯回言。从三更哭起，哭到五更，再劝不住，一卿只得搂了同睡。睡到天明，正要问她夜间的缘故，谁想睁眼一看，不是陈氏，却是杨氏，把一卿吓了一跳。思量昨夜明明与陈氏一齐上床，一齐睡去，为什么换了她来？想过一会，又疑心道："这毕竟是陈氏要替我两个和事，怕我不肯，故意睡到半夜，自己走过去，把她送了来，一定是这个缘故了。"起先不知，是搂着的，如今晓得，就把身离开了。

却说杨氏昨夜原在自家房里一人独宿，谁想半夜之后从梦中醒来。忽然与丈夫睡在一处，只说他念我结发之情，一向在那边睡不过意，半夜想起，特地走来请罪的。所以丈夫问她，再不答应。只因生疏了许久，不好就说肉麻的话，想起前情，唯有痛哭而已。及至睡到天明，掀开帐子一看，竟不在自己房中，却睡在陈氏的床上，又疑心又没趣，急急爬下床来寻衣服穿。谁想裙袄褶裤都是陈氏所穿之物，自己的衣服半件也没有。正在张惶之际，只见陈氏倒穿了她的衣服走进房来，掀开帐子，对着一卿骂道："奸巧乌龟做的好事。你心上割舍不得，要与她私和，就该到她房里去睡，为什么在睡梦之中把我抬过去？把她扯过来，难道我该替她守空房，她该替我做实事的么？"一卿只说陈氏做定圈套，替他和了事，故意来取笑他。就答应道："你倒趁我睡着了，走去换别人来，我不埋怨你就够了，你反装聋做哑来骂我？"陈氏又变下脸来，对杨氏道："就是他扯你过来，你也该自重，你有你的床，我有我的铺，为什么把我的毡条褥子垫了你们做把戏？难道你自家的被席只该留与表兄睡的么？"杨氏羞得顿口无言，只得也穿了陈氏的衣服走过房去。夫妻三个都像做梦一般，一日疑心到晚，再想不着是什么缘故。

及至点灯的时节，陈氏对一卿道："你心上丢不得她，趁早过去，不要睡到半夜三更，又把我当了死尸抬来抬去。"一卿道："除非是鬼摄去的，我并不曾抬你。"两人脱衣上床，陈氏两只手死紧把一卿搂住，睡梦里也不肯放松，只怕自己被人抬去。上床一觉直睡到天明，及至醒来一看，搂的是个竹夫人，丈夫不知哪里去了？陈氏爬起来，披了衣服，赶到杨氏房中，掀开帐了一看，只见丈夫与杨氏四只手做一团，嘴对嘴，鼻对鼻，一线也不差。陈氏气得乱抖，就趁他在睡梦之中，把丈夫一个嘴巴，连杨氏一齐吓醒。各人挣开眼睛，你相我，我相你，不知又是几时凑着的。陈氏骂道："奸乌龟，巧王八。教你明明白白地过来，偏生不肯，定要到半夜三更瞒了人来做贼。我前夜着了鬼，你难道昨夜也着了鬼不成？好好起来对我说个明白。"一卿道："我昨夜不曾动一动，为什么会到这边来，这桩事着实有些古怪。"陈氏不信，又与他争了一番。一卿道："我有个法子，今夜我在你房里睡，把两边门都锁了，且看可有变动。若平安无事，就是我的诡计，万一再有怪事出来，就无疑是鬼了，毕竟要请个道士来遣送。难道一家的人把他当做傀儡，今日掣过东、明日掣过西不成？"陈氏道："也说得是。"

到了晚间，先把杨氏的房门锁了。二人一齐进房，教丫鬟外面加锁，里面加拴，脱衣上床，依旧搂做一处。这一夜只因怕鬼，二人都睡不着。一直醒到四更，不见一些响动，直到鸡啼方才睡去。一卿醒转来，天还未明，伸手把陈氏一摸，竟不见了。只说去上马桶，连唤几声，不见答应，就着了忙。叫丫鬟快点起灯来，把房门开了，各处搜寻，不见一毫形迹。及至寻到茅坑隔壁，只见她披头散发，在猪圈之中搂着一个癞猪同睡，唤也不醒，推也不动，竟像吃酒醉的一般。一卿要教丫鬟抬她进去，又怕醒转来，自己不晓得，反要胡赖别人，要丢她在那边，自己去睡，心上又不忍。只得坐在猪圈外，守她醒来。杨氏也坐在那边，一来看她，二来与一卿做伴。一卿叹口气道："好好一份人家，弄出这许多怪事，自然是妖怪了，将来怎么被他搅扰得过？"杨氏道："你昨日说要请道士遣送，如今再迟不得了。"一卿道："口便是这等说，如今的道士个个是骗人的，哪里有什么法术？"杨氏道："遣得去遣不去也要做做看，难道好由他不成？"

两个不曾说得完，只见陈氏在猪圈里伸腰叹气，丫鬟晓得要醒了，走到身边把她摇两摇道："二娘，快醒来，这里不便，请进去睡。"陈氏蒙蒙眬眬地应道："我不是什么二娘，是个有法术的道士，来替你家遣妖怪的。"丫鬟只说她做梦，依旧攀住身子乱摇，谁想她立起身来，高声大叫道："捉妖怪，捉妖怪。"一面喊，一面走，不像往常的脚步，竟是男子一般。两三步跨进中堂，爬上一张桌子，对丫鬟道："快取宝剑法水来。"一家人个个吓得没主意，都定着眼睛相她。她又对丫鬟道："你若不取来，我就先拿你做了妖怪，试试我的拳头。"说完一只手捏了丫鬟的头髻，轻轻提上桌子，一只手捏了拳头，把丫鬟乱打。丫鬟喊道："二娘，不要打，放我下去取来就是。"陈氏依旧把丫鬟提了，朝外一丢，丢去一丈多路。

一卿看见这个光景，晓得有神道附住她了，就教丫鬟当真去取来，丫鬟舀一碗净水，取一把腰刀，递与她。她就步罡捏诀，竟与道士一般做作起来，念完一个咒，把水碗打碎，跳下一张台子，走到自己房中，拿一条束腰带子套在自家颈上，一只手牵了出来，对众人道："妖怪拿到了。你家的怪事，是她做起，待我教她招来。"对着空中问道："头一桩怪事，你为什么用毒药害人？害又害不死，反把她医好，这是什么缘故？"问了两遭，空中不见有人答应，她又道："你若不招，我就动手了。"将刀背朝自己身子重重打了上百，自己又喊道："不消打，招就是了，我当初嫁来的时节，原说她害的是死症，要想自己做大的，后来见她不死，所以买毒药来催她，不知什么缘故反医活了，这桩事是真的。"歇息一会，自己又问道："第二桩怪事，你为什么把丈夫的东西，偷到爷娘家去，

反把贼情事冤屈做大的？这是哪个教你的法子？"自己又答应道："这个法子是大娘自己教我的。她疯病未好之先，曾对我讲，说丈夫有悭吝的毛病，家中不见了东西，定要与她呕气，呕气之后，定有几夜不同床。我后来见他两个相处得好，气忿不过，就用这个法子摆布她。这桩事也是真的。"自己又问道："第三桩怪事，杨氏

是个冰清玉洁之人，并不曾做歹事，那晚她表兄来借宿，你为什么假装男子走去摸丈夫的胡须，累她受那样的冤屈？这个法子又是那个教你的？"自己又应道："这也是大娘教我的，她说初来之时，与表兄说话，丈夫疑她有私，后来她的表兄恰好来借宿，我就用这个法子离间她。这桩事是她自己说话不留心，我固然该死，她也该认些不是。我做的怪事只有这三桩，要第四件就没有了。后来把我们抬来抬去的事不知是哪个做的，也求神道说个明白。"自己又应道："抬你们的就是我。我见杨氏终日哀告，要我替她伸冤，故此显个神通惊吓你，只说你做了亏心之事，见有神明帮助她，自然会惊心改过，谁想你全不懊悔，反要欺凌丈夫，殴辱杨氏，故此索性显个神通，扯你与癞猪同宿。今日把她的冤枉说明，破了一家人的疑惑，你以后却要改过自新，若再如此，我就不肯轻恕你了。"

杨氏听了这些话，快活到极处，反痛哭起来，只晓得是神道，不记得是仇人，倒跪了陈氏，嗑上无数的头。一卿心上思量道："是便是了，她又不曾到哪里去，娘家又不十分有人来，当初的毒药是哪个替她买来的？偷的东西又是哪个替她运去的？毕竟有些不明白。"

正在那边疑惑，只见她父亲与隔壁的道婆听见这桩异事，都赶来看。只说她既有神道附了，毕竟晓得过去未来，都要问她终身之事。不想走到面前，陈氏把一只手揪住两个的头发，一只手掉转了刀背，一面打，一面问道："毒药是哪个买来的？东西是哪个运去的？快快招来。"起先两个还不肯说，后来被她打得头破血流，熬不住了，只得各人招出来。一卿到此，方才晓得是真正神道，也对了陈氏乱拜。

拜过之后，陈氏舞弄半日，精神倦了，不觉一跤跌倒，从桌上滚到地下，就动也不动，众人只说她跌死，走去一看，原来还像起先闭了眼，张了口，呼呼地睡，像个醉汉的一般，只少个癞猪做伴。众人只得把她抬上床去。过了一夜，方才苏醒。问她昨日舞弄之事，一毫不知，只说在睡梦之中，被个神道打了无数刀背。一卿道："可曾教你招什么话么？"她只是模糊答应，不肯说明，哪里晓得隐微之事，已曾亲口告诉别人过了。后来虽然不死，也染了一桩恶疾，与杨氏当初的病源大同小异，只是杨氏该造化，有人把毒药医她，她自己姑息，不肯用那样虎狼之剂，所以害了一世，不能够与丈夫同床。你道陈氏她染的是什么恶疾？原来只因那一晚搂了癞猪同睡，猪倒好了，把癞疮尽过与她，雪白粉嫩的肌肤，变做牛皮蛇壳，一卿靠着她，就要喊叫起来，便宜了个不会吃醋的杨夫人，享了一生忠厚之福，可见新醋是吃不得的。

我这回小说，不但说做小的不该醋大，也要使做大的看了，晓得这件东西，不论新陈，总是不吃的妙。若使杨氏是个醋量高的，终日与陈氏吵吵闹闹，使家堂香火不得安生，那鬼神不算计她也够了，哪里还肯帮衬她？无论疯病不得好，连后来那身癞疮，焉知不是她的晦气？天下做大的人，忠厚到杨氏也没处去了，究竟不曾吃亏，反讨了便宜去，可见世间的醋，不但不该吃，也尽不必吃。我起先那些吃醋的注解，原是说来解嘲的，不可当了实事做。

【评】

这回小说，天下人看了，都要怪他说得不经。世上那有小反醋大之理？不知做大的醋小，一百个之中有九十九个；做小的醋大，一百个之中也有九十九个。只是做大的醋小，发泄得出；做小的醋大，发泄不出。虽有内外之分，其醋一也。这回小说，即使天下做小的看了，也都服他是诛心之论。

第十一回 儿孙弃骸骨僮仆奔丧

诗云：

> 古云有子万事足，多少茕民怨孤独。
>
> 常见人生忤逆儿，又言无子翻为福。
>
> 有子无儿总莫嗟，黄金不尽便传家。
>
> 床头有谷人争哭，俗语从来说不差。

话说世间子嗣一节，是人生第一桩大事，祖宗血食要他绵，自己终身要他养，一生挣来的家业要他承守。这三件事，本是一样要紧的，但照世情看起来，为父为子的心上，各有一番轻重。父亲望子之心，前面两桩极重，后面一件甚轻。儿子望父之心，前面两件还轻，后面一桩极重。若有了家业，无论亲生之子生前奉事殷勤，死后追思哀切，就是别人的骨血承继来的，也都看银子面上，生前一样温衾扇枕，死后一般戴孝披麻，却像人的儿子尽可以不必亲生，若还家业凋零，老景萧索，无论暝蛉之子孝意不诚，丧容欠戚，就是自己的骨髓流出来结成的血块，也都冷面承欢，愁容进食，及至送终之际，减其衣衾，薄

其棺椁，道他原不曾有家业遗下来，不干我为子之事。待自己生身的尚且如此，待父母生身的一发可知。就逢时遇节，勉强祭奠一番，也与呼蹴之食无异，祖宗未必肯享。这等说来，岂不是三事之中，只有家业最重？

当初有两个老者，是自幼结拜的弟兄。一个有二子，一个无嗣。有子的要把家业尽数分与儿子，待他轮流供膳，无嗣的劝他留住一分自己养老，省得在儿子项下取气，凡事不能自由。有子的不但不听，还笑他心性刻薄，以不肖待人，怪不得难为子息，竟把家业分析开了，要做个自在之人，不想两位令郎都不孝，一味要做人家，不顾爷娘死活，成年不动酒，论月不开荤，那老儿不上几月，熬得骨瘦如柴。

一日在路上撞着无嗣的，无嗣的问道："一向不见，为何这等清减了？"有子的道："只因不听你药石之言，以致如此。"就把儿子鄙吝、舍不得奉养的话告诉一遍。无嗣的叹息几声，想了一会道："令郎肯作家也是好事，只是古语云：'五十非肉不饱'你这样年纪，如何断得肉食？我近日承继了两个小儿，倒还孝顺，酒肉鱼鲞拥在面前，只愁没有两张嘴、两个肚，你不如随我回去，同住几日，开开荤了回去何如？"有子的熬炼不过，顾不得羞耻，果然跟他回去。无嗣的道："今日是大小儿供给，且看他的饮馔何如？"少顷，只见美味盈前，异香扑鼻，有子的与他豪饮大嚼，吃了一顿，抵足睡了。次日起来道："今日轮着二房供膳，且看比大房丰俭何如？"少刻，又见佳酥美馔，不住地搬运出来，取之无穷，食之不竭。

一连过了几日，有子的对无嗣的叹息道："儿子只论孝不孝，哪论亲不亲？我亲生的那般忤逆，反不如你承继的这等孝顺，只是小弟来了两日，再不见令郎走出来，不知是怎生两个相貌，都一般有这样的孝心，可好请出来一见？"无嗣的道："要见不难，待我唤他们出来就是。"就向左边唤道："请大官人出来。"伸手在左边袋里摸出一个银包，放在桌上，又向右边唤道："请二官人出来。"伸手又在右边袋里摸出一个银包，放在桌上，对有子的指着道："这就是两个小儿，老兄请看。"有子的大惊道："这是两包银子，怎么说是令郎？"无嗣的道："银子就是儿子了，天下的儿子哪里还有孝顺似他的？要酒就是酒，要肉就是肉，不用心焦，不消催

促，何等体恤，他是我骨头上挣出来的，也只当自家骨血，当初原教他同家过活，不忍分居，只因你那一日分家，我劝你留一分养老，你不肯听，我回来也把他分做两处，一个居左，一个居右，也教他们轮流供膳，且看是你家的孝顺，我家的孝顺？不想他们还替我争气，不曾把我熬瘦了，到如今还许多请人相陪，岂不是古今来第一个养志的孝子？不枉我当初苦挣他一场。"说完，依旧塞进两边袋里去了。那有子的听了这些话，不觉两泪交流，无言可答，后来无子的怜他老苦，时常请他吃些肥食，滋补颐养，才得尽其天年。

看官，照这桩事论起来，有家业分与儿子的，尚且不得他孝养之力，那白手传家、空囊授子的，一发不消说了。虽然如此，这还是入世不深，只知其一，不知其二的话。若照情理细看起来，贫穷之辈，囊无蓄贯，仓少余粮，做一日吃一日的人家，生出来的儿子，倒还有些孝意。为什么缘故？只因他无家可传，无业可受，那负米养亲、采薪供膳之事，是自小做惯的，也就习以为常，不自知其为孝，所以倒有暗合道理的去处。偏是富贵人家儿子，吃惯用惯，却像田地金银是他前世带来的，不关父母之事，略分少些，就要怨恨，竟像刻剥了他己财一般。若稍稍为父母吃些辛苦，就道是尽瘁竭力，从来未有之孝了，哪里晓得当初曾、闵、大舜，还比他辛苦几分，所以人的孝心，大半丧于膏梁纨袴，不可把金银产业当做传家之宝，既为儿孙做马牛，还替他开个仇恨爷娘之衅。我如今说个争财背本之人，以为逆子贪夫之戒。

明朝万历年间，福建泉州府同安县，有个百姓，叫做单龙溪，以经商为业。他不贩别的货物，单在本处收荔枝圆眼，到苏杭发卖。长子单金早丧，遗腹生下一孙，就叫做遗生。次子单玉，是中年所得，与遗生虽是叔侄，年相上下，却如兄弟一般。两个同学读书，不管生意之事。家中有个义男，叫做百顺，写得一笔好字，打得一手好算盘。龙溪见他聪明，时常带在身边服事，又相帮做生意。百顺走过一两遭，就与老江湖一般惯熟，为人又信实，说一是一，说二是二，所以行家店户，没有一个不抬举他。龙溪不在面前，一般与他同起同坐，又替他取个表字，叫做顺之。做到后来，反厌龙溪古板，喜他活动。龙溪脱不去的货，他脱得去，龙溪讨不起的帐，他讨得起。龙溪见他结得人缘，就把脱货讨帐之事，索性教他经手，自己只管总数。就有人在背后劝百顺，教他聚些银子，赎身出去自做人家。百顺回他道："我前世欠人之债，所以今世为人之奴，拚得替他劳碌一生，偿还清了，来世才得出头，若还鬼头鬼脑偷他的财物，赎身出去自做人家，是债上加债了，哪一世还得清洁？或者家主严厉，自己苦不过，要想脱身，也还有些道理，我家主仆犹如父子一般，他不曾以寇仇待我，我怎忍以土芥视他？"那劝的人听了，反觉得自家不是，一发敬重他。

却说龙溪年近六旬，妻已物故，自知风烛草霜，将来日子有限，欲待丢了生意不做，又怕帐目难讨，只得把本钱收起三分之二，瞒了家人掘个地窖，埋在土中，要待单玉与遗生略知世务，就取出来分与他。只将一分客本贩货往来，答应主顾，要渐渐刮起陈帐，回家养老，谁想经纪铺户规矩做定了，毕竟要一帐

搭一帐，后货到了，前帐才还，后货不到，前帐只管扣住，龙溪的生意再歇不得手。他平日待百顺的情分与亲子无异，一样穿衣，一般吃饭，见他有些病痛，恨不得把身子替他，只想到银子上面，就要分个彼此，子孙毕竟是子孙，奴仆毕竟是奴仆。心上思量道："我的生意一向是他经手，倘若我早晚之间有些不测，那人头上的帐目总在他手里，万一收了去，在我儿孙面前多的说少，有的说无，教他哪里去查帐？不如趁我生前把儿孙领出来，认一认主顾，省得我死之后，众人不相识，就有银子也不肯还他。"算计定了，到第二次回家，收完了货，就吩咐百顺道："一向的生意都是你跟去做，把两个小官人倒弄得游手靠闲，将来书读不成，反误他终身

之事，我这番留你在家，教他们跟我出去，也受些出路的风霜，为客的辛苦，知道钱财难趁，后来好做人家。"百顺道："老爹的话极说得是，只怕你老人家路上没人服事，起倒不便，两位小官人不曾出门得惯，船车上担干受系，反要费你的心。"龙溪道："也说不得，且等他走上一两遭再做区处。"

却说单玉与遗生听见教他丢了书本，去做生意，喜之不胜。只道做客的人，终日在外面游山玩水，风花雪月，不知如何受用，哪里晓得穿着草鞋游山，背着被囊玩水，也不见有什么山水之乐，至于客路上的风花雪月，与家中大不相同，两处的天公竟是相反的。家中是解愠之风，兆瑞之雪，娱目之花，赏心之月；客路上是刺骨之风，僵体之雪，断肠之花，伤心之月。二人跟了出门，耐不过奔驰劳碌，一个埋怨阿父，一个嗟怅阿祖，道："好好在家快活，为什么领人出来，受这样苦？"及至到了地头，两个水土不服，又一齐生起病来，这个要汤，那个要药，把个六十多岁的老人家磨得头光脚肿，方才晓得百顺的话句句是金石之言，懊悔不曾听得。伏事得两人病痊，到各店去发货，谁想人都嫌货不好，一箱也不要，只得折了许多本钱，滥贱的撢去。要讨起前帐回家，怎奈经纪铺行都回道："经手的不来，不好付得。"单玉、遗生与他争论，众人见他大模大样，一发不理，大家相约定了，分文不付。龙溪是年老之人，已被一子一孙磨得七死八活，如今再受些气恼，分明是雪上加霜，哪里撑持得住？一病着床，再医不起。自己知道不济事了，就对单玉、遗生道："我虽然死在异乡，有你们在此收殓，也只当死在家里一般，我死之后，你可将前日卖货的银子装我骸骨回去，这边的帐目科想你们讨不起，不要与人呕气，回去叫百顺来讨，他也有些良心，料不致全然干没，我还有一句话，论理不该就讲，只恐怕临危之际说不出来，误了大事，只得讲在你们肚里。我有银子若干，盛做几坛，埋在某处地下，你们回去可掘起来均分，或是买田，或是做生意，切不可将来浪费。"说完，就教买棺木，办衣衾，只等无常一到，即便收殓。

却说单玉、遗生见他说出这宗银子埋在家中，两人心上如同火发，巴不得乃祖乃父早些断气，收拾完了，好回去掘来使用。谁相垂老之病，犹如将灭之灯，乍暗乍明，不肯就息，二人度日如年，好生难过。

一日遗生出去讨帐，到晚不见回来，龙溪央人各处寻觅不见踪影，谁想他要银子心慌，等不得乃祖毕命，又怕阿叔一同回去，以大欺小，分不均匀，故此瞒了阿叔，背了乃祖，做个高才捷足之人，预先赶回去掘藏了。龙溪不曾设身处地，哪里疑心到此？单玉是同事之人，晓得其中诀窍，遗生未去之先，他早有此意，只因意思不决，迟了一两天，所以被人占了先着。心上思量道："他既然瞒我回去，自然不顾道理，一总都要掘去了，哪里还留一半与我？我明日回去取讨，他也未必肯还。要打官司，又没凭据，难道孙子得了祖财，儿子反立在空地不成？如今父亲的衣衾棺椁都已有了。若还断气，主人家也会殡殓，何必定要儿子送终？我若与他说明，他决然不放我走，不如便宜行事罢了。"算计已定，次日瞒了父亲，以寻访遗生为名，雇了快船，兼程而进地去了。

龙溪见孙子寻不回来，也知道为银子的缘故，懊悔出言太早，还叹息道："孙子比儿子到底隔了一层。情意不相关切，只要银子，就做出这等事来。还亏得我带个儿子在身边，不然骸骨都没人收拾了。可见天下孝子易求，慈孙难得。"谁想到第二日，连儿子也不见了，方才知道不但慈孙难得，并孝子也不易求，只有钱财是嫡亲父祖，就埋在土中，还要急急赶回去掘他起来。生身的父祖，到临终没有出息，竟与路人一般，就死在旦夕，也等不得收殓过了带他回去。财之有用，亦至于此，财之为害，亦至于此。叹息了一回，不觉放声大哭。又思量若带百顺出来，岂有此事？自古道："国难见忠臣。"不到今日，如何见他好处？怎得他飞到面前，待我告诉一番，死也瞑目。

却说百顺自从家主去后，甚不放心，终日求签问卜，只怕高年之人，外面有些长短。一日忽见遗生走到，连忙问道："老爷一向身体何如？如今在哪里？为什么不一齐回来，你一个先到？"遗生回道："病在外面，十分危笃，如今死了也不可知。"百顺大惊道："既然病重，你为何不在那边料理后事，反跑了回来？"遗生只道回家有事，不说起藏的缘故。百顺见他举止乖张，言语错乱，心上十分惊疑，思

想家主病在异乡，若果然不保，身边只有一个儿了，又且少不更事，教他如何料理得来？正要赶去相帮，不想到了次日，连那少不更事的也回来了。百顺见他慌慌张张，如有所失，心上一发惊疑，问他缘故，并不答应，直到寻不见银子，与遗生争闹起来，才晓得是掘藏的缘故。百顺急了，也不通知二人，收拾行囊竟走。不数日赶到地头，喜得龙溪还不曾死，正在恹恹待毙之时，忽见亲人走到，悲中生喜，喜处生悲，少不得主仆二人各有一番疼热的话。

次日龙溪把行家铺户一齐请到面前，将忤逆子孙贪财背本，先后逃归与义男闻信、千里奔丧的话告诉一遍，又对众人道："我舍下的家私与这边的帐目，约来共有若干，都亏这个得力义子帮我挣来的，如今被那禽兽之子、狼虎之孙得了三分之二，只当被强盗劫去一般，料想追不转了，这一份虽在帐上，料诸公决不相亏，我如今写张遗嘱下

来，烦诸公做个见证，分与这个孝顺的义子，我死之后，教他在这里自做人家，不可使他回去。我的骸骨也不必装载还乡，就葬在这边，待他不时祭扫，省得靠了不孝子孙，反要做无祀之鬼。倘若那两个逆种寻到这边来与他说话，烦诸公执了我的遗嘱，送他到官，追究今日背祖弃父、死不奔丧之罪。说便是这等说，只怕我到阴间，也就有个报应，不到寻来的地步。"说完，众人齐声赞道："正该如此。"

百顺跪下嗑头，力辞不可，说："百顺是老爷的奴仆，就粉身为主，也是该当，这些小勤劳，何足挂齿。若还老爷这等溺爱起来，是开幼主惩仆之端，贻百顺叛主之罪，不是爱百顺，反是害百顺了，如何使得？"龙溪不听，勉强挣扎起来，只是要写。众人同声相和道："幼主摆布你，我们自有公道。"一面说，一面取纸的取

纸，磨墨的磨墨，摆在龙溪面前。龙溪虽是垂死之人，当不得感激百顺的心坚，愤恨孙的念切，提起笔来，精神勃勃，竟像无病的一般，写了一大幅，前面半篇说子孙不孝，竟是讨逆锄凶的檄文，后面半篇赞百顺尽忠，竟是义士忠臣的论断。写完，又求众人用了花押，方才递与百顺。百顺怕病中之人，违拗不得，只得权且受了，嗑头谢恩。

却也古怪，龙溪与百顺想是前生父子，夙世君臣，在生不能相离，临死也该见面，百顺未到之先，淹淹缠缠，再不见死，等他走到，说过一番永诀的话，遗嘱才写得完，等不得睡倒，就绝命了。百顺号天痛哭，几不欲生，将办下的衣衾棺椁殡殓过了。自己戴孝披麻，寝苫枕块，与亲子一般，开丧受吊。七七已完，就往各家讨帐，准备要装丧回去，众人都不肯，道："你家主临终之时命不可不遵。若还在此做人家，我们的帐目一一还清，待你好做生意，若要装丧回去，把银子送与禽兽狼虎，不但我们不服，连你亡主也不甘心，况且那样凶人，岂可与他相处？待生身的父祖尚且如此，何况手下之人？你若回去跟他，将来不是饿死，就是打死，断不可错了主意。"百顺见众人的话来得激切，若还不依，银子决难到手，只得当面应承道："蒙诸公好意为我，我怎敢不知自爱？但求把帐目赐还，待我置些田地，买所住宅，娶房家小在此过活，求诸公青目就是。"众人见他依允，就把一应欠帐如数还清。

百顺讨足之后，就备了几席酒，把众人一齐请来，拜了四拜，谢他一向抬举照顾之情，然后开言道："小人奉家主遗言，蒙诸公盛意，教我不要还乡，在此成家立业，这是恩主爱惜之心，诸公怜悯之意，小人极该仰承，只是仔细筹度起来，毕竟有些碍理，从古以来，只有子承父业，哪有仆受主财？我如今若不装丧回去，把客本交还幼主，不但明中犯了叛主之条，就是暗中也犯了昧心之忌，有几个受了不义之财，能够安然受享的？我如今拜别诸公，要扶灵柩回去了。"众人知道劝不住，只得替他踌躇道："你既然立心要做义仆，我们也不好勉强留你，只是你那两个幼主，未必像阿父，能以恩义待人，据我们前日看来，却是两个凶相，你虽然忠心赤胆地为他，他未必推心置腹地信你。他父亲生前货物是你放，死后帐目是你收，万一你回去之后，他倒疑你有私，要恩将仇报起来，如何了得？你的本心只有我们知道，你那边有起事来，我们远水救不得近火。你如今回去，银子便交付与他，那张遗嘱，切记要藏好，不可被他看见，抢夺了去，他若难为你起来，你还有个凭据，好到官去抵敌他。"百顺听到此处，不觉改颜变色，合起掌来念一声"阿弥陀佛"道："诸公讲的什么话，自古道：'君欲臣死，臣不得不死，父欲子亡，子不得不亡。'岂有做奴仆之人与家主相抗之理？说到此处，也觉得罪过。那遗嘱上的言语，是家主愤怒头上偶然发泄出来的，若还此时不死，连他自己也要懊悔起来，何况子孙看了，不说他反常背理，倒置尊卑？我此番若带回去，使幼主知道，教他何以为情？若使为子者怨父，为孙者恨祖，是我伤残他的骨肉，搅乱他的伦理，主人生前以恩结我，我反以仇报他了，如何使得？我不如当诸公面前毁了这张遗嘱，省得贻悔于将来。"说完，取出遗嘱捏在手中，对灵柩拜了四拜，点起火来烧化了。四座之中，人人叹服，个个称奇，道他是僮仆中的圣人，可惜不曾做官做吏，若受朝廷一命之荣，自然是个托孤寄命之臣了。

百顺别了众人，雇下船只，将旅榇装载还乡，一路烧钱化纸，招魂引魄，自不必说。一日到了同安，将灵柩停在城外，自己回去，请幼主出来迎丧。不想走进大门，家中烟消火灭，冷气侵人，只见两个幼主母，不见了两位幼主人，问到哪里去了？单玉、遗生的妻子放声大哭，并不回言，直待哭完了，方才述其缘故。原来遗生得了银子，不肯分与单玉，二人终日相打，遗生把单玉致命处伤了一下，登时呕血而死。地方报官，知县把遗生定了死罪，原该秋后处决，只因牢狱之中时疫大作，遗生入监不上一月，暴病而死。当初掘起的财物都被官司用尽，两口尸骸虽经收殓，未曾殡葬。百顺听了，捶胸跌足，恸哭一场。只得寻了吉地，将单玉、遗生祔葬龙溪左右。

一夜百顺梦见龙溪对他大怒道："你是明理之人，为何做出背理之事？那两个逆种是我的仇人，为何把他葬在面前，终日使我动气？若不移他开去，我宁可往别处避他。"百顺醒来，知道他父子之仇，到了阴间还不曾消释，只得另寻一地，将单玉、遗生迁葬一处。一夜又梦见遗生对他哀求道："叔叔生前是我打死的，如今葬在一处，时刻与我为仇，求你另寻一处，把我移去避他。"百顺醒来，懊悔自己不是，父子之仇尚然不解，何况叔侄？既然得了前梦，就不该使他合茔，只得又寻一地，把遗生移去葬了，三处的阴魂才得安妥。

单玉、遗生的妻子年纪幼小，夫死之后，各人都要改嫁，百顺因她无子，也不好劝她守节，只得各寻一份人家，送她去了，龙溪没有亲房，百顺不忍家主绝嗣，就刻个"先考龙溪公"的神主，供奉在家，祭祀之时，自称不孝继男百顺，逢时扫墓，遇忌修斋，追远之诚，比亲生之子更加一倍，后来家业兴隆，子孙繁衍，衣冠累世不绝，这是他盛德之报。

我道单百顺所行之事，当与嘉靖年间之徐阿寄一样流芳。单龙溪所生之子，当与春秋齐桓公之五子一般遗臭。阿寄辅佐主母，抚养孤儿，辛苦一生，替她挣成家业，临死之际，搜他私蓄，没有分文，其事载于《警世通言》。齐桓公卒于宫中，五公子争嗣父位，各相攻伐，桓公的尸骸停在床上六十七日，不能殡殓，尸虫出于户外，其事载于《通鉴》。这四桩事，却好是天生的对偶。可见奴仆好的，也当得子孙，子孙不好的，尚不如奴仆。凡为子孙者，看了这回小说，都要激发孝心，道为奴仆的尚且如此，岂可人而不如奴仆乎？有家业传与子孙，子孙未必尽孝，没家业传与子孙，子孙未必不孝。凡为父祖者，看了这回小说，都要冷淡财心，道他们因有家业，所以如此，为人何必苦挣家业？这等看来，小说就不是无用之书了。若有贪财好利的子孙，

李渔全集

无声戏

问舍求田的父祖，不缘作者之心，怪我造此不情之言，离间人家骨肉者，请述《孟子》二句回覆他道："知我者其惟《春秋》乎？罪我者其惟《春秋》乎？"

【评】

看了百顺之事，竟不敢骂人奴才，恐有如百顺者在其中也；看了单玉、遗生之事，竟不愿多生子孙，恐有如单玉、遗生者在其中也。然而作小说者，非有意重奴仆，轻子孙，盖亦犹《春秋》之法，夷狄进于中国，则中国之；中国入于夷狄，则夷狄之。知《春秋》褒夷狄之心，则知稗官重奴仆之意矣。

第十二回　妻妾抱琵琶梅香守节

词云：

　　妻妾眼前花，死后冤家。寻常说起抱琵琶，怒气直冲霄汉上，切齿磋牙。

　　及至戴丧蘿，别长情芽，个中心绪乱如麻。学抱琵琶犹恨晚，尚不如她。

　　这一首《浪淘沙》词，乃说世间的寡妇，改醮者多，终节者少。凡为丈夫者，教训妇人的话虽要认真，属望女子之心不须太切。在生之时，自然要着意防闲，不可使她动一毫邪念，万一自己不幸，死在妻妾之前，至临终永诀之时，倒不妨劝她改嫁。她若是个贞节的，不但劝她不听，这番激烈的话，反足以坚其守节之心，若是本心要嫁的，莫说礼法禁她不住，情意结她不来，就把死去吓她，道"你若嫁人，我就扯你到阴间说话"，也知道阎罗王不是你做，"且等我嫁了人，看你扯得去、扯不去？"当初魏武帝临终之际，吩咐那些嫔妃，教她分香卖履，消遣时日，省得闲居独宿，要起欲心，也可谓会写遗嘱的了。谁想晏驾之后，依旧都做了别人的姬妾。想他当初吩咐之时，那些妇人到背后去，哪一个不骂他几声"阿呆"，说我们六宫之中，若个个替你守节，只怕京师地面狭窄，起不下这许多节妇牌坊。若使遗诏上肯附一笔道："六宫嫔御，放归民间，任从嫁适。"那些女子岂不分香刻像去尸祝他？卖履为资去祭奠他？千载以后，还落个英雄旷达之名，省得把"分香卖履"四个字露出一生丑态，填人笑骂的舌根，所以做丈夫的人，凡到易箦之时，都要把魏武帝做个殷鉴。姬妾多的，须趁自家眼里或是赠与贫士，或是嫁与良民，省得她到披麻带孝时节，把哭声做了怨声，就是没有姬妾，或是妻子少艾的，也该把几句旷达之言去激她一激。激得着的等她自守，当面决不怪我冲撞；激不着的等她

自嫁，背后也不骂我"阿呆"。这是死丈夫待活妻妾的秘诀，列位都要紧记在心。我如今说两个激不着的，一个激得着的，做个榜样。只是激不着的本该应激得着，激得着的尽可以激不着，于理相反，于情相悖，所以叫做奇闻。

明朝靖历之间，江西建昌府有个秀士，姓马字麟如。生来资颖超凡，才思出众，又有一副绝美的姿容。那些善风鉴的，都道男子面颜不宜如此娇媚，将来未必能享大年。他自己也晓得命理，常说我二十九岁运限难过，若跳得这个关去，就不妨了。所以功名之念甚轻，子嗣之心极重。正妻罗氏，做亲几年不见生育，就娶个莫氏为妾。莫氏小

罗氏几岁，两个的姿容都一般美丽。家中又有个丫鬟，叫做碧莲，也有几分颜色，麟如收做通房。寻常之夜，在妻妾房中宿歇得多，但到行经之后，三处一般下种。过了七八年，罗氏也不生，碧莲也不育，只有莫氏生下一子。

生子之年，麟如恰好二十九岁，果然运限不差，生起一场大病，似伤寒非伤寒，似阴症非阴症。麟如自己也是精于医道的，竟辩不出是何症候。自己医治也不好，请人医治也不效，一日重似一日，看看要绝命了。就把妻妾通房，都叫来立在面前，指着儿子问道："我做一世人，只留得这些骨血。你们三个之中哪一个肯替我抚养？我看你们都不像做寡妇的材料，肯守不肯守，大家不妨直说，若不情愿做未亡人，好待我寻个朋友，把孤儿托付与他，省得做拖油瓶带到别人家去，被人磨灭死了，断我一门宗祀。"

罗氏先开口道："相公说的什么话？烈女不更二夫，就是没有儿子，尚且要立嗣守节，何况有了嫡亲骨血，还起别样的心肠？我与相公是结发夫妻，比他们婢妾

不同，她们若肯同伴相守，是相公的大幸，若还不愿，也不要耽搁了她，要去只管去。有我在此抚养，不愁儿子不大，何须寻什么朋友，托什么孤儿，惹别人谈笑。"麟如点点头道："说得好，这才像个结发夫妻。"

莫氏听了这些话，心上好生不平，丈夫不曾喝采得完，她就高声截住道："结发便怎地，不结发便怎地？大娘也忒把人看轻了。你不生不育的，尚且肯守，难道我生育过的，反丢了自家骨血，去跟别人不成？从古来只有守寡的妻妾，哪有守寡的梅香？我们三个之中只有碧莲去得。相公若有差池，寻一份人家，打发她去。我们两个生是马家人，死是马家鬼，没有第二句说话。相公只管放心。"麟如又点点头道："一发说得好，不枉我数年宠爱。"

罗氏莫氏说话之时，碧莲立在旁边，只管啧啧称羡。及至说完，也该轮着她应付几句，她竟低头屏气，寂然无声。麟如道："碧莲为什么不讲，想是果然要嫁么？"碧莲闭着口再不则声。罗氏道："你是没有关系的，要去就说去，难道好强你守节不成？"碧莲不得已，才回覆道"我的话不消自己答应，方才大娘，二娘都替我说过了，做婢妾的人比结发夫妻不同，只有守寡的妻妾，没有守寡的梅香。若是孤儿没人照管，要我抚养他成人，替相公延一条血脉，我自然不该去，如今大娘也要守他，二娘也要守他，他的母亲多不过，哪稀罕我这个养娘？若是相公百年以后没人替你守节，或者要我做个看家狗，逢时遇节烧一份纸钱与你，我也不该去，如今大娘也要守寡，二娘也要守寡，马家有什么大风水，一时就出得三个节妇？如今但凭二位主母，要留我在家服事，我也不想出门，若还愁吃饭的多，要打发我去，我也不敢赖在家中。总来做丫鬟的人，没有什么关系，失节也无损于己，守节也无益于人，只好听其自然罢了。"

麟如听见这些话，虽然说她老实，却也怪她无情。心上酌量道："这三个之中，第一个不把稳的是碧莲，第一个把稳的是罗氏，莫氏还在稳不稳之间。碧莲是个使婢，况且年纪幼小，我活在这边，她就老了面皮，说出这等无耻的话，我死之后，还记得什么恩情？罗氏的年纪长似她们两个，况且又是正妻，岂有不守之理？莫氏既生了儿子，要嫁也未必就嫁，毕竟要等儿子离了乳哺，交与大娘方才去得。做小的在家守寡，那做大的要嫁也不好嫁得。等得儿子长大，妾要嫁人时节，她的年纪也大了，颜色也衰了，就没有必守之心，也成了必守之势，将来代莫氏抚孤者，不消说是此人。就是勉莫氏守节者，也未必不是此人。"吩咐过了，只等断气。

谁想淹淹缠缠，只不见死，空了几时不吃药，那病反痊可起来，再将养几时，公然好了。从此以后与罗氏、莫氏恩爱更甚于初，碧莲只因几句本色话，说冷了家主的心，终日在面前走来走去，眼睛也没得相她。莫说闲空时节不来耕治荒田，连那农忙之际，也不见来播种了。

却说麟如当初自垂髫之年，就入了学，人都以神童目之，道是两榜中人物，怎奈他自恃聪明，不肯专心举业，不但诗词歌赋件件俱能，就是琴棋书画的技艺，星相医卜的术数，没有一般不会，别的还博而不精，只有岐黄一道，极肯专心致志。古语云：秀才行医，如菜作齑。麟如是个绝顶聪明的人，又兼各样方书无所不阅，自然触类旁通，见一知十。凡是邻里乡党之中有疑难的病症，医生医不好的，请他诊一诊脉，定一个方，不消一两贴药就医好了。只因他精于医理，弄得自己应接不暇，那些求方问病的，不是朋友，就是亲戚，医好了病，又没有谢仪，终日赔工夫看病，赔纸笔写方，把自家的举业反荒疏了。

一日宗师岁试，不考难经脉诀，出的题目依旧是四书本经。麟如写惯了药方，笔下带些黄连、苦参之气，宗师看了，不觉瞑眩起来，竟把他放在末等。麟如前程考坏，不好见人，心上思量道："我一向在家被人缠扰不过，不如乘此失意之时，离了家乡，竟往别处行道，古人云：'得志则为良相，不得志则为良医。'有我这双国手，何愁不以青囊致富？"算计定了，吩咐罗氏、莫氏说："我要往远处行医，你们在家苦守，我立定脚跟，就来接你们同去。"罗氏、莫氏道："这也是个算计。"就与他收拾行李。麟如只得一个老仆，留在家中给薪水，自己约一个朋友同行。那朋友姓万，字子渊，与麟如自小结契，年事相仿，面貌也大同小异，一向从麟如学医道的。二人离了建昌，搭江船顺流而下，到了扬州，说此处是冠盖往来之地，客商聚集之所，借一传百，易于出名，就在琼花观前租间店面，挂了"儒医马麟如"的招牌。不多几时，就有知府请他看病。知府患的内伤，满城的人都认做外感，换一个医生，发表一次，把知府的元气消磨殆尽，竟有旦夕之危。麟如走到，只用一贴清理的药，以后就补元气，不上数帖，知府病势退完，依旧升堂理事，道他有活命之功，十分优待，逢人便说扬州城里只得一个医生；其余都是刽子手。麟如之名，由此大著。

未及三月，知府升了陕西副使，定要强麟如同去。麟如受他知遇之恩，不好推却，只是扬州生意正好，舍不得丢，就与子渊商议道："我便随他去，你还在此守着窠巢，做个退步，我两个面貌相同，到此不久，地方之人，还不十分相识，但有来付药的，你竟冒我名字应付他，料想他们认不出，我此去离家渐远，音信难通，你不时替我寄信回去，安慰家人。"吩咐完了，就写一封家书，将扬州所得之物，尽皆留下，教子渊觅便寄回，自己竟随主人去了。

子渊与麟如别后，遇着一个葛布客人，是自家乡里，就将麟如所留银、信交付与他。自己也写一封家书，托他一同寄去。终日坐在店中，兜揽生意，那些求医问病的，只闻其名，不察其人，来的都叫马先生、马相公。况且他用的药与麟如原差不多，地方上人见医得病好，一发不疑，只是邻舍人家还晓得有些假借。子渊再住几时，人头渐熟，就换个地方，搬到小东门外，连邻居都认不出了，只有几个知事的在背后猜疑道："闻得马麟如是前任太爷带去了，为什么还在这边？"那邻居听

见，就述这句话来转问子渊。子渊恐怕露出马脚，想句巧话对他道："这句话也不为无因，他原要强我同去，我因离不得这边，转荐一个舍亲叫做万子渊，随他去了，所以人都误传是我。"邻舍听了这句话，也就信心为实。

过上半年，子渊因看病染了时气，自己大病起来。自古道："卢医不自医。"千方百剂，再救不好，不上几时，做了异乡之鬼。身边没有亲人，以前积聚的东西，尽为雇工人与地方所得，同到江都县递一张报呈，知县批着地方收殓，地方就买一口棺木，将尸首盛了，抬去丢在新城脚下。上面刻一行字道：江西医士马麟如之柩。待他亲人好来识认。

却说子渊在日，只托葛布客人寄得那封家信，只说信中之物尽够安家，再过一年半载寄信未迟。谁想葛布客人因贪小利，竟将所寄之银买做货物，往浙江发卖，指望翻个筋斗，趁些利钱，依旧将原本替他寄回。不想到浙江卖了货物，回至邬镇地方，遇着大伙强盗，身边银两尽为所劫。正愁这主信、银不能着落，谁想回到扬州，见说马医生已死，就知道是万子渊了。原主已没，无所稽查，这宗银子落得送与强盗，连空信都弃之水中，竟往别处营生去了。

却说罗氏、莫氏见丈夫去后，音信杳然，闻得人说在扬州行道，就着老仆往扬州访问。老仆行至扬州，问到原旧寓处，方才得知死信。老仆道："我家相公原与万官人同来，相公既死，他就该赶回报信，为什么不见回来，如今到哪里去了？"邻舍道："那姓万的是他荐与前任太爷，带往陕西去了，姓万的去在前，他死在后，相隔数千里，哪里晓得他死，赶回来替你报信？"老仆听到此处，自然信以为真。寻到新城脚下，抚了棺木，痛哭一场。身边并无盘费，不能装载还家，只得赶回报讣。

罗氏、莫氏与碧莲三人闻失所夫，哀恸几死，换了孝服，设了灵位，一连哭了三日，闻者无不伤心。到四、五日上，罗氏、莫氏痛哭如前，只有碧莲一人虽有悲凄之色，不作酸楚之声，劝罗氏、莫氏道："死者不可复生，徒哭无益，大娘、二娘还该保重身子，替相公料理后事，不要哭坏了人。"罗氏、莫氏道："你是有路去的，可以不哭，我们一生一世的事止于此了，即欲不哭，其可得乎？"碧莲一片好心，反讨一场没趣。只见罗氏、莫氏哭到数日之后，不消劝得，也就住了。

起先碧莲所说料理后事的话，第一要催她设处盘费，好替家主装丧，第二要劝她想条生计，好替丈夫守节，只因一句"有去路"的话截住谋臣之口，以后再不敢开言。还只道她止哀定哭之后，自然商议及此，谁想过了一月有余，绝不提起"装丧"二字。碧莲忍耐不过，只得问道："相公的骸骨抛在异乡，不知大娘、二娘几时差人去装载？"罗氏道："这句好听的话我家主婆怕不会说，要你做通房的开口？千里装丧，须得数十金盘费，如今空拳白手，哪里借办得来？只好等有顺便人去，托他焚化了稍带回来，埋在空处做个纪念罢了，孤儿寡妇之家，哪里做得争气之事？"莫氏道："依我的主意，也不要去装，也不要去化，且留他停在那边。待孩子大了再做主意。"

碧莲平日看见她两个都有私房银子藏在身边，指望各人拿出些来，凑作舟车之费。谁想都不肯破悭，说出这等忍心害理的话，碧莲心上好生不平。欲待把大义至情责备她几句，又怕激了二人之怒，要串通一路逼她出门，以后的过失就没人规谏。只得用个以身先人之法去感动她，就对二人道："碧莲昨日与老苍头商议过了，扶榇之事，若要独雇船只，所费便多，倘若搭了便船，顺带回来，也不过费得十金之数。碧莲闲空时节替人做些针指，今日半分，明日三厘，如今凑集起来，只怕也有一半，不知大娘、二娘身边可凑得那一半出？万一凑不出来，我还有几件青衣，总则守孝的人，三年穿着不得，不如拿去卖了，凑做这桩大事，也不枉相公收我一场。说便是这等说，也还不敢自专，但凭大娘、二娘的主意。"罗氏、莫氏被她这几句话说得满面通红，那些私房银子，原要藏在身边，带到别人家去帮贴后夫的，如今见她说得词严义正，不敢回个没有，只得齐声应道："有是有几两，只因不够，所以不敢行事，如今既有你一半做主，其余五两自然是我们凑出来了，还有什么说得？"

【眉批】正能胜邪如此。

碧莲就在身边摸出一包银子，对二人当面解开，称来还不上五两，若论块数，竟有上千。罗氏、莫氏见她欣然取出，知道不是虚言，只得也去关了房门，开开箱笼。就如做贼一般，解开荷包，拈出几块，依旧藏了。每人称出二两几钱，与碧莲的凑成十两之数，一齐交与老仆，老仆竟往扬州，不上一月，丧已装回，寻一块无碍之地，将来葬了。

却说罗氏起先的主意，原要先嫁碧莲，次嫁莫氏，将她两人的身价，都凑作自己的妆奁，或是坐产招夫，或是挟资往嫁的。谁想碧莲首倡大义，今日所行之事，与当初永诀之言不但迥然不同，亦且判然相反，心上竟有些怕她起来。遣嫁的话，几次来在口头，只是不敢说出，看见莫氏的光景，还是欺负得的，要先打发她出门，好等碧莲看样。又多了身边一个儿子，若教她带去，怕人说有嫡母在家，为何教儿子去随继父？若把他留在家中，又怕自己被他缠住，后来出不得门，立在两难之地，这是罗氏的隐情了。

莫氏胸中又有一番苦处，一来见小似她的当嫁不肯嫁，大似她的要嫁不好嫁，把自己夹在中间，动弹不得，二来懊恨生出来的孽障，大又不大，小又不小。若还有几岁年纪，当得家僮使唤，娶的人家还肯承受，如今不但无用，反要磨人，哪个肯惹别人身上的虱，到自己身上去搔？索性是三朝半月的，或者带到财主人家，拚出得几两银子，雇个乳娘抚养，待大了送他归宗，如今日夜钉在身边，啼啼哭哭，哪个娶亲的人不图安逸，肯容个芒刺在枕席之间？这都是莫氏心头说不出的苦楚，与罗氏一样病源，两般症候，每到欲火难禁之处，就以哭夫为名，悲悲切切，自诉其苦。

只有碧莲一人，眼无泪迹，眉少愁痕，倒比家主未死之先，更觉得安闲少累。罗氏、莫氏见她安心守寡，不想出门，起先畏惧她，后来怨恨她，再过几时，两个不约而同都来磨灭她。茶冷了些，就说烧不滚，饭硬了些，就说煮不熟，无中生有，是里寻非，要和她吵闹。碧莲只是逆来顺受，再不与她认真。

且说莫氏既有怨恨儿子之心，少不得要见于词色，每到他啼哭之时，不是咒，就是打，寒不与衣，饥不与食，忽然掌上之珠，变作眼中之刺。罗氏心上也恨这个小冤家掣他的肘，起先还怕莫氏护短，怒之于中不能形之于外，如今见他生母如此，正合着古语二句：自家骨肉尚如此，何况区区陌路人。那孩子见母亲打骂，自然啼啼哭哭，去投奔大娘，谁想躲了雷霆，撞着霹雳，不见菩萨低眉，反惹金刚怒目，甫离襁褓的赤子，怎经得两处折磨，不见长养，反加消缩。碧莲口中不说，心上思量道："二人将不利于孺子，为程婴、杵臼者，非我而谁？"每见孩子啼哭，就把他搂在怀中，百般哄诱，又买些果子，放在床头，晚间骗他同睡。那孩子只要疼热，哪管亲晚。睡过一两夜，就要送还莫氏，他也不肯去了。莫氏巴不得遣开冤孽，才好脱身，哪里还来索其故物。

罗氏对莫氏道："你的年纪尚小，料想守不到头，起先孩子离娘不得，我不好劝你出门，如今既有碧莲抚养，你不如早些出门，省得辜负青年。"莫氏道："若论正理，本该在家守节，只是家中田地稀少，没有出息，养不活许多闲人，既蒙大娘吩咐，我也只得去了，只是我的孽障，怎好遗累别人？他虽然跟住碧莲，只怕碧莲未必情愿，万一走到人家，过上几日，又把孩子送来，未免惹人憎恶，求大娘与她说个明白。她若肯认真抚养，我就把孩子交付与她，只当是她亲生亲养，长大之时就不来认我做娘，我也不怪，若还只顾眼前，不管后日，欢喜之时领在身边，厌烦之时送来还我，这就成不得了。"碧莲立在旁边，听了这些说话，就不等罗氏开口，欣然应道："二娘不须多虑，碧莲虽是个丫鬟，也略有些见识，为什么马家的骨血，肯拿去送与别人？莫说我不送来还你，就是你来取讨，我也决不交付。你要去只管去，碧莲在生一日，抚养一日，就是碧莲死了，还有大娘在这边，为什么定要累你？"

罗氏听她起先的话，甚是欢喜，道她如今既肯担当，明日嫁她之时，若把儿子与她带去，料也决不推辞，及至见她临了一句，牵扯到自己身上，未免有些害怕起来。又思量道："只有你这个呆人，肯替别人挑担。我是个伶俐的人，怎肯做从井救人之事？不如趁她高兴之时，把几句硬话激她，再把几句软话求她，索性把我的

事也与她说个明白。她若乘兴许了，就是后面翻悔，我也有话问她，省得一番事业作两番做。"就对她道："碧莲，这桩事你也要斟酌。孩子不是容易领的，好汉不是容易做的，后面的日子长似前边，倘若孩子磨起人来，日不肯睡，夜不肯眠，身上溺尿，被中撒屎，弄教你哭不得，笑不得，那时节不要懊悔。你是出惯心力的人，或者受得这个累起，我一向是爱清闲、贪自在的，宁可一世没有儿子，再不敢讨这苦吃。你如今情愿不情愿，后面懊悔不懊悔，都趁此时说个明白，省得你惹下事来，到后面贻害于我。"碧莲笑一笑道："大娘，莫非因我拖了那个尾声，故此生出这些远虑么？方才那句话，是见二娘疑虑不过，说来安慰她的，如何认做真话？况且我原说碧莲死了，方才遗累大娘，碧莲肯替家主抚孤，也是个女中义士，天地有知，死者有灵，料想碧莲决不会死，碧莲不死，大娘只管受清闲、享自在，决不教你吃苦。我也晓得孩子难领，好汉难做，后来日子细长，只因看不过孩子受苦，忍不得家主绝嗣，所以情愿做个呆人，自己讨这苦吃。

如今一言既出，驷马难追，保得没有后言，大娘不消多虑。"罗氏道："这等说来，果然是个女中义士了，莫说别人，连我也学你不得，既然如此，我还有一句话，也要替你说过，二娘去后，少不得也要寻份人家打发你，到那时节，你须要把孩子带去，不可说在家一日，抚养一日，跨出门槛，就不干你的事，又依旧累起我来。"碧莲道："大娘在家，也要个丫鬟服事，为什么都要打发出去？难道一份人家，是大娘一个做得来的？"罗氏见她问到此处，不好糊涂答应，就厚着脸皮道："老实对你讲，莫说她去之后你住不牢，就是你去之后，连我也立不定了。"碧莲听了这句话，不觉目瞪口呆，定了半晌，方才问道："这等说来，大娘也是要去的了？请问这句说话真不真，这个意思决不决？也求大娘说个明白，等碧莲好做主意。"罗氏高声应道："有什么不真？有什么不决？你道马家有多少田产，有几个亲人，难道靠着这个尺把长的孩子，教我呷西风、吸露水替他守节不成？"碧莲点点头道："说得是。果然没有靠傍，没有出息，从来的节妇都出在富贵人家，绩麻拈草的人如何守得寡住？这等大娘也请去，二娘也请去，待碧莲住在这边，替马氏一门做个看家狗罢。"

【眉批】 从来失节之事，俱是伶俐人做出，绝妙寓言。

【眉批】 其呆不可及也。

罗氏与莫氏一齐问道："我们若有了人家，这房户里的东西，少不得都要带去，你一个住在家中，把什么东西养生？教何人与你做伴？"碧莲道："不妨。我与大娘、二娘不同，平日不曾受用得惯，每日只消半升米、二斤柴就过得去了，那六七十岁的老苍头，没有什么用处，料理大娘、二娘不要，也叫他住在家中，尽可以看门守户，若是年纪少壮的，还怕男女同居，有人议论，他是半截下土的人，料想不生物议，等得他天年将尽，孩子又好做伴了，这都是一切小事，不消得二位主母费心，各请自便就是。"罗氏、莫氏道："你这句话若果然出于真心，就是我们的恩人了，请上受我们一拜。"碧莲道："主母婢妾，份若君臣，岂有此理？"罗氏、莫氏道："你若肯受拜，才见得是真心，好待我们去寻头路；不然，还是讥讽我们的话，依旧作不得准。"碧莲道："这等恕婢子无状了。"就把孩子抱在怀中，朝外而立，罗氏、莫氏深深拜了四拜。碧莲的身子，就像泥塑木雕的一般，挺然直受，连"万福"也不叫一声。罗氏、莫氏得了这个替死之人，就如罪囚释了枷锁，肩夫丢了重担，哪里松藤得过？连夜叫媒婆寻了人家，席卷房中之物，重做新人去了。

【眉批】 读至此不觉下拜。

碧莲揽些女工针指不住地做，除三口吃用之外，每日还有羡余，时常买些纸钱，到坟前烧化，便宜了个冒名替死的万子渊，鹘鹘突突在阴间受享，这些都是后话。

却说马麟如自从随了主人，往陕西赴任，途中朝夕盘桓，比初时更加亲密。主人见他气度春容，出言彬雅，全不像个术士，闲中问他道："看兄光景，大有儒者

气象，当初一定习过举业的，为什么就逃之方外，隐于壶中？"麟如对着知己，不好隐瞒，就把自家的来历说了一遍。主人道："这等说来，兄的天分一定是高的了，如今尚在青年，怎么就隳了功名之志？待学生到任之后，备些灯火之资，寻块养静之地，兄还去读起书来，遇着考期，出来应试，有学生在那边，不怕地方攻冒籍。倘若秋闱高捷，春榜联登，也不枉与学生相处一番。以医国之手，调元燮化，所活之人必多，强如以刀圭济世，吾兄不可不勉。"麟如受了这番奖励，不觉死灰复燃，就立起身来，长揖而谢。主人莅任之后，果然依了前言，差人往萧寺之中讨一间静室，把麟如送去攻书，适馆授餐，不减缊衣之好，未及半载，就扶持入学。科闱将近，又荐他一名遗才。麟如恐负知己，到场中绎想抽思，恨不得把心肝一齐呕出，三场得意，挂出榜来，巍然中了。少不得公车之费，依旧出在主人身上。麟如经过扬州，教人去访万子渊，请到舟中相会。地方回道："是前任太爷请去了。"麟如才记起当初冒名的话，只得吩咐家人，倒把自家的名字去访问别人。那地方邻舍道："人已死过多时，骨殖都装回去了，还到这边来问？"麟如虽然大惊，还只道是他自己的亲人来收拾回去，哪里晓得其中就里？

及至回到故乡，着家人先去通报，教家中唤吹手轿夫来迎接回去。那家人是中后新收的，老仆与碧莲都不认得，听了这些话，把他啐了几声道："人家都不认得，往内室里乱走，岂不闻'疾风暴雨，不入寡妇之门'？我家并没有人读书，别家中举干得我家屁事？还不快走。"家人赶至舟中，把前话直言告禀，麟如大诧。只说妻子无银使用，将房屋卖与别家，新人不识旧主，故此这般回复，只得自己步行而去，问其就里，谁想跨进大门，把老仆吓了一跳，掉转身子往内飞跑，对着碧莲大喊道："不好了，相公的阴魂出现了。"碧莲正要问他缘故，不想麟如已立在面前，碧莲吓得魂不附体，缩了几步，立住问道："相公，你有什么事放心不下，今日回来见我？莫非记挂儿子么？我好好替你抚养在此，不曾把与她们带去。"麟如定着眼睛把碧莲相一会，又把老仆相一会，方才问道："你们莫非听了讹言，说我死在外面了么？我好好一个人，如今中了回来，你们不见欢喜，反是这等大惊小怪，说鬼道神，这是什么缘故？"只见老仆躲在屏风背后，伸出半截头来答应道："相公，你在扬州行医害病身死，地方报官买棺材收殓了，丢在新城脚下，是我装你回来殡葬的，怎么还说不曾死？如今大娘、二娘虽嫁，还有莲姐在家，替你抚孤守节，你也放得下了。为什么青天白日走回来吓人？我们吓吓也罢了，小官是你亲生的，他如今睡在里边，千万不要等他看见，吓杀了他，不干我们的事。"说完连半截头也缩进去了。

麟如听到此处，方才大悟道："是了，是了，原来是万子渊的缘故。"就对碧莲道："你们不要怕，走近身来听我讲"。碧莲也不向前，也不退后，立在原处应道："相公有什么未了之言，讲来就是。阴阳之隔，不好近身。碧莲还要留个吉祥身子，替你扶孤，不要怪我疑忌。"麟如立在中堂，就说自己随某官赴任，教子渊冒名行医，子渊不幸身死，想是地方不知真伪，把

他误认了我，讹以传讹，致使你们装载回来，这也是理之所有的事；后来主人劝我弃了医业，依旧读书赴考，如今中了乡科，进京会试，顺便回来，安家祭祖，备细说了一遍。又道："如今说明白了，你们再不要疑心，快走过来相见。"碧莲此时满肚子惊疑都变为狂喜，慌忙走下阶来，叩头称贺。老仆九分信了，还有一分疑虑。走到街檐底下，高麟如一丈多路，嗑了几个头，起来立在旁边，察其动静。

麟如左顾右盼，不见罗氏、莫氏，就问碧莲道："他方才说大娘、二娘嫁了，这句话是真的么？"碧莲低着头，不敢答应，麟如又问老仆，老仆道："若还不真，老奴怎么敢讲？"麟如道："她为什么不察虚实，就嫁起人来？"老仆道："只因信以为实，所以要想嫁人，若晓得是虚，她自然不嫁了。"麟如道："她两个之中，还是哪一个要嫁起？"老仆道："论出门的日子，虽是二娘先去几日，若论要嫁的心肠，只怕也难分先后。一闻凶信之时，各人都有此意了。"麟如道："她肚里的事，你怎么晓得？"老仆道："我回来报信的时节，见她不肯出银子装丧，就晓得各怀去

意了。"麟如道:"她既舍不得银子,这棺材是怎么样回来的?"老朴道:"说起来话长,请相公坐了,容老奴细禀。"

【眉批】妙在始终蕴藉。

【眉批】老奴不读《春秋》,也晓得诛心之法。

碧莲扯一把交椅,等麟如坐了,自己到里面去看孩子。老仆就把碧莲倡仪扶柩,罗氏不肯,要托人烧化,莫氏又教丢在那边,待孩子大了再处,亏得碧莲捐出五两银子,才引得那一半出来,自己带了这些盘缠,往扬州扶棺归葬的话说了一段,留住下半段不讲,待他问了才说。麟如道:"我不信碧莲这个丫头就有恁般好处。"老仆道:"她的好处还多,只是老奴力衰气喘,一时说他不尽。相公也不消问得,只看她此时还在家中,就晓得好不好了。"麟如道:"也说得是,但不知她为什么缘故,肯把别人的儿子留下来抚养?我又不曾有什么好处到她,她为何肯替我守节?你把那两个淫妇要出门的光景,与这个节妇不肯出门的光景,备细说来我听。"老朴又把罗氏、莫氏一心要嫁,只因孩子缠住了身,不好去得,把孩子朝打一顿,暮咒一顿,磨得骨瘦如柴;碧莲看不过,把他领在身边,抱养熟了,后来罗氏要嫁莫氏,莫氏又怕送儿子还她,教罗氏与碧莲断过,碧莲力任不辞;罗氏见她肯挑重担,情愿把守节之事让她,各人嗑她四个头,欢欢喜喜出门去了的话,有头有脑说了一遍。

【眉批】妙在自不言,老奴代说。

麟如听到实处,不觉两泪交流。正在感激之时,只见碧莲抱了孩子,走到身边道:"相公,看看你的儿子,如今这样大了。"麟如张开两手,把碧莲与孩子一齐搂住,放声大哭。碧莲也陪他哭了一场,方才叙话。麟如道:"你如今不是通房,竟是我的妻子了,不是妻子,竟是我的恩人了。我的门风被那两个淫妇坏尽,若不亏你替我争气,我今日回来竟是丧家狗了。"又接过孩子,抱在怀中道:"我儿,你若不是这个亲娘,被淫妇磨作齑粉了,怎么捱得到如今,见你亲爷的面?快和爹爹齐拜谢恩人。"说完,跪倒就拜。碧莲扯不住,只得跪在下面同拜。

麟如当晚重修花烛,再整洞房,自己对天发誓,从今以后与碧莲做结发夫妻,永不重婚再娶。这一夜枕席之欢自然加意,不比从前草草。竣事之后,搂着碧莲问道:"我当初大病之时,曾与你们永诀,你彼时原说要嫁的,怎么如今倒守起节来?你既肯守节,也该早对我讲,待我把些情意到你,此时也还过意得去。为什么无事之际倒将假话骗人,有事之时却把真情为我?还亏得我活在这边,万一当真死了,你这段苦情教谁人怜你?"说罢,又泪下起来。碧莲道:"亏你是个读书人,话中的意思都详不出。我当初的言语,是见她们轻薄我,我气不过,说来讥诮她们的,怎么当做真话?她们一个说结发夫妻与婢妾不同,一个说只有守寡的妻妾,没有守寡的梅香,分明见得她们是节妇我是随波逐浪的人了,分明见得节妇只许她们做,不容我手下人僭位的了。我若也与她们一样,把牙齿咬断铁钉,莫说她们不信,连你也说是虚言。我没奈何只得把几句绵里藏针的话,一来讥讽她们,二来暗藏自己的心事,要你把我做个防凶备吉之人。我原说若还孤儿没人照管,要我抚养成人,我自然不去,如今生他的也嫁了,抚他的也嫁了,当初母亲多不过,如今半个也没有,我如何不替你抚养?我又说你百年以后,若还没人守节,要我烧钱化纸,我自然不去,如今做大的也嫁了,做小的也嫁了,当初你家风水好,未死之先一连就出两个节妇,后来风水坏了,才听得一个死信,把两个节妇,一齐遣出大门,弄得有墓无人扫,有屋无人住。我如何不替你看家?这都是你家门不幸,使妻妾之言不验,把梅香的言语倒反验了,如今虽有守寡的梅香,不见守寡的妻妾,到底是桩反事,不可谓之吉祥,。还劝你赎她们转来,同享富贵。等你百年以后,使大家践了前言,方才是个正理。"麟如惭愧之极,并不回言。

在家绸缪数日,就上公车,春闱得意,中在三甲头,选了行人司。未及半载赍诏还乡,府县官员都出郭迎接,锦衣绣裳,前呼后拥,一郡之中,老幼男妇,人人争看。罗氏、莫氏见前夫如此荣耀,悔恨欲死,都央马族之人劝麟如取赎。那后夫也怕麟如的势焰,情愿不取原聘,白白送还。马族之人,恐触麟如之怒,不好突然说起,要待举贺之时,席间缓缓谈及。谁想麟如预知其意,才坐了席,就点一本朱买臣的戏文,演到覆水难收一出,喝采道:"这才是个男子。"众人都说事不谐矣,大家绝口不提,次日回复两家。

罗氏的后夫放心不下,又要别遣罗氏,以绝祸根,终日把言语伤触她,好待她存站不住。常面斥道:"你当初要嫁的心也太急了些,不管死信真不真,收拾包裹

竟走，难道你的枕头边一日也少不得男子的？待结发这情尚且如此，我和你半路相逢，哪里有什么情意？男子志在四方，谁人没有个离家的日子，我明日出门，万一传个死信回来，只怕我家的东西又要卷到别人家去了，与其死后做了赔钱货，不如生前活离，还不折本。"罗氏终日被他凌辱不过，只得自缢而死。

【眉批】妙在后夫凌辱也。

莫氏嫁的是个破落户，终日熬饥受冻，苦不可言，几番要寻死，又痴心妄想道；"丈夫虽然恨我，此时不肯取赎。儿子到底是我生的，焉知他大来不劝父亲赎我？"所以熬着辛苦，耐着饥寒，要等他大来。及至儿子长大，听说生母从前之事，愤恨不了，终日裘马翩翩，在莫氏门前走来走去，头也不抬一抬。莫氏一日候他经过，走出门来，一把扯住道："我儿，你嫡嫡亲亲的娘在这里，为何不来认一认？"儿子道："我只有一个母亲，现在家中，哪里还有第二个？"莫氏道："我是生你的，那是领你的。你不信，只去问人就是。"儿子道："这等，待我回去问父亲，他若认你为妻，我就来认你为母，，倘若父亲不认，我也不好来冒认别人。"莫氏再要和他细说，怎奈他扯脱袖子，头也不回，飘然去了，从此以后，宁可迂道而行，再不从她门首经过。莫氏以前虽不能够与他近前说话，还时常在门缝之中张张他的面貌，自从这番抢白之后，连面也不得见了，终日插胸顿足，抢地呼天，怨恨而死。

碧莲向不生育，忽到三十之外，连举二子，与莫氏所生，共成三凤，后来麟如物故，碧莲二子尚小，教诲扶持，俱赖长兄之力。长兄即莫氏所生，碧莲当初抚养孤儿，后来亦得孤儿之报。可见做好事的原不折本。这叫做皇天不负苦心人也。

【评】

碧莲守节，虽是梅香的奇事，尤可敬者，是在丈夫面前以淫污自处，而以贞洁让人。罗、莫再醮，也是妇人的常事，最可恨者，是在丈夫面前以贞洁自处，而以淫污料人。迹此推之，但凡无事之时咙咙然自号于人曰我忠臣、孝子、义夫、节妇其人者，皆有事之时之乱臣、贼子、奸夫、淫妇之流也。